KB123278

백우진의
글쓰기 도구상자

백우진의 글쓰기 도구상자

ⓒ 백우진, 2017. Printed in Seoul, Korea

초판 1쇄 펴낸날 2017년 3월 2일
초판 3쇄 펴낸날 2017년 7월 26일
지은이   백우진
펴낸이   한성봉
편집   안상준·하명성·이지경·조유나
디자인   유지연
본문 조판   윤수진
마케팅   박신용
기획홍보   박연준
경영지원   국지연
펴낸곳   도서출판 동아시아
등록   1998년 3월 5일 제301-2008-043호
주소   서울시 중구 퇴계로 20길 31 [남산동 2가 18-9번지]
페이스북   www.facebook.com/dongasiabooks
전자우편   dongasiabook@naver.com
블로그   blog.naver.com/dongasia1998
트위터   www.twitter.com/dongasiabooks
전화   02) 757-9724, 5
팩스   02) 757-9726

ISBN   978-89-6262-173-0 03800

이 도서의 국립중앙도서관 출판예정도서목록(CIP)은
서지정보유통지원시스템 홈페이지(http://seoji.nl.go.kr)와
국가자료공동목록시스템(http://www.nl.go.kr/kolisnet)에서 이용하실 수 있습니다.
(CIP제어번호: CIP2017004203)

※ 본문 대부분의 인용문은 재수록 허가를 받았습니다. 그러나 미처 재수록 허가를 받지 못한 인용문
에 대해서는, 연락 주시면 재수록 관련하여 허가를 받도록 하겠습니다.

백우진의

글쓰기 도구상자

{두괄식, 얼개, 고쳐쓰기}

백우진 지음

동아시아

시작하며

"글쓰기 책을 구상 중인데, 내가 지은 글을 곳곳에 예시문으로 놓고 설명할 생각이야."

서늘하고도 따뜻한 글을 쓰는 김인 사루비아다방 대표는 이런 내 말을 듣자 크게 웃었다. 사루비아다방은 차를 도소매로 판매한다. 김 대표는 차에 조예가 깊은 것은 물론이거니와 글도 빼어나게 잘 쓴다.

"아니, 이름난 작가들의 글이 아니라 선배가 쓴 글을 제시하면서 글쓰기를 가르친다고요?"

"유명한 글도 인용하긴 하는데, 내 글을 많이 예로 들어 글 쓰는 법을 알려주려고."

그는 '어떻게 하면 그런 발상을 할 수 있는 걸까' 하는 표정과 눈빛으로 내 머리통을 뜯어보았다.

듣고 보니 사람들에게 설명하기 참 난감한 방식이다. 나는 글의 세계에서 아무런 존재도 아니다. 내 이름으로 책을 네 권 냈으나 모두 대중의 호응을 받지 못했다. 또 언론매체에서 일하면서 기사와 칼럼을 많이 썼으나, 내 이름 석 자의 인지도는 없는 것이나 마찬가지다. 읽히지 않아 먼지를 쓴 채 있는 문장과 문단, 글을 오늘에 되살려 자신의 글쓰기 책에 인용한다니, 이 무슨 황당한 끼워팔기이며 또 얼마나 셀프 용비어천가스러운가 말이다. 그는 '끼워팔기'나 '용비어천가'라는 단어를 입 밖에 내지는 않았지만 아마 그런 비유를 떠올렸지 싶다.

몇 년 전 대화였고, 나는 그에게 어떻게 해명했는지 잊었다. 내 해명을 그가 전혀 수긍하지 않았다는 점은 분명하다.

나는 김 대표의 반응에 아랑곳하지 않고 졸문을 군데군데 복사해 붙이면서 글쓰기 책 원고를 추가해나갔다. 초고는 이제 편집 단계로 넘어갔다. 서문을 쓰는 내게 김 대표가 던진 물음이 다시 떨어졌다.

'너는 왜 네 글을 예로 들어 글쓰기를 가르치려고 하는가?'

먼저 글쓰기는 글을 고치는 과정이라는 전제를 짧게 살펴보자. 초고부터 걸작을 풀어내는 볼프강 아마데우스 모차르트급 문필가의 얘기는 전해진 바 없다. 글을 잘 쓰려면 글을 잘 고치는 법을 배워야 한다. 글을 고치는 과정은 단순히 단어를 바꾸고 표현을 가다듬고 비문을 바로잡는 일에 그쳐서는 안 된다. 글의 구성요소를 이리저리 다시 배치하면서 얼개를 새로 짜는 과정도 거쳐야 한다.

나는 기존에 나온 글쓰기 책들보다 글을 고친 사례를 많이 담아 책을 쓰기로 했다. 독자가 많은 '비포'와 '애프터'를 비교해나가면서 어떻게, 왜 그리 바뀌었는지를 파악할 수 있도록 말이다. 그렇게 하는 동안 독자는 초고를 작성하기 전부터 글을 완성할 때까지 어떤 부분을 수정해야 하는지 다양한 착안점을 익힐 수 있다.

여기서 내 고민이 시작됐다. 저명한 작가나 수필가, 학자의 글을 빨간펜으로 대거 수정하는 작업이 부담스러웠다. 모든 글은 더 나아질 수 있거나 다르게 쓰일 수 있지만, 내가 다른 문필가의 글을 고치는 일은 주제넘은 짓으로 비칠 수 있다. 특히 당사자는 그런 수정 작업을 마땅치 않아 할 것이고 고쳐진 결과를 수록한 책을 내는 행위를 명예훼손으로 받아들일 것이다. 이를 피해 나는 책의 많은 부분에서 졸문을 '해부' 대상으로 실험대에 올려놓기로 한 것이다.

이런 점에서 이 책은 글쓰기 분야의 고전인 상허尙虛 이태준의『문장강화』와 반대편에 있다.『문장강화』는 고금古今의 모범이 될 글을 소개하면서 글을 짓는 방법을 보여준다. 상허가 자신의 글을 사례로 든 것은 한 번뿐으로, 그는 자신의 단편소설「색시」의 한 부분을 인용하고 인물 사이의 대화는 말투를 살려서 전해야 한다고 설명했다.

『문장강화』는 완성된 수작秀作을 통해 글쓰기를 가르친다면, 이 책은 주로 글을 더 좋게, 혹은 다르게 쓰는 방식을 제시한다고 할 수 있다. 후자의 서술이 글을 짓는 법을 전달하는 데 더 도움이 되리라고 감히 생각한다.

강조와 대비를 위해 졸문을 많이 활용했다고 말했지만, 이 책에서 나는 문필가들의 좋은 글도 다수 인용해 본받을 점을 살펴봤다. 또 제갈량과 안톤 슈나크 등이 지은 명문을 어떻게 고쳐 쓸 수 있는지도 모색했다.『문장강화』도 퇴고를 강조하지만, 글을 보여주고 가다듬을 점을 지적한 부분은 한 군데뿐이다.

지금까지 내가 졸문을 대거 재활용한 데 대해 변명하고 그런 접근의 강점을 설명했다. 이제 이 책이 기존 글쓰기 책과 가장 다른 점을 드러낼 때다. 이 책에서 나는 글의 얼개를 잡는 방법만 다뤘다. 글의 얼개는 구성이라고도 불리고, 구성을 잡는 전략은 플롯이라고 한다. 나는 글쓰기에서 얼개 잡기가 건축에서 설계도 작도처럼 가장 중요한 작업이라고 생각한다. 다른 작업은 글을 짓는 소재로 단어를 선택하고 안팎을 꾸미는 표현을 구사하며, 단어와 표현이 서로 잘 호응하도록 문장을 마무리하는 것이다. 얼개 잡기는 국내 글쓰기에서 상대적으로 간과되고 있다고 본다.

앞서 강조한 것처럼 이 책은 예시문이 많다. 예시문과 수정문의 차이를 비교하다 보면 글을 구성하는 솜씨가 늘게 된다. 구성력을 키우려면 책장을 앞뒤로 넘겨가며 예시문과 수정문을 자주 비교해야 한다. 연필을 들고 예시문의 문단이 어떻게 재배치됐는지 표시하면서 비교해보기를 권한다. 글쓰기 역량은 사고력에 비례한다는 점을 고려할 때, 글 구성력을 키우려면 예시문과 수정문을 비교하면서 독자 스스로 궁리를 많이 해야 한다.

나는 이 책에 전략적인 글쓰기에 바로 활용할 구체적인 구성 지침을 많이 담았다. 제목을 붙이라, 앵글을 잡으라, 사설을 과감히 생략하고 바로 본론으로 들어가라, 주장을 담은 글이라면 가급적 결론을 앞세우라, 승부는 도입부에서 갈린다, 내용이 많으면 저며서 조금씩 전하라, 글을 잘 쓰려면 서평을 쓰라, 서평도 포인트를 잡아서 정리하라, 글을 다른 각도에서 다르게 작성해보라 등이다. 이들 지침도 쉽게 체득할 수 있게끔 사례와 함께 제시했다. 소셜미디어에 올리는 글은 물론이고 보고서와 안내문을 비롯해 실용적인 문서를 작성하는 데에도 활용할 수 있다.

여러모로 새롭고 속이 꽉 찬 책이라고 자부하지만, 개념이 손에 딱 잡히지 않고 전하기도 쉽지 않은 책이기도 하다. 이런 책의 원고를 선뜻 채택해주신 한성봉 대표께 깊은 감사를 드린다. 안상준 팀장께서는 졸고에서 오류를 걸러내고 글을 치밀하게 가다듬어주셨다.

그 결과로 나오는 이 책이 독자가 글을 보는 눈썰미와 글을 짓는 솜씨 외에, 조직적으로 사고하는 힘을 기르는 데에도 보탬이 되리라고 기대한다.

2017년 2월
백우진

시작하며

일러두기

- 본문 중 인용문은 되도록 원문을 그대로 싣는 것을 원칙으로 하되, 맞춤법이나 띄어쓰기에 맞게 일부 수정하거나 약물을 통일했다.
- 인용문의 출처 부분에 나오는 '지은이'는 이 책의 저자를 말한다.
- 인용문 중 출처를 밝히지 않은 것은 지은이가 쓴 글이다.
- 책, 장편소설은 「 」, 논문집, 잡지, 신문은 《 》, 단편소설, 시, 논문, 기사는 「 」, 예술작품, 방송프로그램, 영화 등은 〈 〉로 구분했다.

제1장

글에도 앵글이 있다,
촉을 키우자

전설이 된 여기자 오리아나 팔라치는 열여섯 살 때부터 기사를 썼다. 팔라치는 세계 각국의 권력자를 공격적으로 인터뷰하고 신랄한 기사를 써 국제적인 명성을 얻은 저널리스트다. 그는 세계 각국을 누비며 권부의 핵심 인물을 선택적으로 만났고, 그래서 그와 인터뷰를 하지 않은 사람은 세계적 인물이 아니라는 말도 나왔다.

팔라치가 어린 나이에 언론계에 입문하게 된 건 현상을 새롭게 포착해 드러내는 그의 앵글 덕분이었다.

팔라치는 신문사에서 시험 삼아 한 번 준 기회를 놓치지 않았다. 그는 새로 생긴 나이트클럽을 취재해 오라는 지시를 받았다. 짤막한 한 줄로도 충분했을 기사였다.

그러나 팔라치는 딸을 열성적으로 보호하는 이탈리아의 어머니에 초점을 맞춰 기사를 썼다. 이와 관련해 팔라치는 자신이 "전쟁이 끝난 후 여름을 맞은 이탈리아 사회의 한 단면을 살짝 묘사했다"라며 "어머니들은 저마다 자신의 딸에게 약혼자가 생기기를 간절히 바라면서도 딸의 정조를 보호하기 위해 나이트클럽에 딸과 나란히 서 있었다"라고 들려줬다.

그는 "남자가 여자 어머니의 허락을 받아 여자에게 춤을 청하는 것이 우습다고 생각해 기사 전체를 아주 재미있게 만들었다"라고 회고했다. 다들 그러려니 하고 받아들인 풍속을 마치 이방인이 본 것처럼 새로운 시각으로 접근해 풀어낸 것이다.

팔라치는 마치 단편소설을 쓰듯 기사를 작성했다. 피렌체에 있는 낡은 옛 수녀원 건물에 대한 글을 쓸 때는 수녀원 뜰의 벚나무를 주인공으로 내세워 인부들이 그 나무를 잘라버림으로써 생명이 사라진 것을 슬퍼했다. 그는 그 나무의 역사를 거슬러 올라가면서 그 수녀원의 모습을 스케치했다.

사안과 현상을 자신만의 앵글로 포착해 전하는 특기를 그는 인물 인터뷰에서 최대한 발휘했다. 그래서 때때로 인터뷰이가 자신의 말이 기사에서 제대로 전해지지 않았다거나 와전됐다고 항의하는 일이 생겼다. 헨리 키신저 미국 국무장관도 팔라치의 기사를 문제 삼았다. 키신저 장관은 팔라치가 기사에서 강조한 대목에 대해 "그건 팔라치의 창작"이라고 주장했다. 물론 팔라치는 "그 따위로 둘러대면 테이프를 공개하겠다"라고 받아쳤다.

진실은 두 사람의 사이에 존재한 것으로 보인다. 키신저가 팔라치가 인용한 발언을 한 것은 사실이지만 팔라치는 거두절미해 그 말을 드러내고 의미를 부여했을 것이다. 팔라치는 기사 속에 묻혔을 수 있는 부분을 끄집어냈을 것이라는 말이다.

평소에 앵글을 잡아 글을 쓰는 훈련을 하다 보면 팔라치처럼 쓸 수 있다. 앵글을 잘 잡으려면, 유어반복적이지만, 촉을 키워야 한다. 글을 읽고 쓸 때 앵글에 관심을 기울이다 보면 촉이 발달한다.

1. 캐리커처 그리듯 특징을 포착하라

캐리커처를 그리듯이 글을 작성한다고 생각하자. 캐리커처는 특징을 잡아 그 점을 강조하면서 나머지는 과감히 생략한 인물화다. 선택하고 집중하는 것이다. 선택과 집중은 선택되지 않은 나머지를 버리거나 소략하게만 전달하는 것이다.

글을 왜 캐리커처처럼 써야 하나. 그래야 전달력이 높아진다. 전달하고자 하는 모든 정보를 열거하는 것보다 주요 내용에 힘을 주고 나머지는 가볍게 다루는 강약조절이 메시지를 더 두드러지게 한다. 캐리커처풍 글쓰기는 앵글을 잡아 글을 짓는 것과 겹치는 부분이 있다.

캐리커처처럼 시작한 인물평 한 편을 일부 소개한다.

[인용문]
최정호의 안경

그는 언제부터 안경을 썼을까.

새삼스러운 궁금증이 난데없지만 안경을 끼지 않은 최정호의 맨얼굴은 상상하기 어렵다. 도톰하게 큰 코로 거무숙숙 굵은 테 안경을 척 받쳐야 제격이다. 그러자 번듯한 안면 구도가 한층 근사해 뵌다. 넉넉한 하관과 더불어 사진발이 늘 좋다.

아니할 소리로 젊어서는 지적 이미지를 표 나게 풍기고 나이 들어서는 훤한 신수를 돕기 위해 옛날식 풍안치레를 하는 이도 더러 있겠으나 최정호는 아니다. 벗으면 서먹할 정도로 썩 잘 어울리는 그의 도수 높은 안경은 실용 이상의 그 무엇이지 싶다. 효능으로 시작하여 문물의 이치를 공고히 깨치고 넓은 세상을 섭렵하는 또 하나의 눈 구실을 한다고 믿는다. 그 안에서 그만의 통찰력을 증폭시키며 남다른 레토릭을 가다듬을 테다. (중략)

최일남은 두툼한 안경을 줌업한 뒤 최정호의 다재다능함을 그려냈다. 안경으로 시작한 글은 다시 안경으로 돌아와 다음과 같이 끝난다.

한국의 눈으로 서양을 보고, 서양의 눈으로 한국을 보는 미덕을 위해 그의 안경은 어떤 구실을 했을까. 가당찮은 넉살을 떨어본다.
[최일남, 『풍경의 깊이 사람의 깊이』, 문학의문학, 2010, pp.78~87]

최정호가 벗 이규태가 앞서 타계하자 쓴 다음 조사弔詞도 앵글이 뚜렷하다.

[인용문]

길은 앞으로만 있다

고 이규태 공은 내 오랜 친구입니다. 1946년 해방 후 첫 중학교 입학 시험장에서 만나 그때부터 사귄 친구이니 올해로 꼭 60년, 환갑을 맞는 교우입니다.

이공은 언제나 내 앞에 있었습니다. 내가 태어났을 때 이미 그는 나보다 보름 전에 세상에 나와 있었습니다. 중학교 입학시험에는 그가 1등으로 합격해서 역시 내 앞에 있었습니다. 신문사 생활만은 1955년부터 내가 먼저 시작했으나 1959년 조선일보에 입사한 이공은 그 뒤 무섭게 추월해서 나를 멀리 따돌리고 있었습니다. 해외유학에서 1960년대 말에 내가 귀국해보니 이공은 그사이 나를 앞서 장가를 가고 집을 짓고 수많은 특종기사를 써내고 기획연재물을 집필하고 책들을 펴내고 언론상을 수상하고 있었습니다.

최정호는 이렇게 시작한 다음 이규태의 삶과 성취, 그와의 추억을 펼쳐놓았다. 그럼 끝은 어떻게 맺었을까? 참고로 이 조사의 제목은

'길은 앞으로만 있다'다. 이규태가 중학교 시절 엮은 자필 시집에 나온 시구詩句다.

> 그나저나 규태! 이게 무슨 짓이란 말인가. 내가 자네의 조사를 읽고 있다
> 니…. 언제나 앞으로만 가 있는 자네, 이번에도 또 앞서가는 것이라면 부
> 디 고이 가 있다가 언젠가 우리 다시 만나도록 하세. 명복을 빌며.
>
> [최정호, 『사람을 그리다』, 시그마북스, 2009, pp.442~445]

2. 키워드를 뽑아내 그 단어로 엮는다

미술에 친숙하지 않아 캐리커처라는 설명이 와 닿지 않는 분께는 키워드를 뽑는 접근을 권한다. 쓰는 대상을 묘사할 핵심 단어를 무엇으로 할지 정하라는 말이다. 그 핵심 단어는 제목에도 활용할 수 있다. 글은 키워드를 중심으로 서술하고 그 키워드로 설명되지 않는 부분은 꼭 필요한 만큼만 추가하면 된다. 그 결과는 캐리커처를 그린 것과 비슷하게 된다. 키워드로 인물을 묘사한 글 세 편을 소개한다.

최정호는 기자로 출발해 대학 강단에 섰다. 최정호는 다음 글에서 화가 장욱진이라는 인간을 '생략'으로 규정했다. 장욱진은 자신의 그림처럼 '생략'하는 삶을 살았다고 묘사했다.

[인용문]

생략의 예술, 생략의 인생

(전략) 장 화백의 거처도 생략의 거처, 생략된 공간이라 느껴진다.
김철순 형은 장 화백의 집에서 책을 본 일이 없다는 말로써 그의 심오한 장욱진론을 시작하고 있었지만 나에게도 역시 장 화백의 명륜동 댁에선 화가의 화실에서 기대할 수 있는 모든 잡동사니들이 말끔히 생략된 텅

빈 방이 매우 인상적이었다. (중략)

주변에서는 주선으로 통하는 장 화백의 주도 또한 생략의 주도이다. 술을 마시기로 하면 '열흘 보름씩 밥알 한 톨 없이 부어대는 폭주'인데도 안주는 생략한다. (중략)

잠도 생략한다. '하루 4시간 이상을 자지 않는다'는 장 화백은 "그 이상은 낭비"라고도 말하고 있다. (중략)

그토록 많은 것을 죄 생략하고 남는 것은 무엇일까.

제3자가 함부로 어림대기 어려운 그 '생략의 세계'에 대해선 그러나 다행히도 장 화백 자신이 이따금 '라코닉'한, 간결한 말로써 밖에 있는 우리에게 알려주고 있다.

거기엔 오직 '고요와 고독'이 있을 뿐이다. 그리고 그러한 고요와 고독 속에서 '살아가는 의미로서의 그림'이 있고 '휴식으로서의 술'이 있다. (중략)

생략한다는 것은 결국 '비본질적인 것'을 버리고 '본질적인 것'으로의 집중, 본원적인 것으로의 환원을 뜻한다. (하략)

[최정호, 앞의 책, pp.499~518]

사회학자인 송호근 서울대학교 교수는 조상호 나남출판 회장의 회고록 『언론 의병장의 꿈』에 기고한 글의 키워드를 '1970년대 학번'으로 잡았다.

[인용문]

70학번형 인간

(전략) 조상호 선생이 '70학번'이라는 사실은 조 선생이 가꿔온 인생 이력의 8할을 설명해준다. (중략)

이 70학번형 인간은 '비운의 1960년대'가 마감되고 '혹독한 70년대'가 시작되는 시점에서 탄생했다. 그가 대학생활을 시작했을 바로 그 당시 청년세대를 절절 끓게 만들었던 저항에의 투신, 반복되는 좌절과 근거 없는 열정을 다스릴 지적 자원이 한국의 지성계에는 존재하지 않았다. 자가발전이야말로 70학번의 생존양식이었다. 막 열리기 시작한 사회과학의 시대에 그는 사회과학적 사고를 스스로 제조해야 했는데, 코스타 가브라스의 〈계엄령〉에 나올 법한 그 장면들, 법대 학생이자 지하신문으로 분류된 《한맥》의 편집장으로서 겪었던 유신 직전의 그 맹렬한 사건들은 궁핍한 사회과학의 시대를 견디게 한 독하고 신선한 질료였음이 분명하다. (하략)

[조상호, 「언론 의병장의 꿈」 중 송호근, 「70학번형 인간」, 나남, 2013, pp.393~401]

이어령 전 문화부 장관 또한 과감하게 각을 잡고 여기에 맞춰 사실을 조합해 글을 엮는다. 그는 홍진기 중앙일보 회장 전기인 『이 사람아, 공부해』 앞에 쓴 글에서 홍진기를 '공부하는 인간'으로 그렸다. 그래서 제목도 '호모 에두칸두스HOMO EDUCANDUS', 공부하는 인간이다.

그냥 공부하는 인간이 아니었다는 점을 한껏 부각하기 위해 이 전 장관은 '반물질'을 거론한다. 그러고선 글을 다음과 같이 시작한다.

[인용문]

호모 에두칸두스HOMO EDUCANDUS

2011년 6월 6일, 영국의 과학지 《네이처 피직스》 전자판에서 반물질을 1000초 동안 잡아두는 데 성공했다는 기사를 읽었다. '드디어 반물질 시대가 왔구나'라는 생각이 드는 순간 제일 먼저 떠오른 얼굴이 유민 홍진기 선생님이셨다. 왜 하필 생소한 과학 기사를 보고 물리학자도 아닌, 그것도 작고하신 지 벌써 30년이 지난 고인을 생각하게 되는가? 아닌 밤중에 홍두깨라고 말할지 모르겠다. 그러나 사실이다. 이번만이 아니라 언제 어디에서나 '반물질'이라는 말만 들으면 조건반사처럼 유민 선생님의 모습과 그 생생한 음성이 들려온다.

이 전 장관은 《중앙일보》 창간 무렵 홍 회장이 일을 맡겨 단평인 「분수대」를 쓰게 된다. 그는 당시 홍 사장이 주재하는 논설위원 회의에서 각계 최고 지식인들이 나누는 지적 대화에 감탄한다. 그러나 "부싯돌처럼 그의 가슴을 불꽃 튀게 한 것은 그 중심에 북극성처럼 앉아 있는" 홍진기 사장이었다.
그는 그러나 자신의 콧대는 꺾이지 않았다고 하더니 드디어 다음과 같이 '반물질' 얘기로 접어든다.

하지만 그날만은 달랐다. 선생께서 논설회의 도중에 '반물질'에 관한 낯선 화두를 던진 것이다. 빅뱅으로 처음 우주가 생겨났을 때에는 물질과 그것과는 정반대의 성질을 가진 반물질로 되어 있었다고 한다. 그런데 이 반물질이 물질과 부딪힐 때 엄청난 에너지의 빛으로 전화하면서 소멸해버렸다는 것이다. (하략)

그는 그 새로운 지식의 세계에 놀랐다는 감상을 들려준 다음 "선생님의 반물질 이야기는 이미 금가고 있던 내 지식의 벽이 무너지는 소리이기도 했다"라고 말한다. 자신의 지성에 대한 오만이 홍 회장의 광대무변한 지식에 무너져버렸다는 것이었다.
그는 다음 몇 문단에서 반물질 이야기를 더 펼쳐 보인 뒤 홍 회장을 호모 에두칸두스라고 규정한다. 그리고 인간을 동물과 구별하는 명칭을 열거한 뒤 "인간을 인간이게끔 하는 가장 중요한 특성은 교육의 동물, 평생을 배우는 동물이라는 데 있다"라고 말한다. 홍 회장이야말로 그런 인물이었다는 뜻이다.

이 전 장관은 글을 이렇게 끝맺는다. 여기에 담긴 글쓰기 전략이 무엇인지 생각하며 읽어보자.

> 사람들은 모른다. 법에 대하여, 행정에 대하여, 정치와 기업에 대하여 말하고 행동하는 유민은 알아도, 반물질에 대하여, 그 빛과 허무에 대하여 생각하고 상상하고 배우는 유민은 잘 모른다. 그래서 한순간이나마 선생님 곁에서 몰래 훔쳐본 유민의 생각과 창조적 상상력의 속살, 그리고 그 끊임없는 탐구의 정신이 무엇인가를 언젠가 꼭 남겨야 한다고 벼르다가 이번에 유민 평전 『이 사람아, 공부해』가 나온다기에 그 옥의 티가 될 각오를 하면서 이 발문을 부치는 것이다.
>
> [이어령, 『이 사람아 공부해』 중 「호모 에두칸두스」, 민음사, 2011, pp.9~15]

그는 법률가이자 행정가, 정치인이자 기업인이었던 홍 회장의 면모를 모두 생략한 것을 마지막 문단에서 한 절節로 커버한 것이다.

3. 인물 소개 기사 사례 분석

인물을 짧게 소개하는 글은 특히나 캐리커처 같아야 한다. 활자매체의 인물 인터뷰 기사에 딸린, 인터뷰이가 어떤 사람인지 전하는 짧은 상자기사는 더욱 그렇게 써야 한다. 필자가 담당 부장으로 기자의 글을 수정해 지면에 실은, 다음 상자기사 두 꼭지가 참고가 될 듯하다.

[인용문]

박재완 장관은 국무위원 가운데 가장 작은 차를 탄다. 아반떼 하이브리드다. "굳이 그럴 필요가…"라는 말을 들었지만 차를 바꾸지 않는다. '박재완 스타일'이다.

인터뷰도 여느 장관과 다르게 한다. 사전에 답변 자료를 주지 않는다. 현안과 배경을 꼼꼼하게 파악해둔 뒤 즉문즉답으로 인터뷰에 응한다.

박 장관은 중간에 잠시 물러나기 했지만 이명박 정부와 함께 달려왔다. 정권 말까지 장관직을 완주할 것으로 예상된다.

"맞바람을 안고 달리느라 마음먹은 만큼 속도를 내지 못했다. 그래도 다른 주자(나라)보다는 앞섰다." 현 정부의 경제성과에 대한 그의 평가다.

그는 이명박 대통령 당선 이후 대통령직인수위에서 정부혁신 규제개혁 태스크포스TF 팀장을 맡았다. 정권 출범 후에는 대통령실 정무수석비서관과 국정기획수석비서관을 역임했다. 세종시 수정안 표류 건으로 책임을 지고 물러난 뒤 2010년 8월 고용노동부 장관으로 복귀했다가 지난해 6월 기획재정부 장관으로 왔다. 부인 오문옥 씨와 1남1녀가 있다.

[아시아경제, 「박재완 "부동산 가계부채 위험 방어할 수 있다"」 중 상자기사, 2012. 09. 07.]

[인용문]

'재미없는 사람.' 박태호 통상교섭본부장의 자평이다. 시간이 나면 부부가 자택 인근 야산을 산책한다. 집으로 돌아와서는 책을 읽는다.

취미라고는 이게 거의 전부다. 박 본부장은 "술을 마시지만 대화를 더 즐긴다"고 말했다.

통상교섭본부 조직 내 스킨십 또한 담백하다. 큰 행사를 갖기보다는 사무실에서 다과회를 열어 소통한다. 협상 현지로 떠나는 항공편에서는 실무자와 대화를 나눈다. 박 본부장은 "실무자의 의견을 듣고 협상 테이블에서 그 생각을 발휘하라며 격려한다"고 말했다. 자신이 통상에 정통하면서도 협상에서는 기존 구성원의 역량을 신뢰하고 북돋워준다는 얘기다. 그는 "통상현안에 대해서는 충분히 알고 있지만 협상에 직접 나서는 직원을 관리하는 건 부족하다"며 "통상관료들이 각자 자신의 자질을 적극 살릴 수 있도록 능동적인 분위기를 만들어주는 데 주력한다"고 설명했다.

온화한 얼굴로 밝게 얘기하는 모습에서 김용 세계은행WB 총재의 인상이 떠오른다. 박 본부장은 "그렇지 않아도 김 총재가 나와 닮았다는 말을 여러 번 들었다"며 웃는다. 박 본부장은 김 총재보다 일곱 살 위다.

조직은 이전과 다른 양상의 리더십에 따라 변신하고 발전한다. 스스로를 낮추고 조직 구성원이 기량을 펴도록 하는, 박태호 본부장의 '로 프로파일' 철학이 어떤 성과를 낼지 주목된다.

[아시아경제, 「열매 따자, FTA」 중 상자기사, 2012. 06. 18.]

다음 프로필 기사는 나열에 그쳤다. 마지막 문단을 앞세워 앵글을 잡았으면 좋았겠다.

[인용문]

최평락 사장은 산업통 관료 출신이다. 행정고시 23회로 공직에 입문해 통상산업부를 시작으로 청와대 대통령 비서실 행정관, 산업자원부 국제협력투자심의관 재정기획관 기간제조산업본부장 등을 거쳤다. 2008년 특허청 차장, 2009년 전자부품연구원장을 역임한 뒤 지난해 7월 한국중부발전 사장으로 취임했다.

파키스탄 수력발전사업 수주를 필두로 치르본 발전소 준공, 서울 복합화력 건설이행 협약 체결 등 굵직한 현안을 잇달아 처리하며 발전자 최고경영자CEO로 주목받고 있다.

충남 논산에서 태어나 서울고와 연세대 행정학과를 졸업했다.

에너지가 넘치는 달변이다. 수평적인 소통을 강조하며 윗사람에게도 필요할 때면 직언을 주저하지 않는다.

[아시아경제, 「최평락 '新바람' 7개월, 발전소가 부활하다」 중 상자기사, 2013. 02. 21.]

다음 글은 앵글을 잡는 듯 시작했지만 바로 아래 그 앵글을 뒷받침

하는 대신 외교 전공과 통상, 에너지, 한국수력원자력, 경주를 거쳐서
야 관련된 사실을 전한다.

[인용문]

조석 한국수력원자력 사장은 '해결사' 이미지가 강하다. 부드럽고 둥글둥
글한 성격일 것 같은 외모와 달리 일 처리에 있어서는 단호하고 깔끔하
다는 평가 때문이다.

30여 년 공직 생활 가운데 남이 나서기 꺼리는 일이 있을 때마다 그는
'호출 대상 1순위'에 올랐다. 남이 하기 싫은 일은 본인도 하기 싫은 법인
데, 그는 공직자로서 책임감이 남다른 편이었다. '국가가 나를 필요로 한
다면 기꺼이 나서겠다'는 의지가 확고하다.

외교학과 출신으로 통상 이슈에도 관심이 많지만 그의 주특기는 '에너지'
다. 산업자원부와 지식경제부(현 산업통상자원부)에 근무하며 에너지 분야
에서 잔뼈가 굵었다. 위기에 빠진 한수원 사장으로 그가 낙점된 데에 이
견이 없었던 이유이기도 하다.

조 사장은 유독 '경주'와 인연이 깊다. 오랜 공직 생활에서 수많은 '히트
작'이 그의 손을 거쳤지만 가장 기억에 남는 것은 2005년 원전사업기획
단장 시절의 일이다. 무려 19년 동안 사회적 갈등을 일으킨 방사성폐기
물 처리장 부지 선정 건은 결국 조 사장의 손에서 결론이 났다. 그가 제
안한 주민투표 방식은 획기적이었고 끝내 경북 경주에 방폐장이 들어서
게 됐다. 그로부터 꼭 10년이 되는 내년이면 한수원 경주 신사옥에서 최
고경영자CEO로 변신한 그를 만날 수 있게 된다.

[아시아경제, 「조석 사장 취임 200일 발전소 3바퀴 돌았다」 중 상자기사, 2014. 04. 21.]

짧지만 여러 모로 반면교사가 되는 글이다. 첫째 문장과 둘째 문장
이 호응하지 않는다. 그가 풀어낸 것으로 제시된 갈등 사례를 볼 때 일

처리가 '단호하고 깔끔하다'로 설명할 수 있을지 의문이다. 또 '외교학과 출신'이라는 사실과 '통상 이슈에도 관심이 많지만'은 서로 관련성이 높지 않다. 또 '통상 이슈에도 관심이 많지만'은 전후좌우 아무런 연결이 되지 않는 동떨어진 이야기다. 통상 업무를 한 경험이 있을지 모르되, 그 사실을 설명할 게 아니라면 이 글에서는 생략하는 게 더 나을 듯하다.

다음 인물 소개 글은 약력이 문장으로 바뀌었을 뿐, 그 사람의 특징이 담기지 않았다.

[인용문]

이성규 대표는

충남 예산 출신으로 서울대 대학원 졸업 후 한국신용평가에서 10년간 산업분석과 대기업 신용평가를 담당했다. 또 연세대에서 재무론 전공으로 박사학위를 받았다. 이후 식품이 주력이던 제일제당(현 CJ그룹)으로 옮겨 계열 EMI 뮤직에서 미래 성장산업인 엔터테인먼트를 익혔다. 그는 CJ그룹에서의 경험이 이후 콘텐츠 사업이나 사람 비즈니스의 속성을 이해하는 데 큰 도움이 되었다고 한다. 외환위기 때 한신평에서 인연을 맺은 이헌재 전 장관의 요청으로 기업의 저승사자라던 기업구조조정위원회 사무국장이 되어 워크아웃 작업을 총괄하며 불모상태였던 기업회생작업을 시스템으로 만들어냈다. 이 과정에서 과로로 두 번이나 목 수술을 받기도 했다. 이후 서울은행 여신담당 상무 국민은행 워크아웃본부 부행장, 하나금융지주 부사장, 하나은행 부행장 등을 역임했고 2009년부터 유암코 대표를 맡고 있다. 2004년 『이헌재식 경영철학』이란 경영연구서를 낸 데 이어 2012년엔 유년 시절의 기억을 되새기는 『소년은 철들지 않는다』라는 에세이집을 출간했다.

[매일경제, 「파생상품 통한 부채 많아 구조조정 새 틀 필요」 중 상자기사, 2014. 01. 10.]

앵글을 잡고 그 앵글에 따라 사실과 인물평을 배치한다면 다음 글을 어떻게 바꿀 수 있을까. 수정한 글을 뒤에 붙인다. 구성이 어떻게 달라졌는지 살펴보기 바란다.

[인용문]

권 행장은

기자가 되기를 바랐던 여대생이 은행원이 됐다. 입행 동기 중 여성은 손에 꼽히는 정도였는데 35년이 흐른 후 우리나라 최초의 여성 은행장이 됐다. 권선주 기업은행장 이야기다.

권 행장은 대학(연세대 영문학과) 시절 교내 방송국에서 동아리활동을 했다. 방송기자의 꿈을 키웠지만 은행원이었던 아버지의 권유로 길을 바꿨다. 언니 역시 은행원이었다. 은행과의 인연은 질겼다. 은행 선배의 소개로 남편을 만났다. 남편은 학교 선배(연세대 법학과)였는데 그는 효성그룹에서 임원까지 거친 후 지금은 중소기업의 대표를 맡고 있다.

은행 내 생활은 평탄했다. 정적이고 세심한 성격은 은행 업무에 딱 맞았고 은행 내에서는 늘 '여성 최초'라는 수식어를 달고 다녔다. 은행 최초로 여성 1급 승진을 했고 본부장 직함도 가장 먼저 달았다.

우리 사회에 아직 가부장적 잔재가 남아 있는 탓일까. 우리나라에서 높은 지위에 오른 여성들 중에는 남성성을 차용한 이들이 많다. 그런 면에서 권 행장은 남달랐다. 그를 만나본 이들은 권 행장의 장점으로 섬세함과 온화함 같은 여성성을 꼽는다.

실제로 권 행장은 꼼꼼한 일처리로 정평이 나 있다. 행장 내정 직후 그를 만났는데 권 행장은 "진정한 디테일은 사고의 촘촘함을 바탕으로 집중력을 발휘하는 것"이라며 "디테일에 강한 행장으로 기억에 남고 싶다"고 말할 정도다.

권 행장이 은행의 안살림을 챙기는 수석부행장(전무)을 거치지 않았음에도 은행 내에서 일어나는 부수적인 사업, 계열사의 세심한 부분까지 챙길 수 있는 것도 그의 섬세함이 있기에 가능한 일이다. 행장이 되고 나서도 조찬모임이 없으면 가족들 식사를 챙길 정도다. (하략)

[서울경제, 「권선주 IBK기업은행장」 중 상자기사, 2014. 03. 10.]

[수정문]

우리 사회에 아직 가부장적 잔재가 남아 있는 탓일까. 우리나라에서 높은 지위에 오른 여성들 중에는 남성성을 차용한 이들이 많다. 그런 면에서 권선주 기업은행장은 남달랐다. 그를 만나본 이들은 권 행장의 장점으로 섬세함과 온화함 같은 여성성을 꼽는다.

권 행장은 일처리도 꼼꼼하기로 정평이 나 있다. 그 자신도 이 점을 중시한다. 그는 행장 내정 직후 기자와 만난 자리에서 "진정한 디테일은 사고의 촘촘함을 바탕으로 집중력을 발휘하는 것"이라며 "디테일에 강한 행장으로 기억에 남고 싶다"고 말한 바 있다. 권 행장은 취임 후 은행 내에서 추진되는 부수적인 사업과 계열사의 세세한 부분까지 챙기고 있다.

(중략)

권 행장은 대학(연세대 영문학과) 시절 교내 방송국에서 동아리활동을 했다. 방송기자의 꿈을 키웠지만 은행원이었던 아버지의 권유로 길을 바꿨다. 그에 앞서 언니가 부친을 따라 은행에 들어갔다.

은행 내 생활은 평탄했다. 정적이고 세심한 성격은 은행 업무에 딱 맞았고 은행 내에서는 늘 '여성 최초'라는 수식어를 달고 다녔다. 은행 최초로 여성 1급 승진을 했고 본부장 직함도 가장 먼저 달았다.

은행 인연이 혼인으로 연결됐다. 남편을 은행 선배의 소개로 만났다. 남편은 대학 동문으로 법학과를 졸업하고 효성그룹에서 임원을 지낸 뒤 현재 중소기업 대표를 맡고 있다.

윤창현 서울시립대 교수를 한국금융연구원장 재임 때 인터뷰하고 소개한 다음 글도 대학시절 얘기로 시작했다. 흥미로운 이야기이긴 하지만 앞글에서나 이 글에서나 그런 접근이 지금 그 자리에 있는 해당 인물을 포착하는 앵글로 적절한지 한 번 더 따져보는 것이 좋다. '한국 현실에서 자유주의만을 견고하게 주장하는 것은 한계가 있다고 생각하는'이 들어간 셋째 문단을 앵글로 잡으면 어떨까 생각한다. 그가 자유주의 경제학의 본산으로 꼽히는 미국 시카고대학에서 경제학 박사를 받았기 때문에 (아마도 그의) 이런 답변이 눈길을 끈다. 이 다음에 이런 실용주의에 입각해 그가 제시하는 정책대안을 예로 들어 한 문장을 붙였다면 더 좋았겠다. 한편 둘째 문단은 한 문장으로 동떨어져 있다.

[인용문]

윤창현 원장은

서울대 물리학과를 졸업하고 같은 대학 경제학과에 학사편입했다. 대학시절 대자보를 통해 뜨거운 경제논쟁이 활발한 걸 지켜보면서 "이런 건 물리학 공식으로 풀리지 않겠다"고 생각했던 게 졸업 후 편입의 계기가 됐다.

당시만 해도 '신식민지국가독점자본주의론', '매판자본'과 같은 말이 입에 오르내렸다.

발전의 모티브가 '큰 정부'에서 온 한국 현실에서 자유주의만을 견고하게 주장하는 것은 한계가 있다고 생각하는 실용주의자다.

메모광으로 유명하다. 가장 좋아하는 말은 '적자생존(적는 자가 살아남는다)'. 좋은 말이 있으면 바로 손을 움직이고, 눈으로 보고 들으면서 기억하려는 버릇이 있다.

[아시아경제, 「지금은 정부가 기업에 투자해달라고 로비할 때」 중 상자기사, 2014. 10. 20.]

4. 자기소개서에 앵글이 있는가

인물을 앵글에 따라 캐리커처 그리듯이 소개하는 방식은 특히 남에게 자신에 대해 알려주는 글에도 적용해야 한다.

자기소개서 한 편을 살펴보자. 내가 1991년에 쓴 글이다. 이 역시 성장기, 중고교, 대학이라는 시간 순서를 벗어나지 않은 상투적인 구성을 따랐다. 인물을 소개하든 사건을 서술하든 시간순으로 열거하는 방식을 피해야 한다. 그 방식은 설령 앵글이 있더라도 흐릿하고, 플롯이 없어서 도입부가 밋밋하고, 전개가 흥미롭지 않으며, 끝맺음도 전략적이지 않다.

한편 자기소개서 제목을 '자기소개서'라고 쓴 점도 반면교사가 된다. 이는 신문기사의 제목을 '기사'라고 붙이거나 자서전의 타이틀을 '자서전' 또는 '회고록'이라고 다는 것이나 마찬가지다. 이는 그 글이 어떤 장르라는 걸 알려주는 이상한 제목이다. 같은 류의 사례를 들면 여행기 제목을 '기행문'이라고 하고 책을 소개하는 글의 제목을 '서평'이나 '독후감'이라고 하는 것과 비슷하다.

인사 관련 업무 담당자의 눈길을 붙들어 오래 머물도록 하기 위해 자기소개서의 내용을 고심했고 문장 하나하나를 정성들여 쓰고 단어도 신중하게 선택했다. 그런데 정작 담당자의 눈이 가장 먼저 닿는 제목에 전혀 신경을 쓰지 않았으니, 이는 옷을 차려입었지만 화장도 하지 않고 머리스타일도 매만지지 않은 것이나 마찬가지다.

'자기소개서'가 제목으로 적절하지 않은 것은 내용이 없어서일 뿐 아니라 세일즈라는 측면도 고려하지 않아서다. 경력직이 아니라 신입사원으로 지원하는 자기소개서를 제출한다면 그 글을 받아 읽는 인사 관련 업무 담당자의 책상에는 내 글 말고도 수많은 자기소개서가 쌓여 있을 것이다. 나는 '자기소개서'라고 제목을 붙여 낸 반면 많은 다른 지원자들이 자신을 드러낸 제목을 붙여 글을 제출했다면 내 지원서는 관심을 받기조차 어려울 수 있다.

시간순으로 열거하는 대신 앵글을 잡고 이에 따라 플롯을 짜서 소재를 전개하라. 이 같은 작성 지침은 입시용 자기소개서를 쓸 때에도 유효하다.

다시 내 자기소개서로 돌아온다. 여기에는 치기 어린 자기과시가 산만하게 늘어져 있다. 어떻게 고치면 꼴을 갖춘 글이 될까. 대안을 그 뒤에 붙인다.

[예시문]

자기소개서

집 주위에 보리밭, 깨밭, 논이 있었고 나는 보릿짚더미에서 레슬링하기, 숨바꼭질, 연날리기를 하며 자랐다. 아버지는 자녀들의 지적 발달에 관심이 많으셔서 낱말카드 수십여 장으로 나의 한글을 일찍 깨우쳐주셨고 국민학교에 입학할 무렵부터 《소년동아일보》를 구독하게 하셨다.

아버지가 사 오시거나 빌려 오시는 『플루타르크 영웅전』, 『시이튼 동물기』 등의 책을 누나에게 질세라 읽어치웠다. 지금도 생생한 것은 수업시간에 책상 아래 펼쳐놓고 몰래 읽던 『일리어드』의 전투 장면이다. 무적의 아킬레스의 정열과 용맹, 그리고 神에게까지 뻗치는 그의 분노는 어린 나를 충분히 매료시켰으며 神에 대한 거부의 자세는 그때부터 형성되었다. 중고등학교 시절은 학교와 집을 오가는 성실한 생활이었고 대학 진학 후 비로소 나와 나의 社會에서의 위치를 생각하기 시작하였다. 하지만 현실에 무작정 뛰어들기보다는 '참된 인식'과 '세계관'의 문제에 집착하였다. 『과학혁명의 구조』, 『역사란 무엇인가』, 『지식사회학』, 『역사와 진실』 등의 책으로 이 문제를 정리하였고 지식인의 삶을 살아가리라고 마음먹었다. 현실을 이해하고자 하는 나의 갈망은 個人史와 만나게 했고 역사와 소설을 탐독하게 했다. 백범 김구, 장준하, J. S. 밀, 트로츠키, 그람시 등의 전기, 『중국의 붉은 별』, 『변신』, 『세계를 움직인 10일』, 『드레퓌스 사건』 등의 역사서, 『강철군화』, 『Z』, 『태백산맥』 등의 소설은 그 일부이다. 최근 나를 온통 휘어잡은 책은 칠레의 민중가수 빅토르 하라의 삶을 엮어 놓은 『끝나지 않는 노래』이다.

사람들 속에서 그들과 교류하며 나의 세계와 인격의 깊이를 더해가는 것, 이것이 내 개인적인 삶의 바람이다. 사회의 진보를 위해 제거나 도입이 불가피한 관념, 관습, 제도를 그것의 제거나 도입이 필연적임을 대중에게 설득함을 통해 최소한의 사회적 비용 아래 (사회가) 그렇게 하도록 촉진하는 역할을 하고 싶다.

대학원에 진학하면서 기자가 되어 사람들 속에서 사건들을 취재·정리하고 분석하여 전달해야겠다고 결심하였다. 신문의 여러 면 중에서 특히 출판·문화면을 관심 있게 읽어왔는데 앞으로 그 분야로 진출하여 쏟아져 나오는 책들 가운데 읽어야 할 것들을 골라 저자와 배경을 이야기하고 시대적·사회적 맥락을 짚어내며 각각의 미덕을 칭찬하여 많은 사람에게 제시하겠다.

친구들과 어울려 서울 근교의 산을 자주 찾았고 탁구와 농구를 즐긴다. 여름 한낮의 불볕 아래에서 농구장을 뛰어다니던 때가 떠오른다. 고전음악에서 기쁨과 위안과 힘을 얻었다. 베토벤의 음악, '성난 파도가 해안의 바위에 부딪쳐 거품을 일으키듯, 타오르는 열정이 그것을 가두고 있는 장벽을 두들기는' 그의 음악을 사랑한다.

[수정문]

책을 벗어나 세상 속으로

사람들 속에서 그들과 교류하며 나의 세계와 인격의 깊이를 더해가는 것, 이것이 내 개인적인 삶의 바람이다.

사회적으로는 사회의 진보를 위해 제거나 도입이 불가피한 관념, 관습,

제도를 그것의 제거나 도입이 필연적임을 대중에게 설득함을 통해 최소한
의 사회적 비용 아래 (사회가) 그렇게 하도록 촉진하는 역할을 하고 싶다.

대학 진학 후 나와 나의 사회에서의 위치와 역할을 생각하며 '참된 인식'
과 '세계관'의 문제에 천착했고 『과학혁명의 구조』, 『역사란 무엇인가』,
『지식사회학』, 『역사와 진실』 등 책으로 이 문제를 정리하면서 위와 같은
역할을 하는 지식인의 삶을 살아가리라고 마음먹었다.

대학원에 진학해 공부하면서 지식인 가운데 기자가 되어 사건들을 취재·
정리하고 분석하여 전달해야겠다고 결심하였다. 신문의 여러 면 중에서
특히 출판·문화면을 관심 있게 읽어왔는데 앞으로 그 분야로 진출하여
쏟아져 나오는 책들 가운데 읽어야 할 것들을 골라 저자와 배경을 이야
기하고 시대적·사회적 맥락을 짚어내며 각각의 미덕을 칭찬하여 많은 사
람에게 제시하겠다.

개인사로 풀어낸 역사와 소설을 즐겨 읽는다. 백범 김구, 장준하, J. S.
밀, 트로츠키, 그람시 등의 전기, 『중국의 붉은 별』, 『변신』, 『세계를 움직
인 10일』, 『드레퓌스 사건』 등의 역사서, 『강철군화』, 『Z』, 『태백산맥』 등
의 소설은 그 일부이다. 최근 나를 온통 휘어잡은 책은 칠레의 민중가수
빅토르 하라의 삶을 엮어놓은 『끝나지 않는 노래』이다.

책 읽는 습관은 아버지가 들이도록 해주셨다. 나는 아버지가 사 오시거
나 빌려 오시는 『플루타르크 영웅전』, 『시이튼 동물기』 등의 책을 누나에
게 질세라 읽어치웠다. 지금도 생생한 것은 수업시간에 책상 아래 펼쳐
놓고 몰래 읽던 『일리어드』의 전투 장면이다. 무적의 아킬레스의 정열과
용맹, 그리고 神에게까지 뻗치는 그의 분노는 어린 나를 충분히 매료시
켰으며 神에 대한 거부의 자세는 그때부터 형성되었다.

아버지는 자녀들의 지적 발달에 관심이 많으셔서 낱말카드 수십여 장으
로 내가 한글을 일찍 깨우치도록 해주셨고 내가 국민학교에 입학할 무렵
부터 《소년동아일보》를 구독하게 하셨다.

내가 책벌레로 자란 것은 아니다. 고향 집은 보리밭, 깨밭, 논이 가까운 곳에 있었고 나는 온종일 보릿짚더미에서 레슬링하기, 숨바꼭질, 연날리기를 하며 놀곤 했다.

친구들과 어울려 서울 근교의 산을 자주 찾았고 탁구와 농구를 즐긴다. 여름 한낮의 불볕 아래에서 농구장을 뛰어다니던 때가 떠오른다. 고전음악에서 기쁨과 위안과 힘을 얻었다. 베토벤의 음악, '성난 파도가 해안의 바위에 부딪쳐 거품을 일으키듯, 타오르는 열정이 그것을 가두고 있는 장벽을 두들기는' 그의 음악을 사랑한다.

이런 자기소개서를 내고 면접을 통과한 나는 입사 후 나를 사보에 소개하는 글에서 선배들에게 나를 뚜렷이 각인하고자 했다. 자기소개서보다 고심해서 쓴 게 다음 입사후기다. 입사 소감에 이어 기자가 된 자신 소개, 회사에 대한 관심, 책임 순서로 구성했다. 한 장면으로 시작해 입사소감으로 이어지는 방식을 택했다. 잘 쓰인 글은 아니되 기본 짜임새는 갖췄다.

[예시문]

세상 속으로

子正. 친구들의 축하, 당부, 격려를 뒤로 하고 택시를 탔다. 차를 세우고 내렸다. 느낌으로 그것이 온 걸 안다. 울컥거리며 치밀어 오르는 걸쭉한 액체. 으흐흐흐, 개운하다. 짧았지만 神經줄에 땀 나게 했던 몇 개월의 수험생활을 털어낸 것. 하숙방에 들어와 장호가 건네준 〈錦江〉을 펼친다.

"우진 君! 자네의 出世를 진심으로 축하하네."

세상으로 나아감. 우하하하. 내가 드디어 '세상 속으로' 나아가는구나.

지식인으로 살겠다는 다짐, 역사와 사회에 대한 관심, 글 쓰는 행위의 매력, 이런 것들이 날 신문사로 세계 잡아당겼다.

나에게는 이상사회에의 꿈이나 종교와 같은 '거대한 뿌리'가 없고 그것이 내 삶을 얇은 바람에도 흔들리게 할 거라고 나는 우려했고, 지금도 우려한다.

하지만 자력구제의 종교와 인간을 향한 사랑은 나를 든든하게 떠받쳐줄 것이라고 본다.

歷史와 社會에 대한 관심은 내 무식함의 자각에서 비롯되었으며 여전히 그러하다. '眞理는 實踐 속에 있다'고 믿는다. 그 뜻은 아직 잘 모르지만.

글을 읽고 쓰는 것을 멀리하지 않았으나 글쓰기에 마음 두지 않은 채 읽었고 읽는 이를 내 속에 가지지 않은 채 글을 썼다. 물론, 적절히 구사된 말의 엄청난 위력에 대해서도 깜깜했다. 동아일보에 실렸던 어느 작가의 글을 감탄하며 읽었고 조금씩 '읽기'의, 따라서 '쓰기'의 맛을 분별하게 되었다.

山으로부터 멀리 떨어져 있을 땐 산의 모습이 잘 보였는데 이제 그 자락에 들어오자 山이 보이지 않는다. 그러나 시간이 흐를수록 나는 점점 더 '동아'로 동화되어갈 것이고 따라서 바로 지금만큼 '동아'가 하나의 실체로 드러나는 때도 앞으로는 없을 것이기에, 동아일보의 '독자'로서 한마디 적어본다.

"동아일보는 전문성에서도 대중성에서도 선두 자리를 위협받고 있다."

다른 신문사가 아닌 동아일보에 기자로 들어온 것이 자랑스럽고 기쁜 한편, 記者로서, 동아일보 記者로서 제 몫을 해야 한다는 책임에 양 어깨가 무겁다.

내일 부수확장, 잘할 수 있을까?

5. 남과 다르게 보는 게 첫걸음

앵글을 잡는 건 달리 보는 것이다.

소설가 전상국은 책『전상국의 즐거운 마음으로 글쓰기』에서 "다른 이들도 그 정도는 이미 다 알고 있는 그저 그렇고 그런 내용, 누구나 금방 떠올릴 수 있는 뻔한 생각을 가지고는 좋은 글이 될 수 없다"라며 "남들이 보지 못하는 것을 볼 수 있어야 한다"라고 말한다. 글을 차별화하는 요소가 남다른 안목, 독창성이라는 뜻이다.

이어령도 책『바이오그래피』에 실린 대담에서 자신의 창의력의 원천과 관련해 "서로 다른 현상에서 같은 점을 찾고, 같은 현상에서 다른 점을 찾으려 했다"라고 들려줬다.

독창적이거나 창의적인 아이디어는 사물을 바라보는 각도를 이리저리 바꿔가며 많이 생각하는 가운데 떠오른다. 또는 현상을 뒤집어 보는 접근법이나 남들이 별로 관심을 두지 않는 작은 것들을 눈여겨보는 것도 도움이 된다. 평범함에서 범상치 않은 무언가를 찾아내고 비범함에서 평범함을 발견할 수도 있다. 한 현상을 다른 현상에 비춰보는 것도 남다른 발상을 하는 방법이다.

전상국은 실제 사례로 '아파트'라는 글감을 남다르게 다루는 접근에 뭐가 있을지를 다룬다. 그는 아파트와 관련해 익숙한 생각으로 편의성, 답답함, 이웃의 실종, 획일화 등을 들고 이런 주제로 글을 쓰면 독자의 눈을 끌기 어렵다고 설명한다. 이어 아파트와 관련한 고정관념에서 벗어난 착상으로 '아파트 베란다에 연출하는 자연', '아파트 엘리베이터에서 생긴 일', '이름 대신 숫자로 기억되는 아파트 사람들' 등을 예로 든다.

이 가운데 내 눈길을 끈 글감은 '숫자로 기억되는 아파트 사람들'이다. 이 착상을 바꿔 세탁소 사장의 기억력을 소재로 한 다음과 같은 내용의 가벼운 글을 쓸 수 있겠다.

[예시문]

아파트단지에서 주민들의 얼굴과 '몇 동 몇 호'를 가장 많이 기억하는 사람은 세탁소 사장이다. 아파트단지가 1000호로 구성되고 집집마다 세탁물을 맡기는 사람이 한 명씩이라면 1000명의 얼굴을 숫자로 기억하는 셈이다.

세탁소 사장이 머리가 좋아 많은 얼굴과 숫자를 외우는 것은 아닐 게다. 세탁소 사장의 기억력은 자영업자 평균을 웃돌지도 밑돌지도 않을 것이 분명하다.

그렇다면 세탁소 사장의 놀라운 암기력의 비결은 무엇일까. 비결은 세탁물을 배달하는 과정이 아닐까. 배달하면서 초인종을 누르면 사람이 나온다. 닫힌 문에서 어떤 얼굴이 나올지 예상하고 확인하는 과정을 거치게 된다. 아파트의 '몇 동 몇 호'는 같은 듯 다르다. 아파트 입구에 있는 동이 있고 한가운데 있는 동이 있다. 엘리베이터 가까이 있는 집 다르고 맨 끝에 있는 집 다르다. 세탁소 사장의 머릿속 기억창고에는 아파트 동과 호가 칸칸이 들어 있고 각 칸마다 주민 얼굴 이미지가 들어 있을지 모른다. 자신에게 필요해 익힌 정보는 책에서 읽은 남의 얘기보다 잘 기억된다. 세탁소 사장의 기억법을 다른 분야에서 일하는 사람들도 익힐 수 있지 않을까.

다음 단상도 펼쳐놓으면 앵글이 있는 글이 될 것이다.

[예시문]

『훈민정음』 국보1호 지정 서명운동을 한다고 한다.

『훈민정음』은 우리나라는 물론이요 인류에게도 최고의 문화유산이다만, 국보1호 지정은 의미 없다.

국보에 붙은 숫자는 숫자일 뿐이다. 국보2호가 국보1호 남대문보다 못하고 국보3호는 국보2호에 미치지 못하고, 국보의 숫자는 이렇게 순위를 매긴 결과가 아니다. 순위를 정하는 일도 불가능하다.

또 이런 문제도 있다. 국보급 새로운 문화재가 발견되면 숫자를 매번 재정렬해야 하나? 그 숫자가 일제강점기에 붙었다고 해서 고쳐야 하는 건 아니다.

6. 새로운 앵글로 적벽대전 읽기

남이 미처 바라보지 못한 앵글로 『삼국지』의 텍스트를 비판적으로 뜯어보자. 새로운 앵글을 잡으면 기존에 사람들이 보지 못한 측면을 알아챌 수 있다.

[예시문]

적벽대전은 『삼국지』의 하이라이트다. 위·오·촉 삼국의 주요 영웅이 한 시간, 한 공간에 함께 등장한다. 적벽대전에서 오와 촉은 위를 상대로 연합한다. 촉나라의 제갈공명과 방통은 오나라의 주유와 머리를 맞대고 신묘한 전략을 짜내어 조조를 상대로 펼친다.

이들은 조조의 군대를 물리치는 작전의 일환으로 화공을 택한다. 이 작전에 따라 방통은 정탐하러 온 조조의 모사 장간을 역이용한다. 방통은 장간에게 "주유가 나를 몰라준다"고 거짓으로 한탄하며 장간으로 하여금 자신을 조조에게 소개하게 한다. 방통은 조조를 만나 위나라의 백만 대군이 강에서도 마치 뭍에서처럼 기민하게 움직일 수 있게 할 묘책을 알려준다. 배를 서로 사슬로 연결하면 강물이 아무리 일렁여도 갑판이 흔들리지 않게 된다는 것이다. 조조는 이런 속임수에 넘어간다.

조조의 수하가 "배를 서로 연결하면 화공에 속수무책으로 당할 수 있다"고 진언하지만 조조는 그런 가능성을 생각하지 못한 게 아니라며 껄껄 웃어넘긴다. 의아해하는 부하에게 조조는 자신의 진영이 북쪽에 있는데 "계절이 겨울이어서 북풍이나 서풍이 불기 때문에 손권과 유비가 바람을 거슬러 화공을 감행하지는 못하리라는 점까지 계산하고 있노라"고 설명한다.

이 단계에 이르러 주유가 몸져눕는다. 겨울이라 동남풍이 불지 않는데 무슨 수로 화공을 한단 말인가. 주유의 와병은 이런 고민이 울화로 쌓인 탓이었다. 공명은 주유를 병문안한 자리에서 글을 써 주유의 마음을 읽어 보인다. '조조를 격파하려면 불로써 공격하는 수밖에 없는데 모든 준비는 됐으나 다만 동쪽 바람이 없구려.' 크게 놀라는 주유에게 공명은 단을 쌓고 바람을 빌어 사흘간 동남풍이 불도록 하겠다고 장담한다.

공명은 목욕재계하고 도의를 입고 머리를 풀고 맨발로 칠성단에 올랐다. 하루에 세 번 단 위에 올라갔다 내려왔으나 동남풍은 불지 않았다. 해가 저물었지만 바람 한 점 일지 않았다. 주유가 "한겨울에 어찌 동남풍을 얻겠소"라며 실망했다. 그러나 밤 삼경 무렵 동남풍이 거세게 불기 시작했다.

바람까지 부르는 공명의 능력에 놀란 주유는 "훗날의 근심을 없애야 한다"며 공격 명령에 앞서 공명을 죽이라고 지시한다. 오나라 군대가 공명이 바람을 빈 곳 이르렀지만 공명이 이미 떠난 뒤였다. 배로 공명을 좇아갔으나 공명은 조자룡의 호위를 받으며 유유히 달아났다. 조조의 군대는 화공에 철저히 유린돼 거의 궤멸되고 말았다.

『삼국지』의 적벽대전 부분은 이와 같이 흥미진진하게 전개된다. 반면 적벽대전과 관련한 정사의 기록은 불과 몇 줄에 그친다고 한다. 이를 두고 사실을 바탕으로 소설적인 살을 붙여 적벽대전이 탄생했다는 해석이 있는가 하면, 실제로는 역병이 돌자 조조가 전투를 벌이지 않고 물러났는데 허구에 허구를 쌓아올려 적벽대전을 지어냈다는 풀이도 있다.

나는 적벽대전의 상당 부분이 허구라고 본다. 설사 신통하게도 공명이 빌자 동남풍이 불었다고 하더라도, 이야기의 앞뒤가 맞지 않기 때문이다. '겨울에 동남풍이 불지 않는다'는 불리한 변수는 작전 수립 단계에는 전혀 거론되지 않는다. 방통도 주유도 동남풍이 불지 않는 계절임을 걱정하지 않는다. 조조의 배를 다 연결한 뒤에야 그 변수에 생각이 미친다. 방통과 주유가 그런 어처구니없는 실수를 저질렀다는 대목이 억지스럽다. 공명을 부각하려다 보니 줄거리를 그렇게 꾸민 게 아닐까.

얘기가 맞아떨어지려면 초기 화공 작전 수립 단계부터 방통과 주유가 동남풍을 걱정하고, 공명이 자신의 바람 부르는 능력을 두 사람에게만 살짝 보였어야 했다. 줄거리상으로 그렇다는 말이다.

7. 본질에서 출발하면 앵글이 나온다

앵글은 남다르게 보는 데서 나온다. 남다르게 보는 시각은 허울과 명성보다는 본질이 무엇인가 하는 물음에서 나올 때가 있다. 유엔UN 과 유엔 산하 국제기구 유네스코가 하는 일은 사람들이 생각하는 것에 비해 실질과는 거리가 멀다.

유엔은 논의는 많이 하지만 결정하고 실행에 옮기는 일은 거의 없는 기구다. 유엔은 국제사회의 평화를 지키기 위해 운영하는 안전보장이사회에서 결의한 사항을 집행할 수단이 없다. 그래서 여러 회원국이 안보리 결의를 구하지 않거나 안보리 결정에 전혀 구애받지 않고 다른 나라를 공격하거나 핵무장을 한다.

반기문 전 유엔 사무총장의 이전 경력은 외교관이다. 외교는 어떤 일을 맡아 계획을 세우고 실행해 목표를 달성하는 일이 아니다. 유엔

제1장 글에도 앵글이 있다. 촉을 키우자

사무총장은 일견 국제사회의 중심에서 회원국을 오가며 외교관과 비슷한 역할을 하는 것으로 비친다. 그러나 유엔 사무총장은 외교관보다 못한 측면이 있는데, 그것은 어느 주권 국가도 대표하지 못한다는 것이다. 그래서 유엔 사무총장은 아름다운 이상을 내걸고 활동하지만 실은 회원국 사이를 부유하는 무기력한 존재일 뿐이다.

외교관은 스스로 어젠다를 만들지 못한다. 본국의 결정에 따르게 마련이다. 유엔 사무총장은 어젠다를 들고 다니지만 실행하지 못한다. 반면 정치인은 스스로 일을 찾아내 유권자의 지지를 끌어내고 추진해야 한다. 이는 외교관 출신 유엔 사무총장은 해본 적이 없는 업무다. 이렇듯 기본적인 사실과 논리로 나는 반기문 총장이 대통령감이라는 기대를 비판했다.

반기문 총장을 평가한 칼럼 다음에는 유네스코 세계문화유산과 관련한 짧은 글 두 꼭지를 앵글을 잡는 사례로 소개한다.

[예시문]
반기문 유엔 사무총장의 정치력
"당신은 이 세상에서 가장 불가능한 일을 하도록 지명받은 것이오."
초대 유엔UN 사무총장 트뤼그베 할브단 리가 후임자 다그 함마르셸드에게 들려준 말이다(김정태『유엔사무총장』).
유엔 사무총장 역할이 세계에서 가장 수행하기 어려운 것은 사명이 지구적인 데 비해 권한은 미미하기 때문이다.
코피 아난 제7대 사무총장은 아프리카 내전을 방관하는 국제사회를 비판하며 "나 자신은 전투기 한 대, 군인 한 명도 움직일 권한이 없다"며 무력함을 토로했다. 쿠르트 발트하임 제4대 사무총장은 "유엔 사무총장은 무한 책임을 지지만 실제로는 보잘것없는 힘을 극히 제한적으로 행사한다"고 말한 바 있다.

유엔은 평화 유지와 국제협력 증진을 목표로 활동한다. 사무총장은 국제 사회의 평화를 위협하는 어떤 사안으로도 안전보장이사회를 소집할 수 있다. 사무총장은 그러나 의사결정권이 전혀 없다. 사무총장을 더 맥 빠지게 하는 것은 안보리 결의를 회원국이 따르도록 유도할 재원도, 강제할 수단도 없다는 점이다.

사정이 이렇다 보니 회원국이 유엔의 결의를 무시하기 일쑤고 유엔의 동의를 구하지 않는 경우도 많다. 가까운 예를 들면 북한은 유엔 안보리의 반대와 제재에도 아랑곳하지 않고 핵무기를 개발하고 있다. 또 미국은 지난 9월 하순 시리아 북부의 이슬람 수니파 무장세력 '이슬람국가IS'를 공습하면서 유엔 안보리 결의를 거치지 않았다. 이런 행위는 사무총장은 물론 유엔의 존재와 활동도 무시하는 일이다.

유엔이 스스로 짊어진 지구온난화 방지 프로젝트도 표류하고 있다. 유엔은 197개국을 유엔기후변화협약UNFCCC에 가입시키고 선진국의 온실가스 감축 목표치를 정한 교토의정서를 1997년에 채택했다. 교토의정서는 2005년 발효됐다. 그러나 미국과 중국이 처음부터 의무감축 대상국에서 빠진 데다 일본, 러시아, 캐나다, 뉴질랜드가 2012년 의무감축 대상국에서 탈퇴했다. 선진국이 기후변화와 관련해 개발도상국을 돕는 프로그램인 녹색기후기금GCF은 재원 마련이 막막한 상태다.

유엔 사무총장 8명이 지난 약 70년 동안 이룩한 업적은 뭘까. 초대 사무총장 할브단 리가 1950년 6·25전쟁이 발발하자 유엔 회원국이 한국전에 참전하도록 한 일을 꼽을 수 있다. 남침한 북한의 뒤에 있던 소련이 여기에 반대했고 중국이 추가로 참전했지만 남한을 지켜낼 수 있었다. 할브단 리는 소련과 공산권 국가의 반대에 부딪혀 1952년 스스로 물러났다. 이후 전쟁 발발을 막고 침략전쟁을 저지하는 평화 수호자라는 유엔 사무총장의 권위는 미약해졌다.

유엔 회원국의 6·25전쟁 참전 외에 유엔 사무총장의 큰 족적은 눈에 띄지 않는다. 앞서 설명한 것처럼 유엔 사무총장은 일을 할 수 있는 권한이 주어진 자리가 아니라는 근본적인 제약이 큰 탓이다. 이는 앞으로 누가 사무총장을 맡아도 별반 달라지지 않을 것이다.

반기문 총장도 이런 한계를 벗어나지 못했고 앞으로도 마찬가지라고 본다. 유엔은 정치적인 과정을 거쳐 의사결정을 내리고 실행해서 성과를 거두는 기구가 아니다. 훌륭한 명분에 맞춘 아름다운 언사言辭가 펼쳐지지만 현실에서 이행되는 말은 드물다.

국내 정치권과 유권자의 반 총장에 대한 관심을 이런 배경에 비춰볼 필요가 있다고 나는 생각한다. 반 총장은 여야 양쪽에서 차기 주자로 거론되고 있다. 정치권의 관심은 그에 대한 유권자 지지율이 올라오면서 높아졌다. 올해 들어 20% 전후였던 반 총장 지지율은 지난달 여론조사에서 40%로 뛰었다.

유엔 사무총장을 지냈다는 사실은 그 인물의 정치력과 무관하다. 사무총장은 오히려 국제사회의 실질적이지 않은 이벤트에 매몰돼 지낼 위험이 큰 자리다. 따라서 사무총장 이력에는 가산점이 아니라 감점을 줘야 한다. 사실상 불가능한 일에 매달려온 인물보다는 가능한 일을 이룬 사람이 대통령 후보로 더 적합하다. 물론 반 총장이 그동안 보여주지 못한 정치력을 한국 정치에서 발휘할 가능성은 아직 열려 있다.

[지은이, 「반기문 유엔 사무총장의 정치력」, 아시아경제, 2014. 11. 12.]

이 앵글로 다음 기사를 읽어보자. 앵글을 잡으면 정보와 주장을 입체적으로 파악해 선별적·비판적으로 수용할 수 있다. 이는 이 챕터의 뒷부분에서 다시 거론할 주제다.

[인용문]
반기문, 美언론으로부터 거센 비난…"투명인간 총장"

시리아 내전을 종식시키기 위한 국제사회의 움직임이 다시 교착상태에 빠짐에 따라 서방 언론으로부터 반기문 유엔 총장에 대한 비판의 목소리가 높아지고 있다.

미국 외교 전문지 포린 어페어스Foreign Affairs의 조나단 테퍼먼 편집장은 24일(현지시간) 인터내셔널 헤럴드 트리뷴International Herald Tribune에 "반기문, 당신은 어디 있는가Where are you, Ban Ki-moon"라는 제목의 글을 기고했다.

그는 이 글을 통해 반 총장이 시리아를 포함해 최근 국제사회에 있었던 사태에서 뾰족한 해법을 제공하지 못했다면서 "투명인간 총장invisible secretary general"이라고 비판했다.

테퍼먼은 "반 총장과 유엔은 (시리아 내의) 대학살에서 완전히 무능totally ineffective했으며 이것은 그 스스로도 인정하는 바이다"라고 적었다.

그는 반 총장을 "수동적"이라고 묘사하며 시리아 사태와 더불어 2009년 스리랑카 유혈사태 당시에도 별 목소리를 내지 못했다고 지적했다.

또한 그는 반 총장이 "어설픈 의사전달자clumsy communicator"라며 그가 영어를 잘하지 못해 말할 때 메모에 의지하는 경향이 있다고 적었다. 그는 익명을 요구한 한 전직 유엔 고위직원을 인용하며 여러 국가들의 고위 관리들이 반 총장과 만났을 때 그가 대화가 부족한 점에 실망하는 경우가 많다고 주장했다.

테퍼먼은 이어 반 총장이 유엔 역사상 최악의 사무총장에 든다는 말이 나오는가 하면, "무력한 관찰자", "존재감 없는 사람nowhere man"이라는 등 혹독한 평가를 받고 있다고 지적했다.

그는 그러나 반 총장의 "무능"에는 그의 역할을 제한하는 유엔 주변의 조건에도 문제가 있다고 분석했다. 테퍼먼은 유엔 총장은 전 세계의 지도자 중 하나로 여겨지지만 실제로 자신의 의지를 관철시킬 만한 실질적인 힘은 없다는 점을 짚었다.

또한 그는 애초에 반 총장이 총장 자리에 오른 것 자체가 전임자 코피 아 난과 대립하는 데 지친 강대국들이 "밋밋하고bland""고분고분한pliable" 후임자를 원했고, "무채색colorless" 반기문이 적임자였다고 분석했다.

이러한 해외 언론의 평가는 한국에서는 다소 의외로 받아들여졌는데, 반 총장은 최근 대학생들로부터 가장 존경하는 정치적 인물로 선정되고 문 화일보가 실시한 "차기 대선후보 호감도"에서 1위를 차지하는 등 높이 평가받고 있기 때문이다.

네티즌들은 테퍼먼의 의견에 대해 엇갈린 반응을 보였는데, 일각에서는 "명예직의 자리에서 힘의 균형을 잡고 가기란 사실상 불가능한 일"이라 며 그를 옹호하는 반면, 다른 한쪽에서는 "(반 총장의) 근성과 노력은 높 이 사지만, 정치능력은 정말 모르겠다"고 혹평했다.

[더 헤럴드, 「반기문, 美언론으로부터 거센 비난…"투명인간 총장"」, 2013. 09. 25.]

어떻게 읽으셨는지. 권한이 없는 사람에겐 책임을 물을 수 없다. 유 엔 사무총장은 일을 하려고 해도 힘이 없다. 역대 유엔 사무총장 중 이 본질적인 한계를 극복한 사람은 없다. 따라서 '해법을 제시하지 못하 고 무능하며 수동적'이라며 반 총장을 비판하는 일은 극단적으로 비유 하면 '요즘 세대 허수아비는 참새를 쫓아내지 못한다' 하고 한탄하는 격이다.

이 기사가 전한 주장을 한 사람은 《포린 어페어스》의 편집장이라니, 이 한계를 모를 리 없다. 그래서 다음 문단으로 자신이 제약을 고려하 지 않은 채 반기문 총장을 깎아내리는 것은 아니라는 면피를 하려고 했다.

그는 이 문단에서 반 총장의 "무능"에는 그의 역할을 제한하는 유엔 주변의 조건에도 문제가 있다고 분석했다. 테퍼먼은 유엔 총장은 전 세계의 지도자 중 하나로 여겨지지만 실제로 자신의 의지를 관철시킬 만한 실질적인 힘은 없다는 점을 짚었다. 그러나 이 문단은 자신의 주된 논지와 상충한다.

유네스코는 '유엔경제사회이사회'를 줄여 만든 기구 이름이라는 것 정도는 많은 사람들이 안다. 그러나 유네스코가 무슨 일을 하는지 아는 사람은 적다. 유네스코가 국제사회와 여러 나라 사람들에게 자신의 존재를 드러내고 권위를 인정받게 된 것은 세계유산을 선정하면서부터다.

그러나 세계유산이야말로 유네스코가 얼마나 전시적으로 일을 하며 내실이 없는지를 보여주는 사례다. 유네스코는 세계유산을 선정할 뿐, 선정된 세계유산을 보전하는 데 관여하지 않는다. 그럴 재원도 없고 인원도 없다. 게다가 애초에 아무런 기준이나 제한 없이 세계유산을 선정하기 시작한 이래 이 무원칙을 유지하다 보니 세계유산이 너무 흔해지는 결과가 빚어졌다. 이제 세계유산이 너무 많아졌다. 아마 유네스코에서도 세계유산을 다 열거할 수 있는 직원은 한 명도 없을 것이다.

그런데도 많은 나라와 지방자치단체들은 유네스코 세계유산 선정에 예산과 행정력을 낭비하고 있다. 소극笑劇이 따로 없다. 유네스코 세계유산과 관련해서는 내가 이 사안에 처음 관심을 갖게 된 2009년 쓴 짧은 글과 그 다음 외신을 읽은 단상도 함께 전한다. 앵글을 파고들어가 키우는 사례로 참고할 만하다. 나는 이 착상에서 출발해 「유네스코 유산 인플레이션」이라는 칼럼을 썼다.

[예시문]

남발되는 유네스코 세계문화유산

조선시대 왕릉 40기가 유네스코 세계문화유산으로 등재됐다. 6월 26일 스페인 세비야에서 열린 제33차 세계유산위원회에서 이같이 결정됐다.

이로써 한국은 유네스코 세계유산을 9건 보유하게 됐다.

유네스코는 등재 평가 보고서에서 조선 왕릉이 유교·풍수적 전통을 바탕으로 독특한 조경 양식을 보여주며 이와 함께 제례 등 무형의 역사적 전통이 이어지는 점을 높이 평가했다.

유네스코 세계문화유산으로 지정되면 문화재의 경제·사회·문화적 가치가 높아져 관광객을 끌어들이고 국가 이미지를 높인다고들 한다. 그러나 유네스코 세계문화유산은 이미 그 단계를 넘어서지 않았나 하는 시선을 받는 것 또한 사실이다. 많이 찍어낸 화폐처럼 값어치가 떨어졌다는 것이다. 지난해 9월 읽은 기사를 찾아보니 유네스코 세계문화유산으로 무려 878개가 지정됐다.

머잖아 유네스코 세계문화유산과 관련한 관심사는 어떤 문화유산이 '등재됐다'는 것보다는 '왜 여태껏 등재되지 않았느냐'가 되지 않을까. 다만 이는 유네스코 세계문화유산이 '가치'를 잃어버리고도 '의미'는 지킨다는 전제 아래에서만 유지될 관심사다.

[예시문]

세계문화유산 지정할 뿐 보호하진 않는다

독일 드레스덴은 제2차 세계대전 후 재건축된 바로크 양식의 건축물로 유명하다. 엘베강 강둑에서 보는 드레스덴의 풍경이 특히 절경으로 꼽힌다. 그러나 엘베강을 가로지르는 왕복 4차로의 다리가 건설되면서 이 풍경이 망쳐졌다. 유네스코는 강력한 항의 표시로 이 도시의 세계문화유산 지위를 박탈했다.

드레스덴의 세계문화유산 지위 박탈은 유네스코의 세계문화유산 지정과 보호의 한계를 드러냈다. 유네스코는 세계문화유산을 지정만 할뿐, 유지하고 보호하기에는 역부족이다. 뉴스위크의 최근 보도를 보면 세계문화유산 목록을 관리하는 세계유산위원회의 직원은 100명이 채 안 되고 기부금을 포함한 연간 수입은 약 2000만 달러에 불과하다. 유산 보호에 쓸 돈이 없다.

드레스덴 시민들로서는 세계문화유산 지정 이후 별다른 도움을 받은 것이 아니고 다리를 놓지 않을 경우 유네스코에게서 다른 재정적인 지원이 약속된 것이 아닌데도 다리 없이 지내는 불편을 감수할 이유가 없다. 드레스덴 시의원 얀 뮈케는 "민주주의 사회에선 (아름다움을 유지하기 위해 다리 건설에 반대하는) 소수가 자신들이 시민 절대다수보다 더 우월하다고 생각하며 독재하는 것이 허용되지 않는다"고 말했다.

뉴스위크는 "세계문화유산의 추가 지정을 제한해 보호가 절실하게 필요한 유산에 자원을 집중하는 것이 한 가지 해결책"이라고 제시한다. 그러나 그렇게 하기엔 세계문화유산이 너무 많아졌다. 현재 세계문화유산은 900건에 육박한다.

8. 익숙한 대상과 연결하라

영화 〈암살〉은 임시정부의 2인자였지만 해방 후 우리 현대사에서 밀려나고 잊힌 약산 김원봉을 다시 조명하는 계기가 됐다. 역사에서 망각된 인물에 관심을 다시 불러일으키는 방법으로 무엇이 좋을까. 그 인물의 주요 활동에 앵글을 맞추는 방법이 있겠다. 독자가 잘 아는 사람이나 작품과 그 인물을 연결해 서술하는 방법도 있다.

나는 후자와 같은 전략을 택했다. 우선 약산 김원봉을 영화 〈암살〉에서 그를 연기한 조승우와 비교했다. 이 글을 페이스북에 올리자 조승우에게 그 역할을 맡긴 게 적절했다는 반박이 나왔다. 반대 의견도 관심이다. 연기자와 결부해 약산을 등장시키는 건 정답은 아니지만 나는 이 글로 독자의 관심을 약산으로 이끄는 데엔 성공했다고 본다.

영화 〈암살〉의 김원봉役, 조승우로 약한 이유

"약산은 냉정하고 두려움을 모르는 고전적인 유형의 테러리스트였으며 개인주의적인 사람이었다. 다른 사람들은 잘 어울려 다녔지만 약산은 언제나 조용하였고 육체운동에도 참가하지 아니하였으며 대부분 거의 말이 없었고 웃는 법이 없었으며 도서관에서 독서를 하면서 시간을 보냈다. 약산은 대단한 미남이고 로맨틱한 용모를 가졌기 때문에 아가씨들이 그를 좋아하였지만 그는 아가씨들을 멀리하였다."

공산주의 독립운동가 김산(본명 장지락. 1905~1938)은 약산 김원봉(1898~1958)의 상하이 시절 모습을 이렇게 전했다.

이 글에서 잘 어울려 다닌 '다른 사람들'은 의열단원을 가리켰다. 김산도 한때 이 조직에 몸담았다. 약산이 조직한 의열단은 조선독립 투쟁을 선도하기 위해 암살·파괴 활동을 벌인 비밀결사였다.

의열단원은 조선총독부 건물을 폭파했고 상하이에서 일본 육군대장 다나카 기이치田中義一를 향해 권총을 발사하고 폭탄을 투척했다.

"의열단원들은 놀라울 정도로 멋진 친구들이었다. 그들은 언제나 멋진 스포츠형 양복을 입었고 머리를 잘 손질하였으며 어떤 경우에도 결벽할 정도로 아주 깨끗이 차려 입었다.

의열단원들은 마치 특별한 신도처럼 생활하였고 수영·테니스 그 밖의 다른 운동을 함으로써 항상 최상의 컨디션을 유지하도록 하였다. 매일같이 저격 연습도 하였다. 이 젊은이들은 독서도 하였고 쾌활함을 유지하고 자기네들의 특별한 임무에 알맞은 심리상태를 유지하기 위하여 오락도 하였다.

그들의 생활은 명랑함과 심각함이 기묘하게 혼합된 것이었다. 언제나 죽음을 눈앞에 두고 있었으므로 생명이 지속되는 한 마음껏 생활한 것이다."(김산 전기 『아리랑』에서 인용)

일제 경찰문서에 따르면 이 시기(1920년대) 상하이 의열단원들은 매일 프랑스 조계에 있는 사격장을 드나들면서 권총 발사 연습을 했다. 약산은 운동은 하지 않았지만 일요일 오후에는 상하이 교외 사격장에서 사격 훈련을 하곤 했다.

김원봉은 의열단원을 감동시키고 고무해 그들이 대의를 위해 자신의 생명을 던지게끔 만들었다. 의열단원 김성숙은 약산이 "굉장한 정열의 소유자였고 동지들에 대해서도 굉장히 뜨거운 사람이었으며 남들로 하여금 의욕을 내게 하는 사람이었다"며 "그렇기 때문에 동지들이 죽는 곳에 뛰어들기를 겁내지 않았던 것 아닙니까"라고 들려줬다.

1921년 9월에 조선총독부를 파괴한 김익상은 원래 용산철도국 노동자로 일하다 봉천 연초공장을 거쳐 비행사가 되기 위해 비행학교가 있는 광동으로 갔다. 그러나 비행학교가 폐쇄돼 베이징으로 왔다가 김창숙의 소개로 약산을 만나게 됐다. 약산은 김익상에게 "조선의 독립은 이천만 민족의 십분지 팔 이상이 피를 흘리지 아니하면 아니 된다"며 "우리는 이때에 선두에 나아가 희생이 됨이 마땅하다"고 열변을 토했다. 김익상은 약산의 말에 감격해 의열단원이 됐다.

앞서 10대 때인 중앙학교 시절 이미 열정적인 웅변으로 유명해진 약산이었다. 작가 박태원은 『약산과 의열단』에서 김원봉이 사회발전을 주제로 한 교내 웅변대회에서 "남보다 뛰어나게 열변을 토해 전교에서 유명해졌다"고 전했다.

약산은 사람을 움직이는 힘이 있었다. 그가 1913년부터 약 1년 동안 다닌 중앙학교의 스승 안재홍은 김원봉이 1930년대에 조선에서 청년을 모집할 때 이를 도와줬다가 또다시 구속됐다. 화가 나혜석도 김원봉에게 여러 가지로 도움을 줬다. 나혜석은 자신과 남매지간으로 중앙학교 교사였던 나경석을 통해 약산을 소개받은 것으로 보인다.

김원봉은 황포군관학교 외에는 졸업한 곳이 거의 없지만 여러 학교를 다녔다. 서당에 다니다 보통학교에 편입해 공부했고 밀양 동화중학에 편입했다. 민족주의 교육을 하던 동화중학이 폐교되자 서울 중앙학교에 편입해 잠시 재학했다. 18세 때인 1916년 중국 톈진으로 가 독일인이 운영하는 학교 덕화학당에 입학했다. 독일어를 배워 군사 강국인 독일로 유학 간다는 생각에서였다. 중국이 연합국측에 가담하고 독일과 이탈리아에 대해 선전포고하면서 덕화학당도 폐교됐다. 약산은 서울로 돌아왔다가 1918년 중국 난징으로 가서 미국인이 운영하는 기독교 계통의 금릉대학에 입학했다. 여운형이 졸업한 학교였다. 약산은 1919년에는 몇 개월 동안 서간도의 신흥무관학교에 적을 뒀다.

약산은 3·1운동 소식을 듣고 민족의 저항 의지를 결집해 무장투쟁으로 불붙일 시기가 무르익었다고 판단했다. 그는 지린으로 가서 김좌진이 군무부장을 맡은 의군부를 찾는다. 의군부는 약산에게 자신들과 함께 일하기를 요청했지만 약산은 군대를 조직할 무기를 갖추고 모병하고 훈련해 전투를 벌이기까지 너무 오랜 시일이 걸릴 것이고 그동안 동포의 민족혼이 마비되리라고 우려했다. 약산은 핵심 인물과 시설을 타격하는 노선을 잡게 됐다. 1919년 11월 이 노선에 따라 의열단을 조직했다. 의열단원은 주로 신흥무관학교 출신들로 구성됐다.

〈암살〉의 시나리오도 쓴 최동훈 감독은 "실제 김원봉은 굉장히 잘생긴 데다 풍찬노숙風餐露宿하며 살았지만 강단이 있는 그런 느낌이었다"며 "그래서 〈타짜〉를 함께한 조승우에게 전화를 걸었다"고 밝힌 바 있다.

배우 조승우가 미남이라는 말에는 이견이 없다. 그러나 조승우는 선이 굵은 미남자 약산이 무장 독립투쟁 조직의 리더로서 내뿜은 강기剛氣를 보여주기에는 약한 캐스팅이 아니었을까.

[지은이, 「영화 '암살'의 김원봉役, 조승우로 약한 이유」, 아시아경제, 2015. 08. 07.]

9. 비교하고 차이를 부각한다

다음 글에서는 더 과감하게, 약산을 백범과 비교했다. 이 글을 내보내자 더 강한 비판이 돌아왔다. 약산을 띄우기 위해 백범을 깎아내렸다는 비판이었다. 그러나 이 글에서 나는 사실을 더하거나 빼지 않았고 왜곡하지도 않았다. 독립운동을 무장투쟁이라는 관점에서 볼 때 백범과 임시정부는 주역이 아니었다. 백범과 임정은 윤봉길 의사가 스스로 찾아온 데 크게 덕을 봤지, 그 직전에는 존재가 유명무실을 지나 이름조차 희미해지고 있었다.

[예시문]

백범 김구를 선도한 약산 김원봉의 무장투쟁

"중일전에 참전하기 위해 중국 광둥에서 난징으로 갔다. 먼저 김구 (1876~1949)가 영도하는 임시정부측에 갔으나 사람들이 너무 연로하고 청년들을 전투에 참전시킬 방책도 마련되어 있지 않아 여러 청년들과 함께 약산 쪽으로 갔다."

이는 훗날 인민군 부참모장을 지낸 이상조(1915~1996)의 회고다. 부산 동래에서 태어난 이상조는 약산의 인도에 따라 1937년 중국 중앙육군군 관학교 특별훈련반에 입교했다. 중앙육군군관학교는 중국의 제1차 국공 합작으로 1924년에 개교한 황포군관학교의 후신이다.

당시 약산 김원봉(1898~1958)에게 모여든 조선 청년은 백수십 명이었다. 독립투사·작가 김학철(1916~2001)도 그중 한 명이었다. 김학철은 "숭배하는 마음을 갖고" 약산을 만났다고 훗날 들려줬다.

의열단과 의열단의 민족혁명당(민혁당)이 근거지로 삼은 이연선림怡然禪 林이라는 절의 후원에서 약산은 이들 청년에게 "일본 침략자를 몰아내는 데 가장 유효한 방법은 무장투쟁"이라며 "전쟁과학을 모르면 발톱까지 무장한 강대한 적과 맞설 수 없다"고 말했다.

김학철은 자전적 소설 '격정시대'에서 약산이 연설을 마치자 학생들이 열렬한 박수로 화답했다고 전했다. 그는 "약산의 연설은 원고를 읽어 내려간 것이 아니었을 뿐 아니라 간단명료했다"고 말했다.

이들 조선 청년 100여 명은 중앙육군군관학교의 장시성 교정에서 처음엔 중국인 학생들과 섞여 훈련을 받다가 나중엔 독립 중대로 편성됐다. 조선 중대의 교관은 대부분 민혁당 당원이었다.

조선인의 당시 중앙육군군관학교 입교는 중국의 2차 국공합작으로 한일민족통일전선이 설립됨에 따라 장개석의 국민당측이 결정해 가능해졌다. 백범 김구도 입교를 지원하는 조선인을 모집했지만 청년들은 대부분 약산 아래 모였다가 그의 인솔에 따라 입교했다.

조선의 열혈 청년들이 백범보다 약산을 따른 것은 두 지도자의 이력을 살펴볼 때 당연한 선택이었다.

약산은 의열단을 조직해 저격·파괴공작을 벌이다 무장전투 조직 양성으로 노선을 수정했다. 약산 자신이 1926년 황포군관학교를 졸업하고 국민혁명군 소위로 임관했다. 또 약산은 중국 국민당에서 지원받아 조선혁명간부학교를 설립해 1932년부터 1935년까지 3기에 걸쳐 각각 군사 간부 40여 명을 양성한 바 있다. 시인 이육사(1904~1944)가 바로 이 조선혁명간부학교를 1기로 졸업하고 국내에 침투했다가 체포됐다.

백범은 이봉창·윤봉길 의거를 지휘했으나 이는 "민족운동이 매우 침체하여 군사공작이 어려우면 테러공작이라도 해야 할 때"라고 판단해 임시정부 국무회의로부터 권한을 위임받아 택한 전술이었다. 또 두 거사는 김구가 시작했다기보다 두 의사가 스스로 김구를 찾아와 제안하고 의욕을 보여서 추진됐다.

윤봉길 의거가 국제사회와 중국에 큰 반향을 일으키자 김구는 면담을 요청해 장개석을 만났다. 김구는 "자금을 지원해주면 일본·조선·만주에서 큰 폭동을 일으키겠다"고 제안했다. 이에 대해 국민당측은 되레 병력

양성을 권유했다. 양측은 중앙육군군관학교 낙양분교에서 한 기에 군관 100명을 키워내기로 했다. 이청천과 이범석이 이곳에서 각각 교관과 영관으로 군관을 훈련시켰다. 김구는 "동북 3성의 옛 독립군들과 중국 관내 지역의 청년들이 모여들었다"며 "1933년 11월 92명이 입학했다"고 주장했다.

백범의 이 주장에는 해설이 필요하다. 김구는 이듬해인 1934년 4월 초 약산의 혁명간부학교를 찾아와 2기생 앞에서 일장 연설을 했다. 김구의 실제 방문 목적은 혁명간부학교 학생들을 낙양분교로 유치하는 것이었다. 약산은 김구와 사이가 원만하지 않았지만 대국적인 차원에서 이를 받아들여 2기생 가운데 우수한 20여 명을 선발해 김구가 방문한 직후인 4월 10일경 낙양으로 보냈다. 이 사실을 고려할 때 낙양분교 입학생 92명에는 약산이 보내준 20여 명이 포함된 것으로 보인다.

백범을 임시정부와 동일시하지는 못하지만, 임시정부는 무장투쟁에 반대하거나 소극적이었고 대외적으로 열강의 움직임에 어떻게 대응하면서 자신들이 '임시정부'로 인정받을지에 힘을 쏟고 내부적으로는 감투를 차지하기 위한 세력다툼을 벌이면서 세월을 보냈다.

임시정부의 안창호(1878~1938)는 1920년 5월 약산에게 "폭탄을 단독적으로 기율 없이 사용하지 말고 임정 군사당국에 예속돼 실력을 점축한 뒤 상당한 때에 대거大擧할 것"을 요구했다.

의열단원으로 1921년 9월 조선총독부를 부분 파괴한 김익상이 1922년 상하이에서 일본 육군대장 다나카 기이치田中義一를 향해 권총을 쏜 사건에 대해 임시정부는 자신들이 결코 개입하지 않았음을 적극적으로 해명했다가 많은 독립운동가들로부터 빈축을 샀다.

[지은이, 「백범 김구를 선도한 약산 김원봉의 무장투쟁」, 아시아경제, 2015. 08. 10.]

약산과 김구의 정치적인 위상에 더 차이가 나게 된 계기는 귀국하

는 순서였다. 약산은 김구에 비해 권력투쟁에 익숙하지 않았고 열을 올리지도 않았다. 물론 이 비교는 어디까지나 두 정치인에 국한된 것이다. 김구는 이승만에 비해서는 정치적으로 매우 순수했다는 예를 들 수 있다. 미국 군정이 제공한 첫 비행기는 탑승 인원 제약으로 임정 국무위원과 수행원을 다 실을 수 없었다. 상식적으로 김구 주석과 2인자였던 김원봉 군무부장 등 국무위원들에게 먼저 좌석이 배정돼야 했다. 그러나 김원봉은 이 수송기를 타지 못했다. 김원봉은 김구와 한독당 측의 억지에 밀렸고 진보세력을 껄끄러워한 미 군정의 의향을 뒤엎지 못했다.

김구와 한독당이 일착으로 환국해 임정과 자신을 동일시하는 데 성공한 뒤에야 귀국한 약산은 국내 정치 지형에서 합당한 관심과 대우를 받지 못한 채 해방 후 정국에 합류했다.

다음 글은 무장 독립투쟁에서 약산이 백범보다 앞서갔다는 사실을 뒷받침함으로써 약산이 역할에 비해 홀대받은 것이 온당치 않음을 강조했다.

[예시문]

임정 2인자였던 약산 김원봉

1945년 11월 23일 미군 수송기 한 대가 중국 상하이上海에 도착했다. 미국 군정청은 임시정부(임정)를 인정하지는 않았지만 정치적인 불안정을 줄이기 위해 임정 그룹이 필요하다고 판단했다. 미군정은 임정 요인이 개인 자격으로 입국하도록 하고 수송기를 제공한 것이다.

수송기는 탑승 인원이 15명 정도에 불과했다. 충칭重慶에서 상하이로 옮겨온 임정 국무위원 전원과 수행원을 다 수용하지 못했다. 상식적으로는 임정 국무위원이 먼저 타야 했다. 임정이 국민을 대표할 자격이 있는지는 의문이었으나 임정이 의사결정을 위한 국무회의를 열려면 그렇게 해야 했다.

누가 먼저 귀국할지를 놓고 "이놈" "저놈" 소리치는 난장판이 벌어졌다. 한독당 측이 상식을 부정하고 백범 김구 주석, 김규식 부주석과 일부 국무위원 그리고 수행원들이 먼저 가야 한다고 고집했다. 장준하는 회고록 『돌베개』에서 한독당 측은 김구 일파를 먼저 입국하게 함으로써 '임정=한독당=김구'의 등식을 널리 알리려고 했다고 전했다. 여기엔 진보적인 약산 김원봉과 그의 민혁당을 부담스러워한 미군정의 의도도 개입됐다. 김원봉은 귀국하는 수송기의 한 자리를 차지하기 위해 아우성치는 사람들을 매우 경멸했다. 김원봉은 임정 군무부장이었지만 2진으로 밀려났고 그해 12월 2일 미군이 제공한 비행기를 타고 전북 옥구 비행장에 착륙했다.

앞서 11월 23일 경교장에 여장을 푼 김구는 기자회견, 귀국 방송, 정당 대표자들과의 회견, 원로와의 면담, 임정환국봉영회 참가 등 일정을 통해 '임정=김구'라는 등식을 구축했다. 당시 국내 대중은 임정 내부 사정을 잘 알지 못했다.

김원봉은 임정 내에서 제2인자였다가 환국 후 국내에서는 김구, 이승만, 김규식에 이어 제4인자로 소개됐다. 김원봉을 잘 아는 이는 그가 가끔 손해 보는 일을 잘한다고 평했는데 환국 1진 자리를 차지하지 않은 것이 가장 적합한 사례가 됐다. (염인호 『김원봉 연구』)

환국 후 위상이 낮아졌지만 김원봉은 항일 투쟁에서 김구와 임정보다 앞서 나갔다. 임정은 무장투쟁에 소극적이었다. 1921년 9월 조선총독부를 부분 파괴한 의열단원 김익상이 1922년 상하이에서 일본 육군대장 다나카 기이치田中義一를 향해 권총을 쏜 사건에 대해 임정은 자신들이 결코 개입하지 않았음을 적극적으로 해명했다.

백범은 1932년 이봉창·윤봉길 의거를 지휘했으나 이는 "민족운동이 매우 침체하여 군사공작이 어려우면 테러공작이라도 해야 할 때"라고 판단해 임정 국무회의로부터 권한을 위임받아 택한 전술이었다. (김구 『백범일지』)

또 두 거사는 김구가 나서서 시작했다기보다 두 의사가 스스로 김구를 찾아와 제안하고 의욕을 보여서 추진됐다.

독립운동에 뛰어들고자 하는 청년들 사이에서 약산은 우러름을 받았다. 독립투사·작가 김학철은 '숭배하는 마음을 갖고' 약산을 만났다고 훗날 들려줬다.

약산의 위상은 1937년 중국 중앙육군군관학교가 조선인을 특별훈련반에 입교시키는 과정에서도 드러났다. 훗날 인민군 부참모장을 지낸 이상조는 "중일전에 참전하기 위해 난징南京으로 가서 먼저 김구가 영도하는 임정 측에 갔으나 사람들이 너무 연로하고 청년들을 전투에 참전시킬 방책도 마련되어 있지 않아 여러 청년들과 함께 약산 쪽으로 갔다"고 회고했다.

당시 약산에게 모여든 조선 청년은 백수십 명이었다. 백범도 입교를 지원하는 조선인을 모집했지만 청년들은 대부분 약산 아래 모였다가 그의 인솔에 따라 입교했다.

이는 약산의 활동에 비추어볼 때 당연한 선택이었다. 약산은 1919년 의열단을 조직하고 1926년 황포군관학교를 졸업했다. 또 중국 국민당에서 지원받아 조선혁명간부학교를 설립해 1932년부터 1935년까지 3기에 걸쳐 각각 군사 간부 40여 명을 양성한 바 있다.

진보적 독립투쟁가 약산은 국내에 입국한 뒤 위상이 격하됐다가 월북 후에는 잊힌 존재가 됐다. 뒤늦게야 영화 〈암살〉로 다시 대중에게 알려지게 됐다. 그가 다각도로 재평가되기 기대한다.

[지은이, 「임정 2인자였던 약산 김원봉」, 아시아경제, 2015. 08. 11.]

이념의 시대에 회색인은 설 자리가 없거나 입지가 약하다. 약산 김원봉의 정치적 행로도 그런 사례다. 김원봉은 우파로부터는 진보주의 자로 낙인이 찍혔고, 코민테른에서 정통성을 부여받거나 중국 공산당에 합류한 사회주의 세력으로부터는 인정받지 못했다.

약산은 좌와 우의 중간에 서서 줄기차게 좌우 합작을 위해 노력했다. (중간이라기보다는 왼쪽에 가까운 중간이었다.) 무망한 일이었다. 좌파는 좌파 따로, 우파는 우파 따로 움직였다. 그런데도 김원봉이 그 노력을 포기하지 않은 것은 그가 무엇보다 민족주의자였고 일본을 무찌르는 게 가장 큰 과업이라고 봤고 이 과업을 이루는 데엔 좌우 구분에 아무런 의미가 없다고 판단했기 때문이라고 추정할 수 있다. 나는 이런 측면에서 비극적인 운명이 예고됐다는 앵글에서 약산의 정치 행로를 분석한 바 있다. 지면 제약으로 여기에 옮기지는 않는다. '김원봉 통일전선의 운명…좌우 외면에 번번이 실패' 제목으로 기사를 검색하면 읽을 수 있다.

영화 〈암살〉은 백범 김구와 약산 김원봉이 요인 저격 작전을 합동으로 계획하고 벌인다는 가상의 설정에서 이야기를 전개한다. 백범과 약산은 같은 시간과 공간에서 항일투쟁을 했고 서로 교류했지만 저격·폭파 작전을 함께 편 적은 없다. 영화는 대중이 잘 알지 못하는 약산을 등장시키지 않고도 스토리를 풀어나갔을 수 있었을 게다. 그런데도 영화는 약산을 김구와 나란히 카메라에 담았다. 이로부터 우리는 감독이 당시 역사를 제대로 인식하고 반영하려 했음을 알 수 있다. 최동훈 감독은 이 측면에 초점을 맞춰 시나리오를 쓰고 메가폰을 잡았다. 최 감독은 이 점에서도 높이 평가돼야 한다.

10. 앵글은 아는 만큼 잡을 수 있다

아는 만큼 보인다. 영화 〈암살〉에서 기념사진을 촬영하는 장면은 많은 이야기를 내포한다. 거사를 앞두고 기념사진을 찍느냐 그렇게 하지 않느냐는 백범 방식인가 약산 방식인가에 따라 갈린다. 기념사진은 체포와 처형을 전제로 한 의식이다. 목표를 타격한 뒤 살아서 돌아오는 작전을 수행할 때에는 사진을 남기지 않아야 한다. 전자는 백범의 방식이었고 후자는 약산의 방식이었다.

[예시문]

영화 〈암살〉의 사진에 숨겨진 투쟁의 방식

#1. 한국독립군 저격수 안옥윤, 신흥무관학교 출신 속사포, 폭탄 전문가 황덕삼은 암살 작전을 수행하러 상하이를 떠나기 전 기념사진을 촬영한다.

#2. 암살단은 무기를 숨겨 들고 경성에 잠입한다. 단장 안옥윤은 작전을 앞두고 말한다. "5분 안에 끝내고 우린 살아서 돌아갈 겁니다."

이 두 장면은 중국에 기반을 둔 항일 암살투쟁의 방식을 가르는 단서다. 영화 〈암살〉에서 재현한 것처럼 이봉창·윤봉길 의사는 작전을 앞두고 사진을 찍었다. 태극기 앞에서 의거에 임하는 각오를 쓴 글을 목에 걸고 손에는 무기를 들었다. 거사 실행을 앞둔 역사적 기록을 남긴 것이다. 두 의사는 한인애국단 소속이었다.

반면 의열단원은 인물 사진만 남겼다. 의열단원이 태극기를 배경으로 결의를 다지거나 무기를 든 사진은 전해지지 않는다. 의열단원은 자신의 신분을 드러내는 사진을 찍지 않은 것으로 알려졌다. 의열단원은 기념사진을 촬영하더라도 원판마저 회수해 갔다.

한인애국단은 임시정부(임정)의 국무령 백범 김구가 중심이 돼 조직했다. 의열단은 약산 김원봉이 이끈 암살·파괴 비밀결사 조직이었다. 대표적인 의열단원으로는 김익상·김상옥 의사 등이 있다.

의열단원은 왜 사진 촬영을 극도로 꺼렸나. 〈암살〉의 리더 안옥윤의 "살아서 돌아갈 것"이라는 말을 실마리로 답을 풀 수 있다. 의열단원은 기본적으로 저격·폭파 작전을 마치고 생환하는 작전을 폈다. 목숨을 걸었지만 돌아온 뒤 다시 활약하는 것을 전제로 계획을 짰다. 의열단원으로서 얼굴이 노출될 경우 작전 후 탈출·도피 과정에서 잡힐 위험이 커지고 또다시 활약하는 데 제약이 커지게 된다. 의열단은 그래서 기념사진을 남기지 않았다.

김익상 의사는 1921년 전기시설 수리공을 가장해 조선총독부 청사를 폭파한 뒤 놀란 일본 헌병들이 뛰어오자 "2층으로 올라가면 위험하다"는 말을 남기고 유유히 청사를 빠져나왔다. 김 의사는 베이징北京으로 탈출해 약산에게 의거 사실을 보고했다. 그는 1922년 이종암·오성륜과 함께 상하이上海에서 일본 육군대장 다나카 기이치田中義一에게 총탄을 날렸다. 당초 이들은 거사 후 자전거를 타고 도피한다는 계획을 세웠다. 계획과 달리 김익상·오성륜 의사는 자전거에 이르기 전에 체포되고 말았지만 말이다.

김상옥 의사도 1923년 종로경찰서에 폭탄을 투척한 뒤 도피해 은신했다. 며칠 뒤 은신처가 밀고돼 무장 순사들과 총격전을 벌인 끝에 포위망을 뚫고 탈출했다. 그러다 다시 무장경찰 400여 명과 접전을 벌인 끝에 자결했다.

임정은 일제에 붙들려 사형을 당하는 것을 기정사실로 여기고 거사를 준비했다. 이는 거사 직후 윤봉길 의사가 도피하려 하지 않은 채 그 자리에서 "대한독립만세"를 외친 후 체포됐다는 사실에서도 확인된다. 그래서 이봉창·윤봉길 의사의 거사 전 사진에는 비장함이 흐른다.

임정이 거사 전에 사진을 촬영한 데에는 의거 후 임정이 한 일임을 알리는 데 활용한다는 뜻도 있었을 듯하다. 두 의사의 1932년 거사 전 임정은 침체일로에 빠져 있었다. 이 사실은 김구가 『백범일지』에서 "민족운동이 매우 침체하여 테러공작이라도 해야 할 때라고 판단"했다고 회고한 데에서도 짐작할 수 있다.

윤봉길 거사에 대해 중국의 장개석 총통은 "중국의 백만 대군도 못한 일을 일개 조선 청년이 해냈다"며 임정을 전폭적으로 지원할 것을 약속했다. 임정은 다시 독립운동의 구심체로 자리 잡았다.

영화 〈암살〉로 돌아오면, 암살단원의 사진 촬영은 백범 방식이었고, 안옥윤의 "살아서 돌아간다"는 말은 약산 스타일이었다. 두 방식은 어울리지 않는 조합이었지만 영화 〈암살〉의 작전은 어쨌거나 백범과 약산이 합작해서 추진했다.

[지은이, 「영화 〈암살〉의 사진에 숨겨진 투쟁의 방식」, 아시아경제, 2015. 08. 12.]

11. 관련이 없는 두 가지를 이어보라

앵글은 각도를 바꿔 남다르게 보고 독창적으로 생각하거나 관련이 없는 듯한 두 가지를 연결하거나 어느 대상의 한 단면을 잘라냄으로써 잡을 수 있다. 뒤집어 보거나 의문점을 찾아내는 접근도 앵글을 잡는 데 효과적이다.

종교 지도자와 교단, 개별 신앙공동체가 타락하는 책임은 대개 지도자와 교단으로 돌려진다. 나는 이런 분석에 반대하지는 않지만 종교의 타락에는 신도들 탓도 있다고 봤다. 이런 앵글에서 쓴 다음 글은 닭이냐 달걀이냐 하는 근본적인 논란에서 벗어나진 못했지만 신도가 기복신앙으로 종교생활을 하는 한 종교 정화는 요원하리라고 예상한다.

이 글은 도입부에 종교와 전혀 어울리지 않을 법한 연예계 구조를 배치했다. 제목에서 '종교가 타락하는 까닭'을 논한다면서 연예인 발언을 화제에 올리며 이 발언이 한국의 종교 문제에도 시사점을 준다고 하니, 독자를 궁금하게 하는 데엔 어느 정도 효과를 거두었으리라고 추측한다.

[예시문]

종교가 타락하는 까닭

방송인 후지타 사유리藤田小百合가 방송계 사기꾼과 관련해 들려준 말은 한국의 종교 문제에도 시사점을 준다.

사유리는 "미수다가 끝나고 우리에게 사기꾼들이 많이 다가왔다"고 밝혔다. 미수다는 사유리가 나온 '(외국인) 미녀들의 수다'라는 방송 프로그램의 약칭이다. 자칭 유명한 피디, 자칭 기획사 사장님, 매니저가 이들에게 접근했다.

사유리는 그들의 말에 넘어가지 않았다. 사유리는 "아무리 말 잘하는 사기꾼도 욕심 없는 사람은 속일 수 없다"며 "누구도 절대로"라고 말했다. 여기서 '욕심'이란 '정상적이지 않거나 대개의 경우보다 쉬운 방법으로 돈을 벌거나 인기를 끌고자 하는 욕심'을 가리킬 게다.

한국에서 종교 지도자가 사기꾼이나 다름없는 행태를 보일 수 있는 원인의 상당 부분은 신도에게 있다고 나는 생각한다. 현세에서의 정신적·육체적 건강과 성취, 다음 세상에서의 구원을 자신을 통하면 쉽게 얻을 수 있다며 무리하게 요구하는 종교 지도자에게 누가 속아 넘어가는가. 손쉬운 보상을 원하는 사람들이다. 이들은 경전이 가르치는 바가 아니라 사이비 종교 지도자의 요구에 따른다. 거짓 종교 지도자의 탐욕과 신도의 욕심이 만나는 곳에서 사회적인 문제가 빚어지는 것이다.

논의를 일반화하면, 무언가를 간절히 구하며 신앙을 통해 그것을 이루고자 하는 사람이 많은 사회에서 종교 지도자는 타락할 위험이 크다. 그런 신도는 원하는 바를 획득하는 대가로 여겨지는 것을 선뜻 치른다. 처음에 선량했던 종교 지도자라도 큰 공물供物에 지속적으로 노출될 경우 이를 당연하게 받아들일 수 있다. 어둠 속의 빛이 되고 진흙에서 꽃으로 피어나는 대신 현실세계의 구렁에 빠져들게 된다.

물의를 일으킨 종교 지도자 각자에게 잘못이 없다고 주장하는 것은 물론 아니다.

이렇게 볼 때 종교개혁은 교단敎團에서 이룰 수 있는 일이 아니다. 신앙을 무엇을 이루는 수단으로 여기는 신도가 많아 종교 지도자에게 아낌없이 바치고자 하는 바가 많을 경우 이런 토양에서 자신의 이익을 취하는 종교 지도자가 생기게 마련이다.

모름지기 신앙은, 개인의 욕망에 관한 한, 진인사盡人事 하게끔 하는 지침이자 마음을 비우고 대천명待天命 하도록 하는 터전이어야 한다. 예수가 "마음이 가난한 자는 복이 있나니 천국이 그의 것"이라고 말한 뜻이 여기에 있다고 나는 생각한다.

[지은이, 「[초동여담] 종교가 타락하는 까닭」, 아시아경제, 2014. 11. 04.]

두 가지를 연결해 생각해봄으로써 쓴 졸문 몇 건을 더 예로 든다. 나는 공통점을 찾은 뒤 차이점을 강조하거나 상이한 두 가지에서 공통점을 찾아냈다.

[예시문]

TV사회자와 치과의사

치과의사와 TV방송 사회자는 공통점이 있다. 둘 다 자신이 바로 뒤에 할 일을 알려준다.

치과의사는 말한다. "바람입니다." "물입니다." "솜입니다." TV방송 사회자는 말한다. "제가 한번 먹어보겠습니다." "제가 이 차를 직접 타보겠습니다." "이곳에 들어가 살펴보겠습니다."

치과의사는 자신이 할 치료 행위와 함께 환자가 처할 상황도 미리 말해준다. "마취주사입니다. 따끔합니다." "(드릴입니다) 요란합니다. 좀 시큰할 겁니다." 치과의사가 하는 말은 우리를 안심하게 하거나 대비하도록 한다.

그러나 TV방송 사회자가 굳이 필요하지 않은 설명을 하는 것은 전혀 고맙지 않다. 소설가이자 기호학자인 움베르토 에코는 '봉가족族'에 빗대 TV방송 사회자의 화법을 패러디한다.

그는 "스발바르 제도 학술원에서 몇 해 동안 봉가족을 연구하라고 나를 파견했을 때 아주 재미있는 경험을 했다"며 얘기를 시작한다. "봉가인의 집을 찾아가 초인종을 누르면 그는 '자, 제가 문을 열고 있습니다'라고 말하며 문을 열고 인사를 한다."

에코는 봉가족이 '미지의 땅'과 '행복한 군도' 사이에서 하나의 문명을 활짝 꽃피우고 있다면서도 그들이 말하는 방식을 못마땅해한다. "그들은 전제와 암시, 함축의 기법을 모른다"고 평한다. 이 패러디는 그의 책 『세상의 바보들에게 웃으며 화내는 방법』에 실렸다.

자신에게 주어진 지문地文 같은 말을 TV방송 사회자가 하게 된 배경은 뭘까? 이는 TV가 라디오에서 '진화'한 뒤에도 남은 흔적인지 모른다. 장면을 보지 못하는 청취자들에게 정보를 충실히 제공하려고 한 라디오 프로그램의 스타일이 TV에 이어진 것일 수 있다.

TV방송 사회자의 '봉가족 화법'에는 다른 의도가 숨어 있을 법도 하다. 시청자가 방송에 동조되도록 하는 것이다. 시각과 함께 청각도 끌어들여 '공감각적인 시청'을 유도하고, 그럼으로써 시청자가 사회자가 이끄는 대로 따라가고 느끼고 즐기게 하는 것이다. 시트콤 웃음소리나 토크쇼 자막과 비슷한 장치라고 할 수 있다.

TV방송에서 내보내는 대로 보고 듣는 동안 우리는 스스로 생각하는 수고를 내려놓는다. 반면 눈을 감으면 더 많은 것을 상상 속에서 보게 된다. 이 잡념도 치과에서 눈을 감고 치료를 받는 동안 떠올랐다. 상상력을 키우는 데에는 TV방송 사회자보다 치과의사가 더 도움이 된다.

[지은이, 「[초동여담] TV사회자와 치과의사, 아시아경제, 2014. 03. 19.]

[예시문]

축구에 비친, 우리의 본모습

축구는 집단 사냥이다. 원시시대의 집단 사냥이다. 탈 것도 쏠 것도 없었던 그때, 우리는 두 발로 내달렸고 먹잇감에 창을 던졌다. 축구 선수는 공을 차거나 들이받아 골을 사냥한다.

축구에서 사냥감인 골대는 날래지도, 달아나지도 않는다. 이처럼 표적이 가만히 있으면 사냥이 아니다. 추격하는 과정에서 일어나는 흥분이 없다. 이건 활쏘기를 떠올리면 쉽게 이해할 수 있다. 수렵 도구로 쓰이던 활을 쏘는데도 양궁에는 사냥과 같은 스릴이 없다. 과녁을 고정해놓았기 때문이다.

축구는 그래서 골대를 세워둔 대신 문지기를 배치했다. 공격수는 문지기가 막지 못할 곳에 공을 꽂아 넣어야 한다. 골키퍼가 온몸을 던져 지키는 골대를 적중시키는 방식은 움직이는 표적을 맞히는 것처럼 재미를 준다. 문지기가 막는 골대에 공을 차 넣는 경기였다면 축구는 승부차기나 다름없었을 테고, 이렇게 인기를 끌지 못했을 것이다. 축구에서는 골키퍼 외에 우리 편과 같은 수의 상대팀 선수가 길을 막고 공을 뺏으러 달려든다. 이들을 제치거나 한쪽으로 몰면서 기회를 잡으려면 개인기와 조직력을 엮어야 한다. 뛰면서 공을 차는 가장 원시적인 동작은 개별 선수의 기량이 조직적으로 연결되면서 예술적이고 역동적인 스포츠가 된다.

사냥하는 과정은 공략하기 좋은 위치나 거리까지 먹잇감에 접근하는 것이다. 이를 위해 사냥하는 집단은 역할을 분담한다. 일부는 사냥감 무리를 향해 창을 들고 돌진해 사냥감이 흩어지게 한다. 일부는 도망치는 무리 가운데 사냥할 한 마리를 정해 무리로부터 떼어놓는다. 길목에서 기다리던 선창잡이가 최후의 일격을 날린다.

축구의 작전은 슛을 날리기 유리한 위치에 우리 선수를 배치하고 공을 패스하는 과정이다. 그 위치에 공을 먼저 찔러주고 우리 편이 달려가도

백우진의 글쓰기 도구상자   **64**

록 하기도 한다. 집단 사냥에서는 창을 던져 무리를 분산시키고, 축구에서는 공을 주고받으며 상대편을 유인하고 교란시키면서 우리 공격수가 좋은 자리를 선점하게 한다.

축구는 집단 사냥을 변형한 스포츠다. 우리가 축구에 열광하는 건 우리 유전자 속에 물려받은 수렵 본능을 자극하고 충족시켜주기 때문이다. 축구에서 우리는 먹잇감 대신 골을 사냥하고 승리를 거머쥔다. 골 사냥에 성공한 선수들은 서로 칭찬하며 짜릿함을 나눈다. 그 모습에서 나는 먹잇감을 쓰러뜨린 뒤 끈끈한 유대 속에서 성취감을 공유하던 수렵하는 인간을 떠올린다.

[지은이, 「[초동여담] 축구에 비친, 우리의 본모습」, 아시아경제, 2014. 07. 01.]

[예시문]

한국 축구에 비춰본 한국 정치

한국 정치는 한국 축구와 비슷하다고 누군가 말했다. 해외 명문 팀에서 제 몫을 하던 선수도 한국 팀에 들어오면 한국식으로 공을 찬다. 한국 정치인도 매한가지다. 자신의 전문 영역에서 성과를 낸 인물도 일단 정치판에 뛰어들면 한국식 정치에 빠진다. 당과 계보를 따라 무리 지어 몰려다니지만 성과는 나오지 않는다.

비슷한 또 다른 점이 위치를 맞바꾼다는 것이다. 축구에서는 휴식시간 뒤 코트를 교체한다. 정치에서는 선거로 여야가 뒤집힌다. 반대편에 서면 전에 자신이 지키던 자리를 공격한다. 반대로 자신이 비판하던 대상을 옹호하기도 한다. 여당 때 한미 자유무역협정FTA을 추진하던 당은 야당이 되자 이에 거세게 반대했고, 인사청문회 제도 도입·확대를 밀어붙인 당은 집권한 뒤에는 제도를 개선해야 한다고 주장한다.

여건이 변하지 않았는데도 전에 한 주장을 그때만큼 강하게 반박할 경우 상대 당은 말을 바꿨다고 비판한다. 여당과 야당은 어느 제도가 바람직한지 논의하기보다는 진영을 나눠 논쟁을 벌인다. 결국 덜 나쁜 어느 제도를 선택하게 되더라도 그 과정은 오래 걸리고 소모적이 된다. 둘 사이 절충점을 찾아야 하는데 끝내 그 지점에 이르지 못하기도 한다.

한국의 축구적 정치체제는 골을 잘 내지 못한다. 행정부에 대한 국회의 견제가 강조되다 보니 효율이 떨어진다. 조윤제 서강대 교수는 "내각책임제로 권력구조를 개편"하거나 "대통령이 좀 더 강한 권한을 가지고 국정을 운영할 수 있도록 행정부와 국회의 상대적 권한을 재조정"하는 선택을 제시한다. (조윤제 『한국의 권력구조와 경제정책』)

내각책임제에서는 다수당이 집권 여당이 되기 때문에 여소야대 상황이 발생하지 않는다. 새로운 정책을 추진하기 위해 정부가 의회의 동의를 구하는 과정이 대통령제에 비해 훨씬 원활하다. 여야 간 의석 차이가 10% 이상일 경우 집권 야당은 모든 의제를 신속하게 처리할 수 있다. 다수당의 당수인 총리는 오히려 대통령보다 더 강한 권력을 행사하며, 의회 동의 없이 국무위원을 임명하고 정부부처를 신설·통폐합할 수 있다.

조 교수는 둘째 선택과 관련해 대통령의 임기를 조정하고 대통령 선거와 국회의원 선거 시기를 맞춤으로써 집권 여당이 국회에서 다수당이 될 확률을 높이는 방안이 있다고 말한다. 또 국정에 대한 대통령과 여당 간 협력관계나 공동 책임 관계를 확립할 제도적 장치를 도입하는 대안을 제안한다.

두 가지 모두 추진하는 데 제약과 반대가 예상된다. 현재의 대통령제를 실질적인 대통령중심제로 개편하려 한다면 지금까지 이룩한 민주주의와 그 대의를 거스르는 일이라는 비판이 거셀 것으로 보인다. 또 정책 결정의 중심이 된 국회가 그 권한의 일부를 행정부에 돌려주는 재조정에 동의할지 의문이다.

내각책임제로 국정을 운영하려면 가치와 정책을 기반으로 한 정당정치가 작동돼야 한다. 그러나 한국의 정당은 지역에 뿌리를 내리고 할거한다. 이런 여건에서 내각책임제를 시행할 경우 정책대결보다 지역 간 대결이 더 치열해지고 이로 인한 정국 대치가 잦아질 수 있다.

한국 정당의 지역주의라는 한계를 극복할 방법이 없는 것은 아니다. 정의화 국회의장은 "중대선거구제, 석패율제, 권역별 비례대표제 도입 등을 고민해볼 필요가 있다"고 주장한다. 정 의장은 최근 한 언론사 인터뷰에서 "특정 정당의 이익보다 국가 이익이 앞서는 것이니, 그런 분위기를 조성해보려 한다"고 말했다.

두 선택 중 어느 쪽이 더 나은지는 알 수 없다. 그러나 한국의 권력구조는 어느 쪽으로든 개편해야 한다. 조 교수는 "지금의 시대와 같이 국가 간 경쟁이 치열한 환경에서 국가경쟁력은 결국 국가지배구조의 효율성과 지도자의 역량에 좌우된다"고 말한다. 그는 "외환위기를 극복하고 난 이후 우리 경제의 주요 개혁과제들은 다시금 정체를 거듭하고 있다"며 "지금과 같은 국가지배구조로는 치열한 국가 간 경쟁에서 좋은 성과를 기대하기 어렵다"고 우려한다.

축구 같은 정치가 아니라 정치다운 정치가 이뤄질 토대를 어떻게 만들어갈지 논의를 시작할 때다.

[지은이, 「한국 축구에 비춰본 한국 정치」, 아시아경제, 2014. 07. 02.]

12. 비슷한 점을 찾아 엮는다

세계의 혐오식품 리스트가 가끔 화제에 오른다. 그런 리스트에서 나는 상어를 삭힌 아이슬란드 음식 얘기를 들었다. 언젠가 기회가 되면 상어와 홍어를 엮어서 쓰면 되겠다고 생각했다. 그 결과가 다음 글이다. 홍어와 상어 글 다음에는 싱가포르 및 한국의 경제개발에서 유사점을 찾아본 칼럼을 소개한다.

[예시문]

홍어 국제화 첫걸음

삭힌 홍어는 코를 찌르는 냄새와 혀와 입속을 얼얼하게 하는 맛으로 미식가, 혹은 엽기적인 식도락가를 유혹한다.

발효된 홍어의 냄새와 맛은 요소尿素와 트리메탈라민-N-산화물TMAO에서 비롯된다. 국립민속박물관이 펴낸 한국세시풍속사전에 따르면 홍어를 삭히면 홍어 체내의 요소는 우레아제 효소의 작용으로 암모니아로 변하고 TMAO는 세균에 의해 트리메탈라민이 돼 코와 입을 강렬하게 자극한다.

요소와 TMAO는 홍어나 가오리 같은 판새류에서 삼투압 조절에 쓰인다. 판새류는 연골어강軟骨魚綱의 한 아강亞綱이라고 한다.

상어도 판새류에 속한다. 그렇다면 상어도 삭혀서 먹을 수 있지 않을까? 북유럽 아이슬란드 사람들이 이 호기심을 풀어줬다. 아이슬란드 사람들은 상어를 발효시킨 하우칼hakarl을 먹는다.

아이슬란드에서는 상어를 각을 떠 돌무더기 위에 놓고 그 위에 돌을 쌓는다. 상어 고기가 삭으면서 흘러나오는 즙이 돌에 눌려 빠지도록 한다. 인터넷 백과사전 위키피디아에 따르면 이렇게 6~12주 발효한 상어 고기를 4~5개월 동안 창고에 걸어두고 말리면 하우칼이 된다. 외국인이 코를 막고 질색을 하는 하우칼을 이 나라 사람들은 증류주 아크바비트에 곁들여 즐긴다.

얼마 전 전남 나주 영산포 홍어명품화사업단의 외유가 논란을 빚었다. 이 사업단의 일부 인사가 스페인과 이탈리아 등을 6박 8일 동안 다녀왔는데, 방문지가 홍어와 무관한 곳인 데다 출장이 대부분 관광 성격의 일정으로 채워졌다. 홍어명품화사업은 홍어 가공식품 개발, 유통시설 현대화, 브랜드 개발, 홍보 마케팅 등으로 홍어산업을 육성하는 프로젝트로 국비와 도비 등 30억 원이 투입됐다.

홍어명품화사업단은 다음에는 삭힌 홍어-하우칼 음식문화 교류 행사를 열면 어떨까. 오는 봄 영산포홍어축제에 아이슬란드 사람들을 초청하면 좋지 않을까. 삭힌 홍어는 포장 제품이 없지만 하우칼은 가공·포장돼 판매된다. 아이슬란드 사람들에게 포장된 하우칼을 가져오게 해, 우리는 하우칼을 맛보고 그 사람들은 삭힌 홍어를 즐기게 하는 것이다. 막걸리와 아크바비트를 빼놓을 수 없겠다. 홍어 국제화의 첫 시장을 아이슬란드로 삼는 것이다.

[지은이, 「[초동여담] 홍어 국제화 첫걸음」, 아시아경제, 2014. 01. 21.]

[예시문]

리콴유와 송인상

#1. 싱가포르가 말레이시아 연방에서 떨어져 나온 1965년, 누구도 이 도시 국가가 이렇게 발전하리라고 예상하지 못했다. 리콴유李光耀 총리는 당시 독립 기자회견장에서 참담한 마음과 앞날에 대한 걱정에 눈물을 보이고 말았다.

#2. 6·25 전쟁 이후 1950년대 한국은 가난한 나라 중 앞에 꼽혔다. 의식주 중 먹을 것부터 원조에 의존하는 당시 경제개발 계획은 '배부른 소리'였다. 그러나 송인상 부흥부 장관은 1959년 '경제개발 3개년 계획'을 추진했다. 이 계획은 4·19 혁명으로 추진되지 못하다가 박정희 정부에서 다시 입안돼 실행에 옮겨졌다.

리콴유 총리는 교통, 통신, 교육, 의료 등 여건을 잘 갖춰놓고 외국기업을 유치했다. 세계적인 컨테이너항구와 창이국제공항을 건설했다. 싱가포르는 물류와 금융의 허브이자 첨단 산업의 중심지로 떠올랐다. 싱가포르는 2010년 국내총생산GDP에서 말레이시아를 추월했다.

한국은 정부 주도의 경제개발 계획을 진취적인 기업가들이 채워나가면서 성장했다. 싱가포르보다 더 열악한 환경에서 필리핀을 앞선 국가로

부러워하던 처지를 되돌아보면 한국 경제가 눈부시게 변신했다는 점을 부인할 수는 없다.

싱가포르와 한국은 여건이 달랐고 경제발전 전략도 달랐다. 싱가포르와 한국의 공통점은 향상을 위해 변화를 추구하는 진취성과 목표를 달성하고자 하는 강한 의지였다고 나는 생각한다.

이와 관련해 참고할 자료를 소개한다. 1958년 2월 5일, 송인상 부흥부 장관 재임 시에 라디오 전파를 탄 강연의 일부다.

"그러나 나는 아직 '한국경제의 장래는 어떠할 것인가'라는 문제에 대한 답변은 하지 않았습니다. 이 문제에 대한 해답은 주로 한국 사람들 자신의 손에 달렸다고 나는 생각합니다. (중략) 새로운 기술을 획득하고 이것을 효과적으로 이용하려면 먼저 사람들의 태도랄까 사고방식부터 근본적으로 고쳐서 조금이라도 나아질 수 있다면 과거의 전통이라도 서슴지 않고 집어치우는 진취적 정신이 있어야 하는 것입니다. 이 진취적 정신, 즉 변화를 추구하는 태도야말로 소위 선진국가들이 오늘날과 같이 경제를 발전시킨 가장 중대한 요인이 되고 있는 것입니다. (중략) 내가 한국 경제의 장래를 낙관하고 있는 것은 주로 이러한 이유에서입니다." (송인상, '부흥과 성장')

강연자는 미국이 한국에 주는 원조자금 집행을 담당한 윌리엄 원William Warne 경제조정관이었다. 향후 한국 경제에도 통하는 메시지다.

[지은이, 「[초동여담] 리콴유와 송인상」, 아시아경제, 2015. 03. 24.]

13. 호기심은 원석에서 글을 쪼아낸다

원석에서 글을 쪼아내는 도구 중 하나는 호기심이다. 다음 기사를 읽고 무언가를 떠올려보자. '무언가'가 무엇인지는 아직 말할 수 없다.

[인용문]

노벨상 해프닝

— 수상 통보도 안 하고 죽은 사람 선정하고

"무엇에 대해 어떻게 느끼냐고요?"

지난 4일 새벽, 미국 캘리포니아의 솔 펄머터(52) UC버클리대학 교수는 "노벨물리학상 수상 소감이 어떠냐"는 한 스웨덴 기자의 전화에 어리둥절해했다. 잠시 뒤 그의 아내가 인터넷을 열어보고 나서야 그것이 장난이 아님을 알게 됐다.

노벨위원회가 부실한 준비로 또다시 입줄에 올랐다고 에이피AP 통신 등이 보도했다. 물리학상 공동 수상자인 펄머터 교수에게 사전에 수상 사실을 알리지 않은 것이었다. 펄머터 교수는 공식 발표 뒤 1시간이 지나서야 수상 사실을 공식 통보받았다. 스웨덴의 공동 연구자들이 노벨위원회에 알려준 펄머터 교수의 전화번호가 지금은 사용하지 않는 옛 전화번호였던 탓이었다. 노벨위원회로선 이틀 연속 망신살이다.

이에 앞서 노벨위원회는 3일 노벨생리의학상 공동 수상자인 랠프 스타인먼(68)이 발표 3일 전 숨진 사실을 알지 못하고 수상자로 발표해 논란을 일으켰다. 노벨상은 1974년 이후 발표 당시 살아 있는 인물에게만 상을 준다는 원칙을 갖고 있기 때문에 원칙적으로 스타인먼은 수상자가 될 수 없었다. 그러나 노벨위원회는 이번이 '특수한 상황'이라며 스타인먼 가족들에게 노벨상을 전달할 것이라고 밝혔다. (하략)

[한겨레신문, 「노벨상 해프닝」, 2011. 10. 05.]

　

'수상자로 선정됐다는 통보를 미리 하지 않았다.' '수상자가 발표 사흘 전 숨진 사실을 알지도 못했다.' 이 두 사실에는 무언가 공통적인 게 있지 않을까? 노벨위원회에는 '수상자에게 반드시 사전에 통보한다'라는 원칙이 없는 게 아닐까? 그렇다면 그 이유는 무엇일까?

내가 이런 호기심으로 취재해 쓴 졸고가 다음과 같다. 도입부는 바로 본론으로 들어가지 않는다. 노벨상의 권위를 앞세운 뒤 권위 못지않게 노벨상을 '상 중의 상'으로 만드는 흥행성을 강조했다. 이어 전 세계의 이목을 한데 모으는 흥행의 요소는 무엇인가로 들어갔다.

[예시문]

노벨위원회는 PD다

노벨상은 상賞의 대명사다. 어떤 분야의 상을 'ㅇㅇ계의 노벨상'이라고 설명하곤 한다. 예컨대 필즈상은 '수학계의 노벨상', 프릭스 갈렌상은 '제약계의 노벨상'이라고 부른다.

노벨상은 오랜 전통과 막대한 상금을 바탕으로 권위를 쌓아왔다. 1901년 제정됐고 상금은 1,000만 크로네(약 17억 원)다. 그러나 전통과 상금만으로는 현재 노벨상이 누리는 위상을 충분히 설명하지 못한다.

수상자를 선정하는 방식에서도 노벨상은 '상 중의 상'이란 면모를 보인다. 노벨상은 전 세계 수많은 전문가를 대상으로 광범위하게 의견을 수렴하고, 공적을 엄밀하게 조사하며, 공정한 선정이라는 절차와 원칙을 비교적 잘 지켜왔다. 수상자 선정과 관련해 논란이 없지는 않지만, 대부분 평화상에 국한된다. 요컨대 노벨상의 권위는 전통과 상금, 엄정한 선정 방식에서 나온다고 하겠다.

노벨상을 '상 중의 상'으로 만든 요인은 여기서 그치지 않는다. 노벨상은 권위와 함께 전 세계의 이목을 끄는 흥행성을 갖췄다. 매년 10월이면 세계인과 전 세계 미디어의 촉각은 노벨상 발표에 집중된다. 노벨재단은 분야별 발표 일정을 공개한다. 정보·분석 서비스회사 톰슨로이터는 수상 예상자 명단을 몇 배수로 발표한다. 발표 D-1일부터 노벨재단 웹사이트는 카운트다운 화면을 띄운다. 마침내 노벨상이 발표된다. 업적이 알려지고 흥분에 넘치는 수상자의 인터뷰가 세계에 전해진다. 발표가 본

행사라면 매년 12월 10일 개최되는 시상식은 뒤풀이나 다름없다.

흥행 성공의 기본은 수상자 정보의 보안을 유지하는 일이다. 권위 있는 상이라도 수상자 정보가 외부에 누출되기 시작하면 발표 자체에 관심이 줄어든다. 미디어는 발표를 기다리기보다는 그 전에 정보를 캐내서 단독 보도하는 데 열을 올린다. 사전 뉴스가 적중하는 경우가 잦아질수록 수상자 발표의 극적인 효과는 떨어진다.

노벨위원회는 그래서 수상자 선정 과정에서 보안을 지키는 데 만전을 기한다. 업적을 검증해 추려낸 '예비후보' 약 300명이나, 이를 압축한 여러 명의 '잠재후보' 정보의 외부 누출을 철저히 단속한다. 수상자가 결정된 이후 보안의 수위는 한층 더 높아진다.

노벨위원회의 '보안 수준'을 가늠할 잣대 중 하나가 톰슨로이터의 관측이다. 톰슨로이터는 올해 물리·화학·생리의학 분야의 노벨상감으로 10개의 연구성과를 들었다. 연구성과 10개에 참여해 노벨상을 받을 만하다고 거론한 학자는 19명이었다. 톰슨로이터가 노벨상감으로 든 연구성과 10개는 어느 하나도 적중하지 않았고, 거론한 학자 누구도 수상자로 선정되지 못했다.

노벨위원회의 '보안 시효'는 무려 50년이다. 누가 후보에 올랐다는 정보를 몇 년 뒤에 공개할 경우 수상자를 맞히기 쉬워질까 우려해 만든 규정으로 짐작된다. 이 시효가 지나 공개된 자료에 따르면 스탈린 소련 공산당 서기장은 2차 대전을 종식시킨 공로로 1945년과 1948년 노벨 평화상 후보에 올랐다.

수상자에게 통보한 뒤에는 보안을 장담하지 못하게 된다. 수상자는 발표 때까지 입을 봉하더라도, 주위 사람들이 눈치채면 소문이 삽시간에 확산된다. 노벨상 정보는 미디어업계는 물론 온라인 도박 세계에서도 엄청난 가치로 거래될 아이템이다.

통보 이후 뉴스 확산을 막는 가장 확실한 물리적인 방법은 발표 직전에

제1장 글에도 앵글이 있다. 축을 키우자

수상자에게 전화로 알려주는 것이다. 노벨재단은 이와 관련한 기자의 문의에 "각 분야의 노벨위원회는 발표 몇 분 전에 시상 소식을 알려준다"고 밝혔다.

그러다 보니 당사자에게 발표 전에 '빅뉴스'를 통보하지 못하는 경우가 가끔 발생한다. 올해 수상자 가운데엔 생리의학 분야의 율레스 호프만이 상하이 출장 중이어서 수상 소식을 발표 전에 먼저 듣지 못했다. 물리학상 공동 수상자 솔 펄머터는 발표가 난 지 1시간 뒤에 수상 사실을 공식으로 통보받았다. 노벨위원회에 있던 전화번호가 틀린 탓이었다. 올해는 특히 생존 여부조차 확인하지 않은 채 수상자를 발표한 해프닝이 빚어졌다. 노벨위원회는 생리의학상 공동 수상자 랠프 스타인먼이 발표 사흘 전에 숨진 사실을 모른 채 발표했다.

직접 통화하기 어려운 수상자 또한 통보를 받지 못한다. 수상자가 건강이 악화됐거나 조직의 장막에 싸인 경우다. 노벨재단은 "2010년 평화상 수상자인 버락 오바마 미국 대통령에게도 미리 알리지 못했다"고 밝혔다. 김대중 대통령에게 2000년 평화상을 수여한다는 발표가 난 뒤 청와대는 "사전 통보는 전혀 없었다"고 밝혔다.

자신이 노벨상을 받게 됐다는 사실을 통보받지 못했고 뉴스도 접하지 않은 수상자에게 맨 처음 소식을 전하는 사람이 있다. 노벨재단 웹사이트의 편집장 애덤 스미스다. 그는 2009년 노벨 물리학상 수상자인 조지 스미스에게 낭보를 전했다. 다음은 그 통화 내용. 이 전화 인터뷰 녹음은 노벨재단 웹사이트에 있다.

"안녕하세요. 조지 스미스 박사님과 통화할 수 있을까요?"

"접니다."

"저는 스웨덴 스톡홀름에 있는 노벨재단 공식 웹사이트의 애덤 스미스입니다."

"세상에!"

"들으셨습니까? 방금 스톡홀름에서 발표됐고, 박사님께서 올해 물리학상 수상자로 선정됐습니다."

"이런 세상에!"

"제가 이 소식을 맨 처음 말씀드리게 돼 기쁩니다."

"감사합니다."

매년 10월이면 세계인의 이목이 노벨상에 집중된다. 노벨재단 웹사이트는 발표 카운트다운에 들어간다.

스미스 편집장은 수상자와 인터뷰한 내용을 웹사이트에 게재한다. 발표가 나자마자 전화를 거는 데는 두 가지 이유가 있다. 먼저 시간이 지날수록 수상자와 통화하기가 어려워진다. 다른 이유를 그는 기자에게 회신한 e-메일에서 다음과 같이 설명했다.

"발표 직후 뉴스가 매우 신선할 때 인터뷰하면 생생한 소감을 들을 수 있다. 수상자들은 시간이 지나면서 인터뷰에 익숙해진다." 스미스 편집장은 기자에게 회신한 e-메일에서 "올해에는 내가 인터뷰한 수상자 모두 미리 통보받은 뒤였다"고 밝혔다.

노벨위원회가 정말 흥행에 신경을 쓸까? 이 물음과 관련된 흥미로운 사례가 다나카 고이치田中耕一의 화학상 수상이다. 2002년 화학상을 받은 그는 거의 모든 기준에 비추어 뜻밖의 인물이었다. 교수도 박사도 아닌 학사 출신의 일개 샐러리맨이었다. 겨우 마흔세 살의 나이였다. 다나카는 학사 출신 최초 수상자이자 노벨상 역사상 둘째로 젊은 수상자로 기록됐다.

노벨위원회는 깜짝 수상자 다나카를 내버려두지 않는다. 그를 사무실에 붙들어두려고 이례적인 전화를 건다. 교토 시마즈제작소 연구원이었던 그는 『일의 즐거움』에서 당시 상황을 다음과 같이 들려준다.

"저녁으로 야채를 듬뿍 넣은 라면이나 먹을까 생각하며 사무실을 나가려는데 전화벨이 울려 받았다. 상대방은 '지금부터 약 15분 뒤에 외국에서 중요한 전화가 걸려올 테니 회사에서 대기하고 있어달라'고 말했다.”

과연 중요한 전화가 왔고, 잠시 후 시마즈제작소에는 취재진 100여 명이 몰려들었다. 일본은 물론 세계가 평범한 샐러리맨의 노벨상 드라마에 열광했다. 다나카가 평상시처럼 일찍 퇴근했다면 거두지 못했을 '시청률'이 나왔다. 연출자는 노벨위원회였다.

[지은이, 「노벨위원회는 PD다」, 뉴스위크 한국판, 2011. 10. 26.]

14. 의심도 앵글을 낳는다

앵글을 잡는 일은 종종 물음표를 던지는 것이다. 그에 앞서 물음표를 던질 구석을 찾아내는 눈썰미가 있어야 한다. 그럼 그런 눈썰미는 어떻게 키워지는가. 눈썰미는 앞서 든 호기심 외에 의심과 분석력에서도 나온다. 호기심과 의심, 분석력으로 쓴 글을 살펴보자.

[인용문]

'솔개식 개혁'의 실체…솔개는 정말 환골탈태를 할까?

'솔개'가 환골탈태의 상징으로 되어가고 있다. (중략)

최근 자주 언급되고 있는 '솔개식 개혁'은 1년 전 한 경제신문사가 펴낸 책을 통해서, 또 인터넷 메일링 서비스를 통해서 알려지기 시작했다. 아래의 내용이다.

— 솔개의 장수 비결

솔개는 가장 장수하는 조류로 알려져 있다. 솔개는 최고 약 70살의 수명을 누릴 수 있는데 이렇게 장수하려면 약 40살이 되었을 때 매우 고통스럽고 중요한 결심을 해야만 한다.

솔개는 약 40살이 되면 발톱이 노화하여 사냥감을 그다지 효과적으로 잡아챌 수 없게 된다. 부리도 길게 자라고 구부러져 가슴에 닿을 정도가 되고, 깃털이 짙고 두껍게 자라 날개가 매우 무겁게 되어 하늘로 날아오르기가 나날이 힘들게 된다. 이즈음이 되면 솔개에게는 두 가지 선택이 있을 뿐이다. 그대로 죽을 날을 기다리든가 아니면 약 반년에 걸친 매우 고통스러운 갱생 과정을 수행하는 것이다.

갱생의 길을 선택한 솔개는 먼저 산 정상부근으로 높이 날아올라 그곳에 둥지를 짓고 머물며 고통스러운 수행을 시작한다. 먼저 부리로 바위를 쪼아 부리가 깨지고 빠지게 만든다. 그러면 서서히 새로운 부리가 돋아나는 것이다. 그런 후 새로 돋은 부리로 발톱을 하나하나 뽑아낸다. 그리고 새로 발톱이 돋아나면 이번에는 날개의 깃털을 하나하나 뽑아낸다. 이리하여 약 반년이 지나 새 깃털이 돋아난 솔개는 완전히 새로운 모습으로 변신하게 된다. 그리고 다시 힘차게 하늘로 날아올라 30년의 수명을 더 누리게 되는 것이다. (정광호, 『우화경영』, 매일경제신문사, 2005. 04.)

(중략) 그런데 문제는 이 '솔개의 장수'를 이야기하며 조직의 환골탈태를 강조하는 리더들이, 어느 시점부터 '솔개의 생태'를 기정사실화했다는 것이다. (중략) 솔개가 정말 그토록 특이한 생태적 상황을 연출하는지 궁금했다. 전문가에게 '솔개의 생태'에 대해 물었다. (중략)

결론은 솔개의 환골탈태론은 과학에 근거를 둔 것이 아닌 우화일 뿐이라는 것이다. (중략) 애초 출발의 의도는 좋더라도 지나치게 나아가면 출발점을 잊어버리는 법이다. 우화는 그냥 우화로서 대접하면 될 일이다.

현실에선 "솔개는 부리가 망가지면 죽는다"는 사실을 명심하자.

[한겨레신문, 「'솔개식 개혁'의 실체…솔개는 정말 환골탈태를 할까?」, 2006. 05. 09.]

15. 실마리는 보는 사람에게만 읽힌다

유성룡은 『징비록』에서 이순신의 작전회의에 대해 다음과 같이 전했다.

이순신은 한산도에 머무르고 있을 때 운주당을 짓고 그곳에서 장수들과 함께 밤낮을 가리지 않고 전투를 연구하며 지냈다. 이순신은 아무리 계급이 낮은 졸병이라 하여도 군사에 관한 내용이라면 언제든지 자유롭게 말할 수 있게 했다. 그러자 모든 병사가 군사軍事에 정통하게 됐다.

이순신은 왜 말단 병사에까지 논의를 열어놓고 모든 병사가 전략을 숙지하도록 했을까. 이와 관련해 그가 작전에 따라 병사를 어떻게 훈련했는지 『난중일기』를 살펴보자. 이상하게도 『난중일기』에는 명장 이순신이 어떤 과정을 거쳐 조선의 수군을 정예로 키워냈는지와 관련한 기록은 거의 없다.

그는 가끔 전투태세를 점검하기만 했다. 일기에 드물게 나오는 대목은 다음과 같다.

"아침에 여러 가지 방비 실태와 전선을 점검했다. 전선은 모두 새로 만들었고 무기도 얼마쯤 구비되어 있었다."
"여러 가지 전쟁 방비를 살펴보았더니 결함이 많았다. 군관과 책임을 맡은 서리들을 처벌하였다."
"아침밥을 먹은 뒤 배를 타고 거북선에서 지자포, 현자포를 쏘아보았다."

병졸들에게 술과 음식을 베풀었다고 쓴 대목은 있다. 그날 주요 군 간부들과 함께 각각 화살 몇 발을 쏘았는지까지 기록했으면서도 정작 휘하 수군을 어떻게 조련했는지 쓰지 않은 건 의아스럽다.

이는 병사들을 따로 훈련하지 않아도 될 만큼 조선 수군이 하드웨어에서, 즉 군비 측면에서 일본 수군을 압도했는가 하는 물음을 제기한다. 답은 그렇기도 했고 아니기도 했다는 것이다.

이순신은 조정에 올린 장계에서 "적선은 빠르기가 날아가는 듯하다"라고 묘사했다. 일본 병선은 판자가 얇아 날렵했다. 반면 조선의 병선은 판자가 두꺼워 둔중했다. 일본 수군은 조총으로 무장했고 백병전에 능했다. 반면 조선 수군은 백병전에 투입할 병사 수가 얼마 되지 않았고 개별 병사의 전투력도 의문이었다.

따라서 일본 수군이 조선 수군을 기습해 근접전에서 조총으로 기선을 제압한 다음 배를 붙여 백병전을 벌였다면, 조선 수군은 전투마다 패할 수밖에 없었을 것이었다.

그러나 조선 수군은 조총은 없었어도 지자포, 현자포 등 화력에서 일본 수군을 능가했다. 조총은 유효 사거리가 50미터에 불과한 반면 조선의 대포는 사거리가 현자포의 경우 900미터에 이르렀다. 일본 병선은 대포를 거의 장착하지 않았다.

따라서 조선 수군은 일본 수군이 조총의 사거리 이내로 접근하기 전에 대포로 일본 병선을 깨부숴 적을 무력화하는 작전을 펴야 했다. 그런 연후에 적진에 다가서면서 불화살과 편전 등 화살을 쏟아부어 적선을 불태우면서 적을 살상하는 전술을 취하면 승리를 거둘 공산이 매우 컸다.

이순신이 작전대로 전투를 벌이기 위해서는 적에게 기습을 당해 백병전을 허용하는 경우를 최우선적으로 피해야 했다. 따라서 이순신은 일본 수군의 움직임을 기민하게 파악하고 있어야 했다. 이순신은 왜군의 움직임과 관련한 정보 수집과 경계에 신경을 곤두세운 이유다.

『난중일기』 곳곳에는 이순신이 정보 수집에 기울인 노력이 드러난다. 몇 대목을 소개하면 아래와 같다.

"새벽에 망보는 군졸이 내 앞으로 와서 견내량에 적선 10여 척이 넘어왔다고 보고하였다."

"늦게 본영의 탐색선이 돌아왔다. 광양 두치 등의 지역에는 적의 그림자

제1장 글에도 앵글이 있다, 촉을 키우자

도 없다고 한다."

"부산 허내은만의 보고서가 왔는데, 경상좌도 각 진의 왜군이 벌써 모조리 철수하여 떠나고 다만 부산의 왜군만 남았다고 하였다. … 허내은만에게 쌀 10말과 소금 한 곡을 보내주고서 성심껏 염탐하여 보고하라고 일렀다."

"벽파정 맞은편에서 연기가 올랐다. 배를 보내서 실어 왔는데 (연기를 피워 올린 이는) 바로 임준영이었다. 그가 정탐한 결과를 보고하기를, '전선 200여 척 가운데 55척이 먼저 어란포로 들어왔습니다' 하였다."

이로부터 이순신이 작전회의에 원하는 병사들을 참석하게 한 건 조선 수군에게 작전상 적의 동태 파악과 경계가 얼마나 중요한지 널리 주지시키기 위해서였다고 짐작할 수 있다. 이런 추정을 나는 다음과 같이 정리했다.

[예시문]

이순신의 작전회의

이순신은 아무리 직급이 낮은 졸병이라 하여도 군사에 관한 내용이라면 언제든지 자유롭게 말할 수 있게 했다. 그러자 모든 병사가 군사軍事에 정통하게 됐다.

유성룡은 『징비록』에서 "이순신은 한산도에 머무르고 있을 때 운주당을 짓고 그곳에서 장수들과 함께 밤낮을 가리지 않고 전투를 연구하며 지냈다"면서 위와 같이 병사들도 여기에 참여하도록 했다고 전했다.

이순신은 왜 말단 병사에까지 논의를 열어놓고 모든 병사가 전략을 숙지하도록 했을까. 이 의문을 푸는 실마리는 조선과 일본의 해전이 '거리 싸움'이었다는 사실에 있다. 조선 수군은 일정 거리 이상 떨어진 전투에서 절대 우위에 있었고 일본은 백병전에서 압도적으로 우세했다. 이는 양국 수군의 군비軍備 차이에서 비롯됐다.

조선 병선은 뱃전에 대포를 장착해 장거리 화력이 강했다. 현자포는 사거리가 900m에 달했다. 일본 전투선은 날렵한 대신 대포를 갖추지 못했다. 조총은 유효사거리가 50m에 불과했다. 일본 수군은 백병전에 능숙한 무사 출신이 많았다. 조선 수군의 60%는 노를 젓는 격군이었다.

조선 수군은 학익진 집중타격 전법으로 대포를 발사해 적선을 깨부순 뒤 다가가서 불화살과 편전 등을 쏟아부어 불태우면서 왜군을 살상했다. 일본 수군은 기습 작전으로 조선 판옥선에 배를 붙이고 넘어가서 전투를 벌일 경우 승산이 절대적으로 높았다. 왜군이 원균에게서 승리를 거둔 것은 바로 근접전에서였다.

조선 수군한테 전투보다 중요한 것이 정탐과 경계였다. 적의 이동을 알아차리지 못했을 경우 조선 수군은 가까이 치고 들어온 왜군에 속절없이 무너질 위험이 높았다. 이 정탐과 경계를 병졸이 맡았다. 왜군의 움직임을 정확히 파악하고 조기에 보고하는 일에 전투의 승패가 달려 있음을 병졸들이 알도록 해야 한다고 이순신은 판단했을 것이다. 병사들이 군사에 정통하도록 하기 위해 전투 논의에 참여하도록 했을 것이다. 회의에 참석한 병사는 자신이 배운 이순신의 전략을 주위 병졸들에게 전파했으리라.

이 측면에서 『난중일기』를 읽으면 이순신이 얼마나 적정敵情에 신경을 곤두세우고 있었는지가 생생하게 다가온다. 그는 척후병과 정탐선, 망보는 군졸에게서 수시로 보고를 받았다.

이순신이 23전 전승을 거둔 요인은 군비의 강점을 발휘할 수 있는 병법을 구사했고, 여기서 병졸이 제 역할을 하게끔 한 것이다. 명량해전을 다룬 영화 〈명량〉을 이런 배경에 비추어보면서 감상하면 어떨까 싶다.

[지은이, 「[초동여담] 이순신의 작전회의」, 아시아경제, 2014. 07. 29.]

16. 앵글 잡다 보면 생각하는 근육 형성

앵글은 글쓰기에만 필요한 게 아니다. 앵글을 잡는 습관과 힘을 길러두면 다른 사람의 앵글을 놓치지 않는다. 다른 사람이 말하는 바의 핵심을 파악할 수 있다. 또 그 앵글에 따른 분석이나 주장을 다각도로 살펴보고 뜯어보면서 비판적·선택적으로 수용할 수 있다. 다른 각도에서 내용을 재배치하는 훈련을 하다 보면 사고력이 키워지는 것이다.

비판적·선택적으로 수용하지 않을 경우 학이불사學而不思의 어리석음에 빠진다. 즉, 망亡하게 된다. 지식의 파편을 아무리 많이 머릿속에 입력해도 스스로 사유하지 않으면 체계가 없고 오히려 습득하지 않은 것보다 못하게 된다는 말이다.

책을 많이 읽고 많이 쓴 일본 저술가 다치바나 다카시立花隆가 딱 그런 경우다. 다치바나는 책을 많이 읽었다고 자랑해 우리나라에서도 관심을 끌었다. 그러나 그 같은 학이불사가 없다. 다치바나가 학이불사이고 그래서 스스로 생각할 거리를 제대로 찾지 못했다는 방증은 그가 쓴 저서의 주요 주제에서 찾을 수 있다. 그는 임사체험자들을 취재해 책으로 냈다. 또 우주여행을 체험한 사람들의 전과 후를 주제로 책을 썼다. 어린이스러운 호기심을 좇아간 결과다. 두 주제에 의미가 있다면 죽었다 깨어난 사람을 우주에 보내 그 경험이 어땠는지 쓰면 어마무지한 성과가 돼야 한다. 그럴듯하지 않다. 내 생각과 달리 판단할 분도 계시겠지만, 두 책의 과학적·사회적 가치는 조만간 검증될 것이다.

여기서 학이불사에 빠지지 않으려면 앵글 외에 다른 노력도 필요함을 덧붙여 강조한다. 새로 접한 내용을 현실과 기존 지식에 비추어보고 조합하고 서로 맞지 않을 때엔 무엇 하나를 버리거나 양자를 절충해나가야 한다. 그래야 체계가 잡힌다. 상상을 펼치는 책이 아닌 현실을 다룬 책은 먼저 날카로운 현실에 올려놓아봐야 한다. 도끼 같은 현실로 장작 패듯 쪼개서 봐야 한다.

제2장

가능하면 단도직입, 도입부가 좌우한다

"나는 1632년에 요크의 좋은 가정에서 태어났다. 우리 집안은 이 고장 출신이 아니었는데, 부친은 외국인으로 브레멘에서 태어나 헐에 처음 정착했다. 그는 장사로 큰 재산을 모은 뒤 사업을 그만두고 요크에서 살았고 이곳에서 어머니와 결혼했다."

영국 작가 대니얼 디포(1660~1731)는 『로빈슨 크루소』를 이렇게 시작했다. 주인공이 어떤 사람인지 설명하면서 이야기를 풀어나가는 이런 방식은 첫머리를 '옛날 옛적에'로 시작하는 것만큼이나 우리에게 익숙하다. 우리도 글을 쓸 때 시공간적인 배경을 알려준 뒤 사건을 시간 순서로 전개하는 경우가 많다.

디포보다 200년 뒤에 태어난 러시아 작가 안톤 체호프(1860~1904)는 이와 같은 도입부를 생략하고 바로 이야기로 들어가는 방식을 권했다. 그는 "(이야기를) 절반으로 접은 뒤 앞의 반을 찢어서 버리라"라고 조언했다. 체호프의 이 조언을 풀어낸 다음 글을 우선 읽어보자.

체호프처럼 글 쓰기

작가 김동리는 대학에서 소설 창작을 강의하면서 학생들이 써 온 습작을 처음 한 장 이상 다루지 않았다.

200자 원고지에 작품의 제목과 이름을 쓰고 나면 첫 장에는 두 문장 정도밖에 안 들어갔다. 두 문장만 읽고 작품을 논하는 일이 어떻게 가능할까. 김동리로부터 배운 소설가 방현석은 이 일화를 들려주며 "첫 문장, 첫 장면은 시작이 아니라 전체를 함축하고 규정한다"고 설명한다. 방현석은 "첫 장면은 독자에게는 시작이지만 작가에게는 소설 쓰기의 마지막"이라고 강조한다. (방현석 『이야기를 완성하는 서사패턴 959』)

방현석은 소설의 첫 장면을 몇 가지 유형으로 분류한다. 배경·일상·인물을 제시하거나 옛일을 회상하거나 또는 전체를 압축하면서 시작할 수 있다. 사건이나 행동을 보여주면서 들어가는가 하면 의문을 던져 독자를 끌어들이기도 한다.

한 가지 유형을 택한 다음에는 그것을 어떻게 시작할지 궁리해야 한다. 이와 관련해 러시아 작가 안톤 체호프(1860~1904)는 "초심자는 종종 이렇게 해야 한다"며 "(이야기를) 절반으로 접은 뒤 앞의 반을 찢어서 버리는 것이다"라고 조언한다. 체호프는 "대개 초보는 스스로 말하듯 '독자를 바로 이야기로 이끌기 위해' 노력한다"며 "대개 결과는 그 반대가 된다"고 지적한다. 그러다가 필요하지 않은 도입부를 붙이게 된다는 말이다.

체호프는 소설 실마리를 어떻게 풀었나. 그는 『개를 데리고 다니는 부인』을 다음과 같이 시작했다. "부두에 새로운 얼굴이 눈에 띄었다고들 말했다. 작은 개를 데리고 다니는 부인이었다."

아무런 설명 없는 이런 도입은 새로운 양식이었다. 체호프보다 약 200년 전에 활동한 대니얼 디포(1660~1731)가 『로빈슨 크루소』를 "나는 1632년에 요크의 좋은 가정에서 태어났는데…"라며 시작한 것과 대비된다.

일반인은 요즘도 대개 디포처럼 글을 쓴다. 배경을 설명하면서 이야기를 시간순으로 풀어간다. 소설가는 이야기의 소재를 전략적으로 재배열한다. 그러면서 독자를 가장 끌어들일 법한 대목을 맨 앞에 배치한다. 도입부를 무엇으로 잡느냐에 따라 소재의 배열이 달라진다.

군더더기를 붙이지 않고 바로 핵심으로 들어가거나 그리로 이어지는 얘기를 던지며 시작해야 독자를 붙들 수 있다. 짧은 글일수록 이 점에 유념해야 한다. 수필이나 칼럼, 자기소개서도 이 양식이 흡인력이 있다.

[지은이, 「[초동여담] 체호프처럼 글 쓰기」, 아시아경제, 2015. 01. 20.]

1. 절반으로 접은 뒤 앞의 반을 찢어서 버리라

이 글을 읽은 분이 "잘 읽었는데, 그 글이야말로 앞 절반을 잘라버리면 더 낫지 않았을까"라고 웃으며 말했다. 농담이었지만 다시 들여다보니 과연 그런 측면이 있다. 김동리의 사례가 아니라 체호프부터 들어가는 방법이 있다. 체호프를 앞세우면 다음과 같이 재구성할 수 있다.

[수정문]

초고의 앞 절반은 버려야

"초심자는 종종 이렇게 해야 한다. (이야기를) 절반으로 접은 뒤 앞의 반을 찢어서 버리는 것이다."

이는 러시아 작가 안톤 체호프(1860~1904)의 조언이다. 체호프는 "대개 초보는 스스로 말하듯 '독자를 바로 이야기로 이끌기 위해' 노력한다"며 "대개 결과는 그 반대가 된다"고 설명한다. 그러다가 필요하지 않은 도입부를 붙이게 된다는 말이다.

체호프는 소설 실마리를 어떻게 풀었나. 그는 『개를 데리고 다니는 부인』

을 다음과 같이 시작했다. "부두에 새로운 얼굴이 눈에 띄었다고들 말했다. 작은 개를 데리고 다니는 부인이었다."

아무런 설명 없는 이런 도입은 새로운 양식이었다. 체호프보다 약 200년 전에 활동한 대니얼 디포(1660~1731)가 『로빈슨 크루소』를 "나는 1632년에 요크의 좋은 가정에서 태어났는데…"라며 시작한 것과 대비된다.

일반인은 요즘도 대개 디포처럼 글을 쓴다. 배경을 설명하면서 이야기를 시간순으로 풀어간다. 이야기꾼이 되려면 그렇게 하는 대신 소재를 전략적으로 재배열해야 한다. 이야기 재료의 전략적 배치를 플롯이라고 한다. 플롯을 잘 짜는 일은 일반인은 물론 작가 지망생에게도 만만치 않은 일이다.

글을 쓸 때는 독자를 가장 끌어들일 법한 대목을 맨 앞에 배치해야 한다. 눈썰미가 있는 독자는 그래서 도입부에서 글 쓴 사람의 공력을 가늠한다. 글의 플롯이 뛰어난지는 앞부분만 읽어보면 어느 정도 판단이 가능하다.

이는 작가 김동리가 대학에서 소설 창작을 강의하면서 학생들이 써 온 습작을 처음 한 장 이상 다루지 않은 까닭이다. 200자 원고지에 작품의 제목과 이름을 쓰고 나면 첫 장에는 두 문장 정도밖에 안 들어간다. 두 문장만 읽고서도 작품을 논할 수 있다는 얘기다.

김동리로부터 배운 소설가 방현석은 이 일화를 들려주며 "첫 문장, 첫 장면은 시작이 아니라 전체를 함축하고 규정한다"고 설명한다. 방현석은 "첫 장면은 독자에게는 시작이지만 작가에게는 소설 쓰기의 마지막"이라고 강조한다. (방현석 『이야기를 완성하는 서사패턴 959』)

방현석은 소설의 첫 장면을 몇 가지 유형으로 분류한다. 배경·일상·인물을 제시하거나 옛일을 회상하거나 또는 전체를 압축하면서 시작할 수 있다. 사건이나 행동을 보여주면서 들어가는가 하면 의문을 던져 독자를 끌어들이기도 한다. 한 가지 유형을 택한 다음에는 그것을 어떻게 시작할지 궁리해야 한다.

군더더기를 붙이지 않고 바로 핵심으로 들어가거나 그리로 이어지는 얘기를 던지며 시작해야 독자를 붙들 수 있다. 짧은 글일수록 이 점에 유념해야 한다. 수필이나 칼럼, 자기소개서도 이 양식이 흡인력이 있다.

2. 체호프, 바로 장면으로 들어가다

서론 따위는 집어치우라고 일갈한 체호프는 자신의 소설을 어떻게 시작했을까. 단편 중 몇 편의 도입부를 살펴보자.

관리의 죽음

어느 멋진 저녁, 이에 못지않게 멋진 회계원 이반 드미트리치 체르뱌코프는 객석 두 번째 줄에 앉아서 오페라글라스로 〈코르네빌의 종〉을 보고 있었다. 공연을 보면서 그는 행복의 절정에 다다른 기분이었다. 그런데 갑자기… (소설에서는 이 '그런데 갑자기'와 자주 마주치게 마련인데, 작가들이 그러는 것도 당연하다. 인생이란 그처럼 예기치 못한 일로 가득 차 있으니까!) 그런데 갑자기 그가 얼굴을 찡그리더니 눈을 희번덕거리며 숨을 멈추었다. … 그는 오페라글라스에서 눈을 떼고 몸을 숙였다. 그러고는 … 에취!!! 보다시피 재채기를 한 것이다. 그 누구라도, 그 어디에서라도 재채기를 막을 수는 없는 법이다. 농부도, 경찰서장도, 때로는 심지어 국장님도 재채기를 한다. 누구나 재채기를 한다. 체르뱌코프는 조금도 당황하지 않고 손수건으로 얼굴을 훔친 다음 예절 바른 사람답게 주위를 둘러보았다. 재채기 때문에 남에게 폐를 끼친 건 아닐까? 한데 저런, 당황스러운 일이 생기고 말았다. 그는 앞의 첫 번째 줄에 앉아 있던 노인이 자신의 대머리와 목을 장갑으로 열심히 닦으며 뭐라 투덜거리는 것을 보았다. 체르뱌코프는 그 노인이 운수성에 근무하는 브리잘로프 장군이라는 것을 알아보았다.

베짱이

올가 이바노브나의 결혼식에는 친구들과 점잖은 지인들이 모두 참석했다.
"저 사람 좀 봐. 정말 뭔가 있는 것 같지 않아?"
그녀는 자기 남편 쪽으로 고갯짓을 하며 친구들에게 말했다. 마치 왜 그
처럼 단순하고 지극히 평범해서 도무지 볼 것 없는 남자에게 자신이 시
집갔는지를 설명하고 싶다는 투였다.

내기

캄캄한 가을밤이었다. 늙은 은행가는 사무실 이 구석에서 저 구석으로
오락가락하며 십오 년 전 가을에 열린 파티를 회상하고 있었다. 손님 중
에는 똑똑한 사람들이 많아서 흥미로운 화제들이 거론되었다. 그 가운데
는 사형에 관한 이야기도 있었다. 학자와 기자들이 적잖이 포함된 손님
들 대다수는 사형에 부정적인 태도를 보였다. 그들은 이 형벌이 기독교
국가에서는 낡고 무익할 뿐 아니라 비윤리적인 제도라고 판단했다. 그들
중 몇몇의 의견은 사형 제도를 종신형으로 대체하는 것이 여러모로 바람
직하다는 것이었다.

먼저 「내기」의 도입부를 보자. 내기는 15년 전 이뤄졌다. 이제 결판
이 날 때가 다가온 것이다. 체호프는 계절과 밤이라는 시기만 짧게 알
려준 뒤 바로 내기가 벌어진 15년 전 상황으로 시계를 돌린다. 독자들
은 무슨 내기가 벌어졌는지 읽으면서 동시에 약속된 시간이 다 지나
어떤 결과가 나올지 궁금해한다. 독자의 호기심을 충족시키면서 긴장
을 팽팽히 유지하는 서사 구조다.
「베짱이」의 도입부는 더 천천히 읽어야 한다. 올가 이바노브나라는

여인이 어떤 사람인지가 이 짧은 묘사에서 드러난다. 올가는 다른 사람의 평판을 중시한다. 그리고 '무언가 있는' 사람을 중요하게 여긴다. 사람이라면 누구나 그러게 마련이지만 올가는 정도가 심하다. 자신의 신랑이 '단순하고 지극히 평범해서 도무지 볼 것 없는 남자'이지만 '정말 뭔가 있는 것 같지 않느냐' 하고 말하는 것이다.

올가가 동경하는 세계는 문화계였다. 그들은 문화계에 웬만큼 알려진 사람들이었고 이미 저명인사라고 할 수 있었으며, 설사 아직 유명하지는 않더라도 상당히 기대되는 인물들이었다. 반면 신랑 오시프 스테파느이치 드이모프는 의사였고 올가는 의사와 의료계에는 전혀 관심이 없었다. 이 간극을 두고 출발한 결혼 생활이 어떻게 펼쳐질지 궁금하지 않을 수 없다.

「관리의 죽음」은 이반 드미트리치 체르뱌코프를 '멋진 회계원'이라고만 알려준 뒤 상황으로 바로 들어간다. 이야기를 들려주면서 그가 얼마나 소심한 사람인지 보여준다.

3. 첫머리에서 승부를 보기 위한 전략

시작은 제목과 함께 독자를 처음 대면하는 자리다. 첫 인상이 중요한 것처럼 시작이 반이다. 도입부가 좋았다가 흐지부지되는 작품은 있지만 도입부가 별로인 작품 중 성공하는 건 없다. 읽히지 않고, 응모한 작품이라면 일반 독자에게 선보이기 전에 아예 채택되지도 않는다.

수필이건 소설이건 영화건, 이야기를 전하는 장르는 승부를 걸 거리를 도입부에 배치해야 한다. 도입부가 강력한 영화에 마크 웹 감독의 〈500일의 썸머〉가 있다. 이 영화의 첫째 컷은 다음 자막을 보여준다.

"본 영화는 허구이므로, 생존해 있거나 사망한 사람과 어떠한 유사점이 있다 해도 순전히 우연일 뿐입니다."

감독은 첫째 컷에서 시나리오 작가를 내세워 이 영화가 허구임을 강조한 뒤 이 자막을 띄운다.

둘째 컷에 등장하는 한마디는 관객의 허를 찌른다.

"특히 너, 제니 벡맨."

관객은 제니 벡맨이 누구인지 궁금해한다. 감독은 호기심의 안테나를 곤두세운 관객에게 또 다른 자막으로 셋째 컷을 보여준다.

"쌍놈."

첫 장면은 실제 세계에 있는 독자나 관객이 서사의 세계로 빠져들도록 하는 장치가 되면 좋다. 독자를 자신의 이야기를 끌어들이는 방법에는 '단도직입'만 있는 게 아니다. 단도직입을 포함해 여러 가지를 선택지로 놓고 주도면밀한 계획에 따라 도입부를 뽑아내야 한다. 때로는 독자가 자연스럽게 허구의 세계에 진입하도록 익숙하고 편안한 일상이나 정경을 묘사하면서 들어갈 수도 있다. 독자를 유혹하는 사건이나 행동으로 시작하는 게 적절할 때도 있다.

이야기 소재를 배치하는 계획을 짜고 그 계획에 따라 독자를 초대할 무언가를 맨 앞에 배치해야 한다. 이야기를 배치하는 계획과 관련해서는 제3장 「구성의 형식, 플롯과 문단」에서 설명한다.

다음 글을 읽고 도입부를 무엇으로 바꿔서 단도직입하도록 글감을 재배치할 수 있을지 궁리해보자. 필자가 페이스북에 올린 글이다.

[예시문]

SNS는 비엔나 카페, 나는 그 거리를 산보한다

대중적인 활자매체에서 기자로 일해왔지만 나는 시류를 따라가는 일을 그리 좋아하지 않는다. 나는 유행은 상당수가 지나가는 것일 뿐이라고 여긴다. 언론매체는 가치가 있고 지속돼야 할 흐름을 부각하거나 선도해야 한다는 생각이 강하다. 그래서 개인적으로는 예컨대 베스트셀러를 선뜻 구입해 읽기보다는 시간의 검증을 거친 책을 더 찾는다. 싸이월드 바람이 불고 다들 블로그를 열었지만 인터넷에 내 방을 만들지 않았던 까닭이기도 하다.

뒤늦게야 블로그의 필요성을 깨달아, 속한 매체의 홈페이지에 내 공간을 개설했다. 그러면서도 네티즌이 댓글을 달지 못하도록 환경을 설정했다. 대신 내 e메일 주소를 공개하고 정보나 의견이 있으면 그리로 달라고 공지했다.

댓글에 자주 나타나는 즉흥적인 반응을 차단한 것이다. 이는 정치·사회적인 이슈에서 논리와 과학보다 편향과 감정을 중시하는 일부 네티즌과의 논쟁에 휘말리는 일을 피하기 위해서였다.

이런 성향이다 보니 페이스북이나 트위터 같은 사회관계망서비스SNS에 관심을 두지 않았다. 실시간으로 소통이 이뤄지는 SNS에서는 정치·사회적으로 양 극단의 성향을 지닌 사람들이 사실과 논리에 덜 구애받으면서 합리적이지 않은 주장을 서로 강화한다고 생각했다. SNS에 대한 언론매체 보도를 통해 간접적으로 갖게 된 인상이었다.

블로그의 세계에 나중에 낀 것처럼 SNS에도 줄 끄트머리에 붙었다. SNS에 글과 사진을 올린 지 이제 석 달이 지났다. 내가 쓴 기사와 관련된 내용도 게재했고 개인적인 잡기雜記도 썼다. 친구가 500명이 넘게 늘었다.

과연 SNS에는 사실보다 감성에 치우친 자극적인 비판과 독설, 조롱과 패러디가 많이 오갔다. 또 실효성이 의문인 주장이 정치·사회적으로 성향이 뚜렷할 경우 같은 방향을 지향하는 사람들에게 갈채를 받는 경향이 있다는 점도 확인했다.

또 들은 대로 좋은 음식을 맛보고, 공연을 즐기고, 멋진 곳에 놀러 갔다고 자랑하는 내용이 많았다. SNS를 계속 보고 있노라면 부러운 마음과 함께 '나는 뭐하고 있나' 하는 자괴감이 자꾸만 고개를 들려고 했다.

나는 SNS를 주로 정보와 의견을 나누는 장場으로 활용했다. 그랬더니 이런 관심의 연장선에서 사람들이 작성하거나 전하는 소식을 접하게 됐다. SNS에는 상상하지 못했던 정보와 지식, 식견의 세계가 있었다. 책을 사랑하는 모임을 알게 됐고 분야를 좁혀 과학책을 함께 읽는 사이버 모임이 있다는 것도 알게 됐다. 달리기를 좋아하는 모임도 접하게 됐다. 음악에 조예가 깊은 애호가들도 SNS에서 깊이 있는 자료를 활발하게 나누고 있었다.

경제 분야에서도 교류가 활발했다. 거시경제 흐름에서부터 금융, 정책, 그리고 기업에 이르기까지의 영역에서 현안에 대한 분석과 처방, 이에 대한 논평을 접하게 됐다. 정책을 담당하는 관료와 대학교수, 연구원과 국회의원 보좌관, 기자 등이 격의 없이 사실과 분석, 의견을 나눴다.

내가 낄 수 있는 자리는 아니지만 의학계에 종사하는 분들도 최신 연구 동향이나 현안에 대해 열린 논의를 하고 있었다. 예를 들어 어떤 분은 인체 속의 미생물이 우리 몸의 면역체계에 주는 영향에 대한 최근 논문을 소개했다.

각 분야에서 인간도처유상수人間到處有上手라는, '곳곳에 뛰어난 사람이 있다'는 말을 종종 떠올리게 됐다. 그리고 그렇게 각 영역에서나 영역을 넘나들고 아우르는 지식과 식견을 보여주는 분들에게 감탄하고 배우고 감사하게 됐다.

인상적인 대목은 많은 분들이 SNS에서 불치하문不恥下問의 겸손한 자세로 대화하는 모습이었다. 어느 대학교수는 SNS에서 자신이 정통하지 않은 수학 분야에서 한 전문가와 대화했다. 그 대학교수는 얘기를 나누는 중에 그 수학 전문가가 대학원생임을 알게 됐지만 끝까지 예의를 갖춰 대학원생의 말을 경청했다.

SNS는 내게 열린 카페를 떠올리게 했다. 이 카페에서는 누구나 관심 분야에서 전문가들의 얘기에 귀 기울일 수 있고 자신의 영역에서는 사람들에게 자신의 지식을 들려줄 수 있다. 각 영역에서 깊이 파고 들어간 전문가들이 서로 혹은 다른 분야 사람들과 활발히 교류하는 장소는 창조의 원천이 된다.

20세기 전환기 비엔나의 카페가 그런 장이었다. 비엔나 카페에서 음악과 미술, 건축, 문학, 철학, 정신의학이 화려하게 꽃피었다. 몇몇 대가만 거명하면 음악의 리하르트 슈트라우스와 구스타프 말러, 화가는 구스타프 클림트, 철학은 루드비히 비트겐슈타인, 정신의학은 지그문트 프로이트 등이다.

비엔나의 예술가들과 사상가들은 카페를 그들의 보금자리로 삼아 늘 카페에서 사색하고 교류하면서 그들만의 정체성과 사고를 확장시켜나갔다. 아침에는 커피를 마시며 신문을 읽으러 카페에 들렀고, 점심 식사 후에 또 찾았다. 단골 카페에서 지인들과 만나 커피를 곁들여 대화와 토론을 즐겼다. 비엔나 사람들은 만찬 후에도 카페로 자리를 옮겼다.

비엔나의 학예연구사 크리스티안 브란트슈태터는 책 『비엔나 1900』에서 "1900년 비엔나에 카페 약 600개가 있었다"고 전한다. 브란트슈태터는 "비엔나에서 카페 문화는 세기전환기의 예술적·지적 삶에 필수적인 요소였다"며 "그곳에서 문학사조가 탄생하고 소멸했으며, 정치와 과학이 논의됐고 새로운 양식의 회화·음악·건축이 태동했다"고 들려준다.

카페는 비엔나의 문화와 예술이 피어난 배경 중 하나다. SNS는 우리 사회에서 지식과 견해를 나누는 가상 카페라는 기능을 하고 있다. 이 교류가 창조가 아니더라도 우리 사회가 점차 성숙하는 데 도움이 될 수 있다고 기대한다.

나는 이 수필의 앞부분을 잘라낸 뒤 다음과 같이 줄여 《아시아경제》 단평란인 '초동여담'에 실었다.

SNS는 비엔나 카페

과연 소셜네트워크서비스SNS에는 사실보다 감성에 치우친 자극적인 비판과 독설, 조롱과 패러디가 많이 오갔다. 실효성이 의문인 강경한 주장이 정치·사회적인 성향이 같은 사람들에게 갈채를 받았다. 또 맛있는 음식을 맛보고, 공연을 즐기고, 멋진 곳에 놀러 갔다고 자랑하는 내용이 많았다.

지난 4월 1일 뒤늦게 SNS에 가입해 드나들면서 그런 선입견을 확인하게 됐다. 한국 사회의 갈등의 골이 SNS를 통해 더 깊고 넓게 파인다는 생각도 하게 됐다.

예상한 바는 예상한 대로 받아들이면서 나는 SNS를 주로 정보와 지식을 나누는 장場으로 활용했다. 이런 관심의 연장선에서 알게 된 사람들이 작성하거나 전하는 소식을 접하게 됐다.

SNS에는 상상하지 못했던 정보와 지식, 식견의 세계가 있었다. 인간도처유상수人間到處有上手라는, '곳곳에 뛰어난 사람이 있다'는 말을 종종 떠올리게 됐다. 그리고 그렇게 각 영역에서 경지에 이르렀거나 영역을 넘나들며 아우르는 분들에게 감탄하고 배우게 됐다.

나는 SNS가 열린 카페라고 상상한다. 이 카페에서는 누구나 관심 분야 전문가들의 얘기에 귀 기울일 수 있고 제 영역에서는 사람들에게 자신의 지식을 들려줄 수 있다. 각 영역의 전문가들이 서로 혹은 다른 분야 사람들과 활발히 교류하는 장소는 창조의 원천이 된다.

20세기 전환기 비엔나의 카페가 그런 장이었다. 음악과 미술, 건축, 문학, 철학, 정신의학이 비엔나 카페에서 꽃피었다. 몇몇 대가만 거명하면 음악의 리하르트 슈트라우스와 구스타프 말러, 화가는 구스타프 클림트, 철학은 루드비히 비트겐슈타인, 정신의학은 지그문트 프로이트 등이다.

비엔나의 예술가들과 사상가들은 카페에서 교류하면서 각자의 정체성과 사고를 확장해나갔다. 비엔나의 학예연구사 크리스티안 브란트슈태터는 책 『비엔나 1900』에서 "1900년 비엔나에 카페 약 600개가 있었다"고 전한다. 브란트슈태터는 "비엔나에서 카페 문화는 세기전환기의 예술적·지적 삶에 필수적인 요소였다"며 "그곳에서 문학사조가 탄생하고 소멸했으며, 정치와 과학이 논의됐고 새로운 양식의 회화·음악·건축이 태동했다"고 들려준다.

SNS는 우리 사회에서 지식과 견해를 나누는 가상 카페라는 역할을 하고 있다. 이 교류가 창조는 아니더라도 우리 사회가 점차 성숙하는 데 도움을 줄 수 있다고 기대한다.

[지은이, 「[초동여담] SNS는 비엔나 카페」, 아시아경제, 2014. 10. 14.]

4. 거두절미하라: 반면교사 사례

글을 바로 본론으로 치고 들어가면서 시작하는 일은 쉬운 게 아니다. 거두절미가 철칙인 신문 글에서도 첫 문장이 설명인 경우가 종종 눈에 띈다. 다음은 두 건은 그런 사례다.

[인용문]

안달 난 남북 대화, 먼 산 보는 안보

정부 안에서 이런 말이 흘러나왔다. "윤병세 외교부 장관과 김관진 대통령국가안보실장은 'VIP(박근혜 대통령)는 선생님이고 우리는 학생으로 선생님의 지시를 철저히 잘 이행해야 한다'는 생각이 강하다." 윤 장관과 김 실장이 실제로 그렇게 생각하는지, 두 분에게 묻고 싶다.

해당 외교안보 분야에서 많은 경험과 전문성을 축적한 두 분에게 더 묻겠다. 대통령의 지시는 어떤 허점도 없는 무오류無誤謬라고 생각하는가? 또는, 대통령의 지시에 대해 대안적인 판단은 하지 않는 습관이 들었는가? 대통령의 지시 내용에 문제점이나 모순이 발견된다면 간언諫言할 용의와 용기는 있는가? 두 분은 대통령의 인사권에 매여 있는 부하요 참모이긴 하지만 '선생님의 사랑만 받으려는 학생'은 넘어서야 하리라. (하략)

[배인준, 「안달 난 남북 대화, 먼 산 보는 안보」, 동아일보, 2015. 01. 21.]

[인용문]

대한민국 학부모

얼마 전 이런 말을 들었다. 교육열이 뜨겁기로 유명한 서울 강남 어느 곳에서 오간 말이라고 한다.

"앞으로 서울대 출신 사위를 얻지 않을 거야. 지균으로 들어온 서울대생일지 모르니까."

"나는 그래서 우리 딸 서울대에 보내지 않고 아예 연세대로 보내려고. 연세대엔 지균 같은 거 없으니 거기서 사위 얻어야겠어."

잠시 설명이 필요하다. 여기서 '지균'은 지역균형선발을 일컫는다. 서울대는 신입생 일부를 지역균형전형으로 선발하고 있다. 출신 고등학교장의 추천을 받으면 응시할 수 있는 제도다. 지방이나 서울 강북처럼 상대적으로 교육환경이 어려운 지역의 학생들에게 문호를 개방해 지역 간 학력 격차를 극복해보자는 취지다. 이른바 SKY 가운데 서울대와 고려대에 이런 제도가 있다. 연세대에는 없다. (하략)

[이광표, 「대한민국 학부모」, 동아일보, 2015. 01. 21.]

둘 다 동아일보 2015년 1월 21일자 칼럼이다. 두 칼럼 모두 첫 문장을 비슷하게 시작했다. 바로 들은 말로 글을 시작하는 편이 낫다. 다음과 같이 말이다.

"윤병세 외교부 장관과 김관진 대통령국가안보실장은 'VIP(박근혜 대통령)는 선생님이고 우리는 학생으로 선생님의 지시를 철저히 잘 이행해야 한다'는 생각이 강하다."

정부 안에서 이런 말이 흘러나왔다. 윤 장관과 김 실장이 실제로 그렇게 생각하는지, 두 분에게 묻고 싶다.

[수정문]

"앞으로 서울대 출신 사위를 얻지 않을 거야. 지균으로 들어온 서울대생일지 모르니까."

"나는 그래서 우리 딸 서울대에 보내지 않고 아예 연세대로 보내려고. 연세대엔 지균 같은 거 없으니 거기서 사위 얻어야겠어."

얼마 전 이런 말을 들었다. 교육열이 뜨겁기로 유명한 서울 강남 어느 곳에서 오간 말이라고 한다.

내가 쓴 기사에서도 서론이 긴 글이 많다. 앞 장에서 소개한 「노벨위원회는 PD다」로 페이지를 넘겨보자(72쪽). 노벨상의 명성과 권위, 이를 쌓아온 엄정한 수상자 선정 방식을 설명한 뒤 세계인의 이목이 집중되는 흥행성을 강조한다.

흥행 성공에 필수 요건인 보안은 그 다음에야 거론한다. 본론에 이르기 전 서두가 너무 길다. 잡지에 길게 쓰는 피처 기사(이야기 전달을 중심으로 하는 기사를 가리키며, 정보 전달 위주이고 짧은 스트레이트 기사와 비교되는 개념)여서 앞부분을 좀 늘여 뺀 측면이 있다. 서론을 없애고 본론과 직결되는 사례를 앞세워 쓰면 어떨까. 그렇게 작성한 잡문은 다음과 같다. 두 글의 구성을 비교해보시길.

노벨상 흥행의 비밀

스웨덴 한림원 노벨상위원회는 2011년 10월 4일 오전 솔 펄머터 미국 UC버클리대학 교수를 노벨물리학상 공동수상자로 발표했다. 그때 캘리포니아는 새벽이었고, 펄머터 교수는 깊이 잠들어 있었다. 새벽 2시 45분에 그를 깨운 것은 노벨상위원회가 아니라 한 기자의 전화였다.

펄머터 교수는 노벨재단과의 인터뷰에서 이렇게 들려줬다. "기자가 기분이 어떠냐고 물어보더군요. 내가 반문했죠. '무엇에 대한 기분 말이죠?'라고요. 기자가 우리가 노벨상을 받게 됐다고 알려줬어요. 장난인지 확인하러 아내가 컴퓨터로 달려갔죠."

노벨상위원회가 갖고 있던 펄머터 교수의 전화번호가 이전 것이었고, 이 때문에 노벨상위원회는 그에게 수상 사실을 먼저 알리는 절차를 밟지 못한 것이었다.

노벨상위원회가 이처럼 수상자에게 미리 통보하지 못한 채 발표하는 일이 가끔 생긴다. 이런 해프닝이 빚어지는 데에는 이유가 있다. 보안을 무엇보다 중시하다 보니 통보하고 발표하는 과정에 구멍이 생기는 것이다. 왜 수상자와 관련한 정보가 새나가지 않도록 조심하는지는 반대의 경우를 떠올리면 이해된다. 권위 있는 상이라도 수상자 이름이 외부에 누출되면 발표에 대한 관심이 줄어든다. 언론매체는 사전에 정보를 빼내는 데 열을 올린다. 예측보도가 적중하는 경우가 잦아질수록 수상자 발표의 극적인 효과가 떨어진다.

수상자에게 통보한 뒤에는 보안 유지를 기대할 수 없게 된다. 수상자는 입을 떼지 않더라도 가족과 주위 사람들이 눈치챌 가능성이 있다.

통보 이후 뉴스가 덜 확산되도록 하는 방법은 발표 직전 수상자에게 알려주는 것이다. 몇 년 전 이와 관련해 노벨재단에 e메일로 문의했다. 노벨재단은 "각 분야 노벨상위원회는 발표 몇 분 전에 수상 소식을 통보한다"고 답했다. 그러다 보니 당사자가 출장 중이거나 외출했거나 깊게 잠을 자고 있을 때에는 사전 통보를 하지 못한 채 발표하게 되는 것이다.

전화번호가 틀린 경우는 어떻게 이해해야 할까? 노벨위원회는 사전에 전화번호가 맞는지 확인해야 하지 않나? 이에 대해서는 이런 반문으로 대답을 대신한다. 노벨상 발표를 며칠 앞두고, 발신번호를 보니 스웨덴에서 걸려온 전화인데, 전화번호를 확인하려고 걸었다고 한다. 그 전화를 받은 사람은 무슨 생각을 하게 될까?

철저한 보안 뒤에서 준비된 노벨상 드라마의 막이 이제 곧 오른다.

[지은이, 「[초동여담] 노벨상 흥행의 비밀」, 2013. 10. 02.]

5. 독자와 만나는 최초의 지점, 제목

단도직입의 원칙은 제목을 붙일 때에도 유념해야 한다. 제목은 글의 주제가 아니라 글의 결론을 가리켜야 한다. 이는 우리가 쓰는 글의 대부분에 필요한 제목이 논문 제목 스타일이 아니라 상업적인 책 제목의 유형을 따라야 함을 뜻한다. 예를 들면 '유익균이 인체 건강에 주는 혜택'보다는 '조금 지저분하게 살면 면역력이 5배 좋아진다'가 낫다. 제목은 글의 내용 전체를 아우르지 않아도 된다. 제목은 글에서 하나만 꼽으라면 택할 대목을 강조해도 된다.

특히 제목은 독자를 글로 이끄는 여리꾼 역할을 해야 한다. 흔히 말하는 '낚시질' 제목은 금물이지만, 글의 내용을 요약하는 제목도 피해야 한다. 적절한 제목은 낚시질과 요약의 사이 어느 지점에서 찾아야 한다.

도입부에 결론을 앞세운 뒤 그 결론을 또 제목으로 뽑으면 제목과 도입부가 반복되는 문제가 발생한다. 이때엔 제목에 결론을 정직하게 담기보다는 결론을 가공해 관심을 유발하는 제목을 만들어내야 한다.

제목의 요건을 충족하는지 판단할 가늠자를 다음과 같이 표로 소개한다. 다음 표의 왼쪽에 해당하면 제목을 다시 달 필요가 있다.

제목이 요건을 갖추었는지 판단하는 기준

요약·표지판	제목
"그래서?" "결론이 무엇인데?" 등 물음을 유발한다	핵심 메시지 전달 – 제목과 관련한 구체적인 정보를 궁금하게 만든다
표지판이나 문패 혹은 인덱스 기능 – 이 콘텐츠는 이러저러한 것을 다룬다 – 내용은 자료들을 모두 읽어봐야 알 수 있다	
독자가 많지 않아도 된다	최대한 많이 읽혀야 한다
필자는 독자와 동등한 처지다	필자는 서비스하려는 자세를 갖는다
필자는 독자의 관심사에는 관심이 없다	필자는 독자의 관심을 끌 문구를 궁리한다 – 경우에 따라 최근 유행어나 이슈, 인기를 끈 영화나 노래, 책 제목을 패러디한 제목을 작성한다
포괄적이다	구체적이다
내용을 설명한다	설명보다 직관으로 메시지를 전한다
길다	대개 길어도 14자를 넘지 않는다
무미건조하다	재미있다

다음에서 제목을 수정한 사례를 몇 가지 소개한다(왼쪽에서 오른쪽으로 수정).

- 유가 약세로 KOSPI 외국인 수급은 불안정한 상황 지속 → 중동발 저기압, 코스피 불안 지속된다
- 자사주 매입 종목 유형별 비교 및 자사주 매입 예상 종목 → 자사주 매

입 가능성 높은 종목 15선

- 넷플릭스의 한국 진출 → 넷플릭스 상륙, 콘텐츠 제작 판 바꾼다
- 스마트폰 부품 업체에 관심이 필요하다 → 실적 개선된 스마트폰 부품 사 7선
- KOSPI 밸류에이션 중립, 당분간 외국인 수급에 주목 → KOSPI, 당분 간 오일머니 수급에 달렸다
- 통계로 본 해외 직구 → 해외 직구의 '창조적 파괴'
- 시장은 금리인상을 받아들였다 → 미 금리인상 선반영, 금리·환율 진 정된다
- 자사주 매입 종목 투자전략, 두 번째 이야기 → 자사주 매입종목 수익 률 '고배당 50' 수준
- 기업 부채 외환위기 이후 다시 악화 → 부채 늘어난 5대 업종 분석
- 1인 가구를 주목해야 한다 → 1인 가구 소비 트렌드: 소형·편의·자신

6. 왜 두괄식으로 써야 하나

독자는 바쁘다. 실제로는 바쁘지 않더라도 한 콘텐츠에 관심을 지속하는 시간이 짧아졌다. 전에 비해 참을성이 떨어졌다. 그럴 만도 하다. 활자가 폭포수처럼 쏟아져 내리고 있기 때문이다. 활자는 영상 콘텐츠와도 경쟁해야 한다. 스마트폰 시대엔 영상이 언제 어디서나 우리 곁에 대기하고 있다.

이는 제목을 어떻게 달고 글을 어떻게 내놓을지 궁리해야 하는 이유이자 가급적 두괄식으로 논지를 전개해야 하는 이유이기도 하다.

미괄식 글은 사례나 논리를 하나씩 추가하면서 독자를 결론이나 주장으로 이끈다. 독자가 결론이나 주장에 이르기까지 시간이 걸린다. 두괄식과 비교하면 그 시간은 매우 오랫동안 흘러간다. 그래서 두괄식

에 익숙하거나 바쁜 독자는 미괄식 글을 읽으면서 "그래서?" "결국 어떻다는 얘기인데?"라는 물음을 던지곤 한다. 실제로는 이렇게 묻는 대신 글을 읽다 마는 경우도 많다.

두괄식은 주장을 논리적으로 전개하는 데에도 도움이 된다고 본다. 이 주장에 대한 논리적인 뒷받침 대신 나는 다음과 같은 비유를 든다. 두괄식은 허공에 홀로 결론이나 주장을 던진다. 결론이나 주장은 외롭게 떠 있다. 사례나 논거를 제시해 주장이나 결론을 받쳐줘야 한다. 그렇지 않으면 주장이나 결론은 땅으로 떨어지고 만다.

결론을 띄워놓고 그것과 관련된 사례나 논리를 생각하다 보면 그 결론을 반박하는 요소나 주장도 떠오르게 마련이다. 반대 주장을 고려해 이를 재반박하는 내용을 반영한 글은 완성도가 더 높아진다. 그뿐만 아니라 독자로 하여금 필자와 반대편의 주장을 접하도록 하는 기회도 제공한다.

미괄식은 사례나 논리를 쌓아올려 맨 위에 결론을 얹는 방식이다. 사례나 논리를 선택함에 있어서 미괄식은 두괄식에 비해 느슨해지는 경향이 있다. 비슷하지만 적절하지 않은 예화를 들 수도 있고 왕왕 결론과 무관한 샛길로 빠지거나 장식에 불과한 요소에 의미를 부여하기도 한다.

신문 기사를 작성하는 기본 원칙은 두괄식이다. 짧은 시간에 편집국의 여러 단계 의사전달 및 결정 과정을 거쳐 내용을 전달하고 지면에 앉혀 독자에게 전하려면 핵심을 맨 앞에 넣어야 한다. 두괄식은 독자에게 전달하는 과정에서 더 필요하다. 신문은 독자가 최대한 짧은 시간에 핵심 정보를 얻을 수 있도록 해야 한다.

직업병이라고 해야 할까. 기자들은 일상적인 대화를 할 때에도 "그래서?" "결론이 뭔데?"라고 말하며 화자話者를 채근한다. 나는 아내와 대화할 때에도 자주 이렇게 재촉하곤 했고, 이로 인해 대화가 단절되는 일이 잦았다.

이런 직업병을 얻은 내가 쓴 글도 종종 두괄식에서 벗어난다. 핵심을 앞에 던지고 그 핵심과 직접 관련된 사항 중심으로 덧붙여나가는 서술 방식에 익숙해지려면 훈련이 필요하다. 또 글을 쓰는 과정에서 그런 방식을 지키고 있는지 점검해봐야 한다.

두괄식인 듯하지만 두괄식 원칙에서 약간 벗어난 글과, 그 글을 수정해 핵심을 앞에 압축한 두괄식 글을 다음과 같이 붙인다.

[인용문]

폴크스바겐 배출가스 조작사건 이후 디젤차 전망

폴크스바겐 배출가스 조작 스캔들이 불거진 후 디젤 자동차 시장이 무너질 수도 있다는 우려의 목소리가 나오고 있습니다. 그러나 우리의 시선은 조금 다릅니다. 디젤차 시장의 일시적인 침체는 불가피하겠지만 장기적인 관점에서 보면 점차 회복할 것으로 전망합니다. 그렇게 전망하는 이유와 근거를 이번 칼럼을 통해 말씀드리고자 합니다.

— 폴크스바겐 스캔들로 불거진 디젤차 시장의 위기설

2015년 9월 28일 미국 환경보호청은 폴크스바겐 4기통 2.0 TDI 디젤 엔진이 탑재된 차량 48.2만 대에 대해 리콜 명령을 내렸습니다. 배기가스를 검사할 때에만 유해 배기가스 배출 저감 시스템을 최상으로 가동하고 평소 운행할 때에는 시스템을 소극적으로 가동하는 소프트웨어를 탑재했기 때문입니다. 10월 6일 폴크스바겐은 내년 1월부터 리콜을 실시해 연내에 마무리할 계획이며, 조작 소프트웨어가 설치된 디젤 차량은 전 세계 950만 대로 최종 집계됐다고 발표하였습니다.

그렇다면 왜 폴크스바겐은 이러한 속임수를 쓰게 된 것일까요? 2009년부터 미국 정부는 배기가스 규제 기준을 종전보다 크게 강화한 Tier-2 Bin5를 시행했습니다. 이에 디젤차 메이커들은 규제 기준을 만족하는 동시에 높은 연비와 우수한 출력을 가진 차를 개발해야 했고 이 과정에서 비용 측면의 어려움을 겪게 됐습니다. 폴크스바겐은 비용절감을 위해 배기인증검사 때에만 배출가스 저감 시스템을 최상으로 가동하는 속임수를 쓴 것으로 보입니다. 이번에 불거진 폴크스바겐 스캔들이 디젤차 업계 전반으로 확산돼 디젤차 시장을 무너뜨리지 않을까 하는 우려의 목소리가 나오는 현황입니다.

— 디젤차 시장은 쉽게 무너지지 않을 것

하지만 우리는 크게 세 가지 근거를 들어 디젤차 시장에 대한 지나친 비관론을 견제합니다. 첫째, 위기에 빠진 건 '폴크스바겐'이지 '디젤차 전체'가 아닙니다. 이번 사태의 핵심은 디젤 엔진의 한계성 문제가 아니라 비용절감을 위한 폴크스바겐의 속임수이며, 환경규제 기준을 충족하는 배출가스 제어는 디젤차 기술 범주 안에서 충분히 해결 가능합니다.

둘째, 디젤차가 가진 장점은 여전히 유효합니다. 디젤 엔진은 연료를 자연 발화시키고 압축비가 높아 폭발력이 상대적으로 더 크기 때문에 기본적인 힘이 좋습니다. 엔진의 성능을 가늠하는 기준인 토크Torque가 우수해 주행감이 좋기 때문에 디젤차는 여전히 소비자에게 매력적인 차종입니다. 게다가 디젤차는 배출하는 이산화탄소(CO_2)의 양이 가솔린차보다 적어서 향후 엄격해질 환경규제 기준을 충족하기 위해 꼭 필요한 차종입니다.

셋째, 연관 산업과 설비투자 이 두 가지 관점에서도 디젤차 존속의 당위성이 존재합니다. 디젤 에너지 흐름이 막히면 연관 산업에 엄청난 파급효과가 예상됩니다. 유럽을 예로 들면, 현재 디젤 연료 소비량을 액수로 환산하면 운행대수 기준으로 연간 1,500억 유로(180조 원) 이상으로 추정되며 이는 유로존 GDP의 약 1.5%에 해당하는 규모입니다. 설비투자 측면에서도 가솔린, 친환경차로 전환하기 위한 기회비용이 너무 큽니다. 전 세계에서 연간 1,500만 대 이상 생산되는 디젤엔진이 대체될 경우 기회비용은 적어도 30조 원 이상일 것으로 추산됩니다.

— 디젤차의 대안은 디젤에서

앞서 언급했듯이 실제 운행 시 배기가스가 규제기준을 넘어 과다하게 배출되는 것을 막는 기술은 이미 존재합니다. 우선 고가 대형 디젤차량에는 배기 후처리장치인 SCRSelective Catalytic Reduction를 확대 적용하면 됩니다. SCR가 대형차에 더 적합한 이유는 요소수를 정기적으로 주입하기 위한 공간이 필요하다는 데 있습니다. SCR를 활용하면 질소산화물(NOx)을 약 90%가량 획기적으로 줄일 수 있습니다.

중소형 디젤차량에는 마일드하이브리드를 구현한 48V(볼트) 디젤 슈퍼차저 조합을 적용하면 됩니다. 엔진이 다운사이징되면서 토크 성능이 약해질 수 있다는 문제가 있지만 전동식 슈퍼차저를 적용하면 이 부분도 해결할 수 있기 때문에 중소형 차량에 적합한 장치로 판단됩니다. 후처리장치를 강화하는 첫째 안보다 원가 측면에서 유리할 수 있으며 강화되는 배기가스와 이산화탄소(CO_2) 규제 조건을 동시에 만족하는 이점도 있습니다.

— 디젤차 시장에 대한 장기 전망은 '회복'

이번 스캔들의 핵심 원인은 폴크스바겐의 속임수이지 디젤차의 기술적 한계성이 아닙니다. 디젤차는 힘과 연비가 좋기 때문에 여전히 소비자에게 매력적인 차종이고, 디젤차 존속의 당위성은 기회비용 관점에서도 찾을 수 있습니다. 따라서 우리는 '클린 디젤'에 대한 소비자의 실망과 폴크스바겐의 판매량 감소로 인한 디젤차 시장의 단기 침체는 불가피할지라도, 장기적으로는 충분한 기술적 대안을 갖고 침체에서 회복할 수 있을 것으로 판단합니다.

[한화투자증권, 「폴크스바겐 배출가스 조작사건 이후 디젤차 전망」, 2015. 11. 05.]

폴크스바겐 비틀, 디젤차는 회복된다

위기에 빠진 건 '폴크스바겐'이지 '디젤자동차 전체'가 아닙니다. 디젤차가 지닌 강점에는 변함이 없습니다. 디젤차는 연관 산업과 설비투자의 관점에서도 존속할 것입니다.

우리는 이런 근거로 디젤차 시장이 폴크스바겐 배기가스 조작 스캔들의 충격을 점차 회복할 것으로 전망합니다. 이는 폴크스바겐 사태의 후폭풍으로 디젤차 시장이 무너질지도 모른다는 일각의 우려에 대한 답변입니다.

첫째, 이번 사태의 핵심은 폴크스바겐의 속임수입니다. 디젤 엔진의 배기가스를 환경규제 기준을 충족하는 수준으로 제어하는 것은 가능합니다. 폴크스바겐은 비용절감을 위해 배기인증검사 때에만 배출가스 저감 시스템을 최상으로 가동하는 속임수를 쓴 것으로 보입니다. 이와 관련한 기술적인 설명은 잠시 후에 하겠습니다.

둘째, 디젤차가 가진 장점은 여전히 유효합니다. 디젤 엔진은 연료를 자연 발화시키고 압축비가 높아 폭발력이 상대적으로 더 크기 때문에 기본적인 힘이 좋습니다. 엔진의 성능을 가늠하는 기준인 토크가 우수해 주행감이 좋기 때문에 디젤차는 여전히 소비자에게 매력적인 차종입니다. 게다가 디젤차는 배출하는 이산화탄소(CO_2)의 양이 가솔린차보다 적어서 향후 엄격해질 환경규제 기준을 충족하기 위해 꼭 필요한 차종입니다.

셋째, 연관 산업과 설비투자 이 두 가지 관점에서도 디젤차 존속의 당위성이 존재합니다. 디젤 에너지 흐름이 막히면 연관 산업에 엄청난 파급 효과가 예상됩니다. 유럽을 예로 들면, 현재 디젤 연료 소비량을 액수로 환산하면 운행대수 기준으로 연간 1,500억 유로(180조 원) 이상으로 추정되며 이는 유로존 GDP의 약 1.5%에 해당하는 규모입니다. 설비투자 측면에서도 가솔린, 친환경차로 전환하기 위한 기회비용이 너무 큽니다. 전 세계에서 연간 1,500만 대 이상 생산되는 디젤엔진이 대체될 경우 기회비용은 적어도 30조 원 이상일 것으로 추산됩니다.

디젤차를 실제 운행할 때 배기가스가 규제기준을 넘어 과다하게 배출되는 것을 막는 기술은 이미 존재합니다. 우선 고가 대형 디젤차량에는 배기 후처리장치인 SCRSelective Catalytic Reduction를 확대 적용하면 됩니다. SCR가 대형차에 더 적합한 이유는 요소수를 정기적으로 주입하기 위한 공간이 필요하다는 데 있습니다. SCR를 활용하면 질소산화물(NOx)을 90%가량 획기적으로 줄일 수 있습니다.

중소형 디젤차량에는 마일드하이브리드를 구현한 48V(볼트) 디젤 슈퍼차저 조합을 적용하면 됩니다. 엔진이 다운사이징되면서 토크 성능이 약해질 수 있다는 문제가 있지만 전동식 슈퍼차저를 적용하면 이 부분도 해결할 수 있기 때문에 중소형 차량에 적합한 장치로 판단됩니다. 후처리장치를 강화하는 첫째 안보다 원가 측면에서 유리할 수 있으며 강화되는 배기가스와 이산화탄소(CO_2) 규제 조건을 동시에 만족하는 이점도 있습니다.

폴크스바겐은 내년 1월부터 리콜을 실시해 연내에 마무리할 계획이라고 10월 중순에 발표했습니다. 조작 소프트웨어가 설치된 디젤 차량은 전 세계 950만 대로 최종 집계됐다고 밝혔습니다.

앞서 미국 환경보호청은 폴크스바겐 4기통 2.0 TDI 디젤 엔진이 탑재된 차량 48.2만 대에 대해 리콜 명령을 내렸습니다. 배기가스를 검사할 때에만 유해 배기가스 배출 저감 시스템을 최상으로 가동하고 평소 운행할 때에는 시스템을 소극적으로 가동하는 소프트웨어를 탑재했기 때문입니다.

왜 폴크스바겐은 이러한 속임수를 쓰게 된 것일까요? 2009년부터 미국 정부는 배기가스 규제 기준을 종전보다 크게 강화한 Tier-2 Bin5를 시행했습니다. 이에 디젤차 메이커들은 규제 기준을 만족하는 동시에 높은 연비와 우수한 출력을 가진 차를 개발해야 했고 이 과정에서 비용 측면의 어려움을 겪게 됐습니다. 폴크스바겐은 비용절감을 위해 배기인증검사 때에만 배출가스 저감 시스템을 최상으로 가동하는 속임수를 쓴 것으로 보입니다.

이번 스캔들의 핵심 원인은 폴크스바겐의 속임수이지 디젤차의 기술적 한계성이 아닙니다. 디젤차는 힘과 연비가 좋기 때문에 여전히 소비자에게 매력적인 차종이고, 디젤차 존속의 당위성은 기회비용 관점에서도 찾을 수 있습니다. 따라서 우리는 '클린 디젤'에 대한 소비자의 실망과 폴크스바겐의 판매량 감소로 인한 디젤차 시장의 단기 침체는 불가피할지라도, 장기적으로는 충분한 기술적 대안을 갖고 침체에서 회복할 수 있을 것으로 판단합니다.

7. 차근차근 시작할 경우도 있어

앞 장에서 소개한 글을 포함해 몇 건을 '단도직입' 원칙에 비추어 보자.

다음 글의 도입부는 많은 정보를 압축하느라 애를 쓰긴 했지만 핵심으로 들어가진 못했다. 이 글의 첫 문장은 핵심이 아니라 글의 핵심을 가리키는 손가락 같은 역할을 한다. 이 글의 논지는 '방송인이 기획사를 사칭하는 꾼들에게 속는 것이 인기를 향한 과욕 때문인 것처럼 종교인에게 농락당하는 신도의 경우 손쉬운 보상을 바라는 마음이 문제다'쯤이 되겠다.

그런데 이런 내용은 글의 첫머리에 던지기엔 정보가 너무 많다. 이보다는 '손가락'을 들어 차근차근 설명하는 편이 더 낫겠다.

[예시문]

종교가 타락하는 까닭

방송인 후지타 사유리藤田小百合가 방송계 사기꾼과 관련해 들려준 말은 한국의 종교 문제에도 시사점을 준다.

사유리는 "미수다가 끝나고 우리에게 사기꾼들이 많이 다가왔다"고 밝혔다. 미수다는 사유리가 나온 '(외국인) 미녀들의 수다'라는 방송 프로그램의 약칭이다. 자칭 유명한 피디, 자칭 기획사 사장님, 매니저가 이들에게 접근했다.

사유리는 그들의 말에 넘어가지 않았다. 사유리는 "아무리 말 잘하는 사기꾼도 욕심 없는 사람은 속일 수 없다"며 "누구도 절대로"라고 말했다. 여기서 '욕심'이란 '정상적이지 않거나 대개의 경우보다 쉬운 방법으로 돈을 벌거나 인기를 끌고자 하는 욕심'을 가리킬 게다.

한국에서 종교 지도자가 사기꾼이나 다름없는 행태를 보일 수 있는 원인의 상당 부분은 신도에게 있다고 나는 생각한다. 현세에서의 정신적·육체적 건강과 성취, 다음 세상에서의 구원을 자신을 통하면 쉽게 얻을 수 있다며 무리하게 요구하는 종교 지도자에게 누가 속아 넘어가는가. 손쉬운 보상을 원하는 사람들이다. 이들은 경전이 가르치는 바가 아니라 사이비 종교 지도자의 요구에 따른다. 거짓 종교 지도자의 탐욕과 신도의 욕심이 만나는 곳에서 사회적인 문제가 빚어지는 것이다.

논의를 일반화하면, 무언가를 간절히 구하며 신앙을 통해 그것을 이루고자 하는 사람이 많은 사회에서 종교 지도자는 타락할 위험이 크다. 그런 신도는 원하는 바를 획득하는 대가로 여겨지는 것을 선뜻 치른다. 처음에 선량했던 종교 지도자라도 큰 공물供物에 지속적으로 노출될 경우 이를 당연하게 받아들일 수 있다. 어둠 속의 빛이 되고 진흙에서 꽃으로 피어나는 대신 현실세계의 구렁에 빠져들게 된다.

물의를 일으킨 종교 지도자 각자에게 잘못이 없다고 주장하는 것은 물론 아니다. (하략)

[지은이, 「[초동여담] 종교가 타락하는 까닭」, 아시아경제, 2014. 11. 04.]

다음 칼럼도 바로 본론에 들어가지 않았다. 우선 신발회사 탐스슈
즈를 잘 알지 못하는 독자가 많으리라고 생각하고 이 점을 고려했다.
또 미디어에 싣는 글은 '이 사안을 요즘 다루는 계기'를 잡는 게 좋은
데, 그런 점에서 첫 문장을 최근 뉴스가 된 이 회사의 실적으로 시작하
는 편이 낫겠다고 생각했다. 이어 이 소식과 탐스슈즈의 기부 프로그
램을 연결해서 설명하고 급성장한 이 회사의 외형을 보여줬다.

[예시문]

'착한 신발' 탐스슈즈는 그리 착하지 않다

'착한 신발회사' 탐스슈즈가 가난한 나라 어린이들에게 나눠준 신발 수가
지난달 1,000만 켤레를 넘어섰다. 고객이 신발을 한 켤레 사면 맨발로 지
내는 어린이에게 신발을 한 켤레 주는 기부 프로그램의 실적이다. 탐스
슈즈는 2006년 미국에서 설립돼 현재 연간 매출 2억 5,000만 달러를 올
리는 기업으로 성장했다.

탐스슈즈가 좋은 일을 하면서 이익을 내는 사회적 기업의 성공모델로 거
론되는 가운데 한편에서는 "자선을 마케팅에 끌어들여 돈을 버는 업체일
뿐"이라며 "해당 지역에 도움을 주기보다는 폐를 끼친다"고 비판한다.

(하략)

[지은이, 「'착한 신발' 탐스슈즈는 그리 착하지 않다」, 아시아경제, 2013. 08. 20.]

반기문 전 유엔 사무총장의 정치력을 논한 다음 글은 핵심에 이르는
멘트로 시작했다는 점에서 나쁘지 않다.

[예시문]

반기문 유엔 사무총장의 정치력

"당신은 이 세상에서 가장 불가능한 일을 하도록 지명받은 것이오."

초대 유엔UN 사무총장 트뤼그베 할브단 리가 후임자 다그 함마르셸드에게 들려준 말이다(김정태 『유엔사무총장』).

유엔 사무총장 역할이 세계에서 가장 수행하기 어려운 것은 사명이 지구적인 데 비해 권한은 미미하기 때문이다.

코피 아난 제7대 사무총장은 아프리카 내전을 방관하는 국제사회를 비판하며 "나 자신은 전투기 한 대, 군인 한 명도 움직일 권한이 없다"며 무력함을 토로했다. 쿠르트 발트하임 제4대 사무총장은 "유엔 사무총장은 무한 책임을 지지만 실제로는 보잘것없는 힘을 극히 제한적으로 행사한다"고 말한 바 있다.

유엔은 평화 유지와 국제협력 증진을 목표로 활동한다. 사무총장은 국제사회의 평화를 위협하는 어떤 사안으로도 안전보장이사회를 소집할 수 있다. 사무총장은 그러나 의사결정권이 전혀 없다. 사무총장을 더 맥 빠지게 하는 것은 안보리 결의를 회원국이 따르도록 유도할 재원도, 강제할 수단도 없다는 점이다. (하략)

[지은이, 「반기문 유엔 사무총장의 정치력」, 아시아경제, 2014. 11. 12.]

8. 정보가 많을 땐 조금씩 저며내라

많은 정보를 전하는 실용적인 글을 해당 내용의 개요나 정의로 시작하는 경우가 있다. 이때 유의할 사항이 '무엇무엇이란 이런저런 것'이라는 앞머리 설명을 충실히 쓰면 안 된다는 점이다. 다음 사례를 살펴보자. 원래 문구에 이어 대안을 붙였다.

대안은 서두에서 장점을 몇 가지 제시한 뒤 개요를 조금씩 풀어놓았다. 글로써 정보를 전달할 때에는 덩어리째 내용을 정리하는 대신 덩어리를 저며 한 조각씩 접시에 내놓는 편이 좋다. 그래야 읽는 사람이 체하지 않고 내용을 섭취해 소화할 수 있다.

1%대 저금리 시대의 투자 제안,

절세와 종합자산관리가 가능한 연금저축계좌

연금저축계좌로 체계적인 종합자산관리가 가능합니다.

고객의 이익을 최우선하는 ○○투자증권에서 장기성과가 우수한 코어펀드로 연금을 관리하세요.

다른 금융기관의 연금저축 상품을 손쉽게 옮길 수 있습니다.

연금저축제도 개요

가입대상	연령 등 제한 없음
납입기간	5년 이상 (금액납입 여부와 상관없이 상품 가입일부터 기산)
납입한도	연간 1,800만원 (모든 금융기관 합계액, 연금펀드 가입 고객에게도 동일하게 적용)
연금수령 요건	만 55세부터 10년 이상 연금 지급
세액공제(납입한도 400만 원)	66만 원/52만 8천원 세액환급 (주1)
인출 시 세금	연금수령 시 연금소득세 5.5~3.3% (주2) (부득이한 사유로 인출 혹은 해지 시 연금소득세 5.5~3.3% 분리과세)
	연금외수령 시 기타소득세 16.5% 분리과세
분리과세 한도	연간 연금소득 1,200만 원(공적연금 제외)

상기 내용은 관련 세법에 따라 달라질 수 있습니다.
주1) 세액환급 금액은 납입한도 400만원에 세액공제율 16.5%/13.2%(지방소득세 포함)을 곱하여 계산된 것입니다.
주2) 연금수령 개시 후 연간 연금수령한도 내에서 인출하는 금액에는 연금소득세가 부과되며, 이때의 연간 연금수령한도는 연금계좌 평가액/(11-연금수령연차)×(120/100)입니다. (하략)
[한화투자증권 홈페이지]

[수정문]

저금리 시대의 대안, 연금저축계좌

연금저축은 납입하는 기간에는 최대 66만 원 세액공제 혜택이 있고 연금을 받을 때엔 5.5~3.3%의 낮은 세율이 적용됩니다. 세율은 연령이 높아지면서 낮아집니다.

또한 연금저축은 수익이 발생할 때마다 세금이 떼이는 대신 연금을 받을 때 세금이 부과되기 때문에 이자에 이자가 붙는 복리효과를 다른 상품에 비해 더 볼 수 있습니다.

연금저축에는 연금저축펀드계좌(이하 연금저축계좌), 연금저축신탁, 연금저축보험이 있습니다. 연금저축계좌는 연금저축보험과 비교할 때 연금을 수령하기 전 일부 금액을 언제든 중도 인출할 수 있습니다. 또한 연금저축신탁은 가입 당시 상품에만 운용되지만 연금저축계좌는 다양한 펀드에 투자하고 펀드를 자유롭게 변경하는 것이 가능합니다. (하략)

9. 앞부분을 뾰족하게 깎아내라

'단도직입'과 함께 지켜야 할 원칙이 '뾰족하게'다. 다음 예문과 같이, 시작하는 문단에서 그 글이 무엇을 다루는지 보여주는 방식은 일견 거두절미하고 단도직입하는 듯하다. 그러나 '나는 이 글에 이런저런 내용을 담을 것'이라는 내용의 도입부는 대부분 필요하지 않다. 글에서 가장 두드러진 대목이나 결론을 앞세워 눈길을 끈 다음 그 글이 무엇을 다루는 것인지 설명하는 편이 나을 수 있다. 사례를 살펴보자. 앞에 원 기사를, 뒤에 뾰족하게 깎아낸 기사를 배치했다.

[인용문]

금리 오르고 주택가격 내리면 하우스푸어 타격 커

금리가 오르고 주택가격이 떨어지면 하우스푸어가 큰 타격을 입는 것으로 나타났다.

한국은행은 30일 국회에 제출한 금융안정보고서에서 '가계부문 스트레스 테스트' 결과를 발표했다. 한은은 대출금리가 1%포인트 올라갈 때 가계부채 위험가구 비율은 10.3%에서 11.2%로 높아진다고 분석했다. 2% 상승하면 12.7%로 높아지고, 3% 높아지면 14%로 올라간다고 예상했다. 위험부채비율은 더 빠르게 높아질 것으로 봤다. 금리가 1% 오르면 위험부채비율은 19.3%에서 21.6%로, 2% 오르면 27%로, 3% 오르면 30.7%로 상승할 것으로 추산했다. 한은은 "위험부채 규모가 위험가구 수에 비해 금리 상승 충격에 민감한 것은 빚을 많이 진 가구일수록 금리상승으로 인한 원리금 상환 부담이 가중돼 위험가구로 편입될 가능성이 높기 때문"이라고 설명했다.

주택가격이 5%, 10%, 15% 떨어질 때 위험가구 비율은 각각 11.1%, 12.0%, 13% 상승하고, 위험부채 비율도 21.5%, 25.4%, 29.1% 높아지는 것으로 예상했다.

또 금리가 2% 오르고 주택가격이 10% 하락하는 '복합충격'이 일어나면 위험가구 비율은 14.2%로, 위험부채 비율은 32.3%로 높아질 것으로 봤다. 한은은 "높은 강도의 금리와 주택가격 충격이 발생했을 때 가계부문 부실위험이 더 큰 폭으로 증가하는 것으로 나타났다"며 "소득기반이 열악한데 무리한 차입을 통해 주택을 산 가구는 금리 상승과 주택가격 하락 충격에 상대적으로 크게 취약한 것으로 분석됐다"고 설명했다.

이어 "거시적 관점에서 가계부채 수준과 증가속도를 관리하고 미시적인 관점에서도 가계 부실위험에 대한 모니터링을 강화해야 한다"고 제언했다.

보고서는 지난해 가계부채 위험가구를 112만 가구로 집계했다. 이들이 보유한 위험부채는 143조 원에 달한 것으로 추정했다.

위험가구 수는 2013년 111만 8,000가구보다 늘어난 반면 위험부채비율은 2013년 대비 14% 줄었다.

[아시아경제, 「금리 오르고 주택가격 내리면 하우스푸어 타격 커」, 2015. 06. 30.]

'위험 부채' 비율 32%로 높아질 위험

금리가 2% 오르고 주택가격이 10% 하락하면 부채 상환불능 위험에 빠질 수 있는 부채 비율이 32.3%로 현재의 19.3%에 비해 13%포인트 높아지는 것으로 추산됐다. 이 경우 부채 상환불능 위험 가구 비율은 현재의 10.3%보다 3.9%포인트 올라간 14.2%가 될 것으로 예상됐다.

한국은행은 30일 국회에 제출한 금융안정보고서에서 '가계부문 스트레스 테스트' 결과를 발표하고 금리가 오르고 주택가격이 떨어지면 하우스 푸어가 입게 될 타격을 추산했다.

한은은 대출금리가 1%포인트 올라갈 때 가계부채 위험가구 비율은 10.3%에서 11.2%로 높아진다고 분석했다. 2% 상승하면 12.7%로 높아지고, 3% 높아지면 14%로 올라간다고 예상했다.

위험부채비율은 더 빠르게 높아질 것으로 봤다. 금리가 1% 오르면 위험 부채비율은 19.3%에서 21.6%로, 2% 오르면 27%로, 3% 오르면 30.7%로 상승할 것으로 추산했다. 한은은 "위험부채 규모가 위험가구 수에 비해 금리 상승 충격에 민감한 것은 빚을 많이 진 가구일수록 금리상승으로 인한 원리금 상환 부담이 가중돼 위험가구로 편입될 가능성이 높기 때문"이라고 설명했다.

주택가격이 5%, 10%, 15% 떨어질 때 위험가구 비율은 각각 11.1%, 12.0%, 13% 상승하고, 위험부채 비율도 21.5%, 25.4%, 29.1% 높아지는 것으로 예상했다.

또 금리가 2% 오르고 주택가격이 10% 하락하는 '복합충격'이 일어나면 위험가구 비율은 14.2%로, 위험부채 비율은 32.3%로 높아질 것으로 봤다.

한은은 "높은 강도의 금리와 주택가격 충격이 발생했을 때 가계부문 부실위험이 더 큰 폭으로 증가하는 것으로 나타났다"며 "소득기반이 열악한데 무리한 차입을 통해 주택을 산 가구는 금리 상승과 주택가격 하락 충격에 상대적으로 크게 취약한 것으로 분석됐다"고 설명했다.

이어 "거시적 관점에서 가계부채 수준과 증가속도를 관리하고 미시적인 관점에서도 가계 부실위험에 대한 모니터링을 강화해야 한다"고 제언했다.

보고서는 지난해 가계부채 위험가구를 112만 가구로 집계했다. 이들이 보유한 위험부채는 143조 원에 달한 것으로 추정했다.

위험가구 수는 2013년 111만 8,000가구보다 늘어난 반면 위험부채비율은 2013년 대비 14% 줄었다.

뾰족하게 깎았다고 했지만 첫 문장에 비율이 무려 다섯 군데나 나와 가독성이 떨어진다. 그래서 새로 고친 기사가 좋은 대안은 아니다. 이 문제는 다음과 같이 개선될 수 있다.

[인용문]

자산가들도…가계빚에 짓눌린다

금리가 2% 포인트 오르고 집값이 10% 떨어지면 부채 상환불능에 빠질 수 있는 위험가구는 112만 가구에서 155만 가구로 38% 증가할 것으로 예상됐다. 이들 가구가 진 위험부채는 143조 원에서 240조 원으로 68% 늘어날 것으로 분석됐다.

한국은행은 30일 국회에 제출한 금융안정보고서에서 '가계부문 스트레스 테스트' 결과를 발표하고 금리가 오르고 주택가격이 떨어지면 하우스 푸어가 입게 될 타격을 이같이 추산했다.

한은은 대출금리가 1%포인트 올라갈 때 가계부채 위험가구 비율은 10.3%에서 11.2%로 높아진다고 분석했다. 2% 상승하면 12.7%로 높아지고, 3% 높아지면 14%로 올라간다고 예상했다.

위험부채비율은 더 빠르게 높아질 것으로 봤다. 금리가 1% 오르면 위험 부채비율은 19.3%에서 21.6%로, 2% 오르면 27%로, 3% 오르면 30.7%로 상승할 것으로 추산했다. 한은은 "위험부채 규모가 위험가구 수에 비해 금리 상승 충격에 민감한 것은 빚을 많이 진 가구일수록 금리상승으로 인한 원리금 상환 부담이 가중돼 위험가구로 편입될 가능성이 높기 때문"이라고 설명했다.

주택가격이 5%, 10%, 15% 떨어질 때 위험가구 비율은 각각 11.1%, 12.0%, 13% 상승하고, 위험부채 비율도 21.5%, 25.4%, 29.1% 높아지는 것으로 예상했다.

또 금리가 2% 오르고 주택가격이 10% 하락하는 '복합충격'이 일어나면 위험가구 비율은 14.2%로 지난해보다 3.9%포인트, 위험부채 비율은 32.3%로 지난해보다 13%포인트 높아질 것으로 내다봤다.

한은은 "높은 강도의 금리와 주택가격 충격이 발생했을 때 가계부문 부실위험이 더 큰 폭으로 증가하는 것으로 나타났다"며 "소득기반이 열악한데 무리한 차입을 통해 주택을 산 가구는 금리 상승과 주택가격 하락 충격에 상대적으로 크게 취약한 것으로 분석됐다"고 설명했다.

이어 "거시적 관점에서 가계부채 수준과 증가속도를 관리하고 미시적인 관점에서도 가계 부실위험에 대한 모니터링을 강화해야 한다"고 제언했다.

보고서는 지난해 가계부채 위험가구를 112만 가구로 집계했다. 이들이 보유한 위험부채는 143조 원에 달한 것으로 추정했다.

위험가구 수는 2013년 111만 8,000가구보다 늘어난 반면 위험부채비율은 2013년 대비 14% 줄었다.

[서울신문, 「자산가들도…가계빚에 짓눌린다」, 2015. 07. 01.]

[인용문]

현대차, 7가지 라인업 갖춘 '2016년형 쏘나타' 출시

대한민국 대표 중형세단 쏘나타가 합리적인 가격과 진일보한 상품성을 바탕으로 7가지 라인업의 2016년형 모델로 새 단장해 2일부터 본격 판매에 들어간다.

현대자동차가 이번에 새로 선보이는 '2016년형 쏘나타'는 기존 2.0 가솔린 중심의 라인업에서 1.6 터보, 1.7 디젤, 플러그인하이브리드PHEV 모델을 추가해 고객 선택의 폭을 넓힌 것이 특징이다.

특히 판매가 가장 많은 2.0 CVVL의 경우 연비 및 안전 사양을 향상시킨 반면, 가격은 동결 또는 인하해 제품 경쟁력을 한층 높였다.

2016년형 쏘나타의 디자인은 제품 속성에 맞춰 크게 3가지 타입을 적용해 모델 간의 차별화를 시도하는 한편, 2030 젊은 고객 취향에 맞춰 램프 등 일부 디자인을 변경했다.

또한 어드밴스드 에어백을 기본 장착하고 현가장치에 알루미늄 재질을 적용하는 등 주행, 안전사양도 개선했다.

[아시아경제, 「현대차, 7가지 라인업 갖춘 '2016년형 쏘나타' 출시」, 2015. 07. 02.]

[수정문]

쏘나타 7가지 라인업, 디젤·PHEV 등 추가

중형세단 쏘나타가 기존 2.0 가솔린 중심에서 1.6터보와 1.7디젤, 플러그인하이브리드PHEV 모델 등 7가지 라인업으로 다양해진다. 가장 잘 팔리는 2.0 CVVL은 가격이 내리거나 그대로 유지되는 가운데 연비와 안전사양이 향상됐다.

현대자동차는 이같이 달라진 7가지 라인업의 2016년형 쏘나타를 2일부터 선보인다고 발표했다. (하략)

10. 우회하지 말고 직진할 것

앞부분에서 관련된 정보를 충분히 제공해야 한다고 생각해 설명하는 방식은 지양하자. 핵심 내용이 아닌 관련된 정보는 나중에 덧붙여 줘도 된다. 그런 사례를 소개한다. 다듬은 기사를 뒤에 붙였다.

[예시문]

중국은 왜 주말에 기준금리를 발표하나?

— 경제 정보 누출 위험 줄이기 위한 안전조치…이전엔 사전 누출 사건 빈발

중국이 기준금리 관련 결정을 금요일 저녁 이후에 발표하는 이유는 뭘까.

미국 중앙은행인 연방준비제도이사회FRB는 통화정책을 논의·결정하는 공개시장위원회FOMC 회의를 월 1회, 화요일과 수요일 이틀간 논의한 뒤 결정한 사항을 수요일 오후 2시(뉴욕시각)에 발표한다. FRB 의장은 분기에 한 번, 수요일 오후 2시 30분에 기자회견을 한다.

한국은행 금융통화위원회는 매월 둘째, 넷째 목요일에 정기회의를 개최한다. 통화정책 방향을 결정하기 위한 정기회의는 둘째 목요일에 연다. 금통위는 오전 9시에 시작해 논의 후 결정되는 사항은 회의 뒤에 바로 발표한다.

한편 통화정책이 둘째 목요일이 아닌 다른 요일에 열리는 때도 있다. 올해에는 2월 27일(화)과 5월 15일(금), 9월 11일(금)이 그런 경우다. 연휴나 총재가 참석하는 국제회의 일정이 둘째 목요일과 겹쳐 조정한 결과다.

미국·한국 중앙은행은 모두 주식시장을 비롯한 금융시장이 열리는 동안 통화정책을 발표한다.

이와 달리 중국 중앙은행인 인민은행은 대개 금융시장이 쉬는 동안인 금요일 저녁이나 주말 저녁에 결정 사항을 공개한다.

인민은행은 지난해 11월 21일 금요일 저녁에 22일부터 위안화 대출·예

금 기준금리를 인하한다고 발표했다. 이어 3개월여 뒤인 지난달 28일 금요일 저녁에 대출·예금 기준금리를 추가로 낮추기로 했다고 발표했다. 두 차례 인하로 1년 만기 대출 기준금리는 5.35%로 떨어졌고 1년 만기 예금 기준금리는 2.5%로 낮아졌다.

중국이 금융시장이 휴장하는 동안 통화정책을 발표하는 것은 결정 사항이 누출돼 내부자거래가 발생하는 상황을 차단하기 위해서로 보인다. 중국의 통화정책은 국무원에서 결정·승인하고 인민은행이 발표하고 집행하는 구조로 이뤄진다. 모든 과정은 비공개로 진행된다.

중국 통화정책에는 결정과 승인, 발표에 이르기까지 시차가 존재하는 것이다. 이 시차를 악용해 결정된 사항을 시장에 흘리면 정보를 먼저 받은 측은 부당한 투자이익을 챙길 수 있다. 예를 들어 기준금리 인하가 결정됐다는 정보를 미리 입수한 투자자는 채권을 매입해놓고 금리인하에 따른 채권 가격 상승을 기다리면 된다.

중국에서는 몇 년 전까지만 해도 경제의 여러 분야에서 정보를 외부에 먼저 주는 일이 잦았다. 중국 정부 당국은 이를 근절하기 위해 강력한 사법조치를 취했다.

또 금융시장에 영향을 주는 주요 통계를 주말에 공표하기로 했다. 통화정책 결과를 주말에 발표하는 데에도 이런 배경이 있는 것으로 보인다. 금융시장이 열리는 동안에 통계지표나 통화정책을 발표하면 불과 몇 분의 시차로 정보를 먼저 받을 경우 이를 활용해 막대한 투자이익을 거둘 수 있지만 금융시장이 마감한 뒤에는 남보다 조금 일찍 받은 정보의 가치가, 적어도 중국 시장에서는, 없어진다.

중국 사법 당국은 2011년 10월 주요 경제지표를 증권회사 측에 미리 알려준 공무원과 중앙은행 간부에게 국가기밀누설죄를 적용해 징역 5~6년 실형을 선고한 바 있다.

앞서 중국 국가통계국은 그해 7월 주요 통계의 사전 누출을 방지하기 위해 소비자물가 상승률과 생산자물가지수, 고정자산투자, 부동산개발, 사회소비품 판매액 등 매월 발표되는 통계를 토요일이나 일요일에 발표하기로 했다. 또 통계 발표 일자를 기존보다 3~4일 앞당기기로 했다. 이는 통계 집계와 발표 사이의 시간 간격을 좁힘으로써 사전 유출의 위험을 낮추기 위한 것이었다.

[지은이, 「중국은 왜 주말에 기준금리를 발표하나」, 아시아경제, 2015. 03. 02.]

[수정문]

중국은 왜 주말에 기준금리를 발표하나?

— 경제 정보 누출 위험 줄이기 위한 안전조치…이전엔 사전 누출 사건 빈발

중국이 기준금리 관련 결정을 발표하는 시점을 주요 국가와 다르게 잡는 이유는 뭘까.

중국 중앙은행인 인민은행은 지난해 11월 21일 위안화 대출·예금 기준금리를 다음 날 인하한다고 발표했다. 이어 3개월여 뒤인 지난달 28일 대출·예금 기준금리를 추가로 낮추기로 했다고 발표했다. 두 차례 인하로 1년 만기 대출 기준금리는 5.35%로 떨어졌고 1년 만기 예금 기준금리는 2.5%로 낮아졌다.

인민은행은 금리를 낮춘다는 이들 결정을 발표한 시점은 모두 금요일 저녁이었다. 인민은행은 대개 금융시장이 쉬는 동안인 금요일 저녁이나 주말 저녁에 결정 사항을 공개한다. 미국·한국 중앙은행이 모두 주식시장을 비롯한 금융시장이 열리는 동안 통화정책을 발표하는 것과 대조된다. 중국이 금융시장이 휴장하는 동안 통화정책을 발표하는 것은 결정 사항이 누출돼 내부자거래가 발생하는 상황을 차단하기 위해서로 보인다. 중국의 통화정책은 국무원에서 결정·승인하고 인민은행이 발표·집행하는 구조로 이뤄진다. 모든 과정은 비공개로 진행된다.

중국 통화정책에 두 기관이 관여한다는 사실로 미루어 정책 결정에서 발표에 이르기까지 여러 부서를 거치며 시차가 발생한다고 추정할 수 있다. 이 시차를 악용해 결정된 사항을 발표 전 시장에 흘리면 정보를 먼저 받은 측은 부당한 투자이익을 챙길 수 있다. 예를 들어 기준금리 인하가 결정됐다는 정보를 미리 입수한 투자자는 채권을 매입해놓고 금리인하에 따른 채권 가격 상승을 기다리면 된다.

실제로 중국에서는 몇 년 전까지만 해도 경제의 여러 분야에서 정보를 외부에 먼저 주는 일이 잦았다. 중국 정부 당국은 이를 근절하기 위해 강력한 사법조치를 취했다. 중국 사법 당국은 2011년 10월 주요 경제지표를 증권회사 측에 미리 알려준 공무원과 중앙은행 간부에게 국가기밀누설죄를 적용해 징역 5~6년 실형을 선고한 바 있다.

또 금융시장에 영향을 주는 주요 통계를 주말에 공표하기로 했다. 통화정책 결과를 주말에 발표하는 데에도 이런 배경이 있는 것으로 보인다.

중국 국가통계국은 2011년 7월 주요 통계의 사전 누출을 방지하기 위해 소비자물가 상승률과 생산자물가지수, 고정자산투자, 부동산개발, 사회소비품 판매액 등 매월 발표되는 통계를 토요일이나 일요일에 발표하기로 했다. 또 통계 발표 일자를 기존보다 3~4일 앞당기기로 했다. 이는 통계 집계와 발표 사이의 시간 간격을 좁힘으로써 사전 유출의 위험을 낮추기 위한 조치였다.

한편 미국 중앙은행인 연방준비제도이사회FRB는 통화정책을 논의·결정하는 공개시장위원회FOMC 회의를 월 1회, 화요일과 수요일 이틀간 논의한 뒤 결정한 사항을 수요일 오후 2시(뉴욕시각)에 발표한다. FRB 의장은 분기에 한 번, 수요일 오후 2시 30분에 기자회견을 한다.

한국은행 금융통화위원회는 매월 둘째, 넷째 목요일에 정기회의를 개최한다. 통화정책 방향을 결정하기 위한 정기회의는 둘째 목요일에 연다. 금통위는 오전 9시에 시작해 논의 후 결정되는 사항은 회의 뒤 바로 발표한다.

통화정책이 둘째 목요일이 아닌 다른 요일에 결정되는 때도 있다. 올해에는 2월 27일(화)과 5월 15일(금), 9월 11일(금)이 그런 경우다. 연휴나 총재가 참석하는 국제회의 일정이 둘째 목요일과 겹쳐 조정한 결과다.

11. 압축한 문단을 앞세울 때도 있어

사설辭說을 늘어놓지 않고 바로 핵심으로 치고 들어가거나 핵심으로 이어지는 문장이나 장면, 말로 시작하는 방식은 그러나 언제나 적용해야만 하는 공식은 아니다. 전달하려는 대상이 간단하지 않을 때에는 도입부를 '앵글'을 제시하는 용도로 활용해도 좋다. 필자가 다음 '상하이 여행기'에서 스스로 지어낸 다음 두 경구警句로 글을 연 것이 그런 사례다.

[예시문]

여행에서 발견한, 나와 두 사람의 진면목

'여행은 새로운 환경 속에서 사람의 진면목을 알게 되는 과정이다.'

'낯선 여행지에서 사람은 그동안 몰랐던 자신을 새로 발견한다.'

친구 찾아 간 '강남' 여행에서 얻은 작은 깨달음입니다. (이하 존칭 생략)

K박사는 방문한 저희 세 사람을 유연하고 편하게 대하면서도 꼼꼼하게 챙기고 배려했습니다. 저희가 도착한 금요일에 숙소로 찾아오더니 상하이上海에서 손꼽히는 국제금융센터IFC 내 중식당으로 안내했습니다.

이름하여 낙신황조樂新皇朝. '황제가 즐겁고 새롭게 먹는 음식'을 내놓는다는 뜻이지 않을까 이제야 상상해봅니다. 딤섬부터 탄탄면까지 8가지인지 메뉴가 전부 맛있더군요. 넷이서 먹기에 양이 많지 않을까 했지만 "걱정 말라"며 시킨 K박사의 말대로 음식이 거의 남지 않더군요. 여러 가지

맛이 고루 어우러진 탄탄면이 특히 높은 점수를 받았습니다.

금토일 2박 3일이라지만 일요일 낮 12시 40분 비행기를 타려면 아침 먹고 잠시 후에 출발해야 합니다. 그래서 일요일 아침에는 전화 통화로 감사 인사를 해야겠다고 마음먹고 있었는데, 황푸黄浦강변을 달리는 중 L총무가 K박사의 메시지를 받았습니다.

"김밥 챙겨 왔어. 로비에서 기다릴게."

10여 분 뒤 도착한다고 회신하고 신바람을 내며 달려가 상봉했습니다.

호텔은 매그니피슨트. 한자로는 화미주점華美酒店.

K박사와 저희 3인은 화미주점 주차장에서 정리운동을 했습니다.

"○○회 화이팅"을 외치기 전 기념사진도 찍었고요. (○○회는 달리기 동호회다.)

L총무는 여행에서도 최상이었습니다. 조건이 괜찮은 여행상품을 예약하고 지켜냈으며 취중에도 호텔에서 황푸강변에 이르는 길을, 글씨가 작아 읽을 수 없는 지도와 호텔에서 내려다본 야경을 대조하면서 찾아내고야 말았던 것이었습니다. 돌아오는 길에는 긴 줄에 서는 대신 전자발권으로 시간을 단축했고요. 저는 그저 멍하니 있다가 따라다니면 됐지요.

A대표는 상하이에서도 서울과 전혀 다름이 없었죠. 중국어 되지, 상하이 알지, 문화도 익숙하지. 여유 있는 모습으로 활보하는 모습에 상하이 사람들은 그를 베이징에서 놀러 온 부자로 여기는 듯했습니다. 여리꾼, 이른바 삐끼가 그에게만 접근하더군요. 그는 '휘발성 메모리'에 '맹인성 노안'이라는 상하이 유행어를 만들었지만 기억은 정확했고 새로운 정보를 고속으로 파악하고 처리하는 특유의 모습을 보여줬습니다.

제 관심은 주로 쓸데기 없는 데로 갔습니다. 주자자오朱家角라는 수향水鄉마을, 즉 물가 마을 관광지에 갔더니 길바닥이 널찍한 석판으로 깔려 있더군요. '형편이 넉넉했을 리 없는 변두리 마을 사람들이 어떻게 저런 돌판으로 길을 깔 수 있었을까', '주위 어디 유적에서 얻어 온 것이 아닐까' 이런 게 궁금했어요. '저런 돌판으로 서울 도로를 깔면 갈아엎을 일이 없겠네'라는 생각도 들었고요.

둘째 날 저녁은 J회장이 호스트했습니다. J회장은 A대표가 약 20년 전 한국인이 거의 없던 상하이에 상륙해 2년 동안 근무할 때 가까이 지낸 분입니다. J회장은 유서 깊은 고급 식당 대풍차大風車로 K박사와 저희, 다른 분들 등 모두 6명을 초대했습니다.

대풍차에는 1930년대쯤 활동한 것으로 짐작되는 옛날 인물들 사진이 벽에 걸려 있더군요. 상하이 암흑계의 보스 두월생杜月生의 패밀리(조직 말고 가족)가 찍은 듯한 사진도 있었습니다. 이 자리에 K박사는 38년산 로열 살루트를 집에서 가져왔습니다. A대표는 독주를 전혀 마시지 않는다는 스스로의 계율을 깨고 스트레이트 석 잔을 마셨습니다. 이제 파계한 A대표를 모시고 종종 독주를 즐겨도 또한 즐겁지 아니할까요.

38년산에 이어 21년산으로 폭탄주를 마시고 막걸릿집으로 옮겼습니다. 맥주의 고장 칭타오에서 한국 업체가 빚은 막걸리는 '무작정'이라는 이름이더군요. 무작정 마셨습니다. 38년산에서 21년산과 폭탄주, 막걸리로 이어지는, 여간해서는 맛볼 수 없는 순서로 알코올을 흠뻑 섭취했죠.

전날 저녁은 상해식 중에서도 음식을 달고 짭짤하게 요리하는 식당에서 먹었습니다. 이름은 기억나지 않습니다. 권할 곳은 아닌 듯해서 기억에서 지웠으리라고 변명합니다. 다만 여기선 여느 곳에서 맛보기 어려운 비둘기와 개구리 같은 메뉴를 섭렵했죠. L총무는 "전갈을 먹을 각오로 왔는데, 이쯤이야"라며 도전을 주저하지 않았고, '상하이 출신' A대표는 추억의 맛을 고루 즐겼습니다.

상하이 스타일 음식점에서 식사하는데, K박사 스마트폰이 바쁩니다. 함께 일하는 중국인 행정원(사무직 근무자)이랍니다. 친구랑 모두 5명이 저녁을 먹는데 2차에서 합류하면 좋겠다는 연락이랍니다. 5명은 여성인데, 영어를 잘한답니다.

메이콴시沒關係(괜찮아), 아니 환잉광린歡迎光臨(환영합니다)이죠.

저희 3인은 상하이 여성들과 만났을까요. 그렇다면 그들과 보낸 상하이의 밤 시간은 어땠을까요. 그 비밀스러운 추억은 결코 공개할 수 없음을 해량해주시기 바랍니다. (후기. 맥주만 몇 잔 마셨다.)

맛난 음식과 술을 즐겁게 먹고 마시니, 어찌 살이 붙지 않을 수 있으리오. 돌아와서 몸무게를 재보니 하루에 1kg씩 불었더군요.

그럼 상하이 방문은 놀자판이었느냐. "노, 이트 워스트"라고 자신 있게 답할 수 있습니다. 저희는 맥줏집에서, 길을 걸으며, 골목길 카페에서 중국의 부상과 핀테크의 미래, 그리고 한국의 대응을 놓고 수시로 상하이 포럼을 열었습니다.

중국은 실용적이어서 비즈니스를 제도로 규제하기보다 일단 허용한 뒤 문제가 생기면 룰을 만든다며 K국장은 알리바바의 결제 및 금융업 진출을 예로 들었습니다. 경제는 자유시장체제이지만 정치적으로는 철저히 체제를 지키기 위해 통제하고 있으며 시진핑習近平 주석은 이전의 집단지도방식에 비해 자신에게 권력을 더 집중시켰다는 얘기도 나눴습니다. 또 중국인의 메이크업에 나타나는 변화와 향후 화장품 산업의 발전 가능성을 투자자의 관점에서, 지나가는 여성을 면밀히 관찰하면서 전망하기도 했고요.

게다가 저희 3인은 토요일, 일요일 이틀 연속 뛰는 걸 거르지 않았습니다. 역류성 식도염을 앓고 있음을 알게 된 뒤 더 헤매게 된 저는 살살 달렸지만 두 사람은 이틀 연속 15km를 뛰었습니다. 황푸강변에서요. 인구 3,000만인 대도시이지만 상하이 마라토너는 극소수인 듯했습니다.

상하이는 관광지로 추천하지 않습니다. 근대에 이르러 개발된 곳이니 유적이 없다고 해도 과언이 아닙니다. 그러나 K박사가 머무는 동안이라면 한 번은 들러볼 곳입니다.

다음 글에서 도입부 네 문단 역시 앵글을 압축해서 전하는 역할을 한다. 이처럼 앵글을 설명하면서 글을 시작하는 대신 가장 독자의 눈길을 끌 일화를 앞세우는 방법도 있겠으나, 이 글에서 그린 인물은 강하면서도 섬세하고 세속적이면서도 초탈한 상반된 측면을 동시에 지녔기 때문에 그런 방식이 적합하지 않아 보인다.

[인용문]

"사는 게 별게 아냐. 자주 만나야지"

이상하라는 이름 석 자는 나에게 이상하리만큼(?) 신비스러운 존재로 남아 있다.

그처럼 담대하고 '어그레시브'(그가 즐겨 강조한 단어이기도 하다)해 보이면서도 한편으로는 그토록 섬세하고 가녀린 구석이 있다는 게 믿기지 않을 정도다. 능소능대能小能大라고나 할까. 그러나 그렇게 '능소능대'라고 쉽게 말해버리면 개운치 않은 무엇인가가 남고 만다.

굵고 큰 사람이었다. 그러나 허장성세와 위선이 배인 처세, 책략의 인간 됨과는 거리가 있었다. 사물의 먼 데를 꿰뚫어 보는 안목도 있었고, 더러는 이 풍진 세상 어리석은 중생(?)들의 어리석고 치졸한 할퀴기와 싸움을 통찰하고 내려다보는 혜안도 있었다.

그러면서도 "나는 회고록 같은 건 쓸 자격이 없어. 속물이니까"라고 말하곤 했다. 나는 그 대목에서 선승 탄허呑虛가 생고기를 씹는 장면을 연상했다. 스스로를 속물로 단정할 수 있는 정결함을 지니고 있다고 하는 것! 그 단호한 한마디에 이상하다움이 있다고 생각했다.

사회부장으로서 칼럼을 쓸 때 매우 공격적인 표정의 사진을 즐겨 썼다. 지금도 선명히 기억하건대 호랑이가 포효하듯 하는 표정이었다. 나는 속으로 무엄하게도 치졸(?)하다고 생각했다. 그러나 그는 모름지기 기자는 공격성이 본질이고 그 공격성을 통해 직업을 구현하는 것이라고 굳게 믿었다.

그러므로 약해질 때는 형편없이 무너지고 말았다.

사회부장에서 체육부장으로 발령이 난 날 엉엉 우는 모습을 보이고 말았다. 우리 후배들이 거드는 위로의 주석에서 잘 견디던 그가 타사의 동료 한 사람과 얼굴이 마주치자 "나 체육부장 됐어…" 하더니 갑자기 오열하는 것이었다. 인사발령의 충격으로 소리 내어 통곡한, 내가 목격한 최초이자 최후의 사람.

그는 기氣의 인간이었다.

내가 실로 고백하기 싫은 부끄러운 사건 하나를 털어놓아야 하겠다.

사회부장이던 그가 어느 날 저녁 나에게 지시했다. "사진부 기자 데리고 강남의 모 영어학원엘 가봐. 그 학원이 인기가 폭등해서 철야하면서 등록하려는 사람들로 장사진이라는 거야. 그게 기사지 뭐가 기사야?" 그러나 나는 솔직히 처음부터 큰 기사라고는 생각하지 않았다(불경스러운 고백이지만︿︿).

내가 오강석 기자랑 현장에 갔더니, 과연 부장의 귀띔대로였다. 그러나 카메라를 펑펑 터뜨리며 사진을 찍기 시작하자 철야족들이 "우리가 무슨 죄를 지었느냐"고 항의하는 것이었다. 그러더니 과격파 수 명이 들고 일어나 우리에게 대들더니 카메라를 빼앗고 필름을 꺼내 던져버리는 것이었다. 중과부적으로 당하고 말았다.

그러나 귀사해서 이 부장의 벽력같은 호통을 들어야 했다. 기자의 자격이 있느니 없느니, 죽어도 필름은 안 빼앗겼어야 했다느니, 기초가 모자라느니 갖은 수모의 소리를 들어야 했다. 물론 오 기자도 혼났지만 사회부 말단인 나는 치도곤을 당했다. 내 평생에 부모에게 매 맞은 것을 포함해서 최악의 꾸지람을 들었다.

그것을 이상하 선배도 기억하고 있었던 모양이다.

수년이 흐른 어느 날 "강남에서 카메라 빼앗기고 혼나서 기자로 좀 쓸 만하게 되었어!"라고 한마디 해주는 것이었다. 지나가듯 하는 한마디에 나는 전율 같은 것을 느꼈다.

어딘지 솔직하고 정감 있게 다가오는 두 갈래의 대조적인 숨결. 이중적이라고 하기에는 너무 다정다감한 이상하 선배의 그 무엇을 정확하게 형언할 길이 없다.

그가 민정당 국회의원이 되어 대변인실에서 나와 바둑을 두는 일이 생겼다. 내가 두 점을 놓고 두었던 것 같은데, 두다 보니 내가 형편없이 이기고 말았다. 그 무렵 의원생활에도 큰 보람을 못 느끼던 이 선배인지라 "왜 당신은 국회의원이 이 따위 짓이라는 걸 일찍 알려주지 않았어? 미리 알았으면 안 했을 텐데" 하고 후회하곤 했다. 그처럼 저조한 기분이어서 바둑에서 진 것도 꽤나 충격이었던 모양이다.

너무도 표정이 달아올라 내가 송구스러울 지경이 되었다. 그러나 거기서 삐끗 한마디 잘못 던지다간 벼락이 칠 판이다. 숨도 못 쉬고 돌을 거두었는데 그 이후 이 선배는 다시는 나에게 "바둑 한 판 두자"는 말씀을 안 하셨다. 역시 기의 사나이 이상하다.

그는 약하게 보이는 것을 끔찍이도 싫어했다.

운명을 다해가는 병실에서도 경건勁健하게 보이기 위해 통증을 참아가며 눈을 부릅뜨고 손님을 맞는 그의 태도에서 나는 눈물을 삼켜야 했다. 최후의 모습이라도 흐트러지지 않게, 가련해 보이지 않게, 지고 물러나는 모습으로 비치지 않게 자신을 추스르는 그였다.

지금 생각해보면 그는 어떤 불길한 그림자를 감지하고 있었는지도 모른다.

2004년이었다. 그는 일본의 오이타공항에서 멀지 않은 BFR골프장에 머물면서 도쿄에 근무하는 나에게 전화를 걸어주었다. 몇 차례의 통화 끝에 나는 거기서 이 선배와 재미있게 골프를 할 수 있었다. 암 판정 직전의 일이다.

해가 저물고 규슈의 밤하늘에 별이 가득한 그날, 별빛이 아름답다며 선배가 말했다.

"사는 게 별게 아닌데, 자주 만나야 할 거 아니여? 좋은 사람들끼리 만나고 즐기고 돈도 쓰고 말이지." 아, 천하의 이상하도 인생의 석양을 말하는구나.

그날 해외체류 중에는 좀처럼 없었다는 폭음暴飲이 있었다. 김동분 여사가 걱정하실 정도였다.

그는 술이 좀 많이 되자 잠을 이루지 못했다. 노래를 부르고 말을 걸고….

나는 문득 이상하 선배의 전성기의 음주 습관을 떠올렸다. 1980년대 초반의 어지럽고도 서글프고도 삼엄했던 질풍노도의 시절, 사회부장이던 그의 주사酒邪를 떠올렸다.

"무명지 깨물어서 / 타도 김일성" 어쩌고 하는 노래였을 것이다.

그는 통행금지 시간이 넘어 대취한 '술통' 배달을 하는 말단 사쓰마와리의 손가락을 깨물면서 (공교롭게도 대개 1호터널 안이거나 한남대교 위를 차가 지날 때였다) 고래고래 소리치는 것인지, 노래인지 모를 군가를 외치는 것이었다.

그렇게 아쉬운 밤을 보내고 헤어져 내가 고국으로부터 들은 슬픈 소식이 그의 병고였다. 어쩌면 그의 기질로 미루어 믿기지 않고, 받아들이기 어려웠을 병마. 내가 도쿄 근무를 마치고 2005년 귀국해서 그를 뵈었을 때 그는 운명을 거의 받아들이고 있었다.

나는 그것이 슬펐다.

운명의 선고를 받아들이는 과정이 기의 사나이에게 힘겨웠을 터이다. 하지만 그는 담담하게 보이려고 안간힘을 다했다. 먼저 가는 이의 예의를 다하고 아픔을 주지 않겠다는 자세로 스스로를 추슬렀다.

그 섬세하고 다정한 이상하가 평화와 안일의 보다 긴 여생을 누렸다면 우리들의 삶도 보다 아름답고 풍요롭고 좋았으련만, 그것이 마음 아프다.

[김충식, 「사람을 몰고 다니는 유쾌한 사람」 중 「"사는 게 별게 아냐, 자주 만나야지"」, 어떤이의꿈, 2006, pp.245~249]

2006년에 간행된 추모 문집『사람을 몰고 다니는 유쾌한 사람』에 실린 글이다. 이상하는 '영원한 사회부 기자'로 불렸다. 1937년에 태어나 광주고, 서울대 법대를 졸업하고 1964년에 동아일보에 입사해 사회부장, 체육부장, 정치부장을 지냈다. 편집부국장을 끝으로 동아일보를 떠나 제13대 국회의원이 됐다. 이후 한국언론회관 이사장, 무등일보 회장으로 활동했다.

이 글을 쓴 김충식 씨는 1978년 동아일보에 입사해 고인이 동아일보 사회부장이 된 1980년부터 이 부서에서 근무했다. 박정희 군사 쿠데타 이후 한국 정치의 제4 권부였던 중앙정보부를 파헤친 「남산의 부장들」을 동아일보에 연재한 뒤 책으로 냈다.

다음 글은 앞부분을 앵글을 쉽게 전달하는 데 할애했다. 동상이몽同床異夢이라는 문구에서 이몽異夢을 따서 반복해서 활용함으로써 당시 히데요시의 야욕이 그만의 야욕이었음을 부각했다.

[예시문]

임진란 明-日협상 요지경…국서 위조 히데요시 속여

도요토미 히데요시豊臣秀吉의 명明 정복 야욕은 헛된 꿈이었고 '이몽異夢'이었다.

우선 히데요시의 심복 무장으로 조선 침공의 선봉장을 맡은 고니시 유키나가小西行長조차 이 꿈을 믿지 않았다. 이런 측면에서 '명 정복'은 '이몽'이었다.

또 히데요시의 야심은 명 황제에게는 전달조차 되지 않았다. 명 만력제萬

曆帝는 히데요시가 일왕에 책봉되기를 원한다는, 전혀 딴판인 보고를 받았다. 이 점에서도 히데요시의 꿈은 '이몽'이었다.

만력제는 자신이 보고받은 바에 따라 히데요시를 일본 국왕에 봉한다는 국서를 보냈다. 명 국서에 히데요시가 요구한 7개조에 대한 답은 하나도 없었다.

앞서 히데요시는 ▲명 황녀를 일본 천황의 후궁으로 보낼 것 ▲조선 팔도 중 4개도를 일본에 할양할 것 ▲조선의 왕자와 대신을 일본에 볼모로 보낼 것 ▲중단된 명과 일본 사이의 감합무역勘合貿易을 재개할 것 등 7가지를 강화조건으로 제시했었다. 감합무역은 중국과 주변국의 조공무역을 가리킨다. 일본에서는 상업활동이 활발했고, 중국과의 조공무역은 큰 경제적 이익을 거둘 수 있는 사업이었다.

히데요시의 야심이 왜 만력제에게 전해지지 않았을까. 만력제는 어떻게 해서 왜곡된 보고를 받게 됐을까.

히데요시와 만력제 사이에서 정보를 조작한 핵심 인물이 일본의 고니시와 명의 유격장군 심유경沈惟敬이다.

고니시는 전쟁과 정복보다는 명나라와 교역을 재개해 실리를 취하는 게 낫다고 판단했다. 고니시는 임진왜란 발발 전인 1592년 1월 조선에 부하를 보내 다음과 같은 뜻을 전한 바 있다.

"우리 부대가 선봉이니, 그들을 한양에 머물게 하고 명과의 교섭을 주선해달라. 명과의 교역이 시작되면 히데요시를 설득할 수도 있다."

고니시는 평양 입성 전에도 사자를 보내 선조와 알현을 요청했지만 이미 선조가 의주로 피신한 뒤였다.

심유경은 명 원군 지도부와 마찬가지로 일본군을 꼭 격퇴해야 한다는 생각이 없었다. 명나라는 일본이 조선을 지나 자국을 침범할 지경이 되자 원군을 파병했을 뿐이었다. 명 원군은 그래서 1593년 평양성·벽제관 전투 외에는 일본군과 크게 맞붙어 싸우지 않았다.

심유경은 1592년 9월 평양에 주둔하고 있던 고니시에게 강화 협상을 제안했다. 고니시가 이에 대해 답변한 것은 평양성·벽제관 전투를 거친 이 듬해에 이르러서였다. 고니시는 "화평을 성사시키려면 히데요시가 체면을 유지하면서 전쟁을 포기할 수 있도록 하는 방도가 필요하다"며 "베이징에서 사신들을 파견해 과거 일본과 중국 간에 행하던 교역을 다시 일본인들에게 허가하도록 하는 것"을 제안했다.

심유경은 이 제안을 받아들여 1593년 고니시 등과 함께 일본에 가서 히데요시를 만난다. 히데요시가 '조선 4도 일본 할양' 등 7개조를 요구한 게 이 자리에서다. 고니시는 7개조를 들으며 '이 중에 심유경에게 부탁한 것은 무역뿐인데'라고 생각하며 난감해했다.

강화 7개조는 명 조정에 보고될 때는 전혀 다른 것으로 위조됐다. '히데요시를 일본 국왕에 봉한다'는 가짜 국서가 상신됐다. 이 국서는 고니시와 심유경이 짜고 위조한 것이었다. 명 조정에서는 가짜 국서를 그대로 믿고 책봉사를 일본에 파견했다.

명 책봉사는 1596년 9월 오사카성에서 히데요시와 회견했다. 자신의 요구와 딴판인 명 국서를 본 히데요시는 분통을 터뜨렸다.

히데요시의 허황된 꿈은 이렇게 해서 깨졌다. 명과 일본의 4년에 걸친 장기 강화협상도 결렬됐다. 히데요시의 지시에 따라 1597년 정유재란이 발발했다.

[지은이, 「임진란 明−日 협상 요지경…국서 위조 히데요시 속여」, 2015. 06. 15.]

12. 눈길 끄는 상황을 던지는 도입부

글의 핵심으로 바로 들어가는 대신 주요 정보를 다 뒤로 미룬 채 눈길을 끄는 상황이나 특징을 앞세우는 방법도 있다. 이런 기법은 독자를 끌어당기면서 동시에 호기심을 불러일으키는 효과가 있다. 이 기법을 활용해 쓴 책 소개 글 두 편을 소개한다.

[예시문]

샤프 창업자가 만든 동화 같은 인생

아버지는 음식점에서 버린 생선 내장을 모아 비료용으로 팔았다. 벌이는 막노동판의 인부나 다름없었다. 아버지는 그 변변찮은 돈도 술 마시는 데 거의 다 써버렸다. 견디다 못한 어머니는 도망가버렸다.

아들이 여섯 살 때 새엄마가 들어온다. 계모는 심술궂었다. 아이를 구박하며 툭하면 밥을 굶겼다. 몇 년 뒤에는 아이에게 자기가 낳은 자녀를 업어 돌보게 했다. 아이는 이제 또래와 어울려 놀지도 못하게 됐다. 동생들이 잠들면 성냥갑에 상표를 붙이며 돈을 벌어야 했다.

다정했던 아버지가 달라졌다. 학대받는 아들을 본체만체했다. 새 부인마저 달아날까 봐 두려워서였다. 계모는 더욱 모질게 굴었다. 아이는 계모 등쌀에 초등학교를 2년도 채 다니지 못한 뒤 그만둬야 했다. 아이는 얼마 뒤 공장에 직공으로 보내진다.

여기가 바로 현실과 동화가 갈라지는 대목이다. 현실에선 대부분의 아이들이 체념한 채 운명에 끌려간다. 아니면 반항하며 국외자의 길로 빠진다.

동화 속 주인공은 그러나 슬픔에도 절망에도 빠지지 않는다. 일찍 철든 아이는 자신의 운명을 스스로 개척해나간다. 그는 또 하나씩 드러나는 퍼즐을 맞춰간 끝에 자신의 친부모가 따로 있음을 알게 된다. 친부모는 명망 있는 분들이었고, 형과 누이는 사회에서 두각을 나타내고 있었다. 그는 친부모가 불가피한 사정 때문에 자신을 입양 보냈다는 사실을 듣는다. 그러곤 형과 누이를 만나 따뜻한 혈육의 정을 나누며 행복하게 산다.

이젠 '동화'의 주인공을 소개할 때다. 주인공은 하야카와 도쿠지早川 德次 (1893~1980)다. 하야카와의 삶은 정말 앞의 문단과 똑같이 펼쳐졌다. 이 책 『샤프를 창조한 사나이』는 하야카와 탄생 100주년을 기념해 낸 어록이 호평을 받자 기획돼 2004년에 나왔다.

샤프펜슬이 하야카와가 만든 제품의 브랜드였으며 '버버리'나 마찬가지로 그 제품의 일반명사가 됐음을 아셨는지. 또 샤프펜슬을 발명한 하야카와가 바로 일본 전자업체 샤프도 창업했음을 아셨는지. 하야카와가 1915년에 발명한 샤프펜슬은 일본은 물론 해외시장에서도 인기를 끌었다. 1923년엔 200명의 임직원이 연 매출 60만 엔을 올렸다. 하야카와와 혈육 상봉은 이렇게 좋은 시절에 이뤄졌다.

그러나 그에게는 다시 시련이 닥친다. 23년 관동대지진으로 그는 모든 걸 잃는다. 부인과 자식도 다른 세상으로 떠나보냈다. 엎친 데 덮친 격으로 판매계약을 체결한 회사가 계약금과 사업확장 자금 변제를 요구했다. 하야카와는 종업원의 생계를 위해 샤프펜슬 특허권과 생산장비를 아무 미련 없이 넘겼다.

그는 다시 맨손으로 출발한다. 25년에 일본에서 처음으로 라디오를 만들어낸다. 51년에 개발한 TV와 62년에 내놓은 전자레인지도 일본 최초였다. 샤프는 66년엔 세계에서 처음으로 집적회로를 넣은 탁상 전자계산기를 발명했다.

하야카와 도쿠지는 뛰어난 엔지니어였고 유능한 기업인이었을 뿐 아니라 인품이 훌륭했다. 얼마나 뛰어났고 유능했으며 훌륭했는지는 일일이 전하지 않는다. 책을 대부분 옮겨 적어야 하기 때문이다.

[예시문]

컴퓨터를 탄생시킨 사랑

일상생활에 전혀 관심을 두지 않았다. 방을 늘 어질러놓았다. 그의 셔츠는 바지 밖으로 삐져나와 있곤 했다. 그는 또 코트의 단추가 어느 단춧구멍과 짝인지 알지 못하는 듯 보였다. 그는 잘 씻지 않아 사립 기숙학교 시절 냄새를 풍긴다는 이유로 미움을 받았다. 그는 급우들과 어울리지 않은 채 혼자 지내는 시간이 많았다. 그는 말을 더듬었다. 마지막이자 가장 특별한 점은 그가 동성애자였다는 것이다.

그의 주요 관심사는 과학이었다. 10대 초기부터 화학과 실험에 열을 올렸다. 기숙학교에서는 수학에 흥미를 보였다.

이 분야에서도 평가는 썩 좋지 않았다. 수학 교사는 그에게 "공부하는 방식이 지저분하다"며 "어느 과목이든 기초를 다질 필요가 있다"고 조언했다.

그가 자신 안에 잠재돼 있던 창의력을 키우도록 한 것은 사랑이었다. 과학 영재로 케임브리지대학 트리니티칼리지에 장학생으로 선발된 친구가 그의 첫사랑이었다. 그 친구 크리스토퍼 모컴과 가까워지는 매개는 과학이었다. 그는 크리스토퍼와 어울리면서 학업성적도 올리는 공부를 하게 된다.

크리스토퍼는 1930년 결핵으로 세상을 떴다. 그가 키워온 4년간의 사랑이 고백할 기회조차 없이 끝난 것이다. 그는 사랑하는 사람을 잃고 깊은 절망에 빠진다. 그는 절망 속에서 크리스토퍼가 살아 있었다면 이루었을 과학적 발견을 대신 해내는 것이 자신의 의무라고 생각하게 된다. 그는 '크리스토퍼가 미처 이루지 못한 꿈을 성취하는 것'을 목표로 삼아 과학 연구에 매진한다.

이 과학자가 컴퓨터의 원형을 처음 제시한 앨런 튜링이다. 튜링은 모든 수학 문제를 풀 수 있는 '기적적인 기계'가 없다는 것을 증명한다. 그는 그 과정에서 사람이 계산하는 과정을 기계적으로 구현하는 방식을 제안한다. 컴퓨터는 이 제안을 바탕으로 개발됐다.

책『앨런 튜링: 더 에니그마』에는 매년 크리스토퍼 기일마다 그를 기릴 정도로 절절했던 튜링의 사랑이 담겨 있다. 이 책은『앨런 튜링의 이미테이션 게임』이라는 이름으로 최근 번역됐다. 마침 튜링의 극적인 삶을 그린 영화 〈이미테이션 게임〉이 오늘부터 상영된다.

사랑은 위대하다. 어머니의 사랑과 이성을 향한 열정은 물론 동성의 사랑도 사람을 길러낸다. 사랑이 없었다면 튜링의 '보편 튜링기계' 연구가 나오지 않았을 테고 컴퓨터 개념도 뒤늦게 형성됐을 것이다. 튜링의 지극한 사랑을 어떻게 그렸을지가 영화 〈이미테이션 게임〉을 감상할 포인트 중 하나다.

[지은이, 「[초동여담] 컴퓨터를 탄생시킨 사랑」, 아시아경제, 2015. 02. 17.]

13. 인용문을 글의 문에 붙이는 효과

인용으로 시작하는 방법이 있다. 좋은 글은 몇 번이고 다시 읽어도 좋은 법이다. 그래서 사람들이 좋아하는 경구나 문장, 시로 시작하는 방법은 쉽고 효과적으로 독자의 눈길을 끌어당길 수 있다. 자신의 글에 적절한 문구를 인용하려면 풍부한 데이터베이스를 평소에 확보해 놓아야 한다. 시 「인빅투스」를 인용한 글은 앞부분만 소개한다. 전문은 제5장 「구성 훈련은 원 소스 멀티 유스로」에서 읽을 수 있다.

[예시문]

진실로 꺾이지 않는 방법

온통 칠흑 같은 어둠이

나를 덮은 이 밤

어느 신神이라도 감사한다

정복할 수 없는 영혼을 내게 줬으니

잔인한 환경의 마수에서도

나는 움츠리거나 소리 내 울지 않았다

시련이 나를 후려쳤어도
피투성이가 된 머리를 숙이지 않았다

문이 얼마나 좁은지는 중요하지 않다
얼마나 많은 형벌이 날 기다리는지도 중요치 않다

나는 내 운명의 주인이요
내 영혼의 선장이다

19세기 영국 시인 윌리엄 어니스트 헨리의 시 「인빅투스Invictus」다. 인빅투스는 '정복되지 않는'이라는 뜻의 라틴어다.

이 시를 애송한 한 사람이 있었다. 그는 비좁은 감방에 정치범으로 갇혔다. 감방은 가로 2.1m 세로 2.4m, 그의 보폭으로 가로 두 걸음 반에 세로 세 걸음 넓이였다. 음식은 맛이 형편없었을뿐더러 양도 적었다. 그는 금세 살이 빠졌고 비타민 결핍으로 얼굴이 누렇게 떴다. 몸은 쇠약해졌지만 그는 강한 의지로 투지를 더욱 불태우지 않았을까? (하략)

인상적인 시詩나 산문, 경구와 마주칠 때면 나중에 끄집어낼 수 있도록 적어두는 습관을 들이자. 좋은 문구는 쓰임새가 다양하다. 그 쓰임새는 예기치 않은 데 있을 수 있다.

김수영은 시 「절망」에서 이렇게 노래했다.

風景이 風景을 반성하지 않는 것처럼
곰팡이 곰팡을 반성하지 않는 것처럼
여름이 여름을 반성하지 않는 것처럼
速度가 速度를 반성하지 않는 것처럼

拙劣과 수치가 그들 자신을 반성하지 않는 것처럼

바람은 딴 데에서 오고

救援은 예기치 않은 순간에 오고

絶望은 끝까지 그 자신을 반성하지 않는다

나는 이 시를 현실은 변하지 않지만, 절망할 일밖에 없지만, 변화를 포기할 수 없다는 의지를 표현한 것으로 읽는다. 시인은 절망은 끝까지 그 자신을 반성하지 않는다면서도 바람은 딴 데에서 오고 구원은 예기치 않은 순간에 온다며 희망을 놓지 않는다. '이성적으로는 비관하지만 의지로는 낙관한다'라는 안토니오 그람시의 말을 떠올리게 하는 시다. 나는 이 시의 한 구절을 2015년 9월 직장을 옮기며 다음과 같이 인용했다.

[예시문]

새 바람에 몸을 싣다

바람은 딴 데에서 오고

구원은 예기치 않은 순간에 오고

내 사회활동의 남은 절반을 글쓰기를 돕고 가르치는 일을 가운데 두고 꾸려나가야겠다고, 곰곰 생각한 끝에 결론을 내렸다.

내가 즐기며 상대적으로 잘하는 몇 가지 일 중에 이 분야에서 가장 나를 필요로 한다는 희망 섞인 전망에 이른 것이다.

'몇 가지' 중 취미로 젖혀두어야 하거나 취미일 뿐인 것은 경제 분석, 마라톤과 맨발 달리기, 척추를 중심으로 한 인체 근골격 연구, 역사철학, 분석적 사고력과 약간의 논리, 그리고 잡학이다.

경제분석은 졸저 『한국경제 실패학』과 『안티이코노믹스』를 쓰면서 일정

수준 이상의 식견을 쌓았다고 자부하지만 밖의 평가가 이뤄지지 않았다. 내가 진지하게 이 분야에 명함을 내밀려면 박사학위를 받아야 할 듯한데, 그 공부는 내키지 않는다. 경제학 석사학위를 대충 받은 부끄러움도 박사학위 도전을 꺼리는 요인이다.

마라톤과 맨발 달리기, 인체 분야에선 『나는 달린다, 맨발로』를 냈으나 호응은 미미했다. 이 책을 쓴 건 직접 실험해서 얻은 훌륭한 정보를 소수에게라도 나눈다는 뜻에서였으니 아쉬움은 없다. 되짚어보면 이 책을 집필하면서 나는 내가 모르던 분야로 새로 들어가 많은 지식을 습득해 내 방식으로 엮고 풀어내는 솜씨를 보여주고자 했다. 이 점은 자족한다.

역사철학도 내가 정색하고 견해를 개진할 공인된 기반을 갖추지 못했고 그럴 의향도 없는 영역이다.

내가 역량을 가진 분야 중 자타가 공히 인정하는, 혹은 인정하는 듯한 종목이 글쓰기다. 나는 중앙일보의 경제매거진 《이코노미스트》와 《포브스코리아》 편집장으로 일하면서 다년간 기사의 완성도를 높이는 데 기여했다. 이후 《아시아경제신문》 정치경제부장을 맡아 같은 역할을 하기 위해 노력했다.

매체의 속성을 발행주기에 따라 분류하는 일은 피상적일 수밖에 없지만, 그래도 호흡이 길어 제작에 충분히 오랜 시간을 투입할 수 있는 월간 매체가 일하기에 따라 오류를 줄이고 품질을 향상시킬 있다. 《포브스코리아》 제작 경험이 그래서 특히 내가 글을 다루는 틀과 도구를 갖추고 가다듬는 데 도움이 됐다.

이렇게 후반전의 방향을 잡고 책을 준비하던 차에 한화투자증권에서 편집국 인원을 충원한다는 소식을 접했다.

고심 끝에 좋은 계기를 놓치면 안 된다고 생각해 회사를 옮기기로 했다. 김수영 시인의 "바람은 딴 데에서 오고 / 구원은 예기치 않은 순간에 오고"라는 구절을 읊조리면서.

증권시장 분야를 나는 앞서 한경닷컴 취재팀장으로 기사작성을 지시하고 직접 기사를 쓰면서 경험한 바 있다.

"잘 옮긴 거지?"라는 물음에 나는 1998년 첫째 직장 동아일보를 그만두고 재정경제부 경제홍보기획단으로 이직한 뒤 들려준 답을 꺼낸다.

"It depends."

"It's up to me."

14. 내용이 딱딱하면 시작은 예화로 말랑하게

딱딱한 사안이라면 둘러가는 것도 좋다. 둘러가는 방법 중 하나가 예화를 드는 것이다. 예화를 드는 것이 필요한 사례를 하나 소개한다. 사례에 앞서 그 배경을 먼저 설명한다.

미국과 유럽연합EU은 1997년 우리나라가 자기네한테서 수입하는 위스키의 세율을 낮추도록 하기 위한 압력을 가했다. 한국은 위스키 세율을 소주 세율보다 너무 높게 매겼는데 이는 같은 증류주에 대한 차별과세라며 1997년 세계무역기구WTO에 제소했다. 당시 한국은 소주에는 35%, 위스키에는 100% 세금을 부과했다. WTO는 미국과 EU의 손을 들어줬다. 세율을 같게 하려면 소주 세율을 100%로 하거나, 위스키 세율을 낮추고 소주 세율을 높이는 두 가지 선택이 가능했다.

소주 세율 인상에 대한 반발이 걸림돌이었다. 정부에서는 위스키 세율을 덜 낮추면서 소주 세율을 올리는 방안을 마련했다. 두 세율을 72%로 맞추는 방안이었다. 반대로 소주 세율을 조금 올리고 위스키 세율을 대폭 낮추면 국내 주류 시장에서 위스키가 '주류'가 될지 모른다는 점을 고려한 것이었다.

그러나 여당과 야당은 서민 생활에서 떼어놓을 수 없는 소주의 세율을 더 인상하는 데 반대했다. 정치권의 주장을 받아들이면 미국과 EU

에게 빌미를 줘 위스키 세율도 큰 폭 낮춰줘야 하는 결과에 이를 판이었다. 예를 들어 소주 세율을 50%로 15%포인트 높이면 위스키 세율을 50%로 50%포인트 떨어뜨려야 하는 판이었다.

이런 외부 압력과 내부 반발 사이에서 정부를 측면에서 지원하는 칼럼은 어떻게 써야 할까. 내용이 복잡할 수밖에 없다는 점은 분명하다. 다음 글은 일단 서민의 애환을 달래는 소주를 향한 정서적인 측면을 거론하는 것으로 시작했다. 이 문단이 없이 '최근 소주의 세율을 올리려는 주세율 조정안을 두고 학계와 소비자의 의견이 분분하다'로 시작했다면 글의 가독성이 매우 떨어졌을 것이 확실하다.

[인용문]

소주 세율 올려야 하는 이유
— 서영훈 신사회공동선언운동연합 상임대표

세계제국 로마는 북유럽 너머로 국토를 넓히지 않았다. 포도를 재배하기에 적합하지 않은 기후의 땅을 차지한들 쓸모가 없다고 본 것이다. 로마인들이 포도주를 사랑한 것처럼 각 민족은 수천 년 이어져 내려온 고유의 술에 무한한 애정을 갖고 있다. 프랑스의 와인, 독일의 맥주처럼 우리에게는 소주가 있다.

최근 소주의 세율을 올리려는 정부의 주세율 조정안을 두고 학계·소비자들의 의견이 분분하다. 정치권에서는 내년 총선을 앞두고 표심을 곁눈질하며 언성을 높인다.

우리 고유의 술 소주의 세금을 타율에 의해 올려야 한다니 안타까울 뿐이다.

이번 주세율 조정은 위스키와 소주의 세율을 같게 하라는 세계무역기구 WTO의 판정에 따른 것이다. 위스키는 전량 수입에 의존하는 고가주임에도 불구하고 70년대 이래 세율이 계속 낮아졌다. 전적으로 미국 유럽연합EU 등 위스키 생산국의 통상압력 때문이다. 이번 위스키세율 인하는 지난해 WTO 패널에서 패소한 데 따른 것이다. WTO 체제에서 국제적으로 표준화된 규범이 적용되는데도 정부가 유연지 못한 태도로 수입 위스키로부터 소주를 보호하려다 낭패를 당했다. 일본도 몇 해 전에 같은 경우를 당해 어쩔 수 없기는 하지만 우리 스스로 주세율을 조정할 수 있는 기회를 놓쳤다.

정부가 미리 소주세율을 조금씩 인상했던들 외압에 의한 위스키 세율 인하는 막을 수 있었을 것이다. 영국, 프랑스, 독일 등 선진국들은 그동안 술에 대한 세율을 계속 올렸다. 이들이 세율을 올리려 할 때 조세 저항이 없었을 리 만무하다. 이들은 독주 소비의 억제 필요성에 대해 사회적 합의를 도출하는 데 성공했다.

지지기반이 빈약한 역대 정부는 장기적으로 국민에게 이익을 주지만 단기적으로 고통스러운 정책을 추진할 능력이 없었다. 이런 결과 한국은 국민 1인당 알코올 소비량이 세계 1, 2위를 다투고 위스키 수입 대국이라는 불명예를 감수하게 됐다.

정부 자료에 따르면 소주 세율을 80%로 올리면 소비자가격에서 세금이 차지하는 비중이 40% 수준이다. 선진국들은 소주 같은 고도주에 높은 세금을 붙여 세금 비중이 60%에 이른다. 자국민을 보호하기 위해 독한 술에 많은 세금을 부과하면서 다른 나라에 대해서는 세금을 터무니없이 낮추라고 요구하고 있다. 선진국들이 각종 금연 캠페인과 손해배상 소송 등으로 담배산업이 사양길에 접어들자 개도국 시장을 억지로 개발하도록 밀어붙여 담배 수출을 늘리는 것과 같은 맥락이다.

여야는 정부가 마련한 소주세율을 국회에서 더 낮추려고 하는 것 같다. 그러면 위스키 세율을 또 낮춰야 하는데 정치적으로 민감한 서민 대중주인 소주 세율만 물고 늘어지면 위스키 세율이 저절로 내려갈 수밖에 없다고 생각하는 EU와 미국의 태도를 우리 정치인들은 모르는 것인가? 소주 세율을 내리면 소주 값이 내리는 것보다 위스키 값이 훨씬 큰 폭으로 낮아진다. 몰라서 그러는지 알고서도 그러는지 모르지만 국회의원들은 위스키를 팔겠다고 나선 나라들의 이익을 대변하고 있는 꼴이다.

[서영훈, 「소주 세율 올려야 하는 이유」, 동아일보, 1999. 11. 10.]

아래에 예화를 앞세운 글을 소개한다. 중앙일보 논설위원을 지낸 김영욱 한국금융연구원 상근 자문위원이 쓴 칼럼이다. 예화를 인용한 뒤 본론으로 넘어가는 이음매를 어떻게 처리했는지가 유심히 볼 대목 중 하나다.

[인용문]

용중의 지혜가 우리에게 있는가

정치인이 어촌을 지나다 게 잡는 모습을 봤다. 그런데 게를 넣어둔 바구니에 뚜껑이 없었다. 이유를 물었더니 어부는 심드렁하게 대꾸했다. 게가 도망치려고 기어오르면 밑의 게가 잡아당긴다는 거였다. 뚜껑을 덮지 않아도 게가 탈출하지 못하는 이유였다.

뜬금없이 우스갯소리를 꺼내는 건 한·중 자유무역협정FTA 때문이다. 과연 우리는 중국의 거대한 자기장 속에서 살아남을 수 있을까, 혹여 중국 눈치를 보며 살게 되진 않을까라는 걱정 때문이다.

오해 말길 바란다. 한·중 FTA에 반대하는 건 결코 아니다. 오히려 지금 체결된 게 만시지탄이라고 생각한다. 한·중 FTA는 우리의 생존전략이자 성장동력임에 분명하다. 중국의 거대한 내수시장은 저성장에 허덕이는 우리 경제의 돌파구가 될 수 있다. 새로운 비즈니스 기회의 창출로 신성장동력도 생겨날 수 있다. 게다가 한·중 FTA는 한·미 FTA와 더불어 미·중 간 각축전의 지렛대로 쓸 수 있다. 때로는 미국을 활용해 중국을 견제하고, 때로는 중국과 협력해 미국의 압력을 막을 수 있다.

문제는 이게 우리 하기 나름이라는 점이다. 그만한 지혜와 능력이 우리에게 있느냐라는 의문이다. 생존 전략은 패망의 길로 이어질 위험을 안고 있는 법이라서다. 중국의 강력한 자기장에 속절없이 빠져 들어간다면 예전처럼 속국으로 전락할 가능성도 배제할 수 없다.

곰곰 생각해보자. 중국은 우리의 최대 무역 상대국이다. 2004년 미국을 제쳤으니 11년째다. 그것도 압도적 1위다. 지난해 대對중국 수출의존도는 26.1%로 사상 최고였다. 대미국 의존도(11.1%)의 두 배가 훨씬 넘는다. 무역흑자 의존도는 더 심하다. 지난해 무역흑자 총액은 440억 달러였다. 하지만 대중국 무역흑자는 628억 달러로 이보다 훨씬 많다. 중국에서 벌어들인 돈으로 다른 나라와의 무역적자도 메우고, 경제성장도 했다는 얘기다. 한·중 FTA는 이 흐름을 가속화시킨다. 이렇게 되면? 중국이 '귀찮은 상전'으로 변하는 건 시간문제다. 우리는 이미 '귀찮은 상전'을 경험한 바 있다. 1980~90년대 미국이다. 당시의 미국은 '무역 보복'과 '개방 압력'으로 기억될 정도다. 무례와 강요가 잇따랐지만 우리는 인내할 수밖에 없었다. 미국에 수출해 번 돈으로 먹고살았기 때문이다. 그래서 얻은 건? '선량한 강대국'도 국익을 위해서라면 폭력을 서슴지 않는다는 교훈이었다. 말발 뒤에 강한 주먹이 숨어 있다는 것도.

중국 역시 다르지 않을 게다. 중국을 움직이는 건 자신의 국익이지 세계이익은 아니다. 하물며 한국의 이익이야…. FTA가 성공적이면 성공적일수록 대중 의존도는 커진다. 자연히 중국은 예전의 미국처럼 변할 게다. FTA의 성공과 귀찮은 상전은 동전의 양면이란 의미다. 이렇게 되면 중국의 무례와 강요를 거절할 수 없게 된다. 중국이 재채기하면 감기에 걸릴수밖에 없는 우리가 될 어쩌겠는가. 아시아의 맹주 자리를 둘러싼 미·중의 각축전이 치열해질수록 더욱 그럴 거다. "누구 편이냐"며 양자택일을 강요받는 날이 올 수 있다. 하긴 그런 움직임은 이미 시작됐다. 중국이 강하게 밀어붙이고 있는 아시아 인프라투자은행AIIB과 아시아·태평양자유무역지대FTAAP가 그렇다. 참여하라는 중국과, 참여하지 말라는 미국의 목소리가 충돌하면서 우리는 진퇴양난으로 빠져들고 있다. 인정하고 싶지 않지만 이게 우리의 현실이다.

하지만 현실을 인정해야 해결책이 나오는 법, 순간적인 감정에 사로잡혀 친親중 반反미나 친미 반중으로 흘러선 안 된다. 혐嫌중이나 혐미는 더욱 그렇다. 영악해지는 길밖에 없다. 두 강대국 사이에서 줄타기를 잘해야 한다. 우리의 국력이 지금보다 배 이상 커지기 전까지는. 힘이 세면 아무도 집적대지 못한다는 이치는 나라도 마찬가지다.

문제는 이게 가능할지다. 우리에게 용用중과 용미의 지혜가 있을까. 아무래도 그런 것 같지 않다. 고난도의 게임은 고사하고, 난이도 낮은 게임조차 못 풀고 있기에 하는 걱정이다. 답이 뻔히 보이는 공무원연금과 무상복지의 개혁조차 못하고 있지 않은가. 게처럼 서로 끌어내리기만 한다면 모순과 질곡에서의 탈출은 불가능한데도 말이다.

[김영욱, 「용중의 지혜가 우리에게 있는가」, 중앙일보, 2014. 11. 13.]

앵글에 따라 재료를 재구성할 때 가장 신경을 써야 할 부분이 도입부다. 글의 초점과 도입부를 잘 정하면 글이 술술 풀린다. 글쓰기를 마친 다음 퇴고를 할 때에도 다시 검토해야 할 대목이 도입부다. 독자의 눈을 끌기에 중간에 있는 다른 부분이 더 낫지 않은지, 그러므로 그 부분을 맨 앞에 세우는 게 효과적이지 않을지 저울질해봐야 한다. 이는 앞서 인물 소개 글과 자기소개서를 고친 관점이기도 하다.

꼭 단도직입할 필요는 없다. 그러나 가능하면 서론 없이 본론으로, 본론을 거치지 않고 결론부터 던지라. 그게 아니라면 핵심으로 이끄는, 호기심을 자아내는 실마리를 앞세우라. 그 실마리는 좋은 문구를 인용하는 것일 수도 있고 흥미로운 이야기일 수도 있다.

제3장

구성의 형식,
플롯과 문단

흔히들 말한다. "내가 살아온 날을 소설로 쓰면 책 몇 권은 될 거"라고. 살아온 이야기가 창작된 소설보다 몇 배 극적인 사람, 많다. 그러나 그걸 소설이라는 형식으로 변환할 수 있는 사람은 매우 적다.

소설은 풀어놓은 이야기보따리를 글자로 바꿔서 종이에 다시 담아놓은 장르가 아니다. 독자가 호기심이나 흥미나 긴장을 유지하면서 텍스트를 따라오도록 이야기를 구성해야 비로소 소설이 된다.

이야기가 소설이 되려면 내용이 서사예술적인 질서에 따라 재배치돼야 한다. 이야기 내용의 배치를 플롯이라고 한다. 플롯은 넓게 보면 구성이라고 할 수 있다. 재료를 어떻게 구성하는지에 따라 이야기는 전혀 다른 콘텐츠가 된다. 다음 얘기는 플롯의 힘을 보여준다.

1. 플롯의 힘: 숨이 막힌 도베르만

[인용문]

숨이 막힌 도베르만

어느 날 한 아주머니가 장을 보고 돌아와보니 집에서 기르는 도베르만이 목에 뭔가 걸려서 숨을 제대로 쉬지 못하고 있었다. 그녀가 개를 동물병원에 맡기고 집에 돌아오자마자 전화벨이 울렸다. 조금 전 다녀온 동물병원의 수의사였다.

그는 소리를 지르며 말했다.

"당장 집 밖으로 나가세요!"

그녀가 깜짝 놀라 물었다.

"무슨 일이에요?"

"제 말대로 하시고 당장 옆집에 가 계세요. 곧 갈게요."

수의사는 아주머니의 질문에는 대답하지 않은 채 이렇게 이야기했다.

그녀는 무슨 일인지 놀랍고 궁금했지만 수의사가 시키는 대로 집에서 나왔다.

그런데 그녀가 밖으로 나오자마자 경찰차 넉 대가 달려와 급브레이크를 밟으며 집 앞에 섰다.

경찰들은 권총을 뽑아들고 차에서 내리더니 집 안으로 달려 들어갔다. 그녀는 겁에 질려 무슨 일이 벌어지는지 바라보고 있을 수밖에 없었다.

곧 수의사가 도착했다. 그가 아주머니를 보더니 상황을 설명했다. 도베르만의 목구멍을 검사해보니 거기에 사람 손가락이 두 개 있었다는 것이다. 그는 아마도 도베르만이 도둑을 놀라게 했을 것이라고 생각했다. 아니나 다를까, 경찰은 곧 피가 흐르는 손을 움켜쥐고 공포에 질려 옷장에 숨어 있던 도둑을 잡아냈다.

[로널드 B. 토비아스 지음, 김석만 옮김, 『인간의 마음을 사로잡는 스무 가지 플롯』, 풀빛, 2007, pp.20~21]

이 이야기는 도베르만이 왜 숨을 잘 쉬지 못할까 의문을 던지더니 무엇인지 모를 위기 상황으로 치닫는다. 이에 따라 독자의 호기심과 긴장이 치솟는다. 수의사가 위험을 경고하더니 이번에는 경찰차가 무려 넉 대나 급히 출동한다. 도대체 어디서부터 어떻게 일이 벌어져 어떤 상태가 된 것인지, 독자는 다음 장면으로 빨려 들어간다.

2. 플롯이 해체되면 맥이 빠진다

이 이야기로 예시된 플롯의 힘은 이 얘기를 다음과 같이 시간순으로 펼쳐놓은 스토리와 대조하면 더 뚜렷하게 드러난다.

[수정문]

도베르만과 옷장에 숨은 도둑

어느 날 한 도둑이 어느 집에 들어갔다. 하필 그 집 주인 아주머니는 도베르만을 기르고 있었다.

도베르만은 침입한 도둑을 보자 바로 달려들었다. 도둑은 공격하는 도베르만을 손으로 저지하려고 했고, 도베르만은 도둑의 손을 물어뜯었다. 도둑의 손가락 두 개가 잘렸고, 손가락 두 개는 도베르만의 목에 걸렸다. 이때 아주머니가 장을 보고 집에 돌아왔다. 도둑은 놀라고 당황한 나머지 옷장에 몸을 숨겼다. 손가락이 목에 걸린 도베르만은 숨 쉬기 힘들어 하고 있었다.

아주머니는 도베르만을 집에서 가까운 동물병원에 데리고 갔다. 수의사는 자세히 검사해봐야 한다며 도베르만을 입원시키고 집에 가 있으라고 아주머니에게 말했다.

아주머니가 병원을 나선 뒤 수의사는 도베르만을 진찰하고 목구멍에 걸린 손가락 두 개를 발견해 빼냈다. 수의사는 '그 손가락은 아마 아주머니

제3장 구성의 형식, 플롯과 문단

집에 침입한 누군가의 것'이라고 추리한다. 그는 또 '그 손가락의 주인이 아직도 그 집에 있고 그 집의 어딘가에 숨어 있으리라'고 추정한다.

수의사는 곧바로 아주머니 집으로 전화를 걸어 "당장 집 밖으로 나가세요!"라고 외쳤다. 영문을 모르는 아주머니는 깜짝 놀라 물었다.

"무슨 일이에요?"

수의사는 아주머니의 질문에는 대답하지 않은 채 "제 말대로 하시고 당장 옆집에 가 계세요. 곧 갈게요"라고 말했다.

수의사는 이어 아주머니 집에 도둑이 들었다고 경찰에 신고했다.

아주머니가 집 밖으로 나오는 것과 거의 동시에 경찰차 넉 대가 도착했다. 경찰들은 권총을 뽑아들고 차에서 내리더니 집 안으로 달려 들어갔다. 아주머니는 무슨 일이 벌어지는지 짐작도 못한 채 겁에 질려 이 장면을 바라봤다.

경찰은 곧 피가 흐르는 손을 움켜쥐고 공포에 질려 옷장에 숨어 있던 도둑을 잡아냈다.

곧 수의사가 도착했다. 그는 아주머니를 보더니 상황을 설명했다.

사건을 전개된 순서에 따라 들려주는 이 이야기는 독자의 호기심을 전혀 자극하지 않는다. 독자는 이미 도둑이 집에 들었고 도베르만이 도둑의 손가락 두 개를 물어뜯어 삼키려다 목이 막혔음을, 그리고 도둑이 옷장에 숨어 있음을 안다. 아주머니만 영문을 모른 채 수의사의 말에 따라 움직인다.

플롯에 따라 지어진 소설적인 이야기가 시작하면서부터 던지는 의문을 이 이야기는 제기하지 않는다. 독자는 도베르만이 왜 숨을 잘 쉬지 못하는지 궁금하지 않다. 수의사가 왜 아주머니에게 당장 집 밖으로 나가라고 하는지도 이미 알고 있다. 경찰차가 출동한 이유도 안다.

독자는 이 이야기를 읽으면서 몰입하기보다는 이야기의 허구적인 측면에 더 주목할지 모른다. 도베르만이 도둑 손가락을 물어뜯어내는 동안 둘이 몸싸움을 벌이면서 집이 난장판이 되지는 않았더라도 적잖이 어질러졌을 게다. 또 피가 적지 않게 떨어졌을 게다. 도베르만의 주둥이는 피범벅이 됐을 것이다. 아주머니는 그걸 전혀 눈치채지 못했을까. 도베르만은 옷장에 들어간 도둑을 어찌하지는 못하지만 그르렁거리면서 옷장 문을 발로 긁어대고 있었을 게다. 귀가한 아주머니를 보고서는 소리나 행동으로 누군가가 침입해 옷장에 숨어 있다는 사실을 알리려 했을 것이다.

이 이야기에서 아주머니는 특이한 상황과 도베르만의 행동보다는 개가 숨을 제대로 쉬지 못하는 데만 주목한다. 이 또한 이상한 설정이다. 도베르만을 본 수의사가 바로 진찰하지 않고 아주머니부터 귀가시킨 일도 납득되지 않는다. 숨을 잘 쉬지 못하면 그 자리에서 입을 벌려 목구멍을 들여다보는 건 수의사가 아니라 일반인이라도 누구나 할 수 있는 진찰 아닌가.

사나운 도베르만과 아주머니가 집을 비운 사이 도둑이 옷장에 그대로 숨어 있다는 설정도 자연스럽지 않다.

3. 스토리를 제동·지연·우회하라

두 이야기는 플롯을 잘 짜는 화자話者는 필요하면 사건을 시간 순서로 들려주지 않음을 보여준다. 그런 화자는 또 사건의 전모 중 일부를 선택적으로 공개하고 일부는 일부러 가림으로써 독자의 호기심을 자극하고 극적인 효과를 키운다. 이와 관련해 러시아 문학평론가 미하일 바흐친은 "스토리는 플롯의 기초가 되는 사건"이고 "플롯은 스토리를 지연·제동·이탈시키거나 우회시켜 낯설게 만드는 역할을 한다"라고 설명했다.

미국 저술가 로널드 B. 토비아스가 쓴 『인간의 마음을 사로잡는 스무 가지 플롯』에 따르면 몇몇 신문은 사실이라며 이 이야기를 전했다. 그러나 앞에서처럼 플롯을 풀어놓고 검토하는 과정에서 이 이야기는 그럴듯하지 않은 구석이 너무 많아 사실일 가능성이 낮음이 드러났다. 그런데도 교묘하게 생략하고 배치된 새로운 이야기는 이런 점을 따질 겨를이 없을 정도로 흡인력이 있다. 플롯은 이처럼 허구에 생명력을 불어넣을 정도로 힘이 세다.

4. 플롯 재구성 연습: 도넨바이

다음 이야기를 플롯을 어떻게 바꿀 수 있을지 궁리하면서 읽어보자. 이야기를 재구성할 때엔 필요하면 내용 중 일부를 변형해도 좋다.

[인용문]

스텝에 살던 청년 졸라만은 용맹하고 활을 잘 쏘는 명사수였다. 어느 날 츄안츄안 부족이 졸라만의 마을에 쳐들어왔다. 츄안츄안 부족은 마을을 정복하면 주민을 죽이거나 노예로 삼았다. 졸라만과 청년들은 마을을 지키기 위해 용맹하게 싸웠다. 졸라만의 어머니는 낙타를 타고 마을을 탈출하는 데 성공했다. 졸라만은 전력을 다해 싸우다 츄안츄안 부족의 포로가 됐다.

츄안츄안 부족은 생포한 포로들의 머리를 빡빡 밀고 암낙타 한 마리에서 다섯 개가 나오는 유방 가죽을 모자처럼 씌웠다. 그런 다음 포로의 손을 묶고, 발에 족쇄를 채우고, 목에 칼을 채워 머리를 풀 한 포기 없는 사막에 방치했다. 물도 음식도 주지 않았다. 살을 태우는 태양 아래, 포로들의 머리에 씌워진 낙타 유방이 마르면서 접착제처럼 옥죄며 들러붙었다. 뻣뻣하고 잘 구부러지지 않는 머리카락은 자라다가 낙타 가죽에 막혀 거꾸로 머리를 파고들었다. 고통은 이루 말할 수 없었고, 포로들은 결국 극한의 고통 속에서 모든 기억을 잃고 말았다. 이 고문을 견디고 살아남는 사람은 몇 명에 불과했다.

그러나 살아남은 포로도 살아 있는 게 아닌 상태가 됐다. 포로들은 자기가 어디에서 왔는지, 아버지가 누구인지, 어머니가 누구인지, 전혀 기억하지 못하게 됐다. 츄안츄안 부족은 그렇게 된 포로를 노예 만꾸르뜨로 부렸다. 졸라만은 만꾸르뜨로 전락했다.

아들 졸라만을 찾아 스텝 지역의 사막과 초원을 헤매던 어머니 나이마-아나는 천신만고 끝에 양을 치는 졸라만을 만났다. 자신을 알아보지 못하는 졸라만 앞에서 어머니는 울부짖으며 이렇게 말했다. "네가 누구 자식인 줄 아니? 네가 누구지? 네 이름이 뭐지? 네 아버지는 도넨바이였어. 도넨바이, 도넨바이, 도넨바이, 도넨바이…."

츄안츄안 부족이 달려왔고 어머니는 낙타를 타고 도망쳤다. 츄안츄안 부족은 졸라만에게 그 여인이 누구인지 물었다. 졸라만은 "자기가 내 어머니라고 말했다"고 대답했다. 츄안츄안 부족은 그에게 활과 화살을 주며 다시 그 여자가 오면 쏴 죽이라고 명령했다.

다음 날 다시 어머니가 그를 찾아왔다. 졸라만이 활을 겨누었다. 어머니는 쏘지 말라고 외쳤지만 화살은 이미 시위를 떠난 뒤였다. 나이마-아나는 죽고 말았다.

어머니가 쓰러질 때 머리에서 떨어져 내리던 하얀 스카프가 하얀 새로 변해 날아갔다. 새는 날아가며 슬픈 소리로 이렇게 노래했다. "네가 누구 자식인 줄 아니? 네가 누구지? 네 이름이 뭐지? 네 아버지는 도넨바이였어. 도넨바이, 도넨바이, 도넨바이, 도넨바이…."

도넨바이라는 이름의 새는 밤마다 사로제끄 사막을 날아다니는데, 나그네가 나타나면 다가가서 이렇게 속삭였다. "네가 누구 자식인 줄 아니? 네가 누구지? 네 이름이 뭐지? 네 아버지는 도넨바이였어. 도넨바이, 도

제3장 구성의 형식. 플롯과 문단

넨바이, 도넨바이, 도넨바이…."

[방현석, 『이야기를 완성하는 서사패턴 959』, 아시아, 2013, pp.15~17]

[수정문]

도넨바이, 기억을 잃은 자의 노래

사로제끄 사막을 날아다니는 도넨바이라는 이름의 새가 있다. 도넨바이는 나그네가 나타나면 다가가서 이렇게 속삭인다. "네가 누구 자식인 줄 아니? 네가 누구지? 네 이름이 뭐지?"

도넨바이는 이렇게 말하고 "도넨바이, 도넨바이, 도넨바이, 도넨바이"라며 울어댄다.

도넨바이는 스텝 마을의 명사수였다. 그가 쏜 화살은 날아가는 새도 맞혀 떨어뜨렸다. 그는 아내 나이마-아나와 아들 졸라만을 남기고 먼저 세상을 떠났다. 츄안츄안 부족과의 전투에서 용맹하게 싸우다 전사했다. 도넨바이가 앞장선 마을의 군사들은 치열한 전투 끝에 츄안츄안 부족을 물리쳤다.

졸라만은 성장하면서 도넨바이의 외모와 힘, 활솜씨를 빼놓은 듯 닮아갔다. 졸라만은 나이마-아나의 자랑이었다.

츄안츄안 부족이 다시 졸라만의 마을에 쳐들어왔다. 츄안츄안 부족은 마을을 정복하면 주민을 죽이거나 노예로 삼았다. 졸라만과 청년들은 마을을 지키기 위해 싸웠다. 졸라만은 전력을 다했지만 츄안츄안 부족의 포로가 되고 말았다. 나이마-아나는 낙타를 타고 마을을 탈출했다.

츄안츄안 부족은 생포한 포로들의 머리를 빡빡 밀고 암낙타 한 마리에서 다섯 개가 나오는 유방 가죽을 모자처럼 씌웠다. 그런 다음 포로의 손을 묶고, 발에 족쇄를 채우고, 목에 칼을 채워 머리를 풀 한 포기 없는 사막에 방치했다. 물도 음식도 주지 않았다. 살을 태우는 태양 아래, 포로들의 머리에 씌워진 낙타 유방이 마르면서 접착제처럼 옥죄며 들러붙었다.

뻣뻣하고 잘 구부러지지 않는 머리카락은 자라다가 낙타 가죽에 막혀 거꾸로 머리를 파고들었다. 고통은 이루 말할 수 없었고, 포로들은 결국 극한의 고통 속에서 모든 기억을 잃고 말았다. 이 고문을 견디고 살아남는 사람은 몇 명에 불과했다.

그러나 살아남은 포로도 살아 있는 게 아닌 상태가 됐다. 포로들은 자기가 어디에서 왔는지, 아버지가 누구인지, 어머니가 누구인지, 전혀 기억하지 못하게 됐다. 츄안츄안 부족은 그렇게 된 포로를 노예 만꾸르뜨로 부렸다. 졸라만은 만꾸르뜨로 전락했다.

아들 졸라만을 찾아 스텝 지역의 사막과 초원을 헤매던 나이마-아나는 천신만고 끝에 양을 치는 졸라만을 만났다. 자신을 알아보지 못하는 아들 졸라만 앞에서 어머니는 충격과 슬픔에 말을 잊고 오열했다.

득달같이 츄안츄안 부족이 달려왔고 나이마-아나는 낙타를 타고 도망쳤다. 츄안츄안 부족은 졸라만에게 그 여인이 누구인지 물었다. 졸라만은 "자기가 내 어머니라고 말했다"고 대답했다. 츄안츄안 부족은 그에게 활과 화살을 주며 다시 그 여자가 오면 쏴 죽이라고 명령했다.

다음 날 다시 나이마-아나가 그를 찾아왔다. 졸라만이 활을 겨누었다. 어머니는 쏘지 말라고 외쳤지만 화살은 이미 시위를 떠난 뒤였다. 어머니는 죽고 말았다.

어머니가 쓰러질 때 머리에서 떨어져 내리던 하얀 스카프가 하얀 새로 변해 날아갔다. 새는 날아가며 슬픈 소리로 이렇게 노래했다. "네가 누구 자식인 줄 아니? 네가 누구지? 네 이름이 뭐지? 네 아버지는 도넨바이였어. 도넨바이, 도넨바이, 도넨바이, 도넨바이….."

5. 호기심을 자극하는 도입부

이건범 씨는 서울대 사회학과에 1983년에 입학해 민주화 운동에 뛰어들었다. 대학교 4학년 때 집회에서 한 번, 졸업 후 지하 반정부 활동으로 다시 구속 수감됐다. 그는 자신이 경험한 수감생활을 『내 청춘의 감옥』이라는 책으로 써냈다.

따뜻한 책이다. 감옥은 사람을 가두지만 인간관계까지 끊지는 못한다. 사람과 사람의 사이는 차갑고 더럽고 지겨운 감옥 속에서 더 끈끈해진다.

한편 저자처럼 다재다능한 사람은 감옥에서도 조금이나마 생활에 윤기를 내고 그 솜씨를 베풀어 다른 재소자들로부터 인정과 존중을 받는다. 책의 일부는 『로빈슨 크루소』 감옥판이다.

그는 감옥도 하나의 사회라며 익숙한 즐거움은 차단됐지만 변형 바이러스와 같은 새로운 즐거움이 탄생한다고 말했다. 그는 진지함과 엄숙함으로 자신을 한 겹 더 구속하고 괴롭히는 대신 이전의 자신을 내려놓고 삶의 원초적인 감정에 충실하고자 애썼다고 그 시절을 돌아봤다. 그가 전한 감옥의 일상 중에 '심리'라는 게 있다. 『내 청춘의 감옥』에서 그 대목은 다음과 같이 서술된다. 이 글을 읽으면서 내용을 어떻게 달리 배치할지 궁리해보자. 내가 재구성한 글을 참고할 거리로 그 다음에 붙였다.

[인용문]

가벼움에서 나오는 긍정의 무게

(전략) 이런 식으로 시간 때우는 일 말고 빵잽이들에게 익숙한 건 역시 '심리'다. 원래 '심리'란 재판정에서 죄를 다투는 행위를 뜻하는데, 그 뜻이 확장되어 감옥에서는 어떤 사안에 의견이 엇갈려 논쟁이 붙을 때도 심리 붙는다고 부른다. 의견이 엇갈리는 패들끼리 심리가 격렬해지면 결국은 내기로 이어지기 마련인데, 사전 같은 데서 정답을 찾아와 들이밀어도 "어, 이거 사전이 틀렸네" 하기 일쑤다. (중략)

내가 있던 혼거방에서 벌어진 심리 중 최대 사건은 지하철 문이 한 량에 몇 개나 있냐는 거였다. 다들 소매치기이거나 월담 스포츠맨이었기 때문에 그런 건 익히 알고 있으리라고 생각했는데, 의외로 의견이 갈렸다.

(중략)

옆방 사람들에게도 물어보고 나중에는 교도관에게까지 물어봤다. 잡지나 신문의 사진도 찾아봤다. 그래도 답이 제대로 안 나오니, 결국 나에게 심판의 전권이 부여되었다. 나라고 해서 그게 기억날 리도 없거니와 눈으로 확인할 수도 없으니, 별수 있나. 면회 온 마누라에게 부탁하는 수밖에.

직장 다니며 내 옥바라지 하느라 정신이 없던 마누라와 2주일 만에 하는 면회였을까. 마누라가 면회실에 들어서자마자 내가 물어봤다. 지하철 문이 몇 개냐고. 벙찐 마누라에게 신신당부를 했다. 아주 중요한 일이니 꼭 세어보고 편지로 알려달라고. 이날은 특히 면회시간이 짧아 다른 이야기는 거의 못 했다. 일주일 후에 편지가 왔다. 통로 문까지 합쳐서 10개라고 했던가. 아무튼 좁은 데 갇혀 살다 보니 별것 아닌 일에도 목숨을 건다.

[이건범, 『내 청춘의 감옥』 중 「가벼움에서 나오는 긍정의 무게」, 상상너머, 2011, pp.101~102]

[수정문]

이런 '심리'

직장 다니며 남편 옥바라지하느라 정신이 없던 부인이 2주일 만에 찾아왔다.

그는 부인이 면회실에 들어서자마자 물어봤다.

"지하철 한 량에 문이 몇 개지?"

어안이 벙벙한 부인에게 신신당부했다.

"아주 중요한 일이니 꼭 세어보고 편지로 알려줘."

이날은 특히 면회 시간이 짧아 다른 이야기는 거의 못 했다.

이건범 씨가 1990년 11월 구속돼 혼거방에 수감돼 지내던 시절 벌어진 일이다. 그는 대학생들을 규합하고 노동운동 조직과 연계해 반정부 운동을 하다가 국가보안법 위반으로 구속 수감됐다. 그는 앞서 대학 4학년 때인 1986년 개헌 요구 집회에서 체포돼 이때 처음 구속 수감됐었다. 혼거방이란 독방과 달리 재소자 여럿이 있는 공간을 가리킨다.

20대 후반 시국사범 남편이 쓰디쓴 신혼 시기를 보내며 면회 온 부인을 보자마자 지하철 문 숫자를 물어본 것이다.

이 황당한 물음은 그가 '심리' 사건을 심판하는 전권을 부여받은 상황에서 나왔다.

원래 '심리'란 재판정에서 죄를 다투는 행위를 뜻한다. 그 뜻이 확장돼 감옥에서는 어떤 사안에 의견이 엇갈려 논쟁이 붙을 때에도 심리 붙는다고 한다.

시간이 넘쳐나고 할 수 있는 일은 몇 가지뿐인 감옥에선 오만가지가 심리 대상이 되고 논쟁은 치열하다. 의견이 엇갈리는 패들끼리 심리가 격렬해지면 사전 같은 데서 정답을 찾아와 들이밀어도 "어, 이 사전이 틀렸네" 하기 일쑤다.

그가 있던 혼거방에서도 심리가 종종 벌어졌다. 함께 지내던 재소자는 소매치기이거나 '월담 스포츠맨'이었다.

그는 책 『내 청춘의 감옥』에서 "지하철 한 량에 문이 몇 개 있느냐는 그 혼거방 심리 중 최대 사건이었다"고 설명했다. 다들 직업이 직업이니 만큼 그런 건 익히 알고 있으리라고 생각했는데, 의외로 의견이 갈렸다.

옆방 사람들에게도 물어보고 나중에는 교도관에게까지 물어봤다. 잡지나 신문사의 사진도 찾아봤다. 그래도 답이 제대로 안 나오니, 결국 저자에게 심판의 전권이 부여됐다. 저자라고 해서 그게 기억날 리 없었다.

그는 결국 면회 온 부인에게 심판을 부탁하게 된 것이다.

일주일 후 편지가 왔다. 통로 문까지 합쳐서 10개라고 적혀 있었다.

마지막으로 가벼운 반전을 덧붙인다. 이건범 씨는 글을 밋밋하게 시작하지 않았다. 내가 인용한 부분 앞에 있는 도입부는 독자를 끌어당기기에 충분하다. 내가 '전략前略'한 도입부 일화는 다음과 같다.

서울구치소 혼거방에 있을 때 일이다. 누군가가 앉아서 뭘 열심히 세고 있다. 뭐 하냐고 물었더니 감기약 '콘택600'에 알갱이가 진짜로 600개 들어 있나 센다네. 다 세고 나서 3개 모자란다고 교도관을 부르더니 반품해 달란다.

6. 클라이맥스 직전에서 시작하라

체호프의 단편소설 「내기」를 플롯의 관점에서 다시 구체적으로 살펴보자.

이 이야기는 어느 가을 날 은행가가 주최한 파티에서 시작된다. 손님 중에는 학자와 기자들이 적잖이 포함됐고 변호사도 있었다. 흥미로운 주제들이 거론되다가 사형이 화제에 올랐다. 참석자 대다수가 사형에 부정적인 의견을 표명하면서 종신형이 낫다고 주장했다. 이런 가운데 종신형도 비윤리적인 것은 마찬가지라는 견해가 나왔다. 그러자 스물다섯 살 쯤 된 젊은 변호사가 "그래도 사형과 종신형 중 하나를 선택하라면 후자를 택하겠다"고 말한다. 종신형에도 반대하던 은행가는 논쟁에 열을 올리다 변호사에게 "당신이 독방에서 5년간 지내면 200만 루블을 주겠다"고 제안했다. 변호사는 5년이 아니라 15년을 조건으로 내기에 응했다.

은행가와 변호사가 내기 계약을 했다. 변호사는 1870년 11월 14일 정오부터 1885년 11월 14일 정오까지 은행가 집 바깥채의 독방에서 지낸다는 조건에, 독서와 편지 교환, 음주와 흡연, 악기 연주가 허용된다는 등 세부 조건이 명기된 계약서에 사인이 이뤄졌다.

변호사는 책을 읽고 술을 마시고 글을 쓰다가 피아노를 연주했다. 소리 내 울기도 했다. 6년 반이 지나자 그는 외국어와 철학과 역사를 공부했다. 이어 복음서와 종교사, 신학 서적들을 읽었고 그 다음에는 장르를 가리지 않고 온갖 서적을 섭렵했다.

은행가는 그동안 재산을 대부분 날려 200만 루블을 지급하면 파산할 지경이 됐다. 11월 13일 그는 잠을 이루지 못한 채 새벽을 맞이했다. 그는 내기를 후회하고 있었다.

그는 자신이 파산을 면하는 유일한 길은 '이 인간이 죽어주는 것뿐'이라는 생각을 굳힌다. 은행가는 열쇠를 들고 독방을 찾아간다. 자발적인 수감자는 운동 부족으로 극도로 쇠약해진 모습이었다. 베개로 누르기만 하면 된다고 생각하던 그는 책상 위의 메모를 발견한다.

변호사는 그 종이에 지상의 축복이라고 여겨지는 모든 것을 경멸하게 됐고 200만 루블도 하찮게 여긴다며 약속한 시한보다 다섯 시간 전에 스스로 독방을 나가 계약을 위반할 것이라고 적어놓았다.

은행가는 책상 위에 종이를 내려놓고 돌아왔다. 그는 침대에 누웠지만 흥분 때문에 잠을 이룰 수 없었다.

다음 날 아침 경비원이 변호사가 창문을 통해 달아났다고 보고했다. 은행가는 책상 위의 종이를 집어 들고 자기 방으로 가서 금고 속에 집어넣었다.

이 이야기를 어떤 플롯으로 배치할까.

체호프는 15년 전에 이뤄진 내기의 결판이 나오기 임박한 시기로 바로 들어갔다. 이야기가 시작되는 시점으로 D-1 새벽을 잡았다. 은행가는 형편이 어려워진 가운데 돈을 잃게 될 상황을 걱정하고 내기를 건 걸 후회한다. 체호프는 시간을 거슬러 올라가 독자에게 무슨 내기가 벌어졌는지 들려준다. 독자는 약속된 시간이 다 지나 은행가와 변호사가 어떤 선택을 할지 궁금해한다. 독자의 호기심을 충족시키면서 긴장을 팽팽히 유지하는 서사 구조다.

7. 모파상의 '실수'에서 플롯을 배운다

아일랜드 소설가 숀 오파올레인은 에세이 「단편 소설The Short Story」에서 "이해가 빠른 독자는 소설의 첫머리에 아무런 설명이나 서문, 상세한 도입부, 변명, 또는 장소와 시간 및 상황이 없어도 얘기에 돌입할 수 있다"라고 말했다.

이 방식에 비추어 다음에 붙여놓은 모파상의 원래 소설은 주인공이 누구인지 설명하면서 시작했다. 상당히 친절한, 옛날식 화법이다. 오파올레인은 "모파상은 (단도직입 서술법을) 다른 어느 작가보다 잘 보여줬다"라고 평가했는데, 「진주목걸이」는 그렇지 않다.

내가 모파상의 작품을 손질해 다시 쓴 도입부를 원작의 시작 부분과 비교해 읽어보자.

[인용문]

진주목걸이

운명의 잘못이랄까, 간혹 하급 관리의 가정에 예쁘고 귀여운 여자아이가 태어나는 일이 있다. 그녀도 그런 고운 처녀였다. 지참금이 없고 유산이 굴러 들어올 만한 데도 없으며, 행세깨나 하는 돈 많은 남자를 만나 귀여움을 받으며 아내로 맞아질 그런 연줄도 없었다. 그녀는 문부성에 근무하는 한 하급 관리가 청혼하는 대로 결혼하고 말았다.

몸치장을 하려고 해도 할 형편이 못 되어 간소하게 지냈지만, 원래보다 낮은 계급으로 전락한 여자가 불행하듯, 그녀는 행복하지 못했다. 여자란 본래 신분이나 혈통과 무관하게 그들이 지닌 아름다움과 매력이 곧 그들의 태생과 가문 구실을 하기 마련이다. 타고난 기품, 본능적인 우아함, 재치, 그런 것만이 그들의 유일한 등급이며 하층 계급의 처녀도 높은 신분의 귀부인과 나란히 설 수 있게 하는 것 아닌가….

자기가 온갖 좋은 것, 값진 것을 누리기 위해 태어났다고 생각하는 그녀에게 매일매일의 구차스러운 살림이 고통의 연속일 뿐이었다. 초라한 집, 얼룩진 벽, 부서져가는 의자, 누더기 같은 빨랫줄에 빨래가 널린 것까지 모두가 보기 싫고 괴로움의 씨앗이었다. 같은 계급의 다른 여자라면 그다지 마음 상하지 않을 그 모든 것이 그녀를 괴롭히고 부아를 돋웠다. 브루타뉴 태생 여자애를 하나 하녀로 두었지만 이 소녀를 볼 적마다 절망적인 안타까움과 미칠 것 같은 꿈이 떠올라 시달리곤 했다.

그녀가 항상 꿈에 그리는 것은 동양풍 벽걸이가 걸려 있는 조용한 거실에 청동으로 만든 촛대에 불이 켜진 그런 풍경이었다. 거기 짧은 바지를 입은 건장한 하인 둘이 의자에 파묻혀서 졸고 있다. 실내가 너무 따뜻해 깜박 졸고 있는 것이다. 고급 비단을 깐 넓은 객실도 그녀의 몽상에 떠올랐다. 진귀한 골동품들이 가득 찬 으리으리한 가구들…. 가까이 지내는 친구들은 모든 여자가 선망하는 유명인들이다. 그런 가까운 친구들과 오후 다섯 시에 모여 그윽한 향기로 가득 찬 멋진 살롱에서 고상한 대화를 나눈다….

저녁을 먹을 때, 사흘이나 빨지 않은 식탁보를 씌운 둥근 식탁에서 남편과 마주 앉는다. 남편은 스프 그릇 뚜껑을 열며 기쁜 듯이 "야, 이 수프 맛있겠는데! 이보다 맛있는 건 세상에 없을 거야!" 하며 큰 소리로 말한다. 그럴 때면 으레 그녀는 으리으리한 만찬을 생각하지 않을 수 없다. 번쩍거리는 은 식기, 요정이 사는 숲 한가운데 이상한 새나 옛날이야기의 인물이 수놓아진 벽걸이, 고급 그릇에 듬뿍 담아 내놓는 산해진미가 있다. 송어의 빨간 고기나 기름진 병아리의 부드러운 날개를 입에 넣으면서 속삭이는 사람이나 듣는 사람 모두 스핑크스처럼 신비한 미소를 띠고, 여성의 환심을 사려는 그런 대화를 나누는 것이다. 그녀는 그런 광경을 떠올리지 않고는 견딜 수 없었다.

그녀는 나들이옷도 없고 장신구도 없고 뭐 하나 갖고 있는 게 없었다. 그러나 그녀가 좋아하는 것은 그런 것뿐이었다. 그런 것을 위해 자기가 태어났다고 그녀는 느끼고 있었다. 사람들의 마음에 드는 것, 사람들이 부러워하는 것, 사람들의 화제의 대상이 되는 것, 이것이 그녀의 간절한 소원이었다.

그녀에게는 돈 많은 친구가 하나 있었다. 수도원 학교의 기숙사 동창이지만 지금으로선 만날 마음이 내키지 않았다. 만나고 돌아올 때 마음이 괴로웠던 것이다. 며칠이고 연거푸 울며 새우는 때도 있었다. 분하고 억울하고 절망과 비탄이 얽힌 마음에서였다. (하략)

[수정문]

진주목걸이

"야, 이 수프 맛있겠는데! 이보다 맛있는 건 세상에 없을 거야!"

사흘이나 빨지 않은 식탁보를 씌운 둥근 식탁 건너편에서 남편이 그릇 뚜껑을 열며 기쁜 듯 큰 소리로 말했다. 이날 저녁도 으레 그렇듯 감자 수프였지만 남편은 입맛을 쩝쩝 다셨다. "오늘도 고작 감자 수프란 말이야?"라며 투덜댔다면 차라리 남편에 대한 실망이 덜하련만. 그는 이날도 아무런 불만이 없었고, 그건 더 나아지겠다는 욕망도 없다는 뜻이었다.

그럴 때면 그녀는 으리으리한 만찬을 상상했다. 번쩍거리는 은 식기, 요정이 사는 숲 한가운데 이상한 새나 옛날이야기의 인물이 수놓아진 벽걸이, 고급 그릇에 듬뿍 담아 내놓는 산해진미가 있다. 송어의 빨간 고기나 기름진 병아리의 부드러운 날개를 입에 넣으면서 속삭이는 사람이나 듣는 사람 모두 스핑크스처럼 신비한 미소를 띠고, 여성의 환심을 사려는 그런 대화를 나누는 것이다. 그녀는 그런 광경을 떠올리지 않고는 이런 일상을 견딜 수 없었다.

자기가 온갖 좋은 것, 값진 것을 누리기 위해 태어났다고 생각하는 그녀에게 매일매일의 구차스러운 살림은 고통의 연속일 뿐이었다. 초라한 집, 얼룩진 벽, 부서져가는 의자, 누더기 같은 빨랫줄에 빨래가 널린 것까지 모두가 보기 싫고 괴로움의 씨앗이었다. 같은 계급의 다른 여자라면 그다지 마음 상하지 않을 그 모든 것이 그녀를 괴롭히고 부아를 돋웠다. 브루타뉴 태생 여자애를 하나 하녀로 두었지만 이 소녀를 볼 적마다 절망적인 안타까움과 미칠 것 같은 꿈이 떠올라 시달리곤 했다.

여자란 본래 신분이나 혈통과 무관하게 그들이 지닌 아름다움과 매력이 곧 그들의 태생과 가문 구실을 하기 마련이다. 타고난 기품, 본능적인 우아함, 재치, 그런 것만이 그들의 유일한 등급이며 하층 계급의 처녀도 높은 신분의 귀부인과 나란히 설 수 있게 하는 것 아닌가….

그녀는 아름다웠고 위와 같은 기준으로 지체가 높은 아가씨였다. 그러나 그녀는 이를테면 운명의 잘못으로 하급관리의 가정에 태어났다. 그녀는 지참금이 없었고 유산이 굴러 들어올 만한 데도 없었으며 행세깨나 하는 돈 많은 남자를 만나 귀여움을 받으며 아내로 맞아질 그런 연줄도 없었다. 그녀는 문부성에 근무하는 한 하급 관리가 청혼하는 대로 결혼하고 말았다.

몸치장을 하려고 해도 할 형편이 못 되어 간소하게 지냈지만, 원래보다 낮은 계급으로 전락한 여자가 불행하듯, 그녀는 행복하지 못했다. 그녀는 나들이옷도 없고 장신구도 없고 뭐 하나 갖고 있는 게 없었다. 그러나 그녀가 좋아하는 것은 그런 것뿐이었다. 그런 것을 위해 자기가 태어났다고 그녀는 느끼고 있었다. 사람들의 마음에 드는 것, 사람들이 부러워하는 것, 사람들의 화제의 대상이 되는 것, 이것이 그녀의 간절한 소원이었다.

그녀가 항상 꿈에 그리는 것은 동양풍 벽걸이가 걸려 있는 조용한 거실에 청동으로 만든 촛대에 불이 켜진 그런 풍경이었다. 거기 짧은 바지를 입은 건장한 하인 둘이 의자에 파묻혀서 졸고 있다. 실내가 너무 따뜻해 깜박 졸고 있는 것이다. 고급 비단을 깐 넓은 객실도 그녀의 몽상에 떠올랐다. 진귀한 골동품들이 가득 찬 으리으리한 가구들…. 가까이 지내는 친구들은 모든 여자가 선망하는 유명인들이다. 그런 가까운 친구들과 오후 다섯 시에 모여 그윽한 향기로 가득 찬 멋진 살롱에서 고상한 대화를 나눈다…. (하략)

8. 전기轉機를 앞으로 배치한 기사

소설이 아닌 장르의 글도 이런 구조를 활용해 쓸 수 있다. 필자가 쓴 다음 기사가 그런 사례다.

[예시문]

티타늄 장비 'No 1'에 도전

2004년 삼성석유화학이 충남 서산의 고순도테레프탈산PTA 설비를 증설할 때였다. 삼성석유화학은 PTA 설비 중 순도를 높이는 장비인 정제탑을 일본에서 사들일 예정이었다. 구매 단가는 86억 원으로 잡고 있었다. 정제탑은 지름 3.8m에 길이 72m, 무게 250t의 규모였고, 화학물질에 부식되지 않도록 내부에 티타늄 판을 입힌 철강소재로 제작해야 했다.

마대열 티에스엠텍 대표이사가 삼성석유화학의 윤영규 구매담당 상무를 찾아갔다. 마 대표는 "23억 원에 공급하겠다"고 제안했다. 윤 상무는 "정말 그 비용에 할 수 있겠느냐"고 몇 번이나 물어봤다. 마 대표가 대답했다. "제가 삼성석유화학 입장에서 생각해봤습니다. '티에스엠텍이 이 일을 해내면 우리 주요 주주인 BP아모코를 통해 전 세계에 회사의 실력을 알릴 수 있다. 해외 수주가 늘어날 것이다. 티에스엠텍은 그럼 우리에게 뭘 줄 것인가.' 그래서 티에스엠텍은 이 정제탑에서 이익을 내지 않기로 했습니다."

마 대표는 정제탑을 수주해 돌아왔다. 그러나 티에스엠텍의 간부들은 마 대표를 반기기는커녕 한숨만 지었다. 원가가 43억 원인 줄 알면서 어떻게 반값에 계약했느냐는 것이었다. 마 대표는 "우리는 돈을 주고서라도 실적을 올려야 한다"며 "손실은 우리가 세계시장에서 쓰는 홍보 비용"이라고 말했다. 그는 이어 "내가 20억 원을 주면 우리를 그만큼 알릴 수 있느냐"고 되물었다.

티에스엠텍은 그해 4월부터 4개월 동안 야근하면서 정제탑을 제작해 납품했다. 홍보 비용은 제 값을 톡톡히 했다. 마 대표는 "그 다음부터 해외 수주가 부쩍 늘었다"며 "그때 20%도 채 안 되던 수출이 이제 내수보다 많아졌다"고 밝혔다.

매출이 2003년 275억 원에서 지난해 1,173억 원으로 급증했다. 올해 매출 목표는 지난해보다 45% 많은 1,700억 원이며, 영업이익은 53% 늘어난 255억 원이 목표다. 임직원 수는 약 240명.

티에스엠텍은 국내 티타늄 소재 가공기술을 개척해왔다. 티타늄은 철에 비해 가볍고도 강하다. 또 녹는 온도가 높고 잘 부식되지 않는다. 이런 특성 덕분에 군수·항공우주·석유화학·해양·발전 등 설비의 소재로 쓰여왔다. 또 인체에 거부 반응을 일으키지 않아 인공관절·수술도구 등 여러 의료용품으로도 만들어진다. 이 밖에 손목시계·안경테·골프 클럽·노트북 PC·휴대전화 등 일상생활에서 접하는 물건들에서도 티타늄을 볼 수 있다. 쓰임새가 많아 시장이 빠르게 성장하는 반면 티타늄은 가공이 어려워 진입장벽이 높은 분야다.

티타늄 쪽에 도전한 계기는 우연찮게 찾아왔다. 마 대표가 처음 시작한 사업은 볼트·너트 제조였다. 다른 볼트·너트 제조회사에서 3년 일하며 배운 뒤 1974년에 회사를 차렸다. "그 회사를 17년간 내실 있게 경영한 뒤 91년에 정리했어요. 경쟁이 치열해져 계속할 품목이 아니라고 판단했죠." 쉬면서 새 사업 거리를 찾던 그는 1996년에 "티타늄 소재 부품은 볼트·너트까지 다 수입한다"는 얘기를 듣게 된다. 그는 '바로 이것'이라고 결정했다. 전에 함께 일하던 기술 인력들을 규합했다.

수많은 시행착오 끝에 가공기술을 확보한 마 대표는 1998년 2월 경기도 안산에 티에스엠텍을 설립했다. TSM의 T는 티타늄, S는 슈퍼 합금, M은 메탈에서 따왔다. 하필이면 외환위기로 한국 경제가 한없이 추락하던 때였다. 그러나 티타늄 볼트·너트를 수입가보다 저렴하게 공급하니 반응이 좋았다. 첫해부터 흑자를 냈다. 1999년부터 장비 시장을 개척했다. LG마이크론에 TV브라운관 부품인 섀도 마스크를 가공하는 장비를 공급했다. 섀도 마스크 가공에는 부식성이 강한 염화철이 사용된다. 그래서 가공 장비는 이전까지 PVC 소재로 만들어졌다. 티에스엠텍이 이를 티타늄 소재로 대체한 것이다.

장비 쪽으로 진출하면서 기술력을 한 단계 끌어올려야만 했다. 마 대표는 이를 위해 2000년 일본 신금속공업과 기술제휴를 했다. 당시 신금속공업의 연구·개발RD 담당 전무였던 우에다 신이치로上田新一郎(62) 씨는 지난해부터 티에스엠텍에서 기술고문으로 일하고 있다.

현재 티에스엠텍은 안산·울산 공장에서 티타늄 소재 장비를 생산해 석유화학·해양플랜트·발전 등 설비에 두루 공급한다. 일본 히타치日亓·미쓰이三井 등 경쟁사를 제치고 수주하는 건수가 늘고 있다. 2단계 도약을 위해 마 대표는 온산국가산업단지에 새 공장을 세우기로 했다. 새 공장은 공단 내 공유수면 산업시설 용지를 매립한 땅 3만 4,000평에 짓는다. 티에스엠텍은 오는 10월부터 수면을 메워 2009년에 공장을 완공할 계획이다. 새 공장을 완전 가동하는 2012년엔 매출 5,000억 원을 올린다는 목표를 잡았다. 온산 공장은 부두와 500m밖에 안 떨어져 있어 물류비용 절감이 기대된다. (하략)

9. 지연하는 플롯: 『워터게이트』 사례

"스토리는 플롯의 기초가 되는 사건"이고 "플롯은 스토리를 지연·
제동·이탈시키거나 우회시켜 낯설게 만드는 역할을 한다."

앞에서 인용한 러시아 문학평론가 미하일 바흐친의 설명이다. 이런
플롯 전략은 다시 말하건대 소설에만 쓰는 게 아니다. 수필이나 칼럼,
논픽션에도 적용할 수 있다.

지연, 제동, 이탈, 우회 가운데 '지연' 기법이 살짝 활용된 논픽션
『워터게이트』의 일부를 소개한다. (원작을 일부 수정했다.)

[인용문]

워터게이트 사건 수사에 관련된 소식통에 따르면 존 N. 미첼은 법무장관
재직 당시 공화당의 비밀 자금을 직접 관리했고 그 자금은 민주당에 대
한 정보를 수집하는 데 사용됐다.

미첼은 1971년 봄부터 자금 인출을 직접 승인했으며 이 시점은 그가 법
무부를 떠나 닉슨 대통령의 선거책임자가 된 3월 1일보다 거의 1년 앞선
다고 몇몇 믿을 만한 소식통이 워싱턴포스트에 말했다. (중략)

번스타인은 반론을 듣기 위해 대통령재선위원회의 파월 무어에게 연락
했다. 무어는 30분 뒤 위원회의 입장을 전했다. "나는 포스트의 취재에
사실 오류가 있다고 생각한다. 잘못된 정보를 전하고 있다. 무어는 우리
는 더 이상 논평할 생각이 없다." 구체적인 사항으로 반박하려 하지 않았
다. (중략)

번스타인은 재선위원회가 반론을 내놓지 않으면 미첼이 할지도 모른다
고 덧붙이면서 법무장관과 말해보겠다고 무어에게 말했다.

번스타인은 뉴욕의 에섹스하우스에 전화를 걸었다. 710호에 전화를 연결해달라고 했다. 미첼이 나왔다. 번스타인은 목소리를 확인하고 서둘러 수첩에 쓰기 시작했다. 자신의 질문을 포함해 하나도 빠짐없이 적어두고 싶었다.

통화하는 동안 번스타인은 야수의 비명을 닮은 미첼의 첫 반응에 놀랐다. 번스타인은 그 순간 미첼이 수화기를 든 채 급사해버리지 않을까 걱정했다. 그는 또 격렬한 증오에 넘치는 미첼의 어조에 협박을 당한 느낌이 들었다. 특히 미첼의 추악한 말에 충격을 받았다. 미첼이 전화를 끊고 나서 잠시 후 번스타인은 타이프를 치기 시작했다. 흥분한 상태여서 자판을 정확히 두드리기 어려웠다.

미첼: 예.

번스타인: (자신을 소개한 후) 이런 시각에 전화를 해서 죄송합니다만, 실은 내일 신문에 당신이 법무장관이었던 시절 위원회의 비자금을 관리했다는 기사를 게재합니다.

미첼: 제기랄. 당신이 그렇게 말했어? 뭐라고 했는데?

번스타인: 첫 문장 일부를 읽어드리겠습니다. (세 단락을 읽었다. 미첼은 "제기랄"이라고 했다.)

미첼: 모두 엉터리야. 당신, 그것을 신문에 싣겠다고? 모두 거짓말이야. 만약 그걸 신문에 보도하면 캐티(캐서린) 그레이엄의 젖꼭지를 커다란 탈수기에 집어넣고 말거야. 빌어먹을! 이런 욕 나올 소리는 처음 듣는군. (여기서 탈수기는 롤러 사이에 세탁물 등을 끼워 넣고 롤러를 돌려 물을 짜내는 방식의 도구를 가리킨다.) (하략)

[밥 우드워드·칼 번스타인 공저, 양상모 역, 『워터게이트』, 오래된생각, 2014, pp.159~162]

전화 문답을 시간 순서에 따라 바로 전하지 않고 충격, 혐오, 급사 등의 단어로 호기심을 자극하면서 뜸을 들이는 한 문단을 앞세웠다.

제3장 구성의 형식, 플롯과 문단

워터게이트 스캔들은 1972년 6월 백악관과 닉슨 대통령 재선위원회가 꾸리고 지시한 비밀조직이 벌인 일련의 정치공작을 가리킨다. 이 공작은 워싱턴 워터게이트 빌딩에 있는 민주당 전국위원회 본부 도청 시도가 발각되면서 알려졌다. 닉슨 정부는 정치공작을 부인하고 은폐했지만 워싱턴 포스트의 두 기자 밥 우드워드와 칼 번스타인이 집요한 추적 끝에 대대적으로 이뤄진 정치공작의 실체를 폭로했다. 닉슨 대통령을 탄핵해야 한다는 움직임이 일어났고 그는 결국 1974년 8월 미국 헌정 사상 처음으로 임기를 채우지 못하고 자진 사퇴했다.

　　워터게이트 스캔들에서 흥미로운 인물이 '딥스로트'다. 딥스로트는 워싱턴 포스트 기자 밥 우드워드가 알고 지내던 인물로, 워터게이트 사건 초기부터 우드워드의 취재를 도왔다. 딥스로트는 구체적인 사실을 먼저 알려주는 대신 우드워드가 취재한 팩트를 확인해주고 더 큰 맥락을 보여줬다. 딥스로트의 정체는 2005년에 알려졌다. 마크 펠트 당시 연방수사국FBI 부국장이 딥스로트였다고 언론매체가 보도했다. 워터게이트 사건이 발각된 지 30여 년 후였다.

　　『워터게이트』에서 지연 전략이 구사된 극적인 대목을 하나 더 소개한다.

　　청문회 전날인 5월 16일 밤, 우드워드는 딥스로트를 만나기로 했다. 홀더먼과 얼리그먼이 사임한 후 처음으로 만나는 것이었기 때문에 우드워드는 딥스로트도 기분이 좋으리라고 생각했다. 마지막으로 만났을 때 딥스로트는 다음부터는 시간을 앞당겨 밤 11시 무렵에 보자고 했다.

　　이 시간에는 택시를 잡기 쉽고 주차장 건물까지 가는 시간도 이전보다 적게 걸렸다. 그러나 우드워드가 주차장에 도착했을 때 딥스로트는 이미 와 있었다. 그는 초조하게 서성거렸고 아래턱을 떨고 있는 것 같았다. 딥스로트는 독백하듯 이야기를 시작했다. 시간이 별로 없었던 것이다. 그는 빠르게 말을 이어갔고 우드워드는 가만히 듣고 있었다. 딥스로트는 사람이 바뀐 것이 분명했다. 우드워드는 질문하고 싶은 것이 많았는데 딥스로트가 손을 들어 제지했다.

"이것이 현재 상황이다."

그가 말을 마치며 이렇게 말했다.

"빨리 돌아가야 한다. 자네도 이해할 것이다. 자, 조심하게."

딥스로트는 서둘러 주차장을 떠났다.

우드워드는 수첩을 꺼내 모든 것을 다 기록했다. 자정 조금 지나서 아파트에 도착해서 번스타인에게 전화했다.

"이쪽으로 와줄 수 있나?"

우드워드가 물었다.

번스타인은 그러겠다고 했다. 그는 우드워드의 아파트에 도착해 입구의 초인종을 눌렀다. 우드워드는 엘리베이터 앞에서 그를 맞이했다.

"무슨 일이야?"

번스타인이 물었다.

우드워드는 조용히 하라는 표시로 손가락을 입에 갖다 댔다.

번스타인은 우드워드가 정신이 이상해졌거나 장난을 치는 것이라고 생각했다. 그들은 우드워드의 방까지 복도를 걸어갔다. 방에 들어서자 우드워드는 음악을 틀었다. 라흐마니노프의 피아노 협주곡이었다. 번스타인은 우드워드의 클래식 음악 취향이 형편없다고 생각했다. 우드워드는 워싱턴의 동부가 내려다보이는 커다란 창에 커튼을 쳤다. 식탁에서 우드워드는 타이프를 쳐서 번스타인에게 건네줬다.

'모든 사람의 생명이 위험하다.'

번스타인이 고개를 들었다. 자네 친구(딥스로트)가 정신이 이상해졌나? 번스타인이 물었다.

우드워드는 말을 하지 말라는 표시로 고개를 급하게 저었다. 그리고 타이프를 쳤다.

'딥스로트는 도청당할 수 있으니 조심하라고 했다.'

번스타인은 뭔가 쓰고 싶다고 손짓을 했다. 우드워드가 펜을 줬다.

누가 도청하고 있는가? 번스타인이 물었다.

CIA. 우드워드는 소리를 내지 않고 입을 움직여 보였다.

번스타인은 믿을 수 없었다. 라흐마니노프의 피아노 협주곡이 흘러나오
는 가운데 번스타인은 우드워드가 타이프로 친 글을 어깨 너머로 읽고
있었다.

[앞의 책, pp.466~468]

10. 플롯을 풀어놓으면 사실이 드러난다: 적벽대전

한편 잘 짜인 이야기의 플롯을 풀어헤치면 사실에 더 접근할 수 있
다.『삼국지』적벽대전을 재구성하면 다음과 같이 된다. 여기엔 허구
가 가미됐다.

오나라 공격에 나선 조조는 어찌 된 일인지 대군을 강에 배를 띄워 그 위
에 주둔시키고 있었다.『삼국지연의』는 지상 원정을 전제로 병참 계획을
세우고 싸워온 조조가 왜 수상전을 치르기로 했는지 설명하는 재미없는
대목은 과감히 생략한다. 더구나 장강과 동정호에서 수군을 조련해 수상
전에 강한 오나라 군대를 왜 하필 배에서 무찌르기로 했는가 하는 의문
은 애초부터 제기하지 않는다.

적벽 앞에 흐르는 강은 장강이 아니다. 강폭이 서울을 흐르는 한강에는
대지도 못하게 좁아 적벽대전의 규모를 의심하지 않을 수 없게 한다. 출
렁이는 물결에 배가 흔들려 병사들이 멀미를 했다는 설정도 납득이 되지
않는다. 강 물결이 인다고 해도 고작 강 물결일 텐데 말이다.

제갈량과 방통, 주유는 연환계를 부려 조조가 병선을 서로 연결해 묶도록 했다. 이들은 동남풍이 부는 시기에 묶인 위나라 배를 모두 불살라버리기로 했다. 겨울이라 동남풍이 불지 않는다는 제약이 있었지만, 겨울철 하루 정도는 바람의 방향이 바뀌기도 한다는 실낱같은 가능성에 승패를 걸기로 했다. 그 고장에서 나고 자란 주유는 당연히 미심쩍어했지만 공명이 확률은 어김이 없다고 강변하며 작전을 밀어붙였다.

방통은 정탐하러 온 조조의 모사 장간을 역이용해 조조에게 "위나라의 백만 대군이 강에서도 마치 뭍에서처럼 기민하게 움직일 수 있게 할 묘책"이라며 배를 사슬로 연결하라고 말한다. "화공에 속수무책으로 당할 수 있다"는 우려가 나왔지만 조조는 "동남풍이 불지 않는 계절"이라며 속임수에 넘어간다.

그러나 기대한 동남풍은 불지 않았다. 성격이 예민한 주유가 몸져누웠다. 공명은 주유를 병문안했지만 공명인들 무슨 수가 있으랴. 공명은 단을 쌓고 바람을 빌어 사흘간 동남풍이 불도록 해보겠다고 말한다. 공명이 기도한 지 하루가 지났지만 바람의 방향은 바뀌지 않았다.

주유에게 책잡히고 체면이 깎일 게 분명해지자 공명은 조자룡의 호위를 받아 몰래 전장을 빠져 나갔다. 공명이 떠나자 갑자기 동남풍이 불기 시작했다. 조조의 군대는 화염에 휩싸이고 말았다. 참으로 운이 아니었다면 성공하지 못했을 작전이었다.

11. 제갈량의 「출사표」 다시 쓰기

중국의 3대 명문으로 꼽히는 제갈량의 「출사표」를 예로 들어 플롯과 문단 구성을 설명하고자 한다. 출사표란 '군대를 일으키며 임금에게 올리는 글'을 뜻한다. 제갈량은 유비의 유지를 받들어 위나라를 정벌하러 나서면서 촉한의 2대 황제 유선에게 「출사표」를 올렸다.

동양에서는 글의 모범적인 구성과 관련해 '기승전결'起承轉結이나 '서론-본론-결론'을 말한다. 기승전결과 서론-본론-결론 형식은 모두 도입부에서 관심을 불러일으키는 배경이나 현재 상황을 제시하면서 독자를 글로 끌어들인다. 이런 측면에서 「출사표」의 구성을 살펴보자. 먼저 내가 재구성한 글은 아래와 같다. 그 다음에 제갈량이 쓴 「출사표」 원문을 읽어보시라. 도입부를 바꾸면 전개 순서 전체도 고쳐야 한다는 점에도 유념하시라.

[수정문]

출사표

신 량은 아뢰옵나이다.

신은 본래 하찮은 포의로 남양의 땅에서 논밭이나 갈면서 난세에 목숨을 붙이고자 하였을 뿐, 제후를 찾아 일신의 영달을 구할 생각은 없었사옵니다. 하오나 선황제께옵서는 황공하옵게도 신을 미천하게 여기지 아니하시고 무려 세 번씩이나 몸을 낮추시어 몸소 초려를 찾아오셔서 신에게 당세의 일을 자문하시니, 신은 이에 감격하여 마침내 선황제를 위해 몸을 아끼지 않으리라 결심하고 그 뜻에 응하였사옵니다. 그 후 한실의 국운이 기울어 싸움에 패하는 어려움 가운데 소임을 맡아 동분서주하며 위란한 상황에서 명을 받들어 일을 행해온 지 어언 스무 해 하고도 한 해가 지났사옵니다.

선황제께옵서는 한실을 부흥시키는 토대를 이루셨으나 그 대업의 반을 남겨두고 붕어하셨습니다. 선황제께옵서는 신이 삼가고 신중한 것을 아시고 붕어하실 때 신에게 탁고의 대사를 맡기셨사옵니다. 신은 선황제의 유지를 받은 이래 조석으로 근심하며 혹시나 그 부탁하신 바를 이루지 못하여 선황제의 밝으신 뜻에 누를 끼치지 않을까 두려워하던 끝에, 지난 건흥 3년(225년) 5월에 노수를 건너 불모의 땅으로 깊이 들어갔었사옵니다.

이제 남방은 평정되었고 인마와 병기와 갑옷 역시 넉넉하니, 마땅히 삼군을 거느리고 북으로 나아가 중원을 평정시켜야 할 것이옵니다. 늙고 아둔하나마 있는 힘을 다해 간사하고 흉악한 무리를 제거하고 대한 황실을 다시 일으켜 옛 황도로 돌아가는 것만이 바로 선황제께 보답하고 폐하께 충성드리는 신의 직분이옵니다.

원하옵건대 폐하께옵서는 신에게 흉악무도한 역적을 토벌하고 한실을 부흥시킬 일을 명하시옵소서. 만일 이 과업을 이루지 못하거든 신의 죄를 엄히 다스리시어 선황제의 영전에 고하시옵소서.

북벌의 하명을 청하오면서 선황제에 받은 신임을 되새기고 폐하께서 베푸신 은혜를 떠올리매 흉중에 넘치는 감격을 이기지 못하옵나이다. 이제 폐하를 멀리 떠나는 자리에서 마지막이 될지도 모르는 표문을 올리려고 하니 눈물이 앞을 가려 무슨 말씀을 적어야 할지 모르겠나이다.

일찍이 선황제께옵서는 전한 황조가 흥한 것은 현명한 신하를 가까이하고 탐관오리와 소인배를 멀리했기 때문이며, 후한 황조가 무너진 것은 탐관오리와 소인배를 가까이하고 현명한 신하를 멀리한 때문이라고 말씀하셨사옵니다. 선황제께옵서는 생전에 신들과 이런 이야기를 나누시면서 일찍이 환제, 영제 때의 일에 대해 통탄을 금치 못하셨사옵니다.

하오나 폐하를 모시는 대소 신료들은 안에서 나태하지 아니하고 충성스러운 무사들이 밖에서 목숨을 아끼지 않고 있사오며, 이는 선황제께옵서 특별히 대우해주시던 황은을 잊지 않고 오로지 폐하께 보답코자 하는 마음 때문이옵니다. 폐하께옵서는 마땅히 그들의 충언에 귀를 크게 여시어 선황제의 유덕을 빛내시오며, 충의지사들의 의기를 드넓게 일으켜주시옵소서. 스스로 덕이 박하고 재주가 부족하다 여기셔서 그릇된 비유를 들어 대의를 잃으셔서는 아니 되오며, 충성스레 간하는 길을 막지 마시옵소서.

또한 궁중과 부중이 일치단결하여 잘한 일에 상을 주고 잘못된 일에 벌을 줌에 다름이 있어서는 아니 될 것이옵니다. 만일 간악한 짓을 범하여 죄 지은 자와 충량한 자가 있거든 마땅히 각 부서에 맡겨 상벌을 의논하시어 폐하의 공평함과 명명백백한 다스림을 더욱 빛나게 하시고, 사사로움에 치우치셔서 안팎으로 법을 달리하는 일이 없게 하시옵소서.

시중 곽유지와 비의, 시랑 동윤 등은 모두 선량하고 진실하오며 뜻과 생각이 고르고 순박하여 선황제께서 발탁하시어 폐하께 남기셨사오니, 아둔한 신이 생각하건대 궁중의 크고 작은 일은 모두 그들에게 물어보신 이후에 시행하시면 필히 허술한 곳을 보완하는 데 크게 이로울 것이옵니다. 장군 상총은 성품과 행실이 맑고 치우침이 없으며 군사에 밝은지라 지난날 선황제께옵서 향총을 시험 삼아 쓰신 뒤 유능하다 말씀하시었고, 그리하여 여러 사람의 뜻을 모아 그를 도독으로 천거했사오니, 아둔한 신의 생각으로는 군중의 대소사는 향총에게 물어 결정하시면 반드시 군사들 사이에서 화목할 것이오며, 유능한 자와 무능한 자 모두 적재적소에서 맡은 바 임무를 성실히 다할 것이옵니다.

손익을 헤아려 폐하께 충언 드릴 일은 이제 곽유지, 비의, 동윤 등의 몫이옵니다. 한실을 바로 일으키는 데 충언이 올라오지 아니하거든 곽유지, 비의, 동윤의 허물을 책망하시어 그 태만함을 온 천하에 드러내시옵소서.

시중과 상서, 장사와 참군 등은 모두 곧고 밝은 자들로 죽기로써 국가에 대한 절개를 지킬 신하들이니, 원하옵건대 폐하께옵서는 이들을 가까이 두시고 믿으시옵소서. 폐하께옵서도 마땅히 스스로 헤아리시어 옳고 바른 방도를 취하시고, 신하들의 바른말을 잘 살펴 들으시어 선황제께옵서 남기신 뜻을 좇으시옵소서.

밖으로 중원을 평정해 흉악한 무리를 제거하도록 하고 안으로 궁중과 부중을 공명정대하게 다스리시면 머지않아 한실은 다시 융성할 것이옵니다. 이로써 옛 황도로 돌아가는 것만이 선황제의 유지를 받드는 것이라 신은 사료하나이다.

원하옵건대 폐하께옵서는 신에게 흉악무도한 역적을 토벌하고 한실을 부흥시킬 일을 명하시옵소서. 만일 이 과업을 이루지 못하거든 신의 죄를 엄히 다스리시어 선황제의 영전에 고하시옵소서. 삼가 아뢰오니 굽어 살피소서.

[인용문]

출사표

신 량은 아뢰옵나이다.

선황제께옵서는 창업하신 뜻의 반도 이루지 못하신 채 중도에 붕어하시고, 이제 천하는 셋으로 정립되어 익주가 매우 피폐하오니, 참으로 나라의 존망이 위급한 때이옵니다. 하오나 폐하를 모시는 대소 신료들이 안에서 나태하지 아니하고 충성스러운 무사들이 밖에서 목숨을 아끼지 않음은 선황제께옵서 특별히 대우해주시던 황은을 잊지 않고 오로지 폐하께 보답코자 하는 마음 때문이옵니다. 폐하께옵서는 마땅히 그들의 충언에 귀를 크게 여시어 선황제의 유덕을 빛내시오며, 충의지사들의 의기를 드넓게 일으켜주시옵소서. 스스로 덕이 박하고 재주가 부족하다 여기셔서 그릇된 비유를 들어 대의를 잃으셔서는 아니 되오며, 충성스레 간하는 길을 막지 마시옵소서.

또한, 궁중과 부중이 일치단결하여 잘한 일에 상을 주고 잘못된 일에 벌을 줌에 다름이 있어서는 아니 될 것이옵니다. 만일 간악한 짓을 범하여 죄 지은 자와 충량한 자가 있거든 마땅히 각 부서에 맡겨 상벌을 의논하시어 폐하의 공평함과 명명백백한 다스림을 더욱 빛나게 하시고, 사사로움에 치우치셔서 안팎으로 법을 달리하는 일이 없게 하시옵소서.

시중 곽유지와 비의, 시랑 동윤 등은 모두 선량하고 진실하오며 뜻과 생각이 고르고 순박하여 선황제께서 발탁하시어 폐하께 남기셨사오니, 아둔한 신이 생각하건대 궁중의 크고 작은 일은 모두 그들에게 물어보신 이후에 시행하시면 필히 허술한 곳을 보완하는 데 크게 이로울 것이옵니다. 장군 상총은 성품과 행실이 맑고 치우침이 없으며 군사에 밝은지라 지난날 선황제께옵서 향총을 시험 삼아 쓰신 뒤 유능하다 말씀하시었고, 그리하여 여러 사람의 뜻을 모아 그를 도독으로 천거했사오니, 아둔한 신의 생각으로는 군중의 대소사는 향총에게 물어 결정하시면 반드시 군사들 사이에서 화목할 것이오며, 유능한 자와 무능한 자 모두 적재적소에서 맡은 바 임무를 성실히 다할 것이옵니다.

전한 황조가 흥한 것은 현명한 신하를 가까이하고 탐관오리와 소인배를 멀리했기 때문이오며, 후한 황조가 무너진 것은 탐관오리와 소인배를 가까이하고 현명한 신하를 멀리한 때문이오니, 선황제께옵서는 생전에 신들과 이런 이야기를 나누시면서 일찍이 환제, 영제 때의 일에 대해 통탄을 금치 못하셨사옵니다. 시중과 상서, 장사와 참군 등은 모두 곧고 밝은 자들로 죽기로써 국가에 대한 절개를 지킬 신하들이니, 원하옵건대 폐하께옵서는 이들을 가까이 두시고 믿으시옵소서. 그리하시면 머지않아 한실은 다시 융성할 것이옵니다.

신은 본래 하찮은 포의로 남양의 땅에서 논밭이나 갈면서 난세에 목숨을 붙이고자 하였을 뿐, 제후를 찾아 일신의 영달을 구할 생각은 없었사옵니다. 하오나 선황제께옵서는 황공하옵게도 신을 미천하게 여기지 아니하시고 무려 세 번씩이나 몸을 낮추시어 몸소 초려를 찾아오셔서 신에게 당세의 일을 자문하시니, 신은 이에 감격하여 마침내 선황제를 위해 몸을 아끼지 않으리라 결심하고 그 뜻에 응하였사옵니다. 그 후 한실의 국운이 기울어 싸움에 패하는 어려움 가운데 소임을 맡아 동분서주하며 위란한 상황에서 명을 받들어 일을 행해온 지 어언 스무 해 하고도 한 해가 지났사옵니다.

선황제께옵서는 신이 삼가고 신중한 것을 아시고 붕어하실 때 신에게 탁고의 대사를 맡기셨사옵니다. 신은 선황제의 유지를 받은 이래 조석으로 근심하며 혹시나 그 부탁하신 바를 이루지 못하여 선황제의 밝으신 뜻에 누를 끼치지 않을까 두려워하던 끝에, 지난 건흥 3년(225년) 5월에 노수를 건너 불모의 땅으로 깊이 들어갔었사옵니다. 이제 남방은 평정되었고 인마와 병기와 갑옷 역시 넉넉하니, 마땅히 삼군을 거느리고 북으로 나아가 중원을 평정시켜야 할 것이옵니다. 늙고 아둔하나마 있는 힘을 다해 간사하고 흉악한 무리를 제거하고 대한 황실을 다시 일으켜 옛 황도로 돌아가는 것만이 바로 선황제께 보답하고 폐하께 충성드리는 신의 직분이옵니다. 손익을 헤아려 폐하께 충언 드릴 일은 이제 곽유지, 비의, 동윤 등의 몫이옵니다.

원하옵건대 폐하께옵서는 신에게 흉악무도한 역적을 토벌하고 한실을 부흥시킬 일을 명하시옵고, 만일 이루지 못하거든 신의 죄를 엄히 다스리시어 선황제의 영전에 고하시옵소서. 또한 한실을 바로 일으키는 데 충언이 올라오지 아니하거든 곽유지, 비의, 동윤의 허물을 책망하시어 그 태만함을 온 천하에 드러내시옵소서. 폐하께옵서도 마땅히 스스로 헤아리시어 옳고 바른 방도를 취하시고, 신하들의 바른말을 잘 살펴 들으시어 선황제께옵서 남기신 뜻을 좇으시옵소서.

신이 받은 은혜에 감격을 이기지 못하옵나이다! 이제 멀리 떠나는 자리에서 표문을 올리니 눈물이 앞을 가려 무슨 말씀을 아뢰어야 할지 모르겠나이다.

수정문도 다시 고칠 수 있다. 유비와 자신의 관계를 밝히는 문단이 맨 앞에 배치된 것이 거슬릴 수 있다. 그렇다면 "신 량은 아뢰옵나이다"에 이은 글의 실질적인 시작을 그다음 문단으로 하고, 자신이 한실 부흥에 진력해온 길을 회고하는 문단은 뒤로 돌려도 좋다. 이렇게 하면 도입부와 종결부는 다음과 같이 된다.

[도입부]

신 량은 아뢰옵나이다.

선황제께옵서는 한실을 부흥시키는 토대를 이루셨으나 그 대업의 반을 남겨두고 붕어하셨습니다. 선황제께옵서는 신이 삼가고 신중한 것을 아시고 붕어하실 때 신에게 탁고의 대사를 맡기셨사옵니다. 신은 선황제의 유지를 받은 이래 조석으로 근심하며 혹시나 그 부탁하신 바를 이루지 못하여 선황제의 밝으신 뜻에 누를 끼치지 않을까 두려워하던 끝에, 지난 건흥 3년(225년) 5월에 노수를 건너 불모의 땅으로 깊이 들어갔었사옵니다.

[종결부]

신은 본래 하찮은 포의로 남양의 땅에서 논밭이나 갈면서 난세에 목숨을 붙이고자 하였을 뿐, 제후를 찾아 일신의 영달을 구할 생각은 없었사옵니다. 하오나 선황제께옵서는 황공하옵게도 신을 미천하게 여기지 아니하시고 무려 세 번씩이나 몸을 낮추시어 몸소 초려를 찾아오셔서 신에게 당세의 일을 자문하시니, 신은 이에 감격하여 마침내 선황제를 위해 몸을 아끼지 않으리라 결심하고 그 뜻에 응하였사옵니다. 그 후 한실의 국운이 기울어 싸움에 패하는 어려움 가운데 소임을 맡아 동분서주하며 위란한 상황에서 명을 받들어 일을 행해온 지 어언 스무 해 하고도 한 해가 지났사옵니다.

이제 밖으로 중원을 평정해 흉악한 무리를 제거하도록 하고 안으로 궁중과 부중을 공명정대하게 다스리시면 머지않아 한실은 다시 융성할 것이옵니다. 이로써 옛 황도로 돌아가는 것만이 선황제의 유지를 받드는 것이라 신은 사료하나이다.

원하옵건대 폐하께옵서는 신에게 흉악무도한 역적을 토벌하고 한실을 부흥시킬 일을 명하시옵소서. 만일 이 과업을 이루지 못하거든 신의 죄를 엄히 다스리시어 선황제의 영전에 고하시옵소서. 삼가 아뢰오니 굽어 살피소서.

12. '우리를 슬프게 하는' 글의 재구성

이제 '플롯'에서 '구성'으로 논의 대상을 넓힌다. 일단 다음 글을 읽어보시라. 이 글은 안톤 슈나크의 원작과 무엇이 다를까. 원작은 이 글 다음에 붙이겠다.

[수정문]

우리를 슬프게 하는 것들

울음 우는 아이들은 우리를 슬프게 한다.

정원 한쪽 구석에서 발견된 작은 새의 시체 위에 초추의 양광이 떨어질 때, 대체로 가을은 우리를 슬프게 한다. 그래서, 가을날 비는 처량하게 내리고, 그리운 이의 인적은 끊어져 거의 일주일이나 혼자 있게 될 때. 아무도 살지 않는 옛 궁성, 그래서, 벽은 헐어서 흙이 떨어지고, 어느 문설주의 삭은 나무 위에 거의 판독하기 어려운 문자를 볼 때.

몇 해고 몇 해고 지난 후, 문득 돌아가신 아버지의 편지가 발견될 때. 그곳에 씌었으되, "내 사랑하는 아들아, 너의 그런 행동이 내게 얼마나 많은 불면의 밤을 가져오게 했는지…." 대체 내 그러한 행동이란 무엇이었던가? 어떤 거짓말? 아니면 또 다른 내 어리석은 처신? 이제는 벌써 그 많은 잘못들을 기억 속에서 찾을 수가 없다. 그러나, 아버지는 그 때문에 애를 태우신 것이다.

재스민의 향기는 항상 나에게 창 앞에 늙은 나무 한 그루가 있는 내 고향을 생각하게 한다. 어릴 때 산 일이 있는 조그만 지방에, 긴 세월이 지난 후에 다시 들렀을 때. 이제는 아무도 당신을 알지 못하고, 그때 놀던 자리에는 붉고 거만한 건물들이 늘어서 있으며, 당신이 살던 집에는 알 수 없는 사람들의 얼굴이 보이는데, 황제처럼 멋지던 아카시아 나무와 우거진 풀은 베어졌는지 찾을 수가 없다. 이 모든 것은 우리의 마음을 슬프게 한다.

공동묘지를 지나갈 때, 거기서 문득 '여기 열다섯의 어린 나이로 세상을 떠난 소녀 클라라는 누워 있음'이라 쓴 묘비를 읽을 때, 아, 그 소녀는 어렸을 적 단짝 동무 중의 한 사람.

달아나는 기차가 또한 우리를 슬프게 한다. 그것은 황혼의 밤이 되려 할 즈음, 불을 밝힌 창들이 유령의 무리같이 시끄럽게 지나간다.

첫길인 어느 촌여관에서의 외로운 하룻밤. 시냇물의 졸졸거리는 소리. 곁방 문이 열리고, 속삭이는 목소리가 들리며, 낡아빠진 헌 시계가 새벽 한 시를 둔탁하게 칠 때, 그때 당신은 난데없는 애수를 느낄 것이다.

날이면 날마다 언제나 번잡한 도시의 집과 그 집에 있는 나무 밑동만 보고 사는 시꺼먼 냇물을 볼 때.

공원에서 들려오는 고요한 음악. 그것은 꿈같이 아름다운 여름밤에, 모래자갈을 고요히 밟고 지나가는 사람의 발자국 소리처럼 들리고, 노래의 한 소절 같은 쾌활한 웃음소리가 귀를 간질이는데, 그러나 당신은 벌써 근 열흘이나 침울한 병실에 누워 있는 몸이 되었을 때.

옛 친구를 만날 때. 학창 시절 친구의 집을 찾아 방문하였을 때. 그러나 그가 이제는 우러러볼 만한 한 사람의 고관대작, 혹은 돈이 많은 공장주로서의 지위를 가져, 우리가 몽롱하고 우울한 언어를 조종하는 한 시인 밖에 못 되었다는 이유로, 우리에게 손을 주기는 하나, 달갑지 않은 태도로 우리를 대한다고 벌써 느껴질 때.

창가에서 은은히 웃고 있는 어떤 여성의 아리따운 얼굴을 볼 때. 자동차에 앉은 출세한 부녀자의 좁은 어깨. 현란하고도 번화한 가면무도회에서 돌아왔을 때. 대의원 아무개 씨의 강연집을 읽을 때. 부드러운 아침 공기가 가늘고 소리 없는 비를 희롱할 때.

추수 후의 텅 빈 밭과 밭. 가을밭에 보이는 연기. 날아가는 한 마리 철새. 산길에 흩어진 비둘기의 깃털. 포수의 총부리 앞에 죽어가는 사슴의 눈망울.

동물원에 잡힌 범의 불안, 초조가 또한 우리를 슬프게 한다. 철책가를 그는 언제 보아도 왔다 갔다 한다. 그의 빛나는 눈, 그의 무서운 분노, 그의 괴로운 울부짖음, 그의 앞발의 한없는 절망, 그의 미친 듯한 순환, 이것이 우리를 말할 수 없이 슬프게 한다.

휠 데를린의 시구. 크누트 함순의 이삼절. 바이올린 G현의 소리. 아이헨도르프의 가곡. 지붕 위에 떨어지는 빗소리. 둔한 종소리. 보름밤에 개 짖는 소리.

그러나 우리를 슬프게 하는 것들이 어찌 이뿐이랴? 오뉴월의 장의행렬. 가난한 노파의 눈물. 거만한 인간. 보라색, 검정색, 회색 같은 빛깔들. 떠돌아다니는 가극단의 여배우들. 벌써 줄에서 세 번째 떨어진 광대. 휴가의 마지막 날. 사무실에서 처녀의 가는 손가락이, 때 묻은 서류 속에서 움직이고 있는 것을 보게 될 때. 어린아이의 배고픈 모양. 철창 안에 보이는 죄수의 창백한 얼굴. 무성한 나무 위에 떨어지는 흰 눈송이. 이 모든 것이 또한 우리의 마음을 슬프게 한다.

[인용문]

우리를 슬프게 하는 것들

울음 우는 아이들은 우리를 슬프게 한다. 정원 한쪽 구석에서 발견된 작은 새의 시체 위에 초추의 양광이 떨어질 때, 대체로 가을은 우리를 슬프게 한다. 그래서, 가을날 비는 처량하게 내리고, 그리운 이의 인적은 끊어져 거의 일주일이나 혼자 있게 될 때. 아무도 살지 않는 옛 궁성, 그래서, 벽은 헐어서 흙이 떨어지고, 어느 문설주의 삭은 나무 위에 거의 판독하기 어려운 문자를 볼 때.

몇 해고 몇 해고 지난 후, 문득 돌아가신 아버지의 편지가 발견될 때. 그곳에 씌었으되, "내 사랑하는 아들아, 너의 그런 행동이 내게 얼마나 많은 불면의 밤을 가져오게 했는지…." 대체 내 그러한 행동이란 무엇이었던가? 어떤 거짓말? 아니면 또 다른 내 어리석은 처신? 이제는 벌써 그 많은 잘못들을 기억 속에서 찾을 수가 없다. 그러나, 아버지는 그 때문에 애를 태우신 것이다.

동물원에 잡힌 범의 불안, 초조가 또한 우리를 슬프게 한다. 철책가를 그는 언제 보아도 왔다 갔다 한다. 그의 빛나는 눈, 그의 무서운 분노, 그의 괴로운 울부짖음, 그의 앞발의 한없는 절망, 그의 미친 듯한 순환, 이것이 우리를 말할 수 없이 슬프게 한다.

횔덜린의 시구. 아이헨도르프의 가곡.

옛 친구를 만날 때. 학창 시절 친구의 집을 찾아 방문하였을 때. 그러나 그가 이제는 우러러볼 만한 한 사람의 고관대작, 혹은 돈이 많은 공장주로서의 지위를 가져, 우리가 몽롱하고 우울한 언어를 조종하는 한 시인밖에 못 되었다는 이유로, 우리에게 손을 주기는 하나, 달갑지 않은 태도로 우리를 대한다고 벌써 느껴질 때.

포수의 총부리 앞에 죽어가는 사슴의 눈망울.

재스민의 향기, 항상 이것들은 나에게 창 앞에 늙은 나무 한 그루가 있는 내 고향을 생각하게 한다.

공원에서 들려오는 고요한 음악. 그것은 꿈같이 아름다운 여름밤에, 모래자갈을 고요히 밟고 지나가는 사람의 발자국 소리처럼 들리고, 노래의 한 소절 같은 쾌활한 웃음소리가 귀를 간질이는데, 그러나 당신은 벌써 근 열흘이나 침울한 병실에 누워 있는 몸이 되었을 때.

달아나는 기차가 또한 우리를 슬프게 한다. 그것은 황혼의 밤이 되려 할 즈음, 불을 밝힌 창들이 유령의 무리같이 시끄럽게 지나간다. 창가에서 은은히 웃고 있는 어떤 여성의 아리따운 얼굴을 볼 때. 현란하고도 번화한 가면무도회에서 돌아왔을 때. 대의원 아무개 씨의 강연집을 읽을 때. 부드러운 아침 공기가 가늘고 소리 없는 비를 희롱할 때.

공동묘지를 지나갈 때, 거기서 문득 '여기 열다섯의 어린 나이로 세상을 떠난 소녀 클라라는 누워 있음'이라 쓴 묘비를 읽을 때, 아, 그 소녀는 어렸을 적 단짝 동무 중의 한 사람.

날이면 날마다 언제나 번잡한 도시의 집과 그 집에 있는 나무 밑둥만 보고 사는 시꺼먼 냇물을 볼 때.

첫길인 어느 촌여관에서의 외로운 하룻밤. 시냇물의 졸졸거리는 소리. 곁방 문이 열리고, 속삭이는 목소리가 들리며, 낡아빠진 헌 시계가 새벽한 시를 둔탁하게 칠 때, 그때 당신은 난데없는 애수를 느낄 것이다.

날아가는 한 마리의 철새. 추수 후의 텅 빈 밭과 밭들.

어릴 때 산 일이 있는 조그만 지방에, 긴 세월이 지난 후에 다시 들렀을 때. 이제는 아무도 당신을 알지 못하고, 그때 놀던 자리에는 붉고 거만한 건물들이 늘어서 있으며, 당신이 살던 집에는 알 수 없는 사람들의 얼굴이 보이는데, 황제처럼 멋지던 아카시아 나무와 우거진 풀은 베어졌는지 찾을 수가 없다. 이 모든 것은 우리의 마음을 슬프게 한다.

그러나 우리를 슬프게 하는 것들이 어찌 이뿐이랴? 오뉴월의 장의행렬. 가난한 노파의 눈물. 거만한 인간. 보라색, 검정색, 회색 같은 빛깔들. 둔한 종소리. 바이올린 G현의 소리. 추수 후, 가을밭에 보이는 연기. 산길에 흩어진 비둘기의 깃털. 자동차에 앉은 출세한 부녀자의 좁은 어깨. 떠돌아다니는 가극단의 여배우들. 벌써 줄에서 세 번째 떨어진 광대. 지붕 위에 떨어지는 빗소리. 휴가의 마지막 날. 사무실에서 처녀의 가는 손가락이, 때 묻은 서류 속에서 움직이고 있는 것을 보게 될 때. 보름밤에 개

제3장 구성의 형식, 플롯과 문단

짖는 소리. 크누트 함순의 이삼절. 어린아이의 배고픈 모양. 철창 안에 보이는 죄수의 창백한 얼굴. 무성한 나무 위에 떨어지는 흰 눈송이. 이 모든 것이 또한 우리의 마음을 슬프게 한다.

원문에는 비슷한 소재가 여러 곳에 흩어져 있거나 어떤 소재는 전후 연결 없이 따로 떨어져 있다. 원문에 앞서 소개한 글은 필자가 '조각 모으기'를 실행해 원문을 재구성한 것이다. 사실 '진짜 원본'은 문단조차 나눠지지 않았다.

이와 다르게 재구성할 수 있다. 독자께서도 시도해보시길. 예컨대 생물을 향한 연민으로부터 이야기를 시작해 구성하는 방법이 있다.

거의 모든 글은 더 나아질 수 있다. 이 에세이의 첫 문장은 평범하다. 첫 문장을 뒤로 돌려 적당한 곳에 넣고 바로 다음과 같이 시작해도 좋겠다.

우리를 슬프게 하는 것들

대체로 가을은 우리를 슬프게 한다. 그래서, 가을날 비는 처량하게 내리고, 그리운 이의 인적은 끊어져 거의 일주일이나 혼자 있게 될 때. 정원 한쪽 구석에서 발견된 작은 새의 시체 위에 초추의 양광이 떨어질 때, 아무도 살지 않는 옛 궁성, 그래서, 벽은 헐어서 흙이 떨어지고, 어느 문설주의 삭은 나무 위에 거의 판독하기 어려운 문자를 볼 때.

더 있다. 수정본에서 두 문단을 다음과 같이 재배열해서 붙여놓는 편이 낫겠다.

공동묘지를 지나갈 때, 거기서 문득 '여기 열다섯의 어린 나이로 세상을 떠난 소녀 클라라는 누워 있음'이라 쓴 묘비를 읽을 때, 아, 그 소녀는 어렸을 적 단짝 동무 중의 한 사람.

옛 친구를 만날 때. 학창 시절 친구의 집을 찾아 방문하였을 때. 그러나 그가 이제는 우러러볼 만한 한 사람의 고관대작, 혹은 돈이 많은 공장주로서의 지위를 가져, 우리가 몽롱하고 우울한 언어를 조종하는 한 시인밖에 못 되었다는 이유로, 우리에게 손을 주기는 하나, 달갑지 않은 태도로 우리를 대한다고 벌써 느껴질 때.

13. 사설 걷어낸 뒤 점층적으로 전개

영문학자·수필가 이양하의 「신록예찬」 수필은 전에 국정 국어 교과서에 실렸다. 여덟 문단으로 구성된 이 수필을 함께 읽어보자. 문단 사이 몇 곳에 구성과 관련한 내 촌평이 들어 있다.

[인용문]

신록예찬

1) 봄, 여름, 가을, 겨울, 두루 사시四時를 두고 자연이 우리에게 내리는 혜택에는 제한이 없다. 그러나 그중에도 그 혜택을 풍성히 아낌없이 내리는 시절은 봄과 여름이요, 그중에도 그 혜택을 가장 아름답게 나타내는 것은 봄, 봄 가운데도 만산萬山에 녹엽綠葉이 싹트는 이때일 것이다. 눈을 들어 하늘을 우러러보고 먼 산을 바라보라. 어린애의 웃음같이 깨끗하고 명랑한 5월의 하늘, 나날이 푸르러가는 이 산 저 산, 나날이 새로운 경이驚異를 가져오는 이 언덕 저 언덕, 그리고 하늘을 달리고 녹음을 스쳐 오는 맑고 향기로운 바람—우리가 비록 빈한하여 가진 것이 없다 할지라도, 우리는 이러한 때 모든 것을 가진 듯하고, 우리의 마음이 비록 가난하여 바라는 바, 기대하는 바가 없다 할지라도, 하늘을 달리어 녹음을 스쳐 오는 바람은 다음 순간에라도 곧 모든 것을 가져올 듯하지 아니한가?

이 첫째 문단은 도입부로 무난하지만, 자연이 혜택을 가장 풍성하게 내리는 시절을 봄과 여름이라고 주장하는 대목이 그럴듯하지 않다. 자연이 가장 풍요로운 계절은 가을이 아닌가? 필자는 일반론으로 시작해 '봄과 여름'으로 관심을 좁히는데, 그 다음에 봄으로 초점을 맞추는 이유를 설명하지 않는다. 또 봄이라고 하면 온갖 꽃이 폭죽처럼 연달아 만개해 흐드러지고 벌 나비가 분주한 정경이 연상되게 마련인데, 저자는 이 대목에서도 그냥 잎이 싹트는 때가 제일이라고 주장한다. 첫째 문단의 앞부분을 지우고 뒷부분은 다른 문단에 활용하면 어떨까.

2) 오늘도 하늘은 더할 나위 없이 맑고, 우리 연전延專 일대를 덮은 신록은 어제보다도 한층 더 깨끗하고 신선하고 생기 있는 듯하다. 나는 오늘도 나의 문법 시간이 끝나자, 큰 무거운 짐이나 벗어놓은 듯이 옷을 훌훌 떨며, 본관 서쪽 숲 사이에 있는 나의 자리를 찾아 올라간다. 나의 자리래야 솔밭 사이에 있는, 겨우 걸터앉을 만한 조그마한 소나무 그루터기에 지나지 못하지마는, 오고 가는 여러 동료가 나의 자리라고 명명命名하여 주고, 또 나 자신도 하루 동안에 가장 기쁜 시간을 이 자리에서 가질 수 있으므로, 시간의 여유가 있을 때마다 나는 한 특권이나 차지하는 듯이, 이 자리를 찾아 올라와 앉아 있기를 좋아한다.

이 둘째 문단이 오히려 도입부로 적합하다. 독자는 이 문단을 읽으며 필자를 따라 신록의 한가운데로 걸어 들어가게 된다. 이 문단을 도입 문단으로 앞세우는 것은 설명하려 들지 말고 바로 장면으로 들어가라는 안톤 체호프의 글쓰기 지침에도 부합한다.

3) 물론, 나에게 멀리 군속群俗을 떠나 고고孤高한 가운데 처하기를 원하는 선골仙骨이 있다거나, 또는 나의 성미가 남달리 괴팍하여 사람을 싫어한

다거나 하는 것은 아니다. 나는 역시 사람 사이에 처하기를 즐거워하고, 사람을 그리워하는 갑남을녀甲男乙女의 하나요, 또 사람이란 모든 결점이 있음에도 불구하고, 역시 가장 아름다운 존재의 하나라고 생각한다. 그리고 또, 사람으로서도 아름다운 사람이 되려면 반드시 사람 사이에 살고, 사람 사이에서 울고 웃고 부대껴야 한다고 생각한다.

4) 그러나 이러한 때—푸른 하늘과 찬란한 태양이 있고, 황홀恍惚한 신록이 모든 산, 모든 언덕을 덮는 이때, 기쁨의 속삭임이 하늘과 땅, 나무와 나무, 풀잎과 풀잎 사이에 은밀히 수수授受되고, 그들의 기쁨의 노래가 금시라도 우렁차게 터져 나와, 산과 들을 흔들 듯한 이러한 때를 당하면, 나는 곁에 비록 친한 동무가 있고, 그의 재미있는 이야기가 있다 할지라도, 이러한 자연에 곁눈을 팔지 않을 수 없으며, 그의 기쁨의 노래에 귀를 기울이지 아니할 수 없게 된다.

다음 다섯째부터 여덟째까지 네 문단을 재배치하는 선택이 가능하다. 우선 신록의 아름다움을 예찬하는 여덟째 문단을 수필의 가운데로 옮기자. 이 문단은 너무 기니 여러 문단으로 나눠도 좋겠다. 나는 그다음 자리에 여섯째 문단과 일곱째 문단을 배치해 신록은 아름다울 뿐 아니라 기쁨과 위안을 준다며 논의를 확장하는 방식을 취했다. 다섯째 문단을 그다음 자리에 놓되, 신록은 비소한 인간이 잠시나마 세속을 초탈하도록 우리를 고양하기도 한다는 측면에서 다시 썼다. 마무리는 원작 첫째 문단의 뒷부분을 활용해 작성했다.

5) 그리고 또, 어떻게 생각하면, 우리 사람이란—세속에 얽매여, 머리 위에 푸른 하늘이 있는 것을 알지 못하고, 주머니의 돈을 세고, 지위를 생각하고, 명예를 생각하는 데 여념이 없거나, 또는 오욕 칠정五欲七情에 사로잡혀, 서로 미워하고 시기하고 질투하고 싸우는 데 마음에 영일寧日을

가지지 못하는 우리 사람이란, 어떻게 비소卑小하고 어떻게 저속한 것인지. 결국은 이 대자연의 거룩하고 아름답고 영광스러운 조화를 깨뜨리는 한 오점汚點 또는 한 잡음雜音밖에 되어 보이지 아니하여, 될 수 있으면 이러한 때를 타서, 잠깐 동안이나마 사람을 떠나, 사람의 일을 잊고, 풀과 나무와 하늘과 바람과 마찬가지로 숨 쉬고 느끼고 노래하고 싶은 마음을 억제할 수가 없다.

6) 그리고 또, 사실 이즈음의 신록에는, 우리의 마음에 참다운 기쁨과 위안을 주는 이상한 힘이 있는 듯하다. 신록을 대하고 있으면, 신록은 먼저 나의 눈을 씻고, 나의 머리를 씻고, 나의 가슴을 씻고, 다음에 나의 마음의 모든 구석구석을 하나하나 씻어낸다. 그리고 나의 마음의 모든 티끌—나의 모든 욕망欲望과 굴욕屈辱과 고통苦痛과 곤란困難이 하나하나 사라지는 다음 순간, 별과 바람과 하늘과 풀이 그의 기쁨과 노래를 가지고 나의 빈 머리에, 가슴에, 마음에 고이고이 들어앉는다.

7) 말하자면, 나의 흉중胸中에도 신록이요, 나의 안전眼前에도 신록이다. 주객 일체主客一體, 물심일여物心一如라 할까, 현요眩耀하다 할까. 무념무상無念無想, 무장무애無障無礙, 이러한 때 나는 모든 것을 잊고, 모든 것을 가진 듯이 행복스럽고, 또 이러한 때 나에게는 아무런 감각의 혼란混亂도 없고, 심정의 고갈枯渴도 없고, 다만 무한한 풍부의 유열愉悅(유쾌하고 기쁨)과 평화가 있을 따름이다. 그리고 또, 이러한 때에 비로소 나는 모든 오욕汚辱과 모든 우울憂鬱에서 완전히 자유로울 수 있고, 나의 마음의 모든 상극相剋과 갈등葛藤을 극복하고 고양高揚하여, 조화 있고 질서 있는 세계에까지 높인 듯한 느낌을 가질 수 있다.

8) 그리기에 초록에 한하여 나에게는 청탁淸濁이 없다. 가장 연한 것에서 가장 짙은 것에 이르기까지 나는 모든 초록을 사랑한다. 그러나 초록에도 짧으나마 일생이 있다. 봄바람을 타고 새 움과 어린잎이 돋아 나올 때를 신록의 유년이라 한다면, 삼복염천 아래 울창한 잎으로 그늘을 짓는

때를 그의 장년 내지 노년이라 하겠다. 유년에는 유년의 아름다움이 있고, 장년에는 장년의 아름다움이 있어 취사하고 선택할 여지가 없지마는, 신록에 있어서도 가장 아름다운 것은 역시 이즈음과 같은 그의 청춘시대—움 가운데 숨어 있던 잎의 하나하나가 모두 형태를 갖추어 완전한 잎이 되는 동시에, 처음 태양의 세례를 받아 청신하고 발랄한 담록淡綠을 띠는 시절이라 하겠다. 이 시대는 신록에 있어서 불행히 짧다. 어떤 나무에 있어서는 혹 2, 3주일을 셀 수 있으나, 어떤 나무에 있어서는 불과 3, 4일이 되지 못하여, 그의 가장 아름다운 시절은 지나가버린다. 그러나 이 짧은 동안의 신록의 아름다움이야말로 참으로 비할 데가 없다. 초록이 비록 소박하고 겸허한 빛이라 할지라도, 이러한 때의 초록은 그의 아름다움에 있어, 어떤 색채에도 뒤서지 아니할 것이다. 예컨대, 이러한 고귀한 순간의 단풍, 또는 낙엽송을 보라. 그것이 드물다 하면, 이즈음의 도토리, 버들, 또는 임간林間에 있는 이름 없는 이 풀 저 풀을 보라. 그의 청신한 자색姿色, 그의 보드라운 감촉, 그리고 그의 그윽하고 아담한 향훈香薰, 참으로 놀랄 만한 자연의 극치의 하나가 아니며, 또 우리가 충심衷心으로 찬미하고 감사를 드릴 만한 자연의 아름다운 혜택의 하나가 아닌가?

다음 글은 이 수필의 문단 순서를 바꾸고 일부 다시 작성한 것이다. 원작과 비교해 무엇이 다른지, 각 문단의 역할 측면에서 생각해보자.

[수정문]

신록예찬

오늘도 하늘은 더할 나위 없이 맑고, 우리 연전延專 일대를 덮은 신록은 어제보다도 한층 더 깨끗하고 신선하고 생기 있는 듯하다. 나는 오늘도 나의 문법 시간이 끝나자, 큰 무거운 짐이나 벗어놓은 듯이 옷을 훨훨 떨며, 본관 서쪽 숲 사이에 있는 나의 자리를 찾아 올라간다. 나의 자리래야 솔밭 사이에 있는, 겨우 걸터앉을 만한 조그마한 소나무 그루터기에 지나지 못하지마는, 오고 가는 여러 동료가 나의 자리라고 명명命名하여 주고, 또 나 자신도 하루 동안에 가장 기쁜 시간을 이 자리에서 가질 수 있으므로, 시간의 여유가 있을 때마다 나는 한 특권이나 차지하는 듯이, 이 자리를 찾아 올라와 앉아 있기를 좋아한다.

물론, 나에게 멀리 군속群俗을 떠나 고고孤高한 가운데 처하기를 원하는 선골仙骨이 있다거나, 또는 나의 성미가 남달리 괴팍하여 사람을 싫어한다거나 하는 것은 아니다. 나는 역시 사람 사이에 처하기를 즐거워하고, 사람을 그리워하는 갑남을녀甲男乙女의 하나요, 또 사람이란 모든 결점이 있음에도 불구하고, 역시 가장 아름다운 존재의 하나라고 생각한다. 그리고 또, 사람으로서도 아름다운 사람이 되려면 반드시 사람 사이에 살고, 사람 사이에서 울고 웃고 부대껴야 한다고 생각한다.

그러나 이러한 때, 황홀恍惚한 신록이 모든 산, 모든 언덕을 덮는 이때, 나는 곁에 비록 친한 동무가 있고, 그의 재미있는 이야기가 있다 할지라도, 싱그러운 잎새에 곁눈을 팔지 않을 수 없으며, 신록이 기쁨에 겨워 재잘대는 소리에 귀를 기울이지 아니할 수 없게 된다. 그리하여 숲으로 건너와 이 지정석에서, 푸른 하늘과 찬란한 태양 사이에서, 나무와 나무, 풀잎과 풀잎 사이에 은밀히 수수授受되는 기쁨의 속삭임을 듣는다. 그러노라면 그들의 노래가 금시라도 우렁차게 터져 나와, 산과 들을 흔들 것 같은 즐거운 환상에 빠져들기도 한다.

초록에 한하여 나에게는 청탁淸濁이 없다. 가장 연한 것에서 가장 짙은 것에 이르기까지 나는 모든 초록을 사랑한다. 그러나 초록에도 짧으나마 일생이 있다. 봄바람을 타고 새 움과 어린잎이 돋아 나올 때를 신록의 유년이라 한다면, 삼복염천 아래 울창한 잎으로 그늘을 짓는 때를 그의 장년이라 하겠다. 유년에는 유년의 아름다움이 있고, 장년에는 장년의 아름다움이 있어 취사하고 선택할 여지가 없지마는, 신록에 있어서도 가장 아름다운 것은 역시 이즈음과 같은 그의 청춘시대—움 가운데 숨어 있던 잎의 하나하나가 모두 형태를 갖추어 완전한 잎이 되는 동시에, 처음 태양의 세례를 받아 청신하고 발랄한 담록淡綠을 띠는 시절이라 하겠다.

산과 숲과 나무, 풀에 있어서 이 시절은 불행히 짧다. 어떤 나무에 있어서는 혹 2, 3주일을 셀 수 있으나, 어떤 나무에 있어서는 불과 3, 4일이 되지 못하여, 그의 가장 아름다운 시절은 지나가버린다. 그러나 이 짧은 동안의 신록의 아름다움이야말로 참으로 비할 데가 없다. 초록이 비록 소박하고 겸허한 빛이라 할지라도, 이러한 때의 초록은 그의 아름다움에 있어, 어떤 색채에도 뒤서지 아니할 것이다.

예컨대, 이러한 고귀한 순간의 단풍, 또는 낙엽송을 보라. 그것이 드물다 하면, 이즈음의 도토리, 버들, 또는 임간林間에 있는 이름 없는 이 풀 저 풀을 보라. 그의 청신한 자색姿色, 그의 보드라운 감촉, 그리고 그의 그윽하고 아담한 향훈香薰, 참으로 놀랄 만한 자연의 극치의 하나가 아니며, 또 우리가 충심衷心으로 찬미하고 감사를 드릴 만한 자연의 아름다운 혜택의 하나가 아닌가?

이즈음의 신록에는, 우리의 마음에 참다운 기쁨과 위안을 주는 이상한 힘이 있는 듯하다. 신록을 대하고 있으면, 신록은 먼저 나의 눈을 씻고, 나의 머리를 씻고, 나의 가슴을 씻고, 다음에 나의 마음의 모든 구석구석을 하나하나 씻어낸다. 그리고 나의 마음의 모든 티끌—나의 모든 욕망欲望과 굴욕屈辱과 고통苦痛과 곤란困難이 하나하나 사라지는 다음 순간, 볕과 바람과 하늘과 풀이 그의 기쁨과 노래를 가지고 나의 빈 머리에, 가슴에, 마음에 고이고이 들어앉는다.

말하자면, 나의 흉중胸中에도 신록이요, 나의 안전眼前에도 신록이다. 주객일체主客一體, 물심일여物心一如라 할까, 현요眩耀하다 할까. 무념무상無念無想, 무장무애無障無礙, 이러한 때 나는 모든 것을 잊고, 모든 것을 가진 듯이 행복스럽고, 또 이러한 때 나에게는 아무런 감각의 혼란混亂도 없고, 심정의 고갈枯渴도 없고, 다만 무한한 풍부의 유열愉悅(유쾌하고 기쁨)과 평화가 있을 따름이다.

그리고 또, 이러한 때에 비로소 나는 세속의 모든 오욕汚辱과 모든 우울憂鬱에서 완전히 자유로울 수 있고, 나의 마음의 모든 상극相剋과 갈등葛藤을 극복하고 고양高揚하여, 조화 있고 질서 있는 세계에까지 높인 듯한 느낌을 가질 수 있다. 신록 속에서 우리는 세속의 모든 속박에서 벗어날 수 있다. 우리는 머리 위에 푸른 하늘이 있는 것을 알지 못하고, 주머니의 돈을 세고, 지위를 생각하고, 명예를 생각하는 데 여념이 없거나, 또는 오욕 칠정五欲七情에 사로잡혀, 서로 미워하고 시기하고 질투하고 싸우는 데 마음에 영일寧日을 가지지 못하지만, 일단 갓 푸르름을 입은 이 순수한 대자연 속에 서면 사람의 일을 잊고 풀과 나무와 하늘과 바람과 마찬가지로 숨 쉬고 느끼고 노래하게 된다.

바야흐로 만산萬山에 녹엽綠葉이 싹트고 있다. 눈을 들어 하늘을 우러러보고 먼 산을 바라보라. 어린애의 웃음같이 깨끗하고 명랑한 5월의 하늘, 나날이 푸르러가는 이 산 저 산, 나날이 새로운 경이驚異를 가져오는 이 언덕 저 언덕, 그리고 하늘을 달리고 녹음을 스쳐 오는 맑고 향기로운 바람에 스스로를 내맡겨보라. 그리하면 우리의 눈과 귀, 몸과 마음은 신록과 함께 어우러지면서 대자연이라는 교향악단에 연주자의 일원으로 합류하게 되고, 우리는 거룩하고 아름답고 영광스러운 자연의 노래를 부르게 된다.

14. 뼈대에 따라 재료를 재배치하라

논지가 좋고 예시가 생생해 갈무리해놓고 글쓰기를 얘기할 때 보여주곤 하는 「첫 문장」이라는 글이 있다. 이 글을 여러 차례 읽어 글의 뼈

대를 파악해보자. 이를 바탕으로 글 재료를 달리 배치할 수 있을지 모색해보자.

[인용문]

첫 문장

"첫 사위가 오면 장모는 신을 거꾸로 신고 나간다." "최초의 일격은 그 전투의 절반이다." 모두 처음이 소중함을 말한다.

비행기 조종사에겐 '마의 13분'이 있다. 이륙 5분, 착륙 8분, 사고의 고빗사위다. 글에서도 마찬가지다. 첫·끝 문장은 그 글의 살생부다. 짧은 문장일수록 처음이 중요하다. 단편소설이나 에세이는 첫 문장으로 결판난다. 결혼 첫날밤에 어찌 애 낳기를 바라랴만, 처음의 '새로움'에 거는 인간심리를 어이하랴.

이 땅의 수필, 칼럼들에선 첫 문장에서 보배 줍기가 어렵다. ①단문 ②자극 ③체험 등 갖출 세 가지를 무시하기 때문이리라. 설명조는 역겹다. 묘사체로 하라. 과거→현재, 명사→동사·형용사, 추상어→구체어, 해설→사실…. 형용사는 묘사의 최대 무기다. 하지만 보배일수록 아끼는 법!

△파도소리가 베개를 때린다. (이범선) △그에게서는 늘 비누냄새가 난다. (강신재) △어둠 속에 밤이 고여 있었다. (유현종) △해걷이바람이 깊은 산섶으로 땅거미를 몰고 온다. (정연희) △눈을 떴다. 붉었다. 묵지루루했다. (백시종) △아내를 죽이지 않은 것만은 다행이었다. (추식) 두루 언어의 잔속을 발라내느라 고심한 대목이리라.

"남편하고의 잠자리가 그리도 싫더란다"(어느 여승)로 수필 첫 월을 삼아 학보사에 넘겼더니 인쇄소 직원 전원이 읽었고, "저승보다 어두운 밤이었다"를 논픽션 첫 월로 했더니 최우수 당선이었다.

'읽혀야 문장!', 이 냉혹한 절벽 앞에 글자 하나하나를 쪼아 새기는 피 말리는 싸움! 첫·끝 문장만은 잉크로 쓰지 말고 금으로 아로새기시라.

제3장 구성의 형식, 플롯과 문단

논지를 펴는 부분 중에서 빗나간 부분을 지워보자. '처음'이 아니라 '끝'을 함께 강조한 대목이다.

"첫 사위가 오면 장모는 신을 거꾸로 신고 나간다." "최초의 일격은 그 전투의 절반이다."
모두 처음이 소중함을 말한다. ~~비행기 조종사에겐 '마의 13분'이 있다. 이륙 5분, 착륙 8분, 사고의 코빗사위다.~~ 글에서도 마찬가지다. 첫~~끝~~ 문장은 그 글의 살생부다. 짧은 문장일수록 처음이 중요하다. 단편소설이나 에세이는 첫 문장으로 결판난다. 결혼 첫날밤에 어찌 애 낳기를 바라랴만, 처음의 '새로움'에 거는 인간심리를 어이하랴.

"첫 사위가 오면 장모는 신을 거꾸로 신고 나간다." "최초의 일격은 그 전투의 절반이다."
모두 처음이 소중함을 말한다. 글에서도 마찬가지다. 첫 문장은 그 글의 살생부다. 짧은 문장일수록 처음이 중요하다. 단편소설이나 에세이는 첫 문장으로 결판난다. 결혼 첫날밤에 어찌 애 낳기를 바라랴만, 처음의 '새로움'에 거는 인간심리를 어이하랴.

이 글은 '일반론-글에서도-실상과 조언-소설 첫 문장 예시-생생한 사례-당부'로 전개된다. 이 글에서처럼 독자 대부분이 많이 접하거나 익히 아는 '시작이 반이다'류의 일반론으로 시작하면 신선함이 떨어진다. 그보다는 생생한 사례를 앞세우는 게 어떨까. 이 편이 이 글의 논지인 첫 문장을 잘 뽑아내는 게 아닐까. 이렇게 바꾸면 글은 '생생한 사례-일반론-짧은 글은 더 중요-실상과 조언-소설 첫 문장 예시-

당부' 순서로 다음과 같이 전개된다.

[수정문]

첫 문장

"저승보다 어두운 밤이었다"를 논픽션 첫 월로 했더니 최우수 당선이었다. "남편하고의 잠자리가 그리도 싫더란다"(어느 여승)로 수필 첫 월을 삼아 학보사에 넘겼더니 인쇄소 직원 전원이 읽었다.

첫머리가 가장 중요하다. 글에서도 마찬가지다. 첫 문장은 그 글의 살생부다. "최초의 일격은 그 전투의 절반"이고 "첫 사위가 오면 장모는 신을 거꾸로 신고 나간다"고 하지 않던가. 결혼 첫날밤에 어찌 애 낳기를 바라랴만, 처음의 '새로움'에 거는 인간심리를 어이하랴.

짧은 문장일수록 처음이 중요하다. 단편소설이나 에세이는 첫 문장으로 결판난다.

이 땅의 수필·칼럼들에선 첫 문장에서 보배 줍기가 어렵다. ①단문 ②자극 ③체험 등 갖출 세 가지를 무시하기 때문이리라. 설명조는 역겹다. 묘사체로 하라. 과거→현재, 명사→동사·형용사, 추상어→구체어, 해설→사실…. 형용사는 묘사의 최대 무기다. 하지만 보배일수록 아끼는 법!

△파도소리가 베개를 때린다. (이범선) △그에게서는 늘 비누냄새가 난다. (강신재) △어둠속에 밤이 고여 있었다. (유현종) △해걷이바람이 깊은 산섶으로 땅거미를 몰고 온다. (정연희) △눈을 떴다. 붉었다. 묵지루루했다. (백시종) △아내를 죽이지 않은 것만은 다행이었다. (추식) 두루 언어의 잔속을 발라내느라 고심한 대목이리라.

'읽혀야 문장!', 이 냉혹한 절벽 앞에 글자 하나하나를 쪼아 새기는 피 말리는 싸움! 첫·끝 문장만은 잉크로 쓰지 말고 금으로 아로새기시라.

다음 문단 속 문장들이 원문과 다른 순서로 배치됐음을 유심히 읽어

보기 바란다. 또 다음 문단과 그다음 문단이 어떻게 다르며 어느 쪽이
더 나은가 생각해보자.

1) 첫머리가 가장 중요하다. 글에서도 마찬가지다. 첫 문장은 그 글의 살
생부다. "최초의 일격은 그 전투의 절반"이고 "첫 사위가 오면 장모는 신
을 거꾸로 신고 나간다"고 하지 않던가. 결혼 첫날밤에 어찌 애 낳기를
바라랴만, 처음의 '새로움'에 거는 인간심리를 어이하랴.

2) 첫머리가 가장 중요하다. 글에서도 마찬가지다. 첫 문장은 그 글의 살
생부다. 결혼 첫날밤에 어찌 애 낳기를 바라랴만, 처음의 '새로움'에 거는
인간심리를 어이하랴. "최초의 일격은 그 전투의 절반"이고 "첫 사위가
오면 장모는 신을 거꾸로 신고 나간다"고 하지 않던가.

15. 문단과 문단 사이엔 경첩을 달자

문단을 배치할 때 문단과 문단을 연결하는 고리나 새로운 국면을 여
는 문이 필요할 때가 있다. 다른 글들을 읽다가 눈여겨본 뒤 적절하게
활용하면 좋다. 엄을순 씨의 수필 「내 이름은 '미친년'」에서 이를 살펴
보자.

[인용문]

내 이름은 '미친년'

3남 1녀 중 외동딸로 태어난 나를 엄마는 이름 대신 주로 '미친년'이라고
불렀다. 그만큼 나를 키우기가 힘들었던 것이다. 그건 내 어릴 적 별명만
봐도 안다. 왈가닥, 선머슴, 청개구리….
아직도 생생하게 기억나는 몇몇 사건들이 있다. (중략)

필자는 어른이 되어서도 자신이 내키는 대로, 옳다고 생각하는 대로 행동하는 것은 여전하다는 사례로 넘어오고 범위를 넓힌 뒤, 기승전결의 '전'으로 접어들어서는 '미친 중년 여성'으로서 보인 미친 짓으로 웃음을 선사한다. 전으로 넘어가는 문장을 어떻게 썼을까.

"남편과 아이들은 내게 미친 여자라는 말은 하지 않는다. 대신, 나 때문에 자기들이 미치겠단다."

'결'은 어떻게 마무리될까. 그는 이렇게 말한다.

"오십 중반에 이르기까지 이렇게 미친 듯이 살아온 나. 그러던 내가 요즘은 좀 변해가는 것 같다. 다 나이 탓이다. (중략) 그러면서 세상살이가 재미없어지는 것도 사실이다.
그동안 주변 눈치 안 보고 입고 싶은 대로 미친년처럼 입고, 하고 싶은 말 다 하며 살 수 있었던 건 큰 행운이다. 미친년으로 살 수 있었던 것 자체가 축복이었던 것 같다."

[엄을순, 「을쑤니가 사는 법」, 이프, 2011, pp.21~26]

문단과 문단 사이가 아니라 문단 속에 다른 문단과 연결되는 문구를 넣을 수 있다. 이렇게 하면 글이 더 긴밀하게 하나로 짜인다. 또는 문단이 서로에게 스며든다. 다음 글에서 그런 역할을 하는 문구가 둘 있다. 다음 두 문장에서 굵은 글씨로 표시된 부분이 그런 구실을 한다. 각각 시인이 유년의 심경을 그린 시 두 편에서 따온 말이다.

열무 삼십 단을 이고 시장에 갔던 시인의 어머니는 아들이 무슨 시를 쓴 지 몰랐다.

장 씨는 아들과 함께 25년을 함께 산, 그 속에서 **바람이 무섭다는 어린 아들을 당신 무릎에 뉘고 무를 깎아주던** 경기 시흥군 소하리(현 광명시 소하동) 옛집이 멀리 내려다보이는 아파트에 산다.

[예시문]

기형도 시인 26주기, 유년의 풍경 속 어머니

엄마 걱정
열무 삼십 단을 이고
시장에 간 우리 엄마
안 오시네, 해는 시든 지 오래
나는 찬밥처럼 방에 담겨
아무리 천천히 숙제를 해도
엄마 안 오시네, 배추잎 같은 발소리 타박타박
안 들리네, 어둡고 무서워
금간 창틈으로 고요히 빗소리
빈방에 혼자 엎드려 훌쩍거리던

아주 먼 옛날
지금도 내 눈시울을 뜨겁게 하는
그 시절, 내 유년의 윗목

바람의 집―겨울 版畵 1
내 유년 시절 바람이 문풍지를 더듬던 동지의 밤이면 어머니는 내 머리를 당신 무릎에 뉘고 무딘 칼끝으로 시퍼런 무를 깎아주시곤 하였다. 어머니 무서워요 저 울음소리, 어머니조차 무서워요. 애야, 그것은 네 속에서 울리는 소리란다. 네가 크면 너는 이 겨울을 그리워하기 위해 더 큰 소리로 울어야 한다. 자정 지나 앞마당에 은빛 금속처럼 서리가 깔릴 때까지 어머니는 마른 손으로 종잇장 같은 내 배를 자꾸만 쓸어내렸다. 처마 밑 시래가 한 줌 스러짐으로 천천히 등을 돌리던 바람의 한숨. 사위어가는 호롱불 주위로 방 안 가득 풀풀 수십 장 입김이 날리던 밤, 그 작은 소년과 어머니는 지금 어디서 무엇을 할까.

빈 방에 외풍이 들이치던 유년의 풍경을 회화적으로 표현한 기형도 (1960~89) 시인의 작품들이다.

열무 삼십 단을 이고 시장에 갔던 시인의 어머니는 아들이 무슨 시를 쓴지 몰랐다. 아들의 25주기였던 지난해 사람들이 아들의 어느 시가 가장 좋은지 물었지만 어머니는 "없다"고 답했다. "아들 생각이 나서 보기가 싫었다"고 말했지만 꼭 그런 이유만은 아니었다고 한겨레신문은 전했다. 기형도 시인의 어머니는 일제 강점기 시절 '양학당'에서 잠깐 교육을 받았을 뿐, 글을 깨치지 못했다. 시인의 모친 장옥순(82) 씨는 지난달 서울 방배동 서울시교육연수원에서 열린 '성인 문자해득' 교육 프로그램 졸업식에 참석했다. 장 씨는 금천구가 운영하는 18개월 과정을 마치고 초등 학력을 인정받았다.

장 씨는 아들과 함께 25년을 함께 산, 그 속에서 바람이 무섭다는 어린 아들을 당신 무릎에 뉘고 무를 깎아주던 경기 시흥군 소하리(현 광명시 소하동) 옛집이 멀리 내려다보이는 아파트에 산다.

오늘은 시인의 26주기 기일이다.

[지은이, 「기형도 시인 26주기, 유년의 풍경 속 어머니」, 아시아경제, 2015. 03. 07.]

16. 짧은 글 확장하고 긴 글 축약하기

이번에도 먼저 짧은 글을 읽고 그 글을 확장한 긴 글을 살펴보자. 많은 정보와 시각이 담긴 긴 글을 읽고 재구성하는 연습을 하면 구성하는 역량을 심화할 수 있다. 긴 글을 다음 짧은 글 외에 어떤 다른 글로 재배치할 수 있을지 궁리해보자.

[예시문]

이덕무가 책을 베낀 시대

조선시대 실학자 이덕무(1741~1793)는 책 수백 권을 베껴 쓴 것으로 알려졌다.

이덕무는 자신을 '책만 읽는 바보'라는 뜻의 간서치看書痴라고 칭할 정도로 독서에 몰두했다. 그러나 살림이 곤궁해 책을 구입할 수 없었다. 그런 이덕무에게 책 베끼는 것은 반가운 일이었다. 그가 문신 이서구에게 보낸 편지의 다음 구절에서 그 마음이 전해진다. "그대가 내게 장서藏書를 맡겨 베껴 쓰고 교정을 보고 평점까지 맡기려 한다는 말을 듣고 기뻐서 잠을 이루지 못하였소."

이덕무는 용서傭書(책 베끼기) 도중 자신을 위해 한 부 더 적었다. 그렇게 마련한 자신의 책으로 공부했다. 정민 한양대 교수는 "그는 베껴 쓰기로 학문을 이루어 남이 넘보지 못할 우뚝한 금자탑을 세웠다"고 평가했다. (정민의 세설신어, 「용서성학」, 조선일보, 2015. 1. 7.)

나는 이덕무 이야기에서 다른 측면을 봤다. 가난한 이덕무는 책을 필사하는 품을 팔아야 했지만 형편이 되는 사람도 용서를 통해 책을 장만했다. 왜 그랬을까. 조선에는 서점이 없었고 출판사도 없었고 민간 인쇄소도 없었다. 그래서 고전도 새로 찍혀 나오는 경우가 드물었다.

조선시대에 책을 얻는 방법은 극히 제한됐다. 왕으로부터 하사받거나 중국에 가는 사람에게 책을 사달라고 부탁하거나 지방 고을 수령에게 편지를 보내 그곳에 있는 목판으로 책을 찍어달라고 요청해야 했다. 이렇게 하지 못하는 대다수 선비들은 책을 빌려서 직접 베끼거나 남에게 필사하도록 했다.

조선은 출판을 나라에서 독점하고 통제했다. 조정은 어떤 책을 얼마나 간행할지, 어디서 출판할지 결정하고 중앙 관청이나 지방 감영에 그 일을 맡겼다. 강명관은 『조선시대 책과 지식의 역사』에서 "서적 인쇄를 국가가 독점한 것이 민간 인쇄출판업의 발달을 막았고 서적 공급량을 확대하는 데도 장애물이 됐다"고 설명한다.

다산 정약용을 비롯한 대표적인 실학자의 저서도 출판되지 않았다. 필사본으로 전해지다가 1930년대에 이르러서야 인쇄됐다. 그렇다면 실학자들의 연구는 뜻을 같이한 실학자들 사이에서만 공유됐을 공산이 크다.

마르틴 루터의 종교개혁 사상이 구텐베르크 인쇄술로 전파된 것처럼, 생각은 인쇄·출판이라는 물질적인 기반을 통해 확산된다. 실학이 조선에서 공론이 되지 못한 요인에는 이 기반이 없었다는 사실도 포함된다고 생각한다.

[지은이, 「[초동여담] 이덕무가 책을 베낀 시대」, 아시아경제, 2015. 01. 13.]

[예시문]

조선, 서점이 없는 문치의 나라

조선에는 놀랍게도 서점이 없었다. 중국에서 송나라 때 이미 민간 출판사와 서점이 존재했고 일본에서는 도쿠가와 막부 때 출판사와 서점이 급증한 것과 비교하면 이상한 모습이었다.

조선시대 지방의 소장 사림세력이 서점을 설립해 책을 쉽게 구입해 보도록 해야 한다고 주장했지만 이 건의는 실행에 옮겨지지 않았다. 서점이 없었다는 것은 출판시장이 없었다는 뜻이다. 책을 구하는 일도, 펴내는 일도 모두 돈이 많이 들었고 돈을 내거나 댈 용의가 있어도 여의치 않았다.

조선시대 선비들은 책을 왕으로부터 하사받기도 하고, 없는 책은 빌려서 베끼고, 지방 고을 수령에게 편지를 보내 그곳의 목판으로 책을 찍어달라 하거나, 중국에 가는 사람에게 북경에서 책을 사달라고 부탁하는 등 갖가지 방법으로 책을 마련했다. 기존에 나온 고전도 새로 찍혀 나오는 경우가 드물었음을 짐작할 수 있다.

이를 보여주는 것이 『논어』나 『중용』의 가격이다. 『조선시대 책과 지식의 역사』에 따르면 영조 때 인쇄돼 보급된 『대학』과 『중용』은 각각 178면, 294면으로 그리 두껍지 않다. 이 책의 값은 그러나 각각 면포 서너 필에 해당했다. 면포 또는 광목 서너 필은 요즘 화폐로 얼마 정도 할까. 광목이 요즘도 비교 가능한 다른 품목과 어떤 비율로 교환됐는지 알면 환산이 가능하다. 조선시대 이후 현대에 이르기까지 현금 역할을 한 쌀과의 교환 비율을 찾으면 된다. 1955년 신문기사를 보면 쌀 한 가마(80㎏) 도매가가 1만 3,000환이고 광목 한 필이 6,200환이다(경향신문, 「추석 후 제물가 동향」, 1955. 10. 4.). 광목 두 필을 사려면 대략 쌀 한 가마 값을 치러야 했다는 얘기다. 면포 서너 필은 최고 쌀 두 가마의 값에 해당했다. 요즘 쌀 한 가마 시세를 17만 원이라고 하고 이 시세를 조선시대에 적용하면 책 한 권 가격이 34만 원이었다는 얘기다.

조선시대 상대적인 가격체계 속에서 책 한 권 값은 이보다 훨씬 비쌌음을 염두에 둬야 한다. 당시 다른 상품과 비교한 쌀 한 가마의 가격이 요즘 쌀 한 가마보다 더 컸기 때문이다. 참고로 현재 널리 읽히는 『대학』, 『중용』 합본 중 하나는 번역문과 원문을 합쳐 246면인데 값은 7,500원이다.

기존에 있는 책이 이렇게 비쌌으니 새 책을 간행하거나 다른 사람이 저술한 신간을 구해 읽는 일은 얼마나 돈이 많이 들고 어려웠을지 상상할 수 있다. 조선시대 선비들이 책을 빌려서 베끼곤 했다는 사실이 당시 실정을 단적으로 보여준다.

조선은 출판을 독점해 체제를 유지하고 통치이념을 일방적으로 전파하는 데 썼다. 『조선출판주식회사』에 따르면 조선은 나라가 책을 출판해 보급하는 업무를 주관했다. 조정은 어떤 책을 얼마나 간행할지, 어디서 출판할지 결정해 중앙 관청이나 지방 감영에 그 일을 부과했다. 충성과 효도 같은 유교 윤리를 가르치는 책은 대대적으로 간행해 배포했다. 대표적인 사례로 중종 때는 『삼강행실도』를 한 번에 2,940질이나 펴냈다.

아울러 조선은 간혹 유교의 정통성에 조금이라도 누가 될 수 있는 내용의 책이 발견되면 곧바로 책을 거둬들이고 유통을 금지시켰다. 책을 모두 불태워버리기도 했다.

조선시대는 이처럼 출판을 나라에서 틀어쥐고 주도했다. 조정에서 공급하는 도서와 백성이 읽고자 하는 책에는 목록의 차이와 수량의 괴리가 있었다. 그래서 서점은 필요성이 제기됐지만 만들어지지 않았다. 강명관은 『조선시대 책과 지식의 역사』에서 "서적 인쇄를 국가가 독점한 것이 민간 인쇄출판업의 발달을 막았고, 서적공급량을 확대하는 데도 장애물이 됐다"고 설명한다. 서점이 생겨났어도 사농공상의 순서에서 상업을 가장 천하게 여긴 조선에서 도서가 활발히 유통되고 출판시장이 커졌을지는 의문이지만, 하여간 조선은 서점조차 생겨나지 않아 지식 확산과 축적의 숨통이 막힌 나라였다.

『조선시대 책과 지식의 역사』에 따르면 다산 정약용과 연암 박지원 등 대표적인 실학자의 저서도 출판되지 않았다. 필사본으로 전해지다가 일제시대인 1930년대에 이르러 비로소 인쇄됐다.

이종찬은 『난학의 세계사』에서 조선 실학과 일본 난학을 비교해 실학의 한계를 보여준다. 난학은 하급 사무라이 출신들이 서양의 의술과 군사학을 직접 접하고 번역하며 발전시킨 반면 조선 실학은 사대부가 한문을 통해 옮겨진 천문학과 역학 등을 간접적으로 익힌 것이었다고 지적한다. 또 일본에서 출판시장이 발달한 반면 조선에는 출판시장이 없었음을 대비시킨다.

이 가운데 출판시장의 존재 여부가 가장 큰 차이라고 필자는 생각한다. 출판되지 않은 책은 쓰이지 않은 책이나 다름없다. 실학은 같은 뜻을 품은 학자들 사이에 알음알음으로 필사본으로 전해졌을 뿐, 사상적인 흐름으로 이어지지 않았다. 따라서 실학은 후세 역사가들이 당대에 갖지 못했던 의미를 부여한 것일 뿐, 실은 확산되고 축적되지 않은 산발적이고 단편적인 연구였다. 작은 냇물로 시작했지만 막부체제를 무너뜨리는 강한 물줄기로 불어난 난학과 비교할 대상이 되지 못한다.

이는 실학자의 연구와 저술을 깎아내리는 게 아니다. 그들의 뜻과 노력이 왜 실질로 이어지지 않았는지, 그 지점까지 함께 논의해야만 실학자들을 제대로 평가할 수 있다. 실학자들이 난학자들처럼 변화의 지적인 토대를 만들지 못한 것은 사대부가 주도해서이거나 실질을 담지 못해서가 아니라 출판시장이 갖춰지지 않은 탓이 컸다.

우리는 세계 최초로 금속활자를 활용했지만 정작 출판문화는 갖지 못했다. 강명관은 『조선시대 책과 지식의 역사』에서 '세계 최초 금속활자'에 대해 이렇게 말한다.

"구텐베르크의 금속활자가 지식의 전파와 유통에 일대 혁명을 일으켜 서양의 근대화를 견인했던 것은 췌언을 요하지 않는다. (중략) 그렇다면 금속활자를 만든 고려와 그 활자를 보다 보편적으로 사용한 조선을 구텐베르크의 시대와 동치시킬 수 있을까? 금속활자의 궁극적 의미가 활자의 재질이 금속이라는 데 있는 것이 아니라 사회적·역사적 영향력에 있다고 한다면, 양자는 결코 동일한 결과에 도달하지 않았다. 조선의 금속활자는 독서인구 증가, 지식의 해방, 지식의 값싼 공급과는 상관성이 희박하다."

멀리 갈 필요도 없다. 일본은 지식을 전파할 인쇄술과 출판시장을 발달시킨 상태였다. 그 토대가 있었기에 의학서적 『타펠 아나토미아』를 번역한 『해체신서』라는 근대의 불씨가 불길로 번져나갈 수 있었다.

1613년 발간된 허준의 『동의보감』은 사대부는 물론이고 실학자에게도 갖춰야 할 책이 됐다. 『동의보감』은 『경국대전』, 『상례비요』, 『삼운성휘』와 함께 '사대 서목四大書目'이 됐다(김호, 『허준의 동의보감』, 일지사, 2000). 『상례비요』는 1648년에 간행된 상례 지침서고 『삼운성휘』는 1751년에 나온 운서韻書다.

허준은 『동의보감』에 인체 해부도인 〈신형장부도〉를 그렸다. 이 해부도에는 팔과 다리가 없다. 인체를 절개해 내부를 보고 그린 해부도가 아니라 관념 속의 장기臟器 배치도다.

당시 인체에 대한 일본의 지식도 『동의보감』류를 벗어나지 못했다. 하지만 스기타 겐파쿠가 1774년 『해체신서』를 번역해 출판하면서 일본은 실제와 따로 놀던 과거의 의학과 결별한다. 이 상징적이자 실질적인 계기 이후 일본은 과거와 빠른 속도로 멀어진다. 일본은 후쿠자와 유키치가 1866년 『서양사정』을 써내고 1868년 메이지유신으로 막부 체제를 무너뜨리면서 서양이 쌓은 과학기술을 향해 가속 페달을 밟는다.

제4장

**선택해 집중하고
생략하라**

다시 강조하건대, 캐리커처를 그리듯이 글을 작성한다고 생각하자. 캐리커처는 특징을 잡아 그 점을 강조하면서 나머지는 과감히 생략한 인물화다. 선택하고 집중하는 것이다. 선택과 집중은 선택되지 않은 나머지를 버리거나 소략하게만 전달하는 것이다.

글을 왜 캐리커처처럼 써야 하나. 그래야 전달력이 높아진다. 전달하고자 하는 모든 정보를 열거하는 것보다 주요 내용에 힘을 주고 나머지는 가볍게 다루는 강약조절이 메시지를 더 두드러지게 한다. 캐리커처풍 글쓰기는 앵글을 잡아 글을 짓는 것과 겹치는 부분이 있다. 인물을 짧게 소개하는 글은 특히나 캐리커처 같아야 한다.

1. 서평·영화평을 에로틱하게 쓰려면

선택하고 생략하는 글쓰기가 필요한 경우는 더 있다. 책을 소개하고 영화를 평하는 글을 올릴 때다. 책의 내용을 전체적으로 요약하기나 영화 줄거리를 알려주는 일은 여러모로 볼 때 최선이 아니다.

우선 그렇게 쓴 글은 독자로부터 해당 책이나 영화의 내용을 스스로 접하는 재미를 앗아가는 스포일러가 된다. 영화 예고편이 주요 상황과 인상적인 장면을 보여줄 뿐, 이야기가 어떻게 전개되는지는 보여주지 않는 이유가 여기 있다.

또 해당 책의 알맹이를 충실하게 전하면 그 서평을 읽은 독자는 포만감에 빠진다. 누군가가 책을 대신 읽어준 기분이 들어 '나도 읽어야지'라고 의욕을 보이기보다는 '나도 읽은 것 같아'라며 흡족해할 수 있다. 이렇게 되면 그 서평은 그 책을 쓰고 출간한 저자와 출판사의 날개를 꺾게 된다. 스포일러가 되는 것이다. 어느 서평자도 이런 역할을 하려고 서평을 쓰는 것은 아닐 게다.

서평과 영화평은 독자를 해당 창작물로 이끄는 글이다. 독자를 해당 창작물 안으로 데려가 그 작품이 어떻게 펼쳐지고 끝나는지 가이드 역할을 하는 일은 피해야 한다. 서평과 영화평은 독자가 창작물의 '문'을 열고 들어가 스스로 감상하도록 하는 길잡이가 돼야 한다.

서평·영화평은 보여주되 다 보여주지 않는, 그럼으로써 에로틱하지만 외설스럽지 않은 경계선에 서야 한다. 책을 소개하는 글을 많이 써 봤지만 참 어려운 일이다.

이 난제를 푸는 대신 우회하는 방법이 있다. 해당 작품의 무엇을 감상할지 포인트를 잡아내 전달하는 것이다. 평자가 제시한 포인트는 독자의 호기심을 자아내는 기능을 한다. 또 독자는 제시된 포인트를 잡고 들어가 이를 따라 작품이 풀려나가는 걸 봄으로써 이해도나 감도를 높일 수 있다.

다른 방법으로는 해당 작품에서는 알려주지 않는 배경과 맥락에 그 작품의 내용을 올려놓는 것이 있다. 그렇게 쓴 서평·영화평은 독자로 하여금 해당 창작물을 더 온전하게 알고 즐기도록 한다.

다음은 프랑스의 자연주의 소설가 에밀 졸라의 『제르미날』 서평이다. 책을 소개하는 글을 어떻게 써야 하는지 내가 고민했는지 기억나지 않는 1994년에 썼다.

[예시문]

땅의 사람들, 마침내 봄이 되면 새싹처럼 돋아날

이 책에 대해 무슨 논평을 하고 말을 덧붙일 수 있겠는가. 온몸에 노동자의 피와 땀, 먼지를 뒤집어쓴 채 태어나고 성장한 자본의 무자비함을 이토록 생생하게 그려낼 수 있다니.

'나는 고발한다'는 외침을 남긴 이 작가는 그 고발의 눈길을 19세기 말 프랑스 북부 탄광노동자의 삶에 돌린다. 『제르미날』은 노동자의 땀 한 방울까지도 다 앗아간 당시의 자본에 대한 규탄이며 인간 이하이길 강요하는 물질적 조건 아래서 끊임없이 신음하던 사람들에 대한 분노의 보고서다. 탄광의 수직갱도는 아귀를 벌리고 지칠 줄 모르는 식탐으로 광부를 집어삼킨다. 막장에 내려간 그들은 가스가 섞인 숨이 막힐 듯 뜨거운 공기를 마시며 석탄을 캔다. 절망의 구렁텅이인 지하에서 처참한 일생을 보내고 나면 그들의 몸에 남는 건 '여생을 덮히는 데 충분한 양의 탄가루'다.

부모, 조부모의 가난을 태내에서부터 물려받은 탄광의 아이들은 열 살도 채 안 된 나이에 가혹한 중노동을 역시 물려받고 연료가 달려 허덕대는 보일러처럼 헐떡인다. 그을음이 공중에서 비처럼 내리고 휘날리는 석탄가루로 들과 나무와 길이 온통 먹칠이 된 탄광촌에서 유일한 기쁨은 술과 성이다. 그것은 잠시나마 피로와 고통을 잊게 해주는 진통제다. 타인의 눈을 의식할 여건이 없는 상태에서 성행위는 밤이면 길가에서 거리낌 없이 피어난다. 처녀들은 초경을 경험하기도 전에 그들의 순결을 잃는다.

생명의 한계선에 내몰린 광부들은 갱도가 무너져버릴지 모르는 위험 따위는 대수롭지 않게 여긴다. 생명의 위협을 피하기 위해 갱목 작업을 하기보다는 그 시간에 한 조각의 탄이라도 더 캐는 것이다. 누구도 예측할 수 없는 붕괴사고로 막대한 '물적' 피해를 입어온 회사는 채탄량에 대한 임금을 줄이는 대신 갱목작업에 수당을 준다는 새로운 임금지급 방식을 결정한다.

탄차 한 대분 품삯은 갱목작업 수당보다 크게 내리 깎였고 회사의 뻔뻔한 속임수에 광부들은 충격과 분노로 전율한다. 나지막한 분개의 수군거림은 출렁이며 물결로 번져갔고 마침내 파업의 해일로 일어선다. 군중의 여울은 배수펌프를 부수고 그들을 땅 속으로 내려 보내던 케이지줄을 끊는다.

빵도 불도 없이 비참함의 바닥에서 싸운 2개월간의 파업은 그러나 아무런 성과도 없이 끝난다. 10여 명의 가장이 출동한 군인의 총에 쓰러졌고 민중은 굴욕스러운 노동을 다시 시작한다.

이 모든 비극에도 불구하고 졸라가 강한 대비로 돋보이게 하는 것은 인간애이자 밝은 미래사회에 대한 믿음이다. 파업 이후의 노동조건은 오히려 악화됐지만 그 과정에서 광부들의 계급의식이 싹텄고 땅의 사람들은 머지않아 억압을 뚫고 땅 위로 솟아오르리라는 믿음을 가진다. 직접 마지막 구절을 보시라.

"그의 발아래에서는 아득한 곡괭이 소리들이 고집스럽게 계속되고 있었다. 동료들이 그의 발아래 있었다. … 드넓은 창공 한가운데에서 찬란하게 빛나고 있는 태양은 고통스러운 분만으로 몸을 비틀어대고 있는 대지를 따뜻하게 덥혀주고 있었다. … 이제 훨씬 더 지면에 가까워진 듯 대지를 두드려대는 동료들의 소리가 점점 더 분명하게 들려왔다. 태양이 붉게 타오르는 젊음의 아침은 즐거운 웅성거림으로 들판을 부풀리고 있었다. 사람들이 싹트고 있었다. 서서히 밭고랑을 가르고 있는 복수의 검은 군대는 다가올 세기의 추수를 위해 자라나고 있었다. 돋아나는 이 사람들의 싹은 머지않아 대지를 터뜨릴 것이었다."

이 서평은 자본주의의 '막장'인 탄광의 노동조건과 그 굴레에서 소모되는 처참한 삶의 모습을 주로 전하면서 줄거리를 세 문단에서 간략하게 소개했다. 파업 후에 싹튼 노동자들의 계급의식과 새로운 미래에 대한 믿음이 새까맣고 어두운 탄광지대를 배경으로 밝게 떠오른다.

에밀 졸라의 표현을 많이 갖다 붙여 독자의 감정을 고조시키려 한 서평이다. 그럼에도 불구하고 서평으로는 심심하다. 독자가 '나도 책을 읽어볼까' 하고 생각하게 하는 대목이 없다. 다음 한 문장을 바꿔서 그다음 문단처럼 서술하면 어떨까.

파업 이후의 노동조건은 오히려 악화됐지만 그 과정에서 광부들의 계급의식이 싹텄고 땅의 사람들은 머지않아 억압을 뚫고 땅 위로 솟아오르리라는 믿음을 가진다.

파업 이후의 노동조건은 오히려 악화됐다. 파업은 패배한 것이다. 그러나 광부들은 싸우는 과정에서 계급의식을 갖게 됐고 더 열악해진 조건에도 뭉치게 됐다. 어떻게 해서 그리 된 것인가. 사회주의 소설가 졸라는 그 과정을 세부를 놓치지 않으면서도 힘차게 서술해 독자의 가슴을 뻐근하게 만든다.

다른 접근은 졸라가 그린 탄광 노동자의 조건을 노동운동의 흐름 위에서 살펴보는 것이다. 『제르미날』의 파업은 패배했지만 노동자는 연대했고 결국 인간 이하의 조건을 개선했다. 노동자는 마침내 승리했다. 이런 맥락을 전하면서 '이 소설의 마무리는 앞으로 벌어질 숱한 싸움과 승리의 시작이 된다'라는 메시지를 제시하면 괜찮은 서평이 될 수 있겠다.

2. 너무 많이 보여줘 실패한 영화평

이제 영화 〈영혼의 집〉을 평한 다음 글을 비판적으로 읽어보자.

[예시문]

가해자는 떳떳한데, 먼저 용서하라는…

영화는 한 가족사를 통해 본 칠레의 근대사다. 영화의 밑그림을 제공한 작가 이사벨 아옌데는 쿠데타군에 총을 들고 맞서 사살당한 대통령 아옌데의 조카이며 그 자신이 군화발의 무자비한 탄압을 피해 망명한 작가다. 그 쿠데타란 몇몇 대지주와 자본가의 족벌이 뒷돈을 대고 방약무도한 군인들이 무대에 섰으며 미국이 연출한 인간 말살의 드라마였다. 아옌데 대통령은 그날 라디오로 국민을 향해 마지막으로 연설한다.

"이것이 내가 국민 여러분께 연설할 수 있는 마지막 기회일 것입니다. … 나는 사임하지 않겠습니다. … 나는 국민의 충성에 내 목숨으로 보답하려 합니다. … 나는 여러분께 단언합니다. 우리가 수천수만 명 칠레인들의 양심 속에 뿌린 씨앗들은 결코 완전히 뿌리 뽑힐 수 없을 것입니다. …"

앞서 1970년에 아옌데의 인민연합은 그들이 뿌린 씨앗을 선거를 통해 거두었고 피 한 방울 흘리지 않고 사회주의 정권을 세웠다. 이른바 '선거혁명'의 실험실이 된 칠레에서는 외국은행, 제철사, 구리광산이 국유화되었고 농지가 농민에게 재분배되었으며 교육, 의료 등 국가가 제공하는 서비스가 확대되었다. 이듬해 지방선거에서 인민연합이 절반을 넘어서는 지지를 얻으면서 그 실험은 막 궤도에 오른다.

달리는 혁명열차에 돌을 던지고 레일을 틀어놓은 건 토지와 기업을 가진 족벌들, 자국 기업을 접수당한 데 앙심을 품은 미국이다. 미국은 국제시장에서 구리 값을 낮추는 등 칠레 경제를 옥조였으며—칠레 수출의 8할은 구리였다—군부를 부추겼고, 보수파는 철도 등 기간시설의 태업을 부채질했다. 값비싼 옷과 장신구로 치장한 '부족할 게 없는 귀부인들'은 거리로 뛰쳐나와 냄비를 두드리며 "우리에게 빵을 달라"는 웃지 못할 시위를 벌인다. 반혁명은 그렇게 착착 진행된다.

이사벨 아옌데는 칠레의 역사를 녹여 한 가족의 이야기에 들이붓는다. 자수성가한 대농장주의 딸 블랑카는 '노예 신분'인 청년을 사랑하게 되고 아버지의 핍박을 받는다. 혁명의 정신을 농장 노동자에게 심던 그 청년은 '장인 자리'가 들이대는 총부리에 쫓겨 도시로 떠난다. 블랑카가 그의 딸을 낳은 지 수년 후 인민연합이 선거에서 이긴다. 환호하는 군중의 퍼레이드 속에서 두 연인은 만난다. 재회한 연인의 기쁨은 나부끼는 수많은 깃발과 인파 속에 일렁이는 '선거를 통한 혁명의 쟁취'라는 벅찬 감동과 합쳐진다.

1973년 9월 11일. 용의주도한 준비 끝에 칠레의 군부는 마침내 탱크를 몰고 거리로 나온다. 수천 명의 민간인이 칠레 국립경기장으로 끌려갔고 그중 수백 명이 일주일 후 시체로 발견된다. 군부는 민중운동의 중심인물로 찍힌 블랑카의 연인을 수배한다. 청년의 은신처를 캐기 위해 군인들이 블랑카를 체포해가고 그녀는 고문을 받는다. 취조 담당자는 그녀의 배다른 오빠다. 블랑카의 부친이 원주민 여인을 겁탈해 태어난 그는 망각 속에 내팽겨진 채 잡초처럼 거칠게 자랐다. 만신창이가 되어서야 풀려난 딸은 자신을 고문한 배다른 오빠를 용서한다. 아버지는 자신이 죽이려 했던 '사위 자리'를 캐나다에 망명시키는 걸로 그와 화해한다.

"복수는 결코 바람직하지 않다"는 대사가 세 번 반복된다. 블랑카의 어머니 클라라는 딸과 아버지, 사위와 장인, 배다른 아들과 남편 사이의 미움과 다툼을 감싸 품에 끌어안는다. 그건 빈농과 대농장주간의 갈등을 포용하는 것이고 총칼에 짓밟힌 사람들의 타오르는 복수심을 다독거리는 것이며 또한 클라라를 통해 자신의 전언을 드러내고자 한 아옌데의 자세이기도 하다.

블랑카는 아버지와 자신의 딸 알바를 이끌고 농장으로 내려간다. "중요한 건 남편과 아이, 현재와 미래, 그리고 빛이며 과거의 일은 추억이다"
라는 그녀의 중얼거림으로 영화는 끝맺는다.

하얗다는 뜻을 가진 '블랑카'와 '알바'라는 등장인물의 이름은 '손을 내밀
어 과거를 보듬은 뒤 그때 저질러진 모든 일을 무無로 돌리자'는 아옌데
의 의지라고 해석하는 건 지나친 비약일까? 영화를 지켜보면서 칠레의
대척점에 자리 잡은, 그와 닮은 '미친 역사'를 가진 한국을 생각하지 않을
수 없었다. 총칼로 일어서, 피와 눈물과 한숨을 일으킨 장본인들을 대통
령이 화해한답시고 불러 히죽대는 광경이 자꾸만 눈에 밟혔다.

이 영화의 배경인 저자의 개인사와 칠레의 혁명과 쿠데타를 설명한
점은 이 영화평의 장점이다. 반면 영화의 스토리를 너무 구체적으로
풀어놓은 점은 좋지 않다. '이사벨 아옌데는 칠레의 역사를 녹여 한 가
족의 이야기에 들이붓는다'로 시작하는 문단을 포함해 네 단락을 달리
쓸 방도는 없을까. 등장인물을 다음과 같이 소개하면서 독자가 앞으로
필히 벌어질 갈등을 예상하게 하면 어떨까.

[수정문]

블랑카는 자수성가한 대농장주의 딸이다. 블랑카가 사랑하게 되는 청년
은 이 농장에서 노예와 다름없는 신분으로 일하고 있다. 그 청년은 혁명
의 정신을 농장 노동자들에게 불어넣고 있었고 블랑카의 부친을 타도해
야 할 적으로 여겼다. 블랑카에게는 배다른 오빠가 있다. 블랑카의 부친
이 원주민 여인을 겁탈해 태어난 그는 망각 속에 내팽겨진 채 잡초처럼
거칠게 자랐다. 배다른 오빠는 경찰이 됐다.

아옌데가 이끄는 인민연합의 승리는 청년과 블랑카를 가로막았던 장애
에 어떤 영향을 미칠 수 있을까. 또 1973년 쿠데타는 이 가족에 어떤 바
람을 몰고 올까. 쿠데타 이후 수천 명의 민간인이 칠레 국립경기장으로

끌려갔고 그중 수백 명이 일주일 후 시체로 발견된다. 민중운동의 중심 인물이었던 블랑카의 연인은 수배된다. 블랑카와 연인의 운명은 어찌 될 것인가.

"복수는 결코 바람직하지 않다"는 대사가 세 번 반복된다. 블랑카의 어머니 클라라는 딸과 아버지, 사위와 장인, 배다른 아들과 남편 사이의 미움과 다툼을 감싸 품에 끌어안는다. 그건 빈농과 대농장주 간의 갈등을 포용하는 것이고 총칼에 짓밟힌 사람들의 타오르는 복수심을 다독거리는 것이며 또한 클라라를 통해 자신의 전언을 드러내고자 한 아옌데의 자세이기도 하다.

블랑카는 아버지와 자신의 딸 알바를 이끌고 농장으로 내려간다. "중요한 건 남편과 아이, 현재와 미래, 그리고 빛이며 과거의 일은 추억이다"라는 그녀의 중얼거림으로 영화는 끝맺는다.

3. 요약은 누구나 할 수 있다

이제 경제·경영 서적 서평을 다룬다. 2005년에 나온 『후지쯔 성과주의 리포트』를 소개한 글이다. 일본과 조직문화가 비슷한 우리나라 회사에서도 이런 '성과주의의 오작동'이 빚어지지 않았을까. 책은 성과주의를 도입하려고 하거나 이 제도로 시행착오를 겪는 회사의 경영자나 관련 부서 사람들이 대상 독자다. 그들에게 책의 핵심 내용인 '일본형 성과주의의 대안'을 맛보기로 보여줬어야 하지 않았나 싶다.

책이 나오게 된 배경만 알려주기에도 지면이 부족했다는 변명이 나올 수 있다. 그러나 모든 글은 압축이 가능하다. 이 서평을 절반으로 줄일 수 있다. 여기서도 선택과 생략의 원칙을 적용하면 된다. 직접 해보면 글을 다루는 솜씨가 좋아진다.

좋은 藥도 체질에 맞아야

후지쯔富士通는 일본 최초 컴퓨터 개발 등 화려한 관록을 자랑하던 기업이다. 그런 후지쯔도 닷컴 버블 붕괴로 인한 정보기술IT 업계의 실적악화에서 예외일 수 없었다. 후지쯔는 2002년 3월 말 마감한 회계연도에 3,825억 엔의 적자를 냈다.

IT업체들은 대규모 구조조정에 나섰다. 마쓰시타松下전기·NEC 등은 2003년 3월 결산에 그야말로 'V자'로 회복했다. 이번엔 후지쯔만 예외였다. 후지쯔는 1,220억 엔의 적자를 기록했다. 2004년 3월 결산에는 500억 엔 흑자로 전환했지만, 주식매각과 임금삭감으로 겨우 맞춘 것이었다.

후지쯔가 이처럼 몰락한 이유는 무엇인가. 도쿄東京대 법학부를 졸업하고 후지쯔 인사부에서 근무했던 저자 조 시게유키城繁幸(32)는 미국식 성과주의를 지목한다.

팀워크로 움직이는 연공서열 조직에 미국식 성과주의가 이식될 경우 어떤 부작용을 낳을까. 결과를 예상한 다음 책장을 넘겨 실제 빚어진 현상과 맞춰보자. 또 어떤 개선방안이 있을지 궁리하고 저자의 처방과 비교해보자.

후지쯔는 1993년에 일본 대기업 중 처음으로 성과주의 목표관리제를 도입한다. 목표관리제에 의한 직원 평가는 언론의 찬사 속에 1998년 전 직원에게 확대적용된다. 목표 달성 정도는 5단계로 상대평가됐다. 과장의 1차 직원 면담평가에 이어 부장이 2차로 서면평가했다. 최종 등급은 부장들이 참석한 평가위원회에서 결정됐다.

문제는 위원회에서 부서 사이의 역학관계에 따라 등급이 배분·확정됐다는 것이다. 힘 있는 부장이 높은 등급을 많이 가져갔다. 서열이 낮은 부장은 부하 직원의 성적을 하향조정해야 했다. 성과주의가 연공서열에 따라 굴절된 것이다.

서열이 밀리는 과·부장의 평가는 모두 헛수고가 되고 만다. 기대에 부풀어 있던 직원들은 실망한다. 이런 일이 반복되면서 실망이 낙담으로 그리고 분노로 변한다. 직원들은 목표 시트를 아무렇게나 적게 된다. 어차피 위원회에서 들춰보지조차 않던 목표 시트였지만.

개발부서는 어땠나. 저자는 한 직원의 말을 인용한다. "예전에는 팀 단위로 목표를 설정해 일하던 직원들이 자기 목표에만 집착하게 됐다. 현장에는 일일이 열거할 수 없는 틈새 업무가 많다. 목표관리제가 도입된 이후에는 아무도 그런 일을 하려 들지 않는다."

불만이 누적되자 후지쯔는 상대평가를 절대평가로 바꾼다. 절대평가가 문제를 해결했을까. 이번에는 평가 인플레이션이라는 부작용이 발생한다. 2003년 상반기에는 2등급 이상이 전체의 70%를 넘었다.

누구나 높은 등급을 받게 되자 구태여 목표를 높게 잡을 필요가 없어졌다. 다들 손쉬운 목표만 선택했다. 능력 있는 직원들은 회사를 떠났다. 1998년 이후 입사한 직원들 중 상위 10%의 대부분이 3년 내에 퇴사했다. 고객들도 줄줄이 등을 돌렸다.

실적이 곤두박질쳤다. 후지쯔도 구조조정이 필요함을 모를 리가 없었다. 그러나 변질된 성과주의로 인한 보신주의가 만연한 조직에서는 어느 누구도 나서지 않았다.

저자는 "성과주의 자체에는 문제가 없다"며 마지막 장에서 일본형 성과주의의 대안을 제시한다.

[지은이, 「좋은 藥도 체질에 맞아야」, 포브스코리아, 2006년 1월호]

4. 『제로 투 원』에서 초점 잡기

책 『제로 투 원』을 소개하는 출판사 자료를 먼저 읽어보자. 전체 소개 자료 중 요약된 앞 세 문단을 인용하고 그 이후 부분은 내가 포인트를 잡아 다음과 같이 요약했다. 이 자료를 읽으면서 '나라면 어디에 초점을 맞춰서 앞세울지' 궁리해보자.

[인용문]

경쟁하지 말고 독점하라

『제로 투 원』은 성공한 창업자 피터 틸이 새로운 것을 창조하는 회사를 만들고, 미래의 흐름을 읽어 성공하는 법에 대해 말하는 책이다. 0에서 1이 되는 것은 '새로운 것을 창조하는 것'을 말한다. 뭔가 새로운 것을 만들면 세상은 0에서 1이 되며, 새로운 것을 창조하는 회사를 만들어야 성공할 수 있다. 성공한 기업과 사람들은 아무도 생각하지 못한 곳에서 새로운 가치를 찾아낸다. 기존의 모범 사례를 따라 하고 점진적으로 발전해봤자 세상은 1에서 n으로 익숙한 것이 하나 더 늘어날 뿐이다.

그는 경쟁의 함정에 빠지지 말고, 독점기업이 되어야 한다고 주장한다. 그리고 명쾌한 논리와 다양한 사례를 들어 지금까지 당연한 통념으로 여겨졌던 '독점은 시장경제에 해롭다'는 주장을 정면으로 반박한다. 그동안 우리가 경쟁 때문에 발전한다고 생각했던 것은 경제학자들과 교육 시스템을 통해 주입된 이데올로기일 뿐이라는 것이다. 오늘날은 독점기업이 되어 남들이 할 수 없는 것을 해내는 만큼, 딱 그만큼만 성공할 수 있기 때문에 더 이상 독점은 예외적인 현상이 아니며, 성공하는 기업의 특징이라고 그는 말한다.

이 책 『제로 투 원』은 그동안 제대로 알지 못했던 독점기업의 본질을 확실하게 보여주면서, 어떻게 독점기업을 만들어 '0에서 1로' 새로운 것을 창조하는 기업을 만들 수 있을지 방법을 알려준다. 그리고 피터 틸이 말하는 '창조적 독점'은 앞으로 우리가 창업하고 경영하는 모든 방식을 근본부터 바꾸어놓을 것이다.

경쟁에서 벗어난다면 독점기업이 될 수 있겠지만, 독점기업도 미래까지 살아남았을 때만 위대한 기업이 될 수 있다. 독점기업은 독자기술, 네트워크 효과, 규모의 경제, 브랜드 전략이라는 4가지 공통된 특징을 가지고 있다.

스타트업, 어떻게 독점기업이 될 것인가?

—작게 시작해서 독점화한 후 몸집을 키우라

—시장을 파괴하지 마라

—라스트 무버last mover가 돼라

—숨겨진 비밀을 찾아 나서라

스타트업과 창업자라면 반드시 답해봐야 할 7가지 질문

1. 기술: 점진적 개선이 아닌 획기적 기술을 만들어낼 수 있는가?

2. 시기: 이 사업을 시작하기에 지금이 적기인가?

3. 독점: 작은 시장에서 큰 점유율을 가지고 시작하는가?

4. 사람: 제대로 된 팀을 갖고 있는가?

5. 유통: 제품을 단지 만들기만 하는 것이 아니라 전할 방법을 갖고 있는가?

6. 존속성: 시장에서의 현재 위치를 향후 10년, 20년간 방어할 수 있는가?

7. 숨겨진 비밀: 다른 사람들은 보지 못하는 독특한 기회를 포착했는가?

이 소개 글에서 핵심이 무엇이라고 생각하셨는지. 나는 다음 문장이 핵심을 가리킨다고 본다.

어떻게 독점기업을 만들어 '0에서 1로' 새로운 것을 창조하는 기업을 만들 수 있을지 방법을 알려준다.

피터 틸이 이 책을 쓴 이유는 이 인용 문장에서처럼 '어떻게'를 들려주기 위해서다. 창업 전 단계에서, 그리고 창업한 뒤 자리를 잡기까지 '어떻게 하면' '제로'였던 시장에서 '1'에 가까운 존재가 될 수 있는지, 자신의 경험과 사고를 이 책에 담았다.

소개 자료는 '스타트업, 어떻게 독점기업이 될 것인가?' 제목 아래 '작게 시작해서 독점화한 후 몸집을 키우라', '시장을 파괴하지 마라', '라스트 무버가 되라', '숨겨진 비밀을 찾아 나서라'라는 방법을 전한다.

이 가운데 저자가 가장 강조한 물음이고 창업에 가장 도움이 될 화두는 '숨겨진 비밀'이라고 나는 생각한다. '숨겨진 비밀'을 찾는 일이 가장 어렵다. '작게 시작해서 독점화한 후 몸집을 키우라', '시장을 파괴하지 마라', '라스트 무버가 되라'는 비밀처럼 가려져 있던 사업 아이템을 찾아낸 다음 비즈니스를 벌이는 단계에서 참고할 가르침이다.

틸은 경제학자들이 퍼뜨린 통념과 달리 기업가는 치열한 경쟁에 뛰어들기보다 창조적인 독점을 추구해야 한다며 경쟁과 독점을 비교했다. 자료는 이 부분을 앞세우고 큰 비중을 할애했다. 글 중간에 '독점기업이 지닌 특징 4가지'로 독자기술, 네트워크 효과, 규모의 경제, 브랜드 전략도 전했다. 경쟁과 독점을 비교한 부분은 이 책에서 '보론'에 해당한다고 나는 생각한다.

그래서 나는 틸의 메시지를 네 꼭지로 나눠 전했다. 그중 '제로'에서 '원'에 해당하는 앞 두 꼭지를 먼저 옮긴다.

[예시문]

[피터 틸 창조경영론]① 사람들이 모르는 비밀을 캐라

"물론 새로운 것을 만드는 것보다는 기존의 모형을 모방하는 게 더 쉽다. 하지만 어떻게 하면 되는지 사람들이 이미 아는 일을 다시 해봤자 세상은 1에서 n이 될 뿐이다."

피터 틸은 책 『제로 투 원』에서 이같이 말하며 사람들이 이미 벌인 일을 다시 하는 당신은 n 가운데 하나일 뿐이라며 만류한다. 그런 시장은 경쟁이 치열하기 마련이어서 n이 각자 손에 쥐는 몫은 얼마 되지 않는다. 투자한 돈을 잃는 참가자도 속출한다.

틸은 페이팔같이 "뭔가 새로운 것을 창조하면 세상은 0에서 1이 된다"고 강조한다. 무(제로)에서 유(원)가 창조되는 것이다. 그런 분야에서는 경쟁자가 들어오지 못한다. 퍼스트 무버인 기업이 라스트 무버가 된다. 독점 기업이 된다는 얘기다.

그는 기존 분야에서도 새로운 것을 제공하는 일이 가능하다며 구글을 예로 든다. 구글의 검색 알고리즘은 어느 검색 알고리즘보다 훌륭한 결과를 내놓는다면서 기존 회사보다 기술력이 이를테면 '10배' 뛰어나다면 새로운 독점적 우위를 확보할 수 있다고 설명한다.

새로운 영역을 어떻게 창조할 것인가? 틸은 비법은 없다고 인정한다. 그는 "새로운 것을 제공하는 회사를 만드는 방법은 아무리 알려주고 싶어도 알려줄 수 없다"며 "그런 방법에 대한 공식은 존재할 수 없기 때문"이라고 말한다. 그런 공식이 있었다면 혁신은 일상적으로 이뤄질 것이고 그렇게 되면 혁신이라는 개념 자체가 존재하지 않았을 것이다.

틸은 다만 "내가 발견한 가장 강력한 패턴은 성공한 사람들은 (남들이) 예기치 못한 곳에서 가치를 찾아낸다는 사실"이라는 실마리를 제시한다. 남들이 미처 생각하지 못한 가치를 찾아내기 위해 그가 늘 품고 다니는 화두가 '세상에서 아직 발견되지 않은 비밀이 무엇인가?', '남들이 아직 동의하지 않지만 정말 중요한 진실(가능한 변화)은 무엇인가?'다. 다른 말로 하면 '정말 가치 있는 기업인데 남들이 아직 세우지 않은 회사는 무엇인가?'가 된다.

그 비밀, 혹은 진실을 먼저 알게 되면 기업을 차릴 수 있다. 틸은 "너무나 간단해 보이는 것을 다시 생각할 수 있는 통찰력만으로도 중요하고 가치 있는 기업을 세울 수 있다"고 말한다. 나아가 "모든 위대한 기업들은 숨겨진 비밀을 토대로 만들어진다"고 주장한다.

그는 공유경제 아이디어를 바탕으로 한 에어비앤비와 우버를 예로 들며 세상에는 새로 세울 수 있는 훌륭한 회사들이 많이 있다고 말한다. 그는 앞으로 창업하거나 투자할 분야로 영양학에 눈길을 둔다.

틸은 영양학은 "숨겨진 비밀을 많이 발견할 수 있는, 정확히 바로 그런 종류의 분야"라고 말한다. "이 분야는 중요하지만 아직 표준화되거나 제도화되지 않았다. 하버드대학에서는 영양학을 전공과목으로 다루지 않고 중요한 연구는 모두 30~40년 전에 나온 것들이며 게다가 오류투성이다." 틸은 최근 블룸버그TV 인터뷰에서 장수하기 위한 특별한 섭생을 스스로 실험중이라고 밝히며 이 분야를 더 파고들고 있음을 드러냈다. 그는 "120세까지 무병장수하기 위해 매일 인체성장호르몬HGH을 알약으로 섭취한다"고 말했다. 그는 "(HGH가) 근육량 유지에 도움을 줘 뼈 손상이나 관절염을 줄이는 데 효과적"이라며 "암 발생 위험에 대한 걱정이 있지만 암은 10년 내 치료약이 나올 것으로 기대한다"고 대답했다.

틸은 암 치료를 위한 줄기세포를 연구하는 스템 센트릭스Stem CenRx와 인공육 생산 기술을 개발한 모던 메도Modern Meadow에 투자했다.

[지은이, 「[피터 틸 창조경영론]① 사람들이 모르는 비밀을 캐라」, 아시아경제, 2014. 12. 19.]

[예시문]

[피터 틸 창조경영론]② 사람-컴퓨터 '협업'을 창업

피터 틸은 '컴퓨터가 인간을 속속 대체할 것'이라는 통념에 동의하지 않는다.

먼저 그런 생각을 살펴보자. 틸은 벤처투자가 마크 앤드리슨이 한 "소프트웨어가 세상을 잡아먹고 있다"는 말을 예로 든다. 다른 벤처투자가 앤디 캐슬러는 생산성을 높이는 최선의 방법은 "사람을 치우는 것"이라고 주장했다고 전한다.

이 전망을 좀 더 풀어낸 얘기를 들어보자. 다음 글은 기계가 노동력을 몰아낸 것처럼 컴퓨터가 두뇌 노동자의 일자리를 차지하리라고 예상한다. 따라서 컴퓨터와 겨뤄 이길 수 있도록 가르쳐야 한다고 주장한다.

"반도체 집적회로 성능이 18개월마다 2배로 증가한다는 무어의 법칙Moore's law, 인간 뇌 기능을 모방한 인공지능 기술들, 그리고 스마트 기기와 소셜네트워크를 통해 쌓인 빅 데이터Big Data. 2014년 인류는 이미 또 한 번의 산업혁명을 경험하고 있다.

팔다리 '힘'만을 대체할 수 있는 기계를 탄생시킨 '제1차 기계 혁명'과는 달리 미래 기계들은 정보를 이해하고 처리하는 인간의 '생각' 능력 역시 대체할 것이다. 그리고 기계는 인간과 비교할 수도 없을 만큼 더 빠르게, 더 많이, 그리고 더 저렴하게 정보를 처리하고 이해하게 될 것이다. 영국 옥스퍼드대학 프레이Carl Frey와 오즈번Michael Osborne 박사는 그렇기에 '생각의 기계화'가 현실화되는 순간 현재 존재하는 직업의 절반 이상이 사라질 수 있다고 예측한 바 있다.

국어, 영어, 수학. 대한민국 교육의 여전한 현실이다. 하지만 인간이 아무리 빨리 읽고, 쓰고, 계산한다 해도, 기계보다 더 빨리, 더 많이, 더 저렴하게 일할 수는 없다. 오늘날 초등학생들이 성인이 될 무렵 그들의 최고 경쟁자는 더 이상 명문대 졸업생도, 유학생도 아닌, 생각할 수 있는 기계일 거라는 말이다.

그렇다면 우리가 지금 해야 할 일은 바로 이거다. 우리는 아이들에게 미래 기계와 경쟁에서 이길 수 있는, 인간 고유의 능력을 오늘 가르쳐줘야 한다."

틸은 이 통념에 동의하지 않는다. 그는 컴퓨터는 인간의 보완물이지 대체물은 아니라고 주장한다. 사람은 계획을 세우고 결정을 내리지만 컴퓨터는 이 일을 못하고 대신 방대한 데이터를 효율적으로 처리한다고 설명한다. 그는 '컴퓨터는 도구일 뿐 경쟁자가 아니다'라고 단언한다.

틸은 컴퓨터와 인간의 역할이 다르다는 분석에 머물지 않고 생각을 한 걸음 더 내딛는다. 그는 컴퓨터와 인간의 상호 보완 관계를 현실에 적용하기로 한다. 그는 방대하고 다양한 정보로부터 컴퓨터가 유의미한 것으로 추정되는 자료를 걸러내면 이를 해당 분야 전문가가 분석해 적용 가능한 결론을 뽑아내는 컴퓨터-인간 협업 소프트웨어 회사를 차렸다. 남이 착안하지 못한 아이디어였다.

그 회사가 2004년 출범한 팰런티어다. 팰런티어는 인간의 지능만으로 하지 못하던 방대한 데이터를 검토했고 컴퓨터만으로는 파악하지 못했던 단서를 끄집어냈다. 팰런티어는 컴퓨터 소프트웨어가 미국 정부가 주는 데이터를 분석해 수상한 행위를 골라내면 이를 훈련된 애널리스트들이 검토하는 두 단계로 정보를 분석한다.

틸은 팰런티어가 아프가니스탄에서 반군이 사제폭탄을 어디에 심는지 예측했고 내부 거래를 한 고위직을 기소했고 세계 최대의 아동 포르노 단체를 붙잡았다고 예를 든다. 또 질병통제예방센터가 식중독에 맞서 싸우는 것을 도왔고 고도의 금융사기를 탐지해 시중은행과 정부가 매년 수억 달러를 절약하게 해줬다고 자랑한다. 팰런티어는 올해 매출 10억 달러를 올릴 것으로 예상된다.

인간과 컴퓨터가 보완적이고 이 관계를 잘 활용하면 전보다 훨씬 큰 성과를 낼 수 있음을 그는 팰런티어로 입증한 것이다.

여기서 우리는 그가 왜 '남들이 아직 동의하지 않지만 정말 중요한 진실(가능한 변화)은 무엇인가'를 골똘히 생각하는지 알 수 있다. 그런 진실 중에는 먼저 현실에 적용할 경우 세상을 이롭게 하면서 자신도 돈을 벌 수 있는 종류가 있다.

[지은이, 「[피터 틸 창조경영론]② 사람-컴퓨터 '협업'을 창업」, 아시아경제, 2014. 12. 30.]

첫 글에서 독점적 우위의 이점을 전혀 다루지 않은 점이 아쉽다. '경제학에서는 경쟁을 바람직한 상태로 여기지만 기업으로서는 독점이 낫고 기업은 창조적인 독점을 추구해야 한다'라는 내용을 다음 문단 위에 배치했으면 좋았겠다.

틸은 페이팔같이 "뭔가 새로운 것을 창조하면 세상은 0에서 1이 된다"고 강조한다. 무(제로)에서 유(원)가 창조되는 것이다. 그런 분야에서는 경쟁자가 들어오지 못한다. 퍼스트 무버인 기업이 라스트 무버가 된다. 독점 기업이 된다는 얘기다.

두 글을 합치는 편이 더 나았겠다는 생각도 든다. 이미 성공한 '제로 투 원' 사례를 먼저 붙이고 아직 검증되지 않은 '영양학'을 뒤에 배치하는 것이다. 그리고 둘째 글에서 '기존 통념'을 인용한 부분을 대폭 줄일 수 있다. 첫 글에서 소개한 구글 사례의 위치도 다시 생각해보자. 두 편을 합해서 하나로 작성해보자. 나는 다음과 같이 배치했다.

[수정문]
[피터 틸 창조경영론] 시작은 '숨겨진 비밀'을 찾는 일
"물론 새로운 것을 만드는 것보다는 기존의 모형을 모방하는 게 더 쉽다. 하지만 어떻게 하면 되는지 사람들이 이미 아는 일을 다시 해봤자 세상은 1에서 n이 될 뿐이다."
피터 틸은 책 『제로 투 원』에서 이같이 말하며 사람들이 이미 벌인 일을 다시 하는 당신은 n 가운데 하나일 뿐이라며 만류한다. 그런 시장은 경쟁이 치열하기 마련이어서 n이 각자 손에 쥐는 몫은 얼마 되지 않는다. 투자한 돈을 잃는 참가자도 속출한다.
틸은 페이팔같이 "뭔가 새로운 것을 창조하면 세상은 0에서 1이 된다"고 강조한다. 무(제로)에서 유(원)가 창조되는 것이다. 그런 분야에서는 경쟁자가 들어오지 못한다. 퍼스트 무버인 기업이 라스트 무버가 된다. 독점기업이 된다는 얘기다.

경제학에서는 경쟁을 바람직한 상태로 여기지만 기업으로서는 독점이 낫다. 기업가는 경쟁이 치열한 영역에 추가로 뛰어들면 안 된다. 그렇게 하면 n 가운데 1이 될 뿐이다. 기업가는 '제로' 상태에 들어가 '원'을 창조하면 독점자로서 상당 기간 큰 이익을 낼 수 있다.

새로운 영역을 어떻게 창조할 것인가? 틸은 비법은 없다고 인정한다. 그는 "새로운 것을 제공하는 회사를 만드는 방법은 아무리 알려주고 싶어도 알려줄 수 없다"며 "그런 방법에 대한 공식은 존재할 수 없기 때문"이라고 말한다. 그런 공식이 있었다면 혁신은 일상적으로 이뤄질 것이고 그렇게 되면 혁신이라는 개념 자체가 존재하지 않았을 것이다.

틸은 다만 "내가 발견한 가장 강력한 패턴은 성공한 사람들은 (남들이) 예기치 못한 곳에서 가치를 찾아낸다는 사실"이라는 실마리를 제시한다. 남들이 미처 생각하지 못한 가치를 찾아내기 위해 그가 늘 품고 다니는 화두가 '세상에서 아직 발견되지 않은 비밀이 무엇인가?', '남들이 아직 동의하지 않지만 정말 중요한 진실(가능한 변화)은 무엇인가?'다. 다른 말로 하면 '정말 가치 있는 기업인데 남들이 아직 세우지 않은 회사는 무엇인가?'가 된다.

그런 비밀, 혹은 진실 중에는 먼저 현실에 적용할 경우 세상을 이롭게 하면서 자신도 돈을 벌 수 있는 종류가 있다. 틸은 "너무나 간단해 보이는 것을 다시 생각할 수 있는 통찰력만으로도 중요하고 가치 있는 기업을 세울 수 있다"고 말한다. 나아가 "모든 위대한 기업들은 숨겨진 비밀을 토대로 만들어진다"고 주장한다.

그는 공유경제 아이디어를 바탕으로 한 에어비앤비와 우버를 예로 들며 세상에는 새로 세울 수 있는 훌륭한 회사들이 많이 있다고 말한다.

그는 기존 분야에서도 새로운 것을 제공하는 일이 가능하다며 구글을 예로 든다. 구글의 검색 알고리즘은 어느 검색 알고리즘보다 훌륭한 결과를 내놓는다면서 기존 회사보다 기술력이 이를테면 '10배' 뛰어나다면 새로운 독점적 우위를 확보할 수 있다고 설명한다.

틸이 '컴퓨터가 인간을 속속 대체할 것'이라는 통념에 동의하지 않아 창업한 회사가 팰런티어다. 그는 컴퓨터는 인간의 보완물이지 대체물은 아니라고 생각했다. 그는 사람은 계획을 세우고 결정을 내리지만 컴퓨터는 이 일을 못하고 대신 방대한 데이터를 효율적으로 처리한다고 봤다.

그가 이 관계를 비즈니스에 적용해 2004년 차린 팰런티어는 컴퓨터-인간 협업 정보분석 회사다. 팰런티어에서 컴퓨터가 방대하고 다양한 정보로부터 유의미한 것으로 추정되는 자료를 걸러내면 이를 해당 분야 전문가가 분석해 결론을 뽑아낸다.

팰런티어는 인간만으로는 하지 못하던 방대한 데이터를 검토했고 컴퓨터만으로는 파악하지 못했던 단서를 끄집어냈다. 팰런티어는 컴퓨터 소프트웨어가 미국 정부가 주는 데이터를 분석해 수상한 행위를 골라내면 이를 훈련된 애널리스트들이 검토하는 두 단계로 정보를 분석한다.

틸은 팰런티어가 아프가니스탄에서 반군이 사제폭탄을 어디에 심는지 예측했고 내부 거래를 한 고위직을 기소했고 세계 최대의 아동 포르노 단체를 붙잡았다고 예를 들었다. 또 질병통제예방센터가 식중독에 맞서 싸우는 것을 도왔고 고도의 금융사기를 탐지해 시중은행과 정부가 매년 수억 달러를 절약하게 해줬다고 자랑했다. 팰런티어는 올해 매출 10억 달러를 올릴 것으로 예상된다.

남들이 아직 발견하지 못한 '비밀'로 무엇이 있을까. 틸은 영양학에 눈길을 둔다. 그는 영양학은 "숨겨진 비밀을 많이 발견할 수 있는, 정확히 바로 그런 종류의 분야"라고 말했다. 그는 "이 분야는 중요하지만 아직 표준화되거나 제도화되지 않았다"며 "하버드대학에서는 영양학을 전공과

목으로 다루지 않고 중요한 연구는 모두 30~40년 전에 나온 것들이며 게다가 오류투성이"라고 주장했다.

틸은 또 최근 블룸버그TV 인터뷰에서 "120세까지 무병장수하기 위해 매일 인체성장호르몬HGH을 알약으로 섭취한다"고 말했다. 그는 "(HGH가) 근육량 유지에 도움을 줘 뼈 손상이나 관절염을 줄이는 데 효과적"이라며 "암 발생 위험에 대한 걱정이 있지만 암은 10년 내 치료약이 나올 것으로 기대한다"고 대답했다.

틸은 조만간 장수하는 영양식을 제공하는 회사를 차리거나 그런 회사에 투자할지 모른다.

'경쟁은 피할수록 좋다'라는 주장은 창업 단계에서 유념할 말이다. 그러나 창업한 뒤에 경쟁을 하게 될 때에도 경쟁자를 이기는 것보다 바람직한 선택이 있다고 틸은 강조한다. 이 부분을 뽑아내 이를 뒷받침하는 사례와 논리, 그리고 이와 상충하는 경제학 경쟁이론에 대한 틸의 비판을 다음과 같이 정리했다. 이 셋째 글은 한두 문단으로 축약해 첫째와 둘째 글을 합친 앞의 글 뒤에 붙여도 되겠다.

[예시문]

[피터 틸 창조경영론]③ '상처뿐인 승리'라면 경쟁을 피하라

피터 틸은 경쟁자 없이 시장을 독점할 수 있는 비즈니스를 창출하라고 말한다. 예상과 달리 경쟁업체가 뛰어들었다면 어떻게 대응해야 하나?

틸은 그 회사를 쓰러뜨리는 것만이 능사가 아니라고 조언한다. 경쟁자를 이기는 게 어렵다면 합병하는 편이 나을 수도 있다고 대안을 제시한다.

그는 『제로 투 원』에서 페이팔을 추격해온 엑스닷컴을 무찔러 없앤다는 목표를 추구하다 전략을 수정한 사례를 든다. 두 회사는 팰로앨토의 유니버시티가에 네 블록 떨어진 곳에 자리 잡고 있었다. 엑스닷컴의 전자

결제시스템은 세부 사항까지 페이팔과 똑같았다.

2000년 2월이 되자 두 회사는 모두 상대방보다 닷컴 버블 붕괴를 두려워하게 됐다. 틸은 "금융시장이 타격을 받는다면 우리는 이 싸움을 끝내기 전에 둘 다 망할 것이 분명하다"고 판단했다. 두 회사 경영진은 두 사무실로부터 정확히 같은 거리에 있는 카페에서 만나 50 대 50 합병에 합의했다. 그는 "하나의 팀의로 합쳐진 우리는 닷컴 붕괴 사태를 이겨냈고 회사를 성공적으로 키워낼 수 있었다"고 들려준다.

틸은 구체적인 사례에서 일반적인 이론으로 시야를 넓힌다. 자신이 헤쳐 나온 경험과 함께 소모적인 대결 사례를 든 뒤 경쟁을 다루는 경영자들의 고정관념과 경제 이론을 비판한다.

그는 "경영자들은 언제나 비즈니스를 전쟁에 비유한다"며 "경영전문대학원 학생들은 클라우제비츠의 『전쟁론』과 『손자병법』을 들고 다닌다"고 말한다. 이에 대해 그는 "사람들은 경쟁이 필요하다고 주장하면서 용맹한 일인 양 취급하지만, 경쟁은 실제로는 파괴적"이라고 주장한다.

틸은 나아가 경쟁 자체를 바람직하게 여기는 경제이론을 공격한다. 경제학이 완전경쟁을 이상적이고 기본적인 상태로 간주하고 독점은 소비자의 편익을 줄이는 해악으로 여긴다며 모든 독점을 똑같이 취급하면 안 된다고 주장한다.

그는 해당 분야에서 너무 뛰어나기 때문에 다른 회사들은 감히 그 비슷한 제품조차 내놓지 못하는 독점기업은 장려해야 한다고 말한다. 그런 독점기업은 세상에 완전히 새로운 종류의 풍요로움을 소개함으로써 고객에게 더 많은 선택권을 제공하며 더 나은 사회를 만들어나가는 강력한 원동력이라고 예찬한다.

경제학자들은 왜 그토록 경쟁에 집착하고 경쟁을 이상적인 상태라고 말하는 것일까. 틸은 "이는 전적으로 역사의 유물"이라고 단언한다. 경제학의 완전경쟁 모델은 19세기 물리학이 예측한 장기적 균형 상태에 적용된 수학을 모방한 것이라고 주장한다. 틸은 "경제 이론들이 완전경쟁의 균형 상태를 자꾸 설명하는 것은 완전경쟁이 최선의 사업 형태라서가 아니라 모형으로 만들기 쉬운 형태이기 때문"이라고 설명한다.

이어 당시 물리학이 예측한 장기적 균형 상태는 "우주의 열역학적 죽음이라고도 알려진, 모든 에너지가 균등하게 분배되고 모든 것이 멈춰 선 상태임을 기억할 필요가 있다"고 말한다. 그런 상태는 정체이자 죽음인데 실제 비즈니스 세계에서는 그 균형을 깨는 창조가 계속 이뤄진다고 대조한다.

[지은이, 「[피터 틸 창조경영론]③ '상처뿐인 승리'라면 경쟁을 피하라」, 아시아경제, 2014. 12. 31.]

서평이 아니라 단평을 쓴다면 이런 것도 가능하겠다. 이 챕터의 주제와 거리가 있는 글인데 기분전환 거리로 싣는다.

[예시문]

배운 대로 일하지 말자

그는 자신은 대학을 다니고 로스쿨까지 마쳤으면서 학생들에겐 학업을 접으라고 권한다. 재단을 설립해 학생들에게 창업자금을 지원하는데 고교나 대학을 자퇴해야 한다는 조건을 붙인다. 창업자금으로 2년 동안 연간 10만 달러씩 준다. 2011년부터 올해까지 모두 83명을 선발했다.

피터 틸 얘기다. 그는 스탠퍼드대학과 같은 대학 로스쿨을 졸업했다. 전자결제시스템 회사 페이팔을 공동 창업했고 페이스북에 투자했으며 현재 벤처캐피털 회사를 운영한다.

틸은 왜 학교 공부에 반대하나. 그는 대학 시스템이 망가진 데다 학생들에게 잘못된 목표를 제시한다고 주장했다. 틸 재단 홈페이지thielfellowship. org 첫 화면에는 "나는 학교가 내 교육을 훼방하는 것을 결코 허용하지 않았다"는 마크 트웨인의 말을 올려놓았다.

틸은 지난해 낸 책 『제로 투 원』에서 "제도권 교육은 획일화된 일반적인 지식을 퍼 나르기에 바쁘다"며 "모범적인 대학생들은 미래의 위험을 회피하는 데 집착하는 나머지 별로 중요하지 않은, 듣도 보도 못한 각종 능력을 수집하듯 익힌다"고 비판한다.

학교 교육 말고 그는 무엇을 중시하나. 그는 "한눈팔지 않고 오로지 '잘하는 것'에 집중해야 한다"고 말한다. "다만 그전에 반드시 그 일이 미래에 가치 있는 일이 될 것인지를 먼저 치열하게 고민해야 한다"고 조언한다.

대학에서는 한 분야의 지식을 집중적으로 습득하지 않나. 그는 널리 수용된 지식을 배우는 정규 과정은 새 창업 아이템을 찾는 데 방해가 된다고 본다. 그는 페이스북 같은 세상에 없던 새로운 것을 찾아내려면 기존 지식체계에 얽매이지 않고 다른 시각에서 바라봐야 한다고 여긴다.

그가 늘 품고 다니는 화두가 '남들이 아직 동의하지 않지만 정말 중요한 진실(가능한 변화)은 무엇인가'다. 다른 말로 하면 '정말 가치 있는 기업인데 남들이 아직 세우지 않은 회사는 무엇인가'가 된다. 그가 정규 교육을 탐탁지 않게 보는 것은 이처럼 전에 없던 회사를 창업하는 목표를 추구하기 때문이다.

기존 지식을 뚫는 시각은 창업가에게게만 요구되는 게 아니다. 누구에게나 필요하다. 업무 매뉴얼에 따라 관행으로 내려온 대로 일하면 발전이 없다. 혁신은 아무리 작은 것일지라도 기존에 자리 잡은 방식에 맞춰가는 대신 다른 접근을 모색하는 데서 시작한다. 지금까지 배운 것을 한 번쯤 뒤집어 생각해보자.

[지은이, 「[초동여담] 배운 대로 일하지 말자」, 아시아경제, 2014. 12. 30.]

5. 일단 선택했다면 가지는 과감하게 쳐내자

책 『숲에서 자본주의를 껴안다』를 출판사에서 소개한 자료를 읽어보자. 원 자료에서 책을 칭찬한 부분과 일본 독서시장에서의 반응은 생략했다. 우리나라에서도 숲을 경제적으로 활용하는 움직임이 있다고 소개한 부분도 들어냈다. 또 도시 양봉, 텃밭 얘기도 제외했다.

숲을 활용하는 것이 자본주의 생존방식에 대한 훌륭한 보완이라는 의미 부여는 상당 부분 그대로 뒀다. 이 책의 중심 메시지가 그것이고, 출판사에서도 자료에서 이 점을 가장 강조했기 때문이다.

[인용문]

잠자고 있던 자원을 활용하고 지역을 풍요롭게 만드는

친환경 산촌자본주의

이 책은 현재의 자본주의의 한계로 인해 발생하는 여러 가지 문제점들, 예를 들어 지역경제 불균형, 취업난, 저출산, 에너지 자원 문제 등에 대해 새로운 대안을 제시하는 '산촌자본주의'에 대해 소개했다.

2012년 2월부터 일본 NHK에서 〈이산자본주의里山資本主義〉라는 이름의 TV프로그램으로 방송되었다. 여기서 '里山'는 '마을 숲, 마을 산' 등을 의미한다. (국내에는 '산촌자본주의'라는 용어로 번역됐다.) 그때 방송에 함께했던 모타니 고스케(일본 총합연구소 주석연구원, 지역 경제학자)와 NHK히로시마 취재팀이 바로 이 책의 저자이다. 모타니 고스케와 NHK 취재팀은 일본의 여러 지역을 함께 취재하고 그것을 프로그램으로 제작하면서 새로운 자본주의인 '산촌자본주의'를 널리 알리고자 노력했다.

'돈'이 중심이 아니라 '인간'이 중심이 되는 삶

머니자본주의의 서브시스템이자 백업시스템, 산촌자본주의

우리 인간에게 실제로 중요한 것은 돈일까, 물·식량·연료 등의 생활필

수품일까? 저자는 이러한 질문을 던진다. 현재의 자본주의는 모든 것이 '돈'이 중심이 되어 있다. 하지만 이러한 자본주의는 많은 병폐를 안고 있다. 산촌자본주의는 '돈'이 최우선이 아니라는 발상에서 출발하는 새로운 대안 자본주의이다.

자신이 살고 있는 지역의 산에서 스스로 연료를 조달하고, 안정되고 여유로운 생활을 하는 삶을 통해 지역의 경제 자립이 이루어진다. '돈'이 모든 것을 결정하는 서구의 '머니자본주의'의 경제시스템이 아닌 돈에 의존하지 않는 서브시스템, 에너지 자원과 식량 등을 조달할 수 있고 비상시에 백업시스템으로 작용할 수 있는 것이 산촌자본주의의 핵심이다. 돈을 많이 벌어 노후를 대비하는 방식이 아니라 돈의 지출을 줄이고 지역 내의 돈의 순환을 활성화시키는 새로운 대안이 된다.

그렇다면 이 산촌자본주의는 얼마나 현실적이고 가능한 이야기일까? 책에서는 실제로 일본 오카야마현 마니와시岡山縣眞庭市에서 산촌생활을 하고 있는 사례가 다양하게 소개되며, 등장인물들은 모두 만족한다고 답한다. 산에서 쉽게 구할 수 있는 목재를 연료로 사용하는 친환경 스토브. 이것으로 취사와 난방까지 가능하여 석유나 가스 등의 에너지를 수입하는 일이 적어졌다. 에너지를 절약하며 광열비 등의 지출도 줄어든다. 지역 주민들과 유대를 강화하며 서로 텃밭에서 기른 채소를 나누며 '정情'을 나눈다. 치열한 경쟁이 아닌 화합과 공존의 생활을 누릴 수 있다.

목재폐기물을 자원으로 사용하는 친환경 스토브
"국토의 70%가 되는 산지를 이용해먹자!"

지금은 에너지 자원이 별로 없기 때문에 우리는 이 지구의 자연이 주는 것으로 생활할 수밖에 없다. 바로 이 사고의 전환이 진정한 혁명이다. 그리고 그런 혁명에 목재산업은 안성맞춤이라고 저자는 말한다. 산림은 관리하면서 기른다면 무제한으로 얻을 수 있는 자원이기 때문이다.

몇천 톤이나 되는 목재는 이용되지 않고 폐기물로 숲 속에서 사라져가는데, 에너지를 수입하기 위해서는 어마어마한 금액을 지불한다. 지역의 숲을 활용하는 제재업의 활성화는 에너지 위기 시대의 해법을 제시한다. 나뭇조각이나 톱밥 등의 목재폐기물을 압축해서 펠릿pellet이라는 연료를 만들어 난방과 취사를 하면 에너지 수입 없이도 안정적으로 생활을 할 수 있다. 펠릿을 이용한 친환경 스토브는 간편하게 만들 수 있고, 이것으로 밥을 지으면 전기밥솥에 짓는 것보다 조금 불편할 수는 있어도 밥맛이 아주 좋다고 한다. 목재를 사용하는 바이오매스biomass 산업은 이미 일본과 오스트리아에서 실행되고 있다. 난방 등의 자급자족뿐 아니라 남는 에너지(열병합발전시스템으로 만든 전기 등)는 오히려 국가에 되팔기도 한다. 목재폐기물로 건축재를 만들기도 한다. 실제로 오스트리아, 런던, 이탈리아, 그리고 일본에서는 CLT, 크로스 라미네이티드 팀버Cross Laminated Timber라는 집성재를 이용해 목조고층건축을 만들고 있고 이를 이용한 건축을 활성화시키고 있다.

목재폐기물을 이용한 새로운 에너지 자원인 펠릿 외에도 산촌자본주의를 통한 지역의 새로운 활용방법을 책에서는 다양하게 소개하고 있다. 비싼 사료를 수입하지 않고 방목한 소에서 짜는 우유는 그 맛이 매일매일 변한다. 그것이 오히려 브랜드가 되어 선풍적 인기를 끌고 있다. 정형화된 맛이 아니라 자연의 맛을 그대로 느낄 수 있기 때문이다. 또한 대기업 전력회사를 그만두고 시골의 섬에서 잼 가게를 개업한 젊은이는 그 지역의 감귤 등을 원료로 하여 지역경제를 활성화시켰다. 그 가게는 많은 손님들이 방문하는 이른바 '맛집'으로 주말에는 줄을 서서 잼을 구매해야 할 정도라고 한다.

그뿐만이 아니다. 지역의 향토음식(멧돼지전골요리, 향버섯요리 등)을 지역축제에 활용하고, 복지시설은 지역 외부에서 식재료를 구매하지 않고 지역에 사는 노인들이 텃밭에서 가꾼 단호박, 양파, 감자 등을 재료로 구매하며, 경작포기농지에 물을 끌어와 거기서 물고기를 양식해 지역의 식재료로 활용하는 등 산촌자본주의를 사용하고 있는 예는 아주 다양하다.

'마초적'인 글로벌 경제시스템과 '머니자본주의'
그 100년 상식을 깨부수다!

19세기 이후, 석유와 석탄과 같은 무제한이라고 믿어오던 에너지 자원은 산업혁명의 원동력이었다. 20세기를 살면서 우리는 시멘트와 철강을 생산하기 위해서 많은 에너지를 소비했다. 이러한 20세기의 100년간은 경제의 중앙집권화가 철저히 진행되던 시대였다. 철과 콘크리트라는 중후하고 장대한 산업을 기반으로 발전해가기 위해서는 막대한 투자와 노동력의 집약이 필요하고, 그렇기 때문에 국가 주도로 대규모자본을 유통시키며 진행하지 않을 수 없었다. 그러나 그 목적은 국민 한 사람 한 사람을 위한 것보다도 약육강식이 계속되는 국제사회에서 국가를 보다 강하게 만드는 것에 있었다. 부국강병, 고도경제성장, 그리고 글로벌 경제의 치열한 경쟁에서 살아남는 것이 선결과제였다.

21세기가 되자 사람, 물건, 돈에 그치지 않고 IT혁명으로 정보까지도 순식간에 주고받는 시스템이 확립되어갔다. 그러나 중앙집권적인 시스템은 산촌과 어촌처럼 경쟁력이 없는 불리한 입장에 있는 사람들과 지역에서 많은 것들을 흡수함으로써 성립되는 시스템이기도 했다. 각 지역의 풍토와 문화는 고려되지 않고 지방의 인간은 그저 착취의 대상일 뿐이었다. 경제성장을 위해서는 모두가 획일적인 편이 효율적이었으며, 각 지역의 개성은 필요하지 않았다.

그러나 어느 정도 경제성장을 이룩하고 물건이 넘치는 풍요로운 시대가 되자 우리들은 많은 문제점들을 깨닫게 되었다. 장기적인 경제불황, 지역경제 불균형, 저출산현상, 취업난, 고령화 문제 등등. 이러한 총체적인 문제점은 '마초적'인 글로벌 경제시스템으로 인한 것이다. 그리고 '돈'에만 집착하는 '머니자본주의'는 급기야 인간이라는 존재까지도 돈으로 환산해버렸다. 대량생산과 대량소비를 당연하다고 인식해왔던 이러한 기존의 '상식'들을 깨는 것이 바로 산촌자본주의의 역할이다.

슬로푸드, 지산지소地産地消(지역에서 생산된 농산물은 지역에서 소비한다)운동, 슬로라이프 등 산촌자본주의는 '지역'이 경제적으로도 권리를 되찾으려 하는 이 시대의 상징이라고도 할 수 있다. 대도시와 연결되어 빼앗기기만 하는 대상이었던 '지역'과 결별하고, 지역 내에서 해결할 수 있는 것은 지역 내에서 해결하자는 운동이다. 또한 산촌자본주의는 '열린 지역주의'를 표방하고, 20세기에 만들어진 글로벌 네트워크를 그대로 이용한다. 자신들에게 필요한 지혜와 기술을 교환하며, 함께 성장해가기 위한 '유연성'의 중요함을 인식하고 있다. (하략)

다음 서평은 책의 곁가지를 줄기로 다룬 것이다. 책의 본론에 해당하는 부분은 뒤에 몇 문단으로 줄이고 비판적으로 다뤘다. 읽어보며 이 서평이 책에 담긴 정보를 왜곡했는지 생각해보자. 이 글 도입부는 '단도직입'의 원칙을 지키지 않았다. 나무가 주는 수많은 혜택을 떠올리도록 하면 그 다음에 소개하는 '임업 혁명'이 더 정서적으로 호소력을 얻으리라고 생각했다.

[예시문]

나무집 짓고 나무 때는 오스tree아

나무는 아낌없이 준다. 꽃을 피워 우리 눈을 즐겁게 하고 찾아 날아든 벌과 나비에게 꿀을 준다. 그늘 아래 쉴 터를 제공하고 열매를 맺어 들짐승과 날짐승, 인간까지 먹인다. 잎을 땅에 떨궈 토지를 비옥하게 만든다. 살아 있는 동안 몸통을 벌레와 새의 서식처로 내준다. 목재는 가재도구와 건물, 선박의 자재로 쓰인다. 잘려서는 장작으로 패여 땔감이 되기도 한다. 또는 버섯한테 제 몸을 파먹힌다.

오늘도 나무는 아낌없이 베푼다. 그러나 인간은 예전보다 나무를 덜 활용한다. 석탄과 석유, 천연가스가 널리 보급되고 이 연료와 우라늄에서 뽑아낸 전기가 산골까지 보급된 게 첫째 요인이다. 둘째 석유화학 제품과 금속, 콘크리트 소재가 목재를 대체했다.

숲이 우거진 선진국에서 반전이 일어나고 있다. 화석연료의 한계와 원자력의 위험이 대두되면서 목재가 연료 및 소재로 다시 주목받고 있다.

◆ 목재 경제 선진국 오스트리아= 목재 활용에서 가장 앞선 나라가 오스트리아다. 남한 국토의 약 83% 면적에 자리 잡은 인구 약 820만인 이 선진국은 에너지의 10%를 목재에서 조달한다고 이 책은 전한다. 오스트리아는 목재를 태워 요리와 난방에 쓰고 발전한다. 가공해 강도를 키운 목재로 철골을 대체해 건물을 짓는다.

오스트리아는 일찌감치 원자력 제로를 선언했다. 1970년대에 원자력발전소를 완공했지만 원전 반대 여론을 수용했다. 에너지원으로 러시아의 천연가스를 써왔지만, 러시아는 종종 밸브를 잠그겠다고 으름장을 놓았다. 오스트리아는 에너지 자립을 모색하면서 풍부한 삼림에 눈길을 돌렸다.

오스트리아가 목재 소재 펠릿 보일러를 활용하기 시작한 것은 약 10년 전이다. 펠릿은 톱밥 같은 작은 나뭇조각을 압축해 만든 연료를 가리킨다. 장작 스토브 제조회사 빈트하거가 펠릿 보일러를 생산한다. 2011년 현재 오스트리아에서 펠릿 보일러가 연간 1만여 대 팔린다. 빈트하거는 "판매대수를 5년 뒤인 2016년까지 연간 3만 5,000대까지 늘릴 계획"이라고 밝혔다. 이는 2001년 석유보일러 판매대수와 같은 규모다.

펠릿은 석유처럼 탱크로리로 운반돼 각 가정에 공급된다. 탱크로리는 호스를 가정집 주입구와 연결한 뒤 펠릿을 저장고로 뿜어준다. 저장고의 펠릿은 보일러로 빨려 들어간다. 집주인은 난방이나 온수 온도만 설정하면 나머지 일은 보일러가 알아서 한다. 보일러가 전자동으로 필요한 만큼 펠릿을 가져다 태운다.

오스트리아는 목재를 가공해 철근이나 콘크리트 못지않게 단단한 자재를 개발했다. 직교적층소재CLT, Cross-Laminated Timber라는 자재다. CLT는 나무를 결에 따라 가로 세로를 번갈아 겹쳐 만든다. 이렇게 하면 강도가 획기적으로 향상된다. CLT는 1990년대에 독일 회사가 고안했고 2000년 경에 오스트리아에서 만들어냈다.

이 책은 빈 교외 7층짜리 건물이 거의 전부 CLT로 지어지고 있었다고 전한다. 골조는 물론, 벽도 바닥도 천장도 목재였다. 엘리베이터 주변 일부에만 콘크리트가 쓰였다. 오스트리아는 현재 9층 건물까지 CLT로 올릴수 있다. CLT로 지은 목재건물은 지진도 잘 견딘다.

목재 경제의 기반 시설이 제재소다. 펠릿은 제재소에서 목재를 가공하고 남은 부스러기를 활용해야 채산성이 있다. 펠릿을 만들기 위해 목재를 쪼개고 부수면 원가가 올라간다.

이 나라에서 손꼽히는 제재소 마이오 멜른호프는 목재를 연간 130만㎥ 공급한다. 나무를 목재로 가공하고 부산물로 펠릿을 만들어 판매한다. 자체적으로 펠릿을 연료로 발전소를 가동해 전력도 공급한다.

오스트리아는 세계 최대 임업기계 전시회인 오스트로포머를 4년마다 개최한다. 산 하나가 통째로 전시장이 되고 세계 1,000개사가 참가한다. 다음 전시회는 2019년에 열린다. 목재가 더 활용됨에 따라 임업기계 시장도 성장할 것으로 예상된다.

◆ 20년 잃어버린 일본의 희망가= 일본에서 2013년 5월에 나온 이 책은 일본총합연구소 조사부 주석主席연구원인 모타니 고스케藻谷浩介와 NHK 히로시마 취재팀이 함께 썼다. 원제는 '이산자본주의里山資本主義'다. '이산' 은 '마을 숲', '마을 산'을 뜻한다. 국내에는 '산촌자본주의'로 번역됐다. 이 책에 실린 내용은 앞서 2011년 취재를 거쳐 2012년 NHK 다큐멘터리 로 방송됐다.

책은 주로 일본 산촌의 목재 경제를 상세히 소개했다. 그러나 일본의 에너지 가운데 목재가 차지하는 비중이 0.3%로 오스트리아의 100분의 3에 불과하다는 통계를 고려할 때 일본의 사례는 꼼꼼히 읽지 않아도 된다.

세계경제를 강타한 비우량 주택담보채권 사태의 원인과 전개, 대응, 그리고 산촌자본주의를 기존 자본주의의 대안으로 제안하는 대목도 사실과 이치에 부합하지 않는다.

저자들은 목재 경제에 지나치게 의미를 부여했다. 이들은 산촌자본주의가 보급되면 에너지·식량 자급률이 대폭 높아지고 국가부채가 감소하며 고령화 문제도 해결할 수 있다고 기대한다. 일본답고 일본의 공영방송답다.

[지은이, 「나무집 짓고 나무 때는 오스Tree아」, 아시아경제, 2015. 07. 31.]

6. 여러 측면을 꿰는 키워드를 찾으라

앨런 튜링은 다각도로 극적인 인물이다. 괴짜였고 동성애자였으며 천재였다. 수학자였지만 전쟁이 그를 암호해독팀으로 보냈다. 연합군의 승리에 혁혁한 공을 세웠고 컴퓨터의 원형을 고안해냈다. 그러나 동성애를 처벌하던 당시 제도에 희생돼 '화학적으로 거세'되고 만다. 그는 독약을 먹은 사과를 먹고 자살한다. 영국 정부는 뒤늦게 그에게 사과한다. 다음 보도자료를 읽으면서 튜링의 여러 면모 중 어느 것을 앞세워 서평을 쓸지 생각해보자. 내가 정리한 서평을 보도자료 다음에 소개한다.

[인용문]

'컴퓨터의 아버지' 앨런 튜링 재조명

신간 『앨런 튜링의 이미테이션 게임』은 872쪽에 이르는 방대한 분량으로, 앨런 튜링의 생애를 가장 훌륭하게 집대성한 전기로 평가받는다. 그의 출생부터 어린 시절의 일화는 물론, 학창 시절과 대학 시절의 모습, 블레츨리 파크에서 만난 조안 클라크와의 약혼, 암호해독으로 전쟁을 승리로 이끈 이야기, 동성애자임이 밝혀져 학계에서 물러나고 끝내 자살로 죽음에 이르는 전 과정을 상세히 서술하고 있다. 특히 가장 궁금증을 유발하는 에니그마 암호해독에 관한 자세한 설명을 통해 실제로 튜링이 어떤 방식으로 난공불락이라 불리는 에니그마를 깨뜨렸는지 낱낱이 파악할 수 있다.

또한 그가 연구한 순수 수학과 형태발생 등 다양한 이론에 대한 소개와 이와 관련된 삽화와 수식, 튜링이 주고받은 수많은 편지, 튜링의 논문 및 기사들에 대한 인용 등을 모두 싣고 있다. 그리고 튜링의 이론뿐 아니라 다비트 힐베르트, 쿠르트 괴델, 비트겐슈타인, 버트런드 러셀 등의 이론도 함께 소개하며 튜링의 이론에 대한 이해를 돕는다. 앨런 튜링 본인과 가족은 물론, 관련 인물 등에 대한 실제 화보사진도 실려 있어 당시의 튜링의 모습을 직접 확인할 수도 있다.

따라서 이 책은 앨런 튜링의 삶에 대해 알게 되는 것은 물론, 그의 이론에 대한 지적 충족 또한 안겨준다. 저자 앤드루 호지스는 현재까지도 튜링에 관계된 일을 지속적으로 하고 있는 최고의 튜링 전문가이다. 저자는 1977년부터 튜링을 연구해야겠다는 사명감으로, 튜링을 알았던 수많은 사람들을 인터뷰하고, 관련 자료를 공들여 모아 책으로 정리했다. 한 개인을 놀라울 정도로 생생하고 구체적으로 그려낸 이 책은, 과학전기에 있어서 가장 중요한 과학적 정확성과 명료성을 모두 포괄하고 있는 '앨런 튜링에 대한 모든 것'이다.

책 제목의 '이미테이션 게임imitation game'은 '모방게임' 혹은 '튜링 테스트turing test'라고도 불린다. 튜링은 기계가 인간을 완벽하게 모방할 수 있는지 여부를 기계가 지능을 가졌다고 판단할 수 있는 근거로 삼는데, 그가

구성한 튜링 테스트는 성별 추측하기 게임을 이용한다. 한쪽 방에는 남자, 다른 방에는 여자가 있는데 둘 다 여자라고 주장하며 밖에 있는 사람들은 이들의 서면 답변만으로 성별을 맞혀야 한다. 마찬가지로 만약 한쪽 방에 컴퓨터가 들어 있더라도 사람의 답변인지 컴퓨터의 답변인지 구별할 수 없다면 컴퓨터는 생각을 할 수 있다고 판정할 수 있다. 이 튜링 테스트는 인공지능의 초석이며, '생각하는 기계'와 '지능 있는 기계'에 대한 튜링의 연구는 현재도 계속되고 있다. 또한 '이미테이션 게임'이 주는 의미가 '튜링 테스트'의 의미도 있겠지만, 동성애자인 튜링의 삶도 '모방 게임'이었다고 저자는 말한다. "그의 사회생활은 몸짓으로 단어를 설명하는 게임과도 같았다. … 하지만 의식적으로 속이려는 의미가 아니라, 본래 자신과는 다른 사람으로 받아들여진다는 의미의 모방게임이었다." 책의 제목이 주는 중의적인 표현은 앨런 튜링을 여러 방법으로 생각해볼 수 있게 해준다.

우리가 현재 워드프로세서로 문서작업을 하거나, 인터넷 검색엔진을 통해 정보를 얻을 수 있는 것도 모두 '컴퓨터의 아버지'이자 천재 수학자인 앨런 튜링의 덕분이다. 그리고 그는 제2차 세계대전 승리의 역사를 만든 장본인이기도 하다. 아마 그가 없었다면 지금의 생활이 가능했을 것이라고 아무도 장담할 수는 없을 것이다. 이런 점에서 더욱 앨런 튜링의 중요성과 이 책의 의의가 명확히 드러난다.

영화 〈이미테이션 게임〉에서는 다음과 같은 대사가 나온다. "가끔은 생각지도 못한 누군가가 누구도 생각하지 못한 일을 한다." 천재 수학자 앨런 튜링은 말 그대로 '생각지도 못한 누군가'일 수 있다. 그리고 《네이처》가 이야기하듯, 『앨런 튜링의 이미테이션 게임』은 "역사에 기여하는 일급 저작이자 모범적인 전기"로서 누군가에게는 생각지도 못한 책이 되어 생각지도 못한 일을 하게 할 수 있을 것이다.

[예시문]

앨런 튜링, '거세된' 2차대전 승리 최고 영웅

컴퓨터 개념을 창안한 앨런 튜링은 '오타쿠형' 천재였다.

탁월한 과학자를 어릴 때부터 두각을 나타낸 '워낙 천재형'과 자신의 세계에 빠져 지낸 오타쿠형으로 나눈다면 그는 후자에 속했다.

워낙 천재형을 대표하는 인물이 칼 프리드리히 가우스라면 오타쿠형 과학자로는 알버트 아인슈타인이 꼽힌다.

워낙 천재형은 기존 지식의 정수를 스펀지처럼 흡수하면서 이를 크게 발전시킨다. 오타쿠형은 지금까지와 전혀 다른 눈으로 세계를 바라본다. 전에 없던 문제를 스스로 제기하고 풀어낸다. 그리하여 마침내 패러다임을 바꾸고 새로운 지평을 연다.

◆ 오타쿠형 동성애자= 앨런은 일상생활에는 전혀 관심을 두지 않았다. 방을 늘 어질러놓았다. 그의 셔츠는 바지 밖으로 나와 있곤 했고, 넥타이는 칼라를 벗어나 있기 일쑤였다. 그는 또 코트의 단추가 어느 단춧구멍과 짝인지 알지 못하는 듯 보였다. 앨런은 잘 씻지 않아 사립 기숙학교 시절 냄새를 풍긴다는 이유로 미움을 받았다. 그는 급우들과 어울리지 않은 채 혼자 지내는 시간이 많았다. 그는 말을 더듬었다.

사감은 "앨런에게는 자기만의 세상이 있어서 일반적으로 호감을 사는 유형은 아닐 수도 있다"고 기록했다. 그가 빠져 있던 일반적이지 않은 세상은 이뿐이 아니었다. 마지막이자 가장 특별한 점은 그가 동성애자였다는 것이다.

앨런의 주요 관심사는 과학이었다. 화학과 실험에 열을 올렸다. 기숙학교에서는 수학에 흥미를 보였다.

이 분야에서도 평가는 썩 좋지 않았다. 수학 교사는 "앨런은 공부하는 방식이 지저분하다"며 "어느 과목이든 기초를 다질 필요가 있다"고 조언했다.

그는 과학 분야에서도 기존의 지식체계를 한 계단씩 밟아 올라가는 대신 자신의 관심에 따라 '자기주도적'으로 터득해나갔다. 예를 들어 무한급수도 미적분도 접하지 않은 15세 때 탄젠트의 역함수를 무한급수로 나타냈다.

튜링은 케임브리지 킹스칼리지에서 수학을 전공했다. 그는 21세 때인 1933년에 측정 결과가 종 모양으로 나타나는 정규분포에 대해 처음 들었다. 그는 강의 시간에 정규분포가 나오는 이유를 간략하게 들었지만 만족하지 않았다. 그는 그 현상을 증명해보기로 했다. 혼자 힘으로 1934년 2월 말에 그 증명을 해냈다. 그 이후에야 이미 1922년에 증명된 정리라는 말을 들었다. 홀로 연구하다 보니 누가 자기보다 먼저 목표를 달성했는지 찾아볼 생각도 하지 않은 것이다. 이는 그의 '독자성'을 이중으로 보여주는 일화다.

◆ "친구 꿈 대신 이루겠다"= 창의력은 다른 사람이 가르쳐 키워줄 수 있는 능력이 아니다. 기존에 없는 것을 만드는 일을 어떻게 기존 지식을 지닌 사람이 알려줄 수 있겠는가. 따라서 '창의력 교육'은 비과학적인 말이다.

게다가 튜링이 품고 있던 창의력은 '싹수'가 인정받지 않는 종류였다. 튜링은 그 창의력을 스스로 키웠다. 튜링이 그렇게 하도록 한 계기는 사랑이었다. 과학영재로 케임브리지 트리니티칼리지에 장학생으로 선발된 친구가 그의 첫사랑이었다. 그 친구 크리스토퍼 모컴과 가까워지는 매개는 과학이었다. 튜링은 크리스토퍼와 어울리면서 학업성적도 올리는 공부를 하게 된다.

모컴은 1930년 세상을 떴다. 어렸을 때 감염된 소결핵이 그의 목숨을 앗아갔다. 튜링이 키워온 4년간의 사랑이 고백할 기회조차 없이 끝난 것이다. 튜링은 사랑하는 사람을 잃고 깊은 절망에 빠졌다. 그는 절망 속에서 크리스토퍼가 살아 있었다면 이루었을 과학적 발견을 대신 해내는 것이 자신의 의무라고 생각하게 된다. 그는 '크리스토퍼가 미처 이루지 못한 꿈을 성취하는 것'을 목표로 삼아 과학 연구에 매진한다. 이루지 못한 사랑의 힘이 튜링을 과학으로 이끈 것이다.

책『앨런 튜링: 더 에니그마』에는 매년 크리스토퍼 기일마다 그를 기릴 정도로 절절했던 튜링의 사랑이 담겨 있다. 이 책은『앨런 튜링의 이미테이션 게임』이라는 이름으로 최근 번역됐다. 이 글은 주로 이 책의 내용을 바탕으로 작성됐다.

사랑은 위대하다. 어머니의 사랑과 이성을 향한 열정은 물론, 동성의 사랑도 사람을 길러낸다. 사랑이 없었다면 튜링의 '보편 튜링기계' 연구가 나오지 않았을 테고 컴퓨터 개념도 뒤늦게 형성됐을 것이다. 튜링의 지극한 사랑을 어떻게 그렸을지가 영화 〈이미테이션 게임〉을 감상할 포인트 중 하나다.

다만 튜링의 사례를 '창의력을 발현케 하는 사랑'이라는 관계로 일반화하지는 못한다. 사랑이 아니라 결투 전날 시간에 쫓기며 자신의 머릿속에 있던 혁신적인 이론을 풀어놓은 에바리스트 갈루아 같은 천재도 있었으니 말이다.

◆ 인공지능 예언= '창의력을 함양하는 교육'과 마찬가지로 모순적인 주장이 있다. '이 명제는 증명할 수 없다'는 것 같은 주장이다. 이 주장이 참이라면 '증명할 수 없는 명제'가 있게 된다. 이는 '참과 거짓을 판단할 수 있는 언명'이라는 명제의 정의와 상충한다.

이런 류의 주장은 고대 소피스트의 역설과 비슷하지만 현대에 이르러 수학 체계에 중대한 도전을 던진다. 쿠르트 괴델이 수학의 무모순성과 완전성에 이런 구멍을 낸다.

튜링은 풀 수 없는 문제의 한 예를 보여준다. 튜링은 무한을 수학 체계 내로 끌어온 칸토르의 접근을 활용해 '수학이 풀지 못하는 문제'를 예시한다.

튜링은 모든 수학 문제를 풀 수 있는 '기적적인 기계'가 없다는 것을 증명한다. 그는 그 과정에서 사람이 계산하는 과정을 기계적으로 구현하는 방식을 제안한다. 이 기계는 보편 튜링기계라고 불리며 컴퓨터의 원형이된다. 튜링은 이 기계는 인간이 하는 일은 모두 할 수 있다고 예언했다.

[지은이, 「앨런 튜링, '거세된' 2차대전 승리 최고 영웅」, 아시아경제, 2015. 02. 17.]

선택과 생략이 지나친 서평이다. 마지막 마름모에서는 사랑의 힘으로 과학에 전념한 튜링이 과학과 독일과의 전쟁에서 승리를 거두는 데기여한 부분을 요약해서 소개했어야 했다.

한편 이 서평과 같은 앵글로 더 짧게 쓴 글을 제2장에서 소개한 바있다(135쪽).

7. 넷플릭스의 성공비결, 하나만 꼽으면

넷플릭스가 영화산업의 강자로 부상하는 이야기는 여러 각도에서풀어낼 수 있다. 책과 보도자료는 시간 순서로 전개하고 설명하는 반면 나는 서평에서 빅 데이터를 앞세웠다. 이어서 영화 콘텐츠 유통방식의 변천과 빅 데이터가 선도한 스트리밍의 등장을 한 꼭지로 잡았다. 마지막으로 넷플릭스 기업사의 뒷이야기를 덧붙였다.

이렇게 초점에 따라 넷플릭스를 소개하려면 시간에 따라 서술된 책의 내용을 주제별로 재구성해야 한다. 재구성된 서평에서 이 책의 줄기를 소개받은 독자는 이 줄기 중에서 자신의 관심사와 일치하는 부분이 있을 경우 직접 책을 보고자 할 것이다. 또 이렇게 쓴 서평을 통해이 책을 선택해 읽게 되는 독자는 전체 내용을 더 체계적으로 파악할수 있다.

빅 데이터 대신에 스트리밍을 중심으로 넷플릭스의 성장을 설명해도 된다. 스트리밍 방식의 콘텐츠 유통에 따라 영상산업이 어떻게 변했는지 하는 관점을 맨 앞에 세워 이 책을 소개해도 좋겠다.

책 소개 자료도, 서평도 전혀 언급하지 않은 주목할 사항이 있다. 기업사냥꾼이라고도 불리고 고상하게 행동주의 투자자라고도 불리는 칼 아이칸의 역할이다. 칼 아이칸은 넷플릭스의 강적 블록버스터의 주요 주주가 된 뒤 경영진의 발목을 잡아 블록버스터가 퇴보하게 했다. 넷플릭스가 블록버스터를 물리치는 데에는 적진에서 활약한 아이칸이 큰 도움을 줬다. 이를 행동주의 투자자가 자신의 지분과 투자한 회사의 가치를 떨어뜨린 실패 사례로 언급할 수 있다.

한편 서평의 도입부는 바로 본론으로 들어가는 대신 본론으로 이끄는 실마리로 시작했다. 보도자료부터 읽어보자.

[인용문]

경영혁신의 아이콘 넷플렉스의 비밀

여기 혁신의 아이콘으로 평가받는 회사가 있다. 미국의 우편 제도를 바꾸고, 문화를 즐기는 방식을 바꿨다. 또한 명성이나 연기력 같은 측정할 수 없는 지표가 아니라 고객 데이터를 기초로 드라마를 만들어 방송계의 아카데미상이라고 부르는 에미상도 가져왔다. 심지어 온라인 스트리밍 업체 중 가장 많은 5,700만 명의 가입자를 팬으로 만들었다. 이 모두는 스타트업의 전설, 넷플릭스의 이야기다.

넷플릭스가 거둔 달콤한 성공의 뒷면에는 '짐승'이라고 불릴 정도로 강력한 기업 문화와 지독하리만큼 냉정한 승부수, 의도치 않은 불행과 행운이 숨어 있다. 『넷플릭스, 스타트업의 전설』은 넷플릭스가 비디오시장의 공룡 블록버스터와 벌인 10년의 사투와 스트리밍시장으로의 도전처럼 작은 스타트업에서 시작해 정상에 오르기까지 겪어야 했던 적나라하고 박진감 넘치는 이야기를 최초로 소개한다.

제4장 선택해 집중하고 생략하라

1997년-2004년: 불타는 전장으로 무작정 뛰어들다

"DVD가 무엇인지도 몰랐습니다. 그런데 한 친구가 곧 DVD 시대가 열린다고 말하더군요. 저는 캘리포니아주 산타크루스의 타워레코드로 달려가 우편봉투에 CD를 넣고 집으로 부쳤습니다. 정말 길었던 24시간이 지나고 우편물이 도착했습니다. 그리고 봉투를 열어보니 CD에는 전혀 문제가 없었습니다. 무척 가슴 뛰는 순간이었죠."

넷플릭스의 CEO 헤이스팅스는 2009년 《포천》과의 '올해의 기업인' 인터뷰에서 창업 계기를 묻는 질문에 이렇게 답했다. 그의 대답은 다른 스타트업들의 출발 지점과는 차별화되는, 무모하고 충동적인 시작으로 잘 포장되어 있다. 하지만 우편으로 DVD를 대여해주고 연체료도 받지 않는 넷플릭스의 본질 또한 명료하게 설명한다.

2004년-2005년: 화려한 시절을 연 첫 번째 승리

넷플릭스가 업계 최고의 골리앗 블록버스터를 상대로 따낸 첫 번째 승리의 바탕에는 '플렉스파일'이라는 정교한 프로그램을 활용한 실제 데이터 분석과 예측이 존재한다. 이 프로그램은 라디오, TV, 배너광고처럼 다양한 마케팅 채널을 분석해 고객 한 사람을 확보하는 데 드는 비용과 생애 가치, 신규 가입자 수를 계산했고, 홍보 전략에 따른 매출, 서비스 탈퇴율, 총 가입자 수의 변화까지도 파악할 수 있었다. 넷플릭스는 플렉스파일을 통해 블록버스터의 마케팅을 분석했고, 블록버스터가 저지른 중대한 실수—과도한 광고비 지출과 가격 경쟁, 이로 인한 대규모 적자—로 인해 스스로 무너질 것이라고 예측했다.

결국 2005년 중반, 두 회사의 시가총액 순위가 역전되었는데, 넷플릭스의 가치는 약 15억 달러였고, (여전히 10억 달러의 부채를 안고 있는) 블록버스터의 가치는 6억 8,400만 달러였다. 넷플릭스는 실리콘밸리와 월가의 암울한 전망에도 불구하고 승리의 자격을 스스로 증명한 것이다.

2006년-2010년: 블록버스터의 역습과 다시 찾아온 승리의 기회

2006년 초 언론과 월가는 블록버스터를 이미 죽은 기업으로 취급했다. 하지만 블록버스터의 CEO 안티오코와 떠오르는 스타 에반젤리스트는 과감한 구조조정과 연체료 폐지 정책을 통해 재기의 발판을 마련했고, 대여시장의 침체에도 불구하고 최악의 사태를 면할 수 있었다. 결정적으로 온라인과 오프라인 매장을 통합하는 통합회원제를 발표해 넷플릭스를 사업 포기 직전까지 몰고 갔다.

하지만 넷플릭스와 헤이스팅스는 또 한 번 대담한 혁신으로 위기를 정면으로 돌파했다. 그가 찾은 답은 역시 데이터였다. 마우스 클릭 한 번으로 감상할 수 있고, DVD 수준의 고화질 영상을 서비스하는 '실시간 스트리밍'을 통해 고객의 반응을 완벽하게 파악할 수 있게 된 것이다. 또한 넷플릭스의 운명을 바꾼 가장 유명한 이벤트인 상금 100만 달러의 넷플릭스 프라이즈를 개최해 시네매치를 한층 더 정교한 추천 알고리즘으로 재탄생시켰다. 그뿐만 아니라 흥미진진한 개발 과정이 온라인에 중계되면서 언론과 소비자들의 주목을 받았고, 이를 통해 블록버스터의 위협에서 다시 한 번 벗어날 수 있었다.

넷플릭스 프라이즈 이후 추천엔진 개발자였던 볼린스키가 했던 말에서 넷플릭스가 가진 가장 강력한 무기이자 승리를 자신한 원동력이 시네매치, 즉 데이터였음을 알 수 있다. "고객은 아무것도 할 필요가 없습니다. 고객이 무엇을 좋아하는지 우리가 단서를 찾아낼 것입니다."

아마존, 구글, 애플 이후 가장 뜨거운 기업, 넷플릭스를 읽는다

아무도 주목하지 않았던, 심지어 애널리스트나 기자들의 암울한 전망만 있던 작은 스타트업은 이제 영화 판권, 프라이버시, 광대역 데이터, 웹 트래픽에 관한 법까지 쥐고 흔드는 40억 달러 규모의 거대 기업으로 성장했다. 시장을 지배하던 거인들을 모조리 물리쳤고, 유통업계의 또 다

249   제4장 선택해 집중하고 생략하라

른 거인 아마존의 공세까지 훌륭하게 막아내고 있으며, 이빨을 숨긴 채 예전보다 훨씬 더 능숙하게 게임을 주도하고 있다.

모든 스타트업이 골리앗을 꺾어야 하는 다윗의 숙명을 가진다. 승자와 패자가 쉴 틈 없이 바뀌는 실리콘밸리에서 자신의 자리를 끊임없이 성장시킨 넷플릭스 성공의 역사를 고스란히 기록한 이 책은 읽는 것만으로 스타트업 창업자들에게 교과서가 되어 승리를 쟁취하기 위한 용기를 부여할 것이다.

[예시문]

영화유통사 넷플릭스, 빅 데이터 활용의 비법

감성적인 영화와 이성적인 수학이 만나는 지점이 있을까.

게임 이론을 연구한 수학자 존 내쉬의 삶을 그린 〈뷰티풀 마인드〉나 컴퓨터의 원형에 대한 구상을 제시한 앨런 튜링을 다룬 〈이미테이션 게임〉 같은 영화일까.

영화와 수학의 다른 접점이 빅 데이터다. 방대한 자료인 빅 데이터를 적절히 처리하면 누가 어느 영화를 좋아할지 예상하고 이에 맞춰 영화를 추천할 수 있다. 빅 데이터를 가공하는 추천 알고리즘을 개발하는 일은 수학 전공자들과 소프트웨어 개발자들이 맡는다.

빅 데이터를 축적하고 이를 비즈니스에 활용한 대표적인 기업이 넷플릭스다. 넷플릭스는 회원제 온라인 DVD 대여에서 시작해 영상 콘텐츠를 흘려보내주는 '스트리밍'으로 사업 영역을 넓히며 영상 유통시장의 변혁을 주도하고 있다.

◆ 취향 비슷한 사람 평가로 추천= 넷플릭스는 온라인으로 DVD를 빌려주면서 고객의 감상 별점을 축적했다. 넷플릭스의 온라인 영화 '추천 엔진'은 1999년에 개발됐다. 초창기 엔진은 영화를 장르, 배우, 감독, 배경, 엔딩 유형 같은 기준으로 분류했다. 영화 타이틀이 늘어나면서 이 접

근법은 너무 복잡하고 부정확한 것으로 드러났다.

기준을 아무리 많이 설정해도 추천엔진은 영화 〈귀여운 여인〉과 〈아메리칸 지골로〉에 대한 실제 반응이 왜 그렇게 차이가 나는지 설명하지 못했다. 두 작품 다 미국 대도시가 배경이고 주인공이 몸을 팔고 리처드 기어가 주연을 맡았다. 하지만 좋아하는 관객층이 겹치지 않았다.

이 업계의 초기 추천엔진은 엉뚱한 작품을 권하곤 했다. 가장 엉뚱했고 회사가 사과까지 하게 된 추천은 '흑인 역사의 달'Black History Month에 빗어졌다. 이달은 위대한 흑인들을 기념하기 위해 제정됐다. 월마트의 추천엔진은 고객에게 유인원이 주인공인 〈혹성 탈출〉을 권했다. 월마트는 사과문을 발표했다.

넷플릭스의 기술팀은 비슷한 영화끼리 분류하는 대신 취향이 비슷한 사람들을 묶는 방식으로 눈을 돌렸다. 이 방식은 A가 재미있게 본 영화 두 편을 B도 좋아했다면 B는 A가 높이 평가한 셋째 영화도 즐길 확률이 높다는 측면에서 접근한다.

◆ 추천엔진 개선에 $100만 걸어= 넷플릭스 창업자 리드 헤이스팅스는 대학에서 수학을 전공했다. 헤이스팅스 최고경영자CEO는 2006년 무렵 넷플릭스의 인력이 자사가 목표로 잡았던 혁신들을 전부 실현했다는 판단에 이르렀다.

헤이스팅스 CEO는 그러나 미처 목표로 삼지 못한 혁신이 있으리라고 생각했다. 그래서 100만 달러의 상금을 걸고 전 세계를 대상으로 추천엔진 개선 프로젝트를 개방했다. 이 콘테스트 소식은 뉴욕타임스 2006년 10월 2일자에 1면에 실렸다. 세계 언론이 이 소식을 받아 전하면서 개인 참가자를 포함해 5,000팀 이상이 참가를 신청했다.

넷플릭스는 100만 달러를 받는 조건으로 '추천 알고리즘 정확도 10% 이상 향상'을 들었다. 이는 별점 다섯이 만점일 때 가입자의 별점을 별 반개 또는 4분의 3개 이내로 맞힌다는 것을 뜻했다.

세계 곳곳의 내로라하는 소프트웨어 전문가들이 한 영리법인이 돈을 더 버는 데 쓸 알고리즘을 개발하기 위해 합종연횡하면서 전력투구하는 과정이 이 책에서 흥미롭게 펼쳐진다.

◆ 영화유통 방식 진화 참고서= 이 책은 경제경영서이면서도 한 편의 드라마다. 넷플릭스가 다들 거들떠보지 않던 DVD 대여 분야에 뛰어들어 자리 잡은 뒤 기존 강자와 정면승부를 통해 가장 강한 존재가 된 뒤 더 넓은 영역으로 진출해 판을 바꾸는 과정이 생동감 있게 펼쳐진다. 책은 15개 장으로 구성됐다. 마지막 장을 빼면 모든 장에 해당 챕터를 떠올리게 하는 영화 제목이 달렸다.

저자 지나 키팅은 이 이야기를 구체적으로 전하면서도 가닥을 잘 잡아 독자들을 끌어들인다. 그는 로이터와 UPI에서 미디어 기업과 관련 제도와 정책 기사를 썼다. 현재 비즈니스와 문화 관련 글을 기고하는 프리랜서로 활동한다.

이 책은 영화 유통과 관련한 참고 자료로 읽힐 수도 있다. 영화는 극장에서 개봉됐다가 TV라는 유통 경로가 추가됐다. TV도 지상파만 있다가 유료 케이블TV가 생겼다. VHS 테이프가 나오면서 극장이나 TV에서 방영·방송하지 않아도 즐길 수 있게 됐다. 비디오테이프를 마련하는 대신 빌려서 보도록 하는 대여 서비스가 생겨났다. 영화를 저장·유통하는 미디어로 DVD가 추가됐고 사람들은 DVD를 구매하거나 빌리게 됐다. 미국에서는 최신작을 중심으로 DVD를 빌려주는 자판기식 대여 서비스도 활발하게 이뤄졌다.

이제 영화 유통의 주류가 넷플릭스가 앞장선 스트리밍으로 옮겨가고 있다. 넷플릭스의 미국 내 가입자 수는 대표적인 영화전문 채널 HBO의 가입자 수를 넘어섰다. 스트리밍이 영상 콘텐츠 소비자에 밀착하자 HBO 같은 케이블TV 사업자 외에 CBS 같은 지상파 방송, 게다가 애플 같은 사업자까지 이 시장으로 넘어오고 있다.

대형 유통업체가 자체 브랜드 상품을 내놓는 것처럼 넷플릭스는 콘텐츠 제작에도 손을 뻗었다. 정치 드라마 〈하우스 오브 카드〉가 대표작이다.

◆ 신화는 만들어진 것= 미국 캘리포니아주 로스개토스에 본사를 둔 넷플릭스는 2013년 매출 43억 7,400만 달러와 순이익 1억 1,200만 달러를 거뒀다. 틈새시장이라고 여겼던 영역에서 출발해 이룬 성과다.

헤이스팅스 회장은 스탠퍼드대학원에서 컴퓨터과학을 전공해 석사 학위를 받은 뒤 1991년 퓨어소프트웨어를 설립했다. 퓨어소프트웨어를 매각한 뒤 공동창업한 회사가 넷플릭스다.

이 책이 전하는 내용 중 일부는 만들어진 신화의 실체다. 헤이스팅스는 창업할 때부터 인터넷을 통해 영화를 직접 유통한다는 구상을 품었고 그래서 인터넷net과 영화flicks를 조합해 넷플릭스라는 이름을 지었다고 알려졌다. 저자는 이를 포함해 넷플릭스의 신화 중 상당수가 만들어진 것임을 알려준다.

[지은이, 「영화유통사 넷플릭스, 빅 데이터 활용의 비법」, 아시아경제, 2015. 03. 24.]

8. 칼럼 85편에서 세 갈래를 뽑아내기

눈길을 끄는 에피소드를 앞세워 서평을 썼다. 진지하고 폭이 넓고 깊이가 있는 책의 내용으로 바로 들어갔다가는 책은 물론이요 이 서평으로부터도 독자를 밀어내는 결과를 부를까 봐 걱정한 나머지 그렇게 했다. '딱딱한 내용을 잘게 나누고 부드럽게 가공하는 게 네 역할이잖아?'라는 반문이 내 안에서 나왔지만, 곰곰 생각한 끝에 역부족이라고 결론을 내렸다.

책의 본론과 관련해서는 전체적으로 조감하면서 핵심 내용을 짚어 보이는 접근을 택했다.

혼돈의 시공간을 우회하지 않는 지성의 끈기와 통찰력

노무현 대통령 경제보좌관,
주영국 대사 출신 조윤제 교수의 첫 번째 칼럼집

세계 금융위기, 4대강 사업, 미국산 쇠고기 수입에 따른 촛불집회, 노무현 전 대통령 서거, 총선과 대선, 북한과 중국의 지도자 교체, 세월호 침몰 등등 훗날 역사서에도 기록될지 모를 굵직한 사건들로 가득했던 지난 7년, 대상을 찾아 비난하기는 쉬워도 냉철하게 비평하고 차분하게 대안을 말하기는 어려운 시간이었다. 그리고 비난이 휩쓸고 간 자리에 남은 것은 더 나아진 무엇이 아니라 여전히 고된 삶과 혼돈한 사회뿐이다. 이 어지러운 시간을 함께 살아온 저자는 민감한 문제에 침묵하거나 쉬운 대상을 찾아 비판하기보다 학자로서의 양심에 따라 글로써 정직하게 비평하고 올바른 해법 찾기를 멈추지 않았다. 그렇게 하나하나 신중하게 골라 쓴 글자가 20만 자, 어느덧 여든다섯 편의 원고가 모였다. 저자는 다시 긴 시간 이를 다듬고 못다 한 말을 덧대어 책으로 엮었다. 밑줄 그어가며 아껴 읽을 말들로 가득한, 조윤제 교수의 첫 번째(어쩌면 마지막일지도 모를) 칼럼집이다.

"제자리로 돌아가라"
비뚤어진 권력을 향한 저자의 무거운 충고

'제자리로 돌아가라'라는 책 제목은 2009년 봄, 노무현 전 대통령 서거 직후 쓴 글의 제목이기도 하다. 저자가 한때 보좌하던 전 대통령의 비극적 최후, 그리고 이를 대하는 각계의 추모와 폄훼의 한바탕 속에서, 저자는 고인을 기리면서도 이 비극이 우리에게 전하는 메시지를 사뭇 냉정한 어조로 써나간다(본 글에서는 애써 억눌렀을 그날의 비통함은 후기에서 고스란히 드러난다). 고인은 대통령 취임 후 권력기관을 정치적 도구로 손에 쥐고 있지 않고 '법이 정한 제자리'로 돌려주려 했으나, "권력자의 장악에서 벗어난 검찰은 스스로가 절제와 균형을 잃고 정치화하지 않았는지, 독재자의 재갈에서 풀린 언론은 스스로가 정치권력화함으로써 우리 사회의 갈등과 편 가르기를 부추겨오지 않았는지", 저자는 묻는다. 그리고 "민주화된 사회에서 권력기관과 언론이, 학계와 시민사회가 절제를 익히고 각자 제자리를 굳건히 지켜주는 것이 비극의 재연을 막는 길"이라고 어느 때보다 힘주어 말한다. 이 책을 가로지르는 가장 쓰고도 중요한 메시지 또한 이것이다. 책 전반에 걸쳐 저자는 실패를 반복하는 정치, 책임을 벗어던진 사회, 위기를 거듭하는 경제를 향해 각 주체가 본연의 자리를 찾을 것을 거듭 강조한다.

"대통령에게 권한이 너무 집중되어 정치 보복이 계속되는 것인가? 분권형 권력구조가 답일까? 아니다. 그보다는 민주화된 사회에서 권력기관과 언론이, 학계와 시민사회가 절제를 익히고 각자 제자리를 굳건히 지켜주는 것이 비극의 재연을 막는 길이다. 검찰은 사회정의를 추구하는 데 여론이 아닌 실체적 진실에만 의존하는 절제를 지키고, 언론은 스스로 경기장에 뛰어들어 자신들의 입장과 목표를 관철하려 하기보다 냉정한 관전자와 비평자의 자리를 지킴으로써 민주화된 우리 사회의 건강한 규율과 균형을 세워주어야 한다. 학자들도 단체와 조직을 만들어 정치세력화하는 것보다 글로써 비평하고 대안을 제시하는 것이 본분이다. 민주화 이후 우리 사회에는 절제와 균형을 벗어난 매도와 기득권의 방어와 확대를 추구하는 소리만 높아져 왔다. 그 과정에서 우리 모두가 낮아졌으며 잃은 자가 되었다. 이번 비극이 전하는 메시지는 이제 각자가 지켜야 할 제자리로 돌아가라는 것이다."(30쪽)

정치·경제 문제의 구조적 해법을 찾아서
대한민국호의 침몰은 선장 한 사람의 책임이 아니다

정치·사회·경제의 가볍지 않은 주제들을 오가는 글 곳곳에는 오랫동안 학술 연구와 정책 실무를 담당하면서 수많은 문제를 마주하고 고민하며 풀어나가야 했을 글쓴이의 경험과 연륜이 묻어난다. 글에서 강조하는 바를 몇 가지 추리면 이렇다. "권력기관은 법적으로 부여된 자신의 존재 목적을 이행하기 위해서만 권력을 행사해야 한다." "정부는 실적을 쌓기 위해 시장의 흐름을 인위적으로 조정하지 말고, 오히려 재벌의 독과점 등 시장의 역동성을 방해하는 힘에 맞서는 권력으로 자신을 세워야 한다." "서민과 후세대에 부담을 지우는 경제정책을 여론에 휘둘려 펴지 말아야 한다." 그리고 무엇보다 저자가 강조하는 것은 이것이다. "이러한 당연한 원칙을 거스르는 정치·경제의 구조를 우리 사회가 힘을 모아 근본적으로 개선해야 한다." 세월호 참사가 일어난 것도 규정을 어긴 해운사와 제자리를 벗어난 선장의 잘못만은 아니었다. 저자는 개인의 책임을 묻기에 앞서 우리 사회의 구조적·제도적 한계를 짚고 이를 극복할 방안을 모색하는 데 집중한다. (하략)

[예시문]
표류하는 한국號에게, "바보야 문제는 정치야!"

1984년 미국 워싱턴 D.C. 세계은행 조사부 국제경제과. 과장은 미국 듀크대학 교수 출신으로 재무성 부차관보로 근무하다 온 조지프 마이클 핑거였다. 이 부서에 스탠퍼드대학에서 금융자유화를 주제로 논문을 써 박사학위를 받은 신입 이코노미스트가 들어왔다.

핑거 박사는 이코노미스트에게 "앞으로 1년 동안 연구할 과제를 써 내라"고 했다. 이코노미스트는 '국제 금융제도의 개편과 자본시장의 개방 전략에 관해 연구하겠노라'는 거창한 연구계획서를 써 냈다.

핑거 박사가 다음 날 비서를 통해 이코노미스트한테 돌려준 연구계획서의 첫 장에는 이렇게 적혀 있었다.

'당신 연구하겠다는 것인가, 아니면 설교하겠다는 것인가?'

조윤제 서강대 국제대학원 교수가 이 이코노미스트였다. 조 교수는 "제 잘난 줄 알고 세상 연구를 다 하고 싶어 했던 필자는 자존심이 크게 상했다"며 이후 과장과 자주 충돌하게 됐다고 들려줬다. 그는 그러나 시간이 지난 후 과장의 질책을 고마워하게 됐다.

조 교수는 "이분이 햇병아리 경제학자였던 필자에게 이후 3년 동안 끊임없이 주입한 것은 어떤 연구도 처음에 매우 분명하고 구체적인 계획서와 이 연구를 통해 전달하고자 하는 결과와 메시지에 대한 뚜렷한 비전을 미리 갖지 않고는 성공할 수 없다는 것이었다"고 설명했다.

◆구체적 방안 없었던 경제민주화= 그는 이 사례를 들어 경제민주화를 거론한다. "한 편의 연구논문도 이럴진대, 하물며 국가 경영에서랴"라며 그 말뜻을 분명히 밝히고 구체적으로 무엇을 어떻게 바꿀 것인지 제시하고 국민의 지지를 받아야 한다고 지적한다.

경제민주화는 지난 대통령 선거 과정에서 가장 큰 쟁점이었지만 재벌개혁이나 부의 분배 등 각론에 들어간 구체적인 토의는 거의 이뤄지지 않았다.

그는 2012년 칼럼에서 "경제민주화라는 말이 우리 사회의 큰 화두로 떠올랐다"며 "정당과 대선 주자들은 모호한 구호 뒤에 자신의 생각을 숨기거나 혹은 아무 비전도 없음을 감추려 하지 말고, 더욱 명확한 언어와 구체적 대안으로 국민에게 다가가야 할 것"이라고 제언했다. 이어 그렇게 하지 않으면 이전 선거의 화두처럼 제대로 실행된 게 없는 채 다시 수면 아래로 가라앉게 된다고 경고했다.

경제민주화는 어떻게 됐나. 조 교수는 우려가 현실로 나타났다며 "경제민주화가 무엇을 의미하며 무엇을 하겠다는 것인지 국민도 모르고 박근혜 후보도 뚜렷한 비전을 가지고 있지 않았던 것"이라고 복기했다.

◆바보야, 문제는 정치야= 이처럼 본 칼럼보다 후기를, 논지보다 일화를

앞세우는 것은 달을 논하지 않은 채 손가락을 묘사하는 일이다. 그러나 이 책을 읽는 재미 중 하나가 현재 상황에 비추어 칼럼을 복기하며 '다시 보기'를 읽는 것이라는 점에서 양해될 수 있는 책 소개가 아닐까 한다.

이 책에는 노무현 정부 시절 대통령 경제보좌관에 이어 주영국대사로 활동한 저자가 2008년 세계 금융위기가 강타한 이후부터 쓴 칼럼 85편과 후기가 엮어졌다. 주제는 금융위기에 대응한 재정·통화정책, 출구전략, 부동산 경기 부양, 고령화, 중소기업 정책, 중앙은행의 신뢰성과 통화정책의 효과, 중국의 구조개혁 등이 '불확실성 시대의 경제'로 묶였다.

저자는 칼럼의 절반 정도에서 정치체제 개혁을 논했다. 국가지배구조를 바꿔야 한다는 것이 저자의 지론이다. 방안으로 '내각책임제로 권력구조를 개편'하거나 '대통령이 좀 더 강한 권한을 가지고 국정을 운영할 수 있도록 행정부와 국회의 상대적 권한을 재조정'하는 두 가지 선택을 제시한다.

경제학자가 왜 정치체제 문제를 천착하게 됐을까.

그는 한국 경제를 '종縱과 횡橫의 충돌' 상태로 분석한다. 종적인 문제란 빠른 경제성장과 소득수준 향상에 따라 새로 분출하게 된 국민의 욕구를 수용해야 하는 국내적 도전을 가리킨다. 횡적인 문제는 한국 경제가 처한 국경 없는 경쟁에 대응하는 것을 뜻한다. 그는 "종적인 측면에서는 (균등 분배를 위한) 정책의 공정성이 요구되고, 횡적인 측면에서는 정책의 효율성이 요구된다"고 설명한다.

충돌하는 종과 횡 사이에서 해법을 도출하고 추진하는 것은 정치적인 과정이다. 현재의 대립적인 정치체제는 이 정치적인 과정을 풀어내기 역부족이다. 저자가 국가지배구조 개혁을 주장하는 까닭이다.

◆노무현 대통령과 토론하며 교학상장= 저자는 이처럼 이전 칼럼을 현재 시점(2015년 5월)에서 되짚어보고 추가해 이 책으로 묶었다. 칼럼 85건 중 대부분에 '다시 보기'라는 후기가 붙어 있다. 후기에는 분량 제약

때문에 쓰지 못한 이야기와 신문이라는 공기公器라서 하지 못한 개인적인 말을 풀어놓게 됐다고 저자는 들려준다.

후기 가운데 노무현 대통령과의 인연도 눈길을 끈다. 그는 2003년 2월 노무현 대통령의 경제보좌관으로 임명됐다. 두 사람은 이전에 엘리베이터에서 악수하며 인사한 일밖에 없는 사이였다.

저자는 "그가 어떤 인물인지도 잘 모른 채 보좌관 제의를 받고 그와 함께 일하게 됐다"며 "그로부터 2년간 청와대에서 그를 보좌하며 경제정책뿐 아니라 역사, 사회발전, 서양사상 등에 관해 수많은 대화와 토론을 나누며 그의 식견과 명석함에 놀라고 인간적으로 그를 좋아하고 점점 존경하는 마음을 갖게 됐다"고 말했다.

노무현 대통령은 경제를 중시했고 토론을 좋아했다. 저자는 자신이 면담을 요청했을 때 노 대통령이 응하지 않은 적이 한 번도 없었다고 회고했다. 저자는 "그와의 토론을 통해 진보적 가치와 관점에 대해 더 많은 이해를 갖게 되었다"며 "아마 그도 개방과 시장 자율의 장점에 대해 더 많은 이해를 갖게 되지 않았나 생각된다"고 말했다.

이 책을 읽다 보면 긴 흐름 위에서 글로벌한 시각으로, 주요 변수의 관계 속에서 한국 경제를 분석하는 저자의 틀을 조금이나마 공유할 수 있다.

[지은이, 「표류하는 한국號에게, "바보야 문제는 정치야!"」, 아시아경제, 2015. 08. 28.]

제5장

구성 훈련은
원 소스 멀티 유스로

앵글과 구성은 분리할 수 없다. 앵글을 달리 잡으면 구성도 바꿔야한다. 글감 하나를 앵글에 따라 여러 갈래 글로 가공할 수 있다. 글감하나를 놓고 바라보는 각도를 옮겨 다른 글을 쓸 수 있다. 이런 연습을하다 보면 앵글을 포착하는 안목이 길러진다. 앵글은 물론이고 부분적인 포인트를 짚는 능력도 키울 수 있다. 자신의 앵글에 따라 글을 짜임새 있게 쓰는 능력이 키워진다.

남이 쓴 기사를 조금 바꿔 베껴 쓰는 일을 언론계 은어로 '우라카이'라고 한다. 우라카이는 워낙 양복점에서 쓰인 말이다. 오래된 양복의안감을 뜯고 옷감을 뒤집어 짓는 것을 가리켰다. 언론계는 이 말을 빌려와 이미 나온 다른 기사를 참고해 기사를 작성하는 행위라는 뜻으로활용해왔다.

나는 우라카이가 바람직하지는 않되 불가피한 일이며, 우라카이를한 기사라도 같은 사건이나 사고의 다른 측면을 부각해 보여준다는 점에서 의미가 있다고 생각한다. 특히 우라카이를 하는 기자는 기사를 다른 앵글에서 다루면서 내용을 재배치하는 훈련을 하게 된다. 이런 훈련은 기사에서만 가능한 게 아니다. 기존 글에서 다른 앵글을 잡아 연습하다 보면 글쓰기 역량이 길러진다. 한 가지 내용을 이모저모 뜯어보고 여러 갈래로 가공하는 '원 소스 멀티 유스' 훈련을 권한다.

1. 다른 글의 맨 뒷부분을 앞세우기

러시아 억만장자가 외계인 찾기 연구에 1억 달러를 기부했다는 뉴스를 조간신문들이 전했다. 이 뉴스가 국내에 알려진 뒤 제작되는 석간신문은 이 사안에서 국내에 보도되지 않은 새로운 내용을 찾아낼 경우 기사를 차별화할 수 있다. 이게 여의치 않다면 같은 내용의 다른 측면을 앞세우는 방법을 궁리해야 한다. 다른 측면으로 무엇이 있을지 생각해보고 원문에 이어 소개된 '우라카이' 기사를 읽어보자.

[인용문]

"외계인은 어릴 때부터 내 관심사"

— 탐사 프로젝트 위해 1,160억 원 낸 러시아 출신 억만장자 유리 밀너

러시아 출신 억만장자인 유리 밀너(53)가 외계인을 찾는 연구에 1억 달러(1,160억 원)를 기부했다. 밀너는 20일(현지 시각) 영국 런던의 왕립학회에서 "외계 지적 생명체 탐사SETI 프로젝트에 10년간 1억 달러를 기부하겠다"고 발표했다.

세티SETI는 전파망원경으로 외계인이 보낸 신호를 추적하는 프로젝트이다. 지능을 갖춘 생명체라면 규칙적 전파를 발송할 것이라는 생각에서다. 이 프로젝트는 조디 포스터 주연의 SF영화 〈콘택트〉로도 대중에게 알려졌다. (중략)

밀너의 과학 연구 기부는 처음이 아니다. 이미 기초물리학, 생명과학,

수학에서 획기적 성과를 낸 과학자를 선정해 시상하는 '과학 혁신상 Breakthrough Prize'을 제정해 매년 노벨상의 두 배나 되는 상금을 수여하고 있다. 그가 잇따라 과학 연구에 거액을 기부한 것은 자신이 모스크바대를 나와 옛 소련 과학아카데미 산하 연구소에서 일한 물리학자 출신이기 때문인 것으로 알려졌다. 유리란 이름도 인류 최초로 우주로 나간 옛 소련의 우주인 유리 가가린에서 따온 것이다. 그가 "외계인 추적 연구에 대한 관심은 내가 태어나던 1961년부터 시작됐다"고 농담하는 것도 이 때문이다.

밀너는 소련 붕괴 무렵 과학자에서 투자자로 변신했다. 1990년 미국으로 이주해 펜실베이니아대 와튼스쿨에서 경영학석사MBA 학위를 받았다. 이후 실리콘밸리에서 트위터와 페이스북 같은 SNS 벤처에 집중 투자해 엄청난 수익을 거뒀다.

일반인도 연구에 참여할 수 있다. 우주에서 온 전파 신호를 분석하려면 엄청난 컴퓨터 작업이 필요하다. UC버클리는 1999년부터 일반인이 이 작업에 동참하는 '세티앳홈SETI@Home' 프로젝트를 진행하고 있다. 세티앳홈에서 프로그램을 내려받으면 PC가 다른 작업을 하지 않을 때 전파 신호 분석 작업에 참여할 수 있다. 밀너는 "어쩌면 일반인들이 전문가보다 먼저 외계인이 보낸 신호를 찾을지도 모른다"고 했다. 밀너는 이날 100만 달러 상금을 내걸고 외계인에게 인류가 어떤 존재인지 알리는 메시지도 공모하겠다고 밝혔다.

[조선일보, 「"외계인은 어릴 때부터 내 관심사"」, 2015. 07. 22.]

[수정문]

'외계인에 인류 소개' 메시지 어떻게? 100만 $ 공모

외계인을 찾는 프로젝트를 지원하기로 한 러시아 출신 억만장자 유리 밀너(53)가 외계인에게 인류가 어떤 존재인지 알리는 메시지를 상금 100만 달러를 걸고 공모한다고 밝혔다.

밀너는 20일(현지시간) 영국 런던의 왕립학회에서 "외계 지적생명체 탐사 SETI(세티) 프로젝트에 10년간 1억 달러를 기부하겠다"고 발표하고 이와 함께 인류를 알리는 메시지를 공모하겠다고 말했다.

일반인은 이 메시지 공모에 참여하는 외에 세티 연구에도 참여할 수 있다. SETI는 전파망원경으로 외계인이 보낸 신호를 추적하는 프로젝트다. 우주에서 온 전파 신호를 분석하려면 엄청난 컴퓨터 작업이 필요하다. UC버클리는 1999년부터 일반인이 이 작업에 동참하는 '세티앳홈SETI@Home' 프로젝트를 진행하고 있다. 세티앳홈에서 프로그램을 내려받으면 PC가 다른 작업을 하지 않을 때 전파 신호 분석 작업에 참여할 수 있다. 밀너는 "어쩌면 일반인들이 전문가보다 먼저 외계인이 보낸 신호를 찾을지도 모른다"고 했다.

그는 이날 "외계인 탐사 연구에 대한 관심은 내가 태어난 1961년에 시작됐다"고 말했다. 이는 인류 최초로 우주로 간 옛 소련의 우주인 '유리 가가린'에서 자신의 이름 '유리'가 붙여졌다는 사실을 바탕으로 한 농담이다.

밀너가 자금지원 계획을 발표하자 역구 물리학자 스티븐 호킹 박사 등 세계적인 학자들이 지지의 뜻을 밝혔다.

밀너는 모스크바대에서 공부하고 옛소련 과학아카데미 산하 연구소에서 물리학을 연구했다. 그는 '과학혁신상'을 제정해 기초물리학, 생명과학, 수학 분야에서 시상한다. 상금이 노벨상의 두 배나 된다.

그는 1990년 미국으로 이주해 펜실베이니아대 와튼스쿨에서 경영학석사 MBA 학위를 받았다. 이후 실리콘밸리에서 트위터와 페이스북 등에 투자해 막대한 수익을 올렸다.

[지은이, 「'외계인에 인류 소개' 메시지 어떻게? 100만$ 공모」, 아시아경제, 2015. 07. 22.]

2. 사례로 시작하기 vs 압축한 뒤 설명

미국 심리학자 에이브러햄 매슬로는 욕구 5단계설을 주장했다. 인간을 움직이는 욕구 다섯 가지는 생리적 욕구, 안전 욕구, 소속감과 사랑 욕구, 존경 욕구, 자아실현 욕구인데, 이들 욕구에는 위계가 있어 하위 단계의 욕구가 어느 정도 충족됐을 때에야 상위 단계의 욕구를 추구한다고 매슬로는 설명했다. 중국의 법가사상가法家思想家 관중管中이 말한 의식족이지예절衣食足而知禮節(의식이 충족되어야 예절을 안다)과 같은 논리다.

매슬로는 여기에 지적 성취 욕구와 심미적 향유 욕구를 더해 7단계로 확장했다. 추가한 두 가지 욕구는 존경 욕구 위에 뒀다. 욕구 5단계설에서도 뚜렷하지 않던 욕구 사이의 위계는 두 욕구가 추가되면서 더 흐릿해졌다. 배가 고프면 남의 존경을 원할 처지가 아님을 스스로 인정하거나 지적 성취 또는 예술 향유에 낼 힘이 생기지 않을뿐더러 그 경비도 감당이 되지 않게 마련이지만, 배를 곯는 생활 속에서도 더 나은 내일을 위해 학업에 정진하면서 남이 어떻게 보든 자존심을 지키며 내일을 준비할 수 있다. 또 지적 욕구나 심미적 욕구를 돌볼 겨를도 관심도 없는 채 오로지 자신이 세운 목표만을 위해 달려가는 사람들도 적지 않다.

사이버 세계에서의 상호작용을 매슬로의 욕구설을 통해 이해할 수 있다. 사람들은 사이버 세계에서 7가지 욕구 중 소속감과 사랑, 존경, 지적 성취, 심미적 향유를 채울 수 있다. 몸과 관련된 생리와 안전을 제외하면 욕구의 대부분을 사이버 세계에서 충족할 수 있는 것이다. 이는 사람들이 왜 사이버 세계에 빠져서 지내는가 하는 물음에 대한 답을 상당 부분 제공한다고 나는 생각한다.

사이버 세계에서 사람들은 자신의 준거집단을 드러내고 그 집단에 소속된 사람들이 좋아할 이야기를 올린다. 또 자신이 호감을 품은 사람에게 지속적으로 관심을 표명하고 그 사람의 이야기에 호응한다. 아울러 사람들이 자신에게 호감을 가지도록 할 만한 사진과 글을 올린다. 이는 소속감과 사랑을 구하는 행위다. 이 가운데 자신과 관련한 게시물은 존경받고자 하는 욕구의 발로이기도 한 경우가 있다. 사이버 세계에서는 지적 성취와 심미적 향유도 가능하다. 자신도 인터넷에서 이 두 욕구를 충족하면서 다른 사람들의 지적·심미적 계발과 향유를 돕는 게시물도 올릴 수 있다. 좋은 평가를 받는 게시물을 많이 올림으로써 네티즌으로부터 존경을 받는 일도 가능하다.

인터넷에 자리만 깔아주면 콘텐츠가 넘쳐나는 특성은 이런 배경에서 이해할 수 있다. 혹자는 준거집단이나 불특정 다수로부터 인정을 받고 나아가 존경을 얻기 위해 사실무근인 이야기를 지어내 올리기도 한다.

인터넷으로 쏟아지는 흥미로운 무료 콘텐츠로 돈을 벌 방법이 있지 않을까? 주킨 미디어가 그런 회사다. 주킨 미디어도 생소한 이름이지만 이미 이 분야는 주킨과 경쟁하는 업체가 생겨날 정도의 시장으로 형성됐다. 월스트리트저널WSJ은 이 회사를 다음과 같이 소개했다. 바로 본론으로 들어가는 대신 주킨의 존재를 부각하는 일화를 앞세웠다. 그다음에 붙인 기사에서 나는 자체 제작을 하지 않으면서 남이 찍은 동영상으로 돈을 번다는 주킨의 특징을 앞세웠다. 비교해서 읽어보자.

[인용문]

형편없어 보이는 아마추어 동영상에서 금광 캐는 회사

디스커버리 채널의 〈샤크타큘라Sharktacular〉는 아마추어들이 찍은 동영상 없이는 그저 그런 영상처럼 보일 것 같았다.

시간이 급박한 상황에서 이 TV 프로그램의 제작자들은 '주킨 미디어'에 필사적으로 연락을 취했다. 〈샤크타큘라〉는 해마다 디스커버리 채널이 방영하는 상어 관련 프로그램 〈샤크 위크Shark Week〉(상어 주간)의 예고편이다. '주킨 미디어'는 사용자가 제작한 영상을 공급하는 시장을 매점하고, 원작자의 동의를 얻어 이 같은 동영상을 방송하는 것을 목표로 한 소규모 업체다.

주킨은 이 프로그램 제작자들이 필요로 하는 영상을 갖고 있었다. 〈샤크타큘라〉는 지난달 방영됐다. (중략)

주킨을 공동 창업한 존 스코그모 CEO는 "우리는 동영상이 입소문을 타기 전에 찾아낸다"고 말했다. (중략)

2009년 스코그모는 웨스트할리우드에 위치한 자신의 아파트에서 주킨을 창업했다. 2년 전 22명이었던 이 업체의 직원 수는 100여 명으로 늘어났으며, 현재 2만여 편 이상의 동영상을 보유하고 있다.

베텔스만 디지털 미디어 인베스트먼츠와 메이커 스튜디오스를 포함한 투자자들의 지원을 받고 있는 주킨은 자사의 연간 수익이 1,000만 달러 정도라고 밝혔다.

주킨의 조사 담당 직원들은 대부분 사용자가 생산한 형편없는 콘텐츠 속에서 보물을 건지기를 기대하면서 하루에 400편 이상의 영상을 살펴본다. 주킨은 사내에 이처럼 동영상을 조사하는 정직원 10명과 전 세계에 프리랜서들을 두고 있다. 이들은 유튜브, 레딧, 디그, 트위터, 데일리 픽스, 플릭스, 페이스북 등을 뒤져 한 주에 평균 150편의 동영상에 대해 원작자로부터 사용 허가를 받는다.

최근 직원회의에서 직원들은 어부가 대어를 낚아 자랑하듯 자신이 건진 동영상을 과시했다. 이날 월척은 '닭의 공격을 받은 소녀'와 '트램펄린을 부순 뚱뚱한 소년'이었다.

동영상의 원작자, 특히 여러 사이트에 등장한 동영상의 원작자를 찾는 일은 쥐가 미로에서 치즈를 찾아다니는 것과 비슷하다.

주킨이 원작자를 찾아내면 영상의 품질에 따라 100~5,000달러의 판권이 제시된다. 주킨은 원작자들에게 100% 판권을 팔거나 수익을 배분받는 방식 사이에서 선택하도록 한다. (중략)

이제는 미국 광고업계가 광고에 사용될 수 있는 아마추어 콘텐츠를 찾기 위해 주킨으로 눈을 돌리고 있다. 스바루 자동차가 눈에 갇힌 경찰차를 끌어내주는 동영상을 그 예로 들 수 있다. 스바루는 광고로 사용하기 위해 이 영상의 판권을 구입했다. 주킨은 네슬레, 피자헛, 델 타코 등의 광고에 사용될 동영상의 판권도 구입했다.

스코그모는 "과거에는 TV가 유일한 수익원이었지만, 이제는 최후의 수익원이 됐다"고 말했다.

[WSJ, 「형편없어 보이는 아마추어 동영상에서 금광 캐는 회사」, 2015. 07. 19.]

[수정문]

돈 될 만한 UCC 사고팔아 100억 매출

미국 로스앤젤레스 소재 주킨 미디어는 스튜디오가 없고 배우도 없다. 하지만 유튜브에서 여러 동영상 채널을 운영하며 연간 매출 1,000만 달러를 올린다.

주킨이 내보내는 동영상은 이용자제작콘텐츠UCC다. 주킨은 UCC를 창작자로부터 구입해 방송사에 판매하거나 유튜브에 올려 광고 수입을 받는다. 2009년에 창업된 주킨은 현재 직원이 100여 명인 중소기업으로 성장했다.

존 스코그모 주킨 최고경영자CEO는 최근 월스트리트저널WSJ에 "우리는 동영상이 입소문을 타기 전에 찾아낸다"고 말했다. 주킨의 담당 직원들은 일과 시간의 대부분을 UCC 검색에 보낸다. '흥행이 될 법한' 동영상이 눈에 띄면 그 다음에는 그 동영상의 원작자를 찾아 나선다. WSJ은 동영상의 원작자를 찾는 일은 "쥐가 미로에서 치즈를 찾아다니는 것과 비슷하다"고 전했다.

주킨은 원작자와 연락해 영상의 품질에 따라 저작권료로 100~5,000 달러를 제시한다. 원작자는 저작권을 100% 파는 대신 주킨이 해당 동영상으로 벌어들이는 수입의 일정 비율을 배분받을 수도 있다.

주킨에서 동영상을 검색하는 직원 10명은 전 세계의 프리랜서들과 함께 유튜브, 페이스북, 트위터, 플릭스 등을 뒤진다. 주킨은 일주일에 평균 동영상 150건을 확보한다. 현재 주킨이 보유한 동영상은 2만 건이 넘는다.

스코그모 CEO는 미국 케이블TV 디스커버리 채널과 CMT에서 프로듀서로 근무하다 주킨을 창업했다. 처음에는 웨스트할리우드에 있는 자신의 아파트에서 사업을 시작했다.

주킨의 채널 중 하나인 '페일 아미 유Fail Army U'는 넘어지는 동영상을 보여준다. 지난 3월에 개설돼 30일 현재 구독자가 46만 명을 웃돈다. 조회 수는 2억 1,100만이 넘는다. 귀엽고 재미난 어린이나 동물의 모습을 담은 콘텐츠는 '큐티스 앤 퍼지스CutiesNFuzzies'라는 채널로 서비스한다. 이 밖에 눈길을 끌 동영상을 '주킨 비디오' 채널에서 보여준다.

주킨은 지난해 제작한 30분짜리 '넘어지는' 동영상을 편집한 프로그램 '페일 아미Fail Army'를 노르웨이, 캐나다, 뉴질랜드, 호주, 이탈리아 등에 판매했다. 이 프로그램은 방송하는 지역 언어로 내레이션이 다시 입혀진다. 스코그모는 "우리 시청자 중 70% 이상이 미국 이외의 지역에 거주한다"고 말했다.

아일랜드 소재 스토리풀, 영국의 라이트스터그룹 등이 이 영역에서 주킨과 경쟁하고 있다. 스토리풀은 2013년에 글로벌 미디어그룹 뉴스코프에 인수됐다.

방송사뿐 아니라 광고업계에서도 주킨의 동영상을 탐내고 있다. 일례로 스바루 자동차는 자사의 차가 눈에 갇힌 경찰차를 끌어내주는 동영상의 저작권을 주킨에서 사갔다. 주킨은 네슬레, 피자헛, 델 타코 등에서 쓸 만한 동영상도 사놓았다.

스코그모 CEO는 WSJ에 "과거에는 TV가 유일한 수익원이었지만 이제는 최후의 수익원이 됐다"고 말했다.

[지은이, 「돈 될 만한 UCC 사고팔아 100억 매출」, 아시아경제, 2015. 08. 06.]

3. 뉴스를 흥미로운 맥락 속에서 전한다

커피가 운동력을 향상시킨다는 연구 결과가 잇따르고 있다. 브라질 연구팀이 실험한 결과를 전하는 기사가 나왔다. 나는 이 기사에 커피가 한때 올림픽 금지약물이었다는 사실을 추가로 더하고 금지약물 부분을 앞세워 정리했다. 두 기사를 차례로 전한다.

[인용문]
운동 전 커피 1~2잔, 운동능력이 쑥↑

(전략) 커피에 든 카페인이 운동을 효과적으로 할 수 있는 방안이 된다는 것이다. 《스포츠의학과 신체건강저널Journal of Sports Medicine and Physical Fitness》에 이번 논문을 발표한 브라질 연구팀이 이와 같은 결론을 내렸다. 연구팀은 14명의 실험참가자들을 대상으로 커피를 복용한 날과 그렇지 않은 날 운동 수행능력을 비교하는 소규모 실험을 진행했다. 카페인이 들어간 음료를 마시는 날에는 체중 1kg당 5mg에 해당하는 양의 카페인을 먹었다.

체중이 70kg 나가는 사람이 2~3잔 정도의 커피를 마신 수준이라고 보면 된다. 실험참가자들은 카페인을 복용한 뒤 한 시간이 지난 시점 운동할 준비를 했다.

연구팀은 실험참가자들에게 레그 프레스와 벤치 프레스를 실패할 때까지 수행하도록 요청했다. 레그 프레스는 하체를 단련하는 근력운동이고, 벤치 프레스는 가슴근육을 강화하는 운동이다. 실험참가자들은 이 두 가지 운동을 총 3세트 시행하는데 각 세트마다 본인이 할 수 있는 만큼 개수를 채웠다.

실험 결과, 카페인을 복용하지 않은 날보다 복용한 날 실험참가자들의 운동 의지가 보다 확고했다. 실질적인 운동 능력 역시 향상됐다. 벤치 프레스는 카페인을 복용하지 않은 날보다 11.6%, 레그 프레스는 19.1% 향상됐다.

이번 연구를 주도한 루카스 기마랑이스 페레이라 박사는 "기존 연구들을 통해 이미 카페인의 운동 효과가 입증돼왔다. 지구력을 필요로 하는 운동을 할 때 체중 1kg당 3mg 정도의 카페인이면 도움이 된다"며 "이는 커피 1~2잔에 해당하는 양"이라고 말했다. (하략)

[코메디닷컴, 「운동 전 커피 1~2잔, 운동능력이 쑥↑」, 2015. 07. 09.]

[수정문]

커피가 힘 키운다…한때 올림픽서 금지

카페인은 한때 올림픽위원회IOC의 금지약물 리스트에 올려졌었다. 카페인이 운동 수행 능력을 향상시키기 때문이다.

책 『총성없는 전쟁』에 따르면 카페인을 금지하는 결정은 1998년 5월 스페인에서 열린 국가올림픽위원회연합회ANOC 총회에서 별 논의 없이 내려졌다. IOC 의무분과위원장 알렉산더스 메로드 왕자가 발표한 복용금지 약물 리스트에 카페인이 1등급에 포함됐다.

그런데 IOC가 막상 카페인을 금지하려고 하니 실행에 어려움이 있었다. 카페인은 커피가 아니더라도 올림픽 후원사 음료에도 함유돼 있다. 게다가 카페인이 든 커피나 콜라가 일상적인 음료인 현실에서 이를 금지약물로 묶는 게 합당하지 않다는 지적에도 힘이 실렸다.

결국 카페인은 2002년 말레이시아 ANOC 총회에 이어 2003년 9월 세계반도핑기구WADA에서 금지약물에서 제외됐다.

여하튼 카페인은 IOC와 WADA가 인정하는 경기력 향상 성분인 셈이다. 카페인의 효과는 이미 많은 연구를 통해 입증됐다. 카페인은 어떤 운동에 도움이 될까.

건강 관련 뉴스미디어 코메디닷컴은 지난 9일 《스포츠의학과 신체건강 저널》에 커피에 든 카페인이 근력 운동 수행 능력을 향상시킨다는 연구 결과가 발표됐다고 전했다.

브라질의 루카스 기마랑이스 페레이라 박사가 이끈 연구팀은 실험 참가자 14명을 대상으로 커피를 마신 날과 마시지 않은 날 운동 수행 능력을 비교했다. 실험 참가자들은 커피를 마시고 한 시간이 지난 뒤 벤치프레스와 레그 프레스 운동을 했다. 참가자들은 카페인을 섭취한 날 벤치 프레스는 12%, 레그 프레스는 19% 더 할 수 있었다.

뉴욕타임스NYT 기사에 따르면 운동생리학자들은 1978년 이래 카페인의 효능을 연구해왔으며 카페인이 단거리 달리기, 마라톤·사이클·수영, 테니스처럼 움직임과 멈춤을 반복하는 운동 등에 고루 도움이 된다는 결론에 이르렀다.

힘을 더 내거나 오래 운동하려면 카페인을 얼마나 섭취해야 할까. 브라질 연구팀의 실험 참가자들은 체중 1kg당 카페인 5mg에 해당하는 커피를 마셨다. NYT는 많은 연구자들이 운동 효과가 나려면 체중 1kg당 카페인 5~6mg이 필요하다고 분석했다고 전했다. 예를 들어 몸무게가 80kg인 사람은 카페인 400여 mg이 요구된다는 것이다.

그럼 카페인 400mg을 섭취하려면 커피를 얼마나 마셔야 하나. 커피를 약 570g 들이키면 된다고 한다. 하지만 이 분량의 5분의 1만 마셔도 효과가 있다고 한다. 호주 스포츠연구소의 루이스 버크가 이런 연구 결과를 내놓았다. 커피를 200g 정도, 그러니까 한 잔만 마셔도 된다는 얘기다.

커피를 자주 마시는 사람도 운동 전 카페인을 섭취하면 더 나은 기록을 낼 수 있을까. 몇 주 동안에는 커피를 끊고 지낸 뒤 경기 직전에 마셔야 하지 않을까.

이에 대해 캐나다 맥매스터대학의 마크 타르노폴스키 박사는 "정기적으로 커피를 마신다고 해도 대회나 훈련 전 커피 한 잔을 마시면 기량이 향상될 수 있다"고 설명했다. 그는 "이 점에 의문의 여지는 없다"고 잘라 말했다. 타르노폴스키 박사는 철인3종경기 엘리트 선수이며 스키 오리엔티어링과 산악달리기 종목에서도 선수로 활동한다.

[지은이, 「[짜장뉴스] 커피가 힘 키운다…한때 올림픽서 금지」, 아시아경제, 2015. 07. 15.]

4. 같은 사안을 다른 각도로 바라본다

황우석 전 서울대 교수팀이 세계 최초로 복제 인간 배아줄기세포를 배양했다는 연구 결과를 2004년 2월 과학 저널 《사이언스》에 제출했다. 《사이언스》와 미국국가과학진흥협회AAAS는 전 세계 과학기자들에게 이 소식을 알리고 2월 13일 새벽 4시(한국 시각)까지 엠바고를 걸었다. 충실한 취재와 기사 작성을 돕기 위해 자료를 미리 제공하니 엠바고 시점 이후에 보도해달라는 것이었다. 《사이언스》 같은 과학 저널의 엠바고에는 매체들이 다른 미디어의 뉴스를 해당 미디어보다 먼저 보도하면 안 된다는 업계 윤리의 측면도 있다.

당시 중앙일보 기자였던 홍혜걸 씨는 엠바고를 파기하고 12일자에 단독으로 '장기 복제 길 한국인이 열었다' 제하의 기사를 썼다. 이에 대해 서울대 세포응용연구 사업팀은 보도자료를 내고 "일부 언론이 아무런 확인절차도 없이 일방적으로 연구내용을 보도했다"라며 "한국과학계의 국제적 위신 추락과 난관봉착이 예상돼 유감스럽게 생각한다"라는 입장을 발표했다. 한국과학기자협회도 성명서를 통해 "특정 신문의 특정 기자가 특종 욕심에 앞서 이를 먼저 보도한 것은 국익을 무시한 자사이기주의의 소치"라며 대응방안을 강구할 것을 밝혔다.

홍 기자는 12일자 중앙일보 기사에서 《사이언스》의 인터넷 속보를 보고 기사를 작성했다고 밝혔으나 《사이언스》는 그가 엠바고를 깬 뒤 관련 소식을 인터넷 속보로 내보냈다. 또 다른 과학기자들도 이미 자료를 받았지만 엠바고를 지키느라 보도하지 않았다는 점도 밝혀졌다.

홍 기자의 단독기사는 엠바고를 깨고 얻은 결과라는 점에서 박수가 아닌 비판을 받았다. 게다가 그가 논란을 일으킨 황우석 팀의 연구가 조작된 것이라는 사실이 드러나면서 정직하지 않은 논문을 정당하지 못한 방법으로 알린 꼴이 됐다.

이 사건을 끄집어낸 것은 미디어가 항상 뉴스를 입수하는 대로 경쟁적으로 보도하지는 않는다는 점을 다시 한 번 환기하기 위해서다. 엠바고는 대개 자료를 제공하는 기관에서 미디어에 취재·보도를 돕는 취지에서 건다. 해당 내용이 알려질 경우 국익이나 관련된 인명의 피해가 예상될 경우에도 관련 당국이 엠바고를 요청할 때도 있다. 이런 배경지식을 염두에 두고 다음 기사를 읽어보자.

[예시문]

'엄청난' 판결 하루 뒤에야 보도된 까닭

"오늘 '형사사건에서 성공보수약정은 무효'라는 대법원 판결이 전원합의로 나왔습니다. 이거 엄청난 뉴스입니다."

한인섭 서울대 법학전문대학원 교수가 23일 오후 페이스북에 올린 글이다.

변호사들은 소셜미디어를 통해 이 소식을 전하고 이 판결의 의미와 앞으로 미칠 영향을 놓고 얘기를 나눴다. 이른바 전관예우로 통칭되는 행태에 제동이 걸릴 것이라는 기대와 제도적인 보완이 필요하다는 의견이 나왔다.

법조계가 전관예우로 떠들썩한 반면 일반인들은 이 뉴스를 전혀 접하지

제5장 구성 훈련은 원 소스 멀티 유스로

못했다.

한 교수는 같은 글에서 "그런데 진짜 웃기는 건 판결이 나왔는데도 기사가 뜨지 않습니다"라며 "기자실에서 엠바고 걸었답니다"라고 전했다. 기사는 24일 12시에 나오기 시작했다.

엠바고는 원래 금수禁輸 조치를 뜻했다. 그러다 일정 시점까지 보도하지 못하도록 하는 것을 가리키는 미디어 용어가 됐다.

한 교수는 24일 또 페이스북에 "대법원 판결, 헌법재판소 결정은 공개리에 한다"며 "그런데 판결·결정이 나와도 즉각 시민에게 알려지지 않는다"고 글을 올리고 엠바고를 비판했다. 그는 "통상 기자단에서 '엠바고 24시간'을 거는 게 관행이라고 한다"며 경쟁해야 할 언론이 "(왜) 스스로 '묵비 카르텔'로 발목 묶기를 해서 후진언론을 자초하는지 알 수 없다"고 지적했다.

한 교수는 "성공보수약정 판결은 어제 밤사이에 법조인 중 다수가 알 만큼 큰 사안이고 온갖 반응이 생겨나고 전화도 많이 오갔을 것"이라며 엠바고로 인해 "news가 아니라 olds가 됐다"고 설명했다.

그는 "왜 그런 카르텔을 깨지 않느냐고 물으니 아주 센 징계조치를 내린다고 한다"고 전하고 언론자유 행사하면 언론기관(출입처기자단)이 징계하는 것은 "외부인이 보기엔 너무 이상하다"고 말했다.

국내 기자단 엠바고는 지난달 26일 미국 대법원의 '동성결혼 합헌' 판결이 보도되는 방식과 대조된다. 그날 미국 대법원이 판결문을 내놓자 방송사 인턴들이 1초라도 더 빨리 이 소식을 전하기 위해 자사 앵커가 있는 곳으로 전력 질주하는 모습이 눈길을 끌었다. 엠바고 없이 발표와 동시에 보도하도록 한 것이다. 언론사들도 엠바고를 요청하지 않았다.

한 교수는 "언론자유 시대에 기자들의 취재 경쟁은 무한 경쟁"이라고 주장했다. 그는 "판결의 가치를 즉각 알아내고, 혹은 판결을 예측하고 나오자마자 보도를 쏟아내는 역량은 기자의 역량이고 해당 언론사의 역량"이라고 말했다.

기본적으로는 합당한 주장이지만 모든 엠바고가 언론자유 및 알 권리와 상충하는 것은 아니다. 취재시간을 줌으로써 정확하고 깊이 있게 기사를 작성하도록 한다는 취지에서 엠바고를 걸 때도 있다. 예를 들어 미국 노동통계국BLS은 실업률을 발표할 때 말미를 30분 준다. 실업률 자료를 주고 설명한 뒤 기사를 작성하도록 한다.

이번 대법원 판결에 대한 엠바고에도 비슷한 측면이 있다. 법원 판결은 법리적으로 복잡해 발표되자마자 기사화하기 어려운 경우가 많다. 또 관련 내용을 분석하고 판단 등을 종합해 기사의 품질을 높이려면 시간이 걸린다.

[지은이, 「'엄청난' 판결 하루 뒤에야 보도된 까닭」, 아시아경제, 2015. 07. 24.]

이 기사를 압축한 단평은 다음과 같다. 이 건에 대한 기사가 나간 이후 시점인 만큼 이 뉴스를 앞세우는 대신 선진국 미디어의 엠바고 관행을 도입부로 잡았다.

[예시문]

엠바고

"노동 관련 통계 부서 사람들이 기자실에 자료를 동시에 배포해. 그러면 기자들은 단거리 달리기 출발 총성이 울린 것처럼 맹렬히 기사를 작성해 날리지."

엠바고와 관련해 10여 년 전에 들은 얘기의 요점이다. 국내 기자들은 엠바고라는 이름으로 시간을 두고 기사를 작성하는 편의를 제공받거나 누리지만 미국 미디어에서는 '얄짤 없다'라는 말이었다. 엠바고는 미디어에서 '보도시점 유예'라는 관행을 가리키는 데 쓰인다.

실제는 그렇지 않다. 미국 워싱턴 D.C. 소재 미국 노동통계국BLS은 매달 첫 금요일 오전 8시에 기자들을 록업룸lock-up room이라고 불리는 방으로 데려간다. 기자들은 그 전에 휴대전화와 노트북컴퓨터 등 모든 개인 소지품을 개별 사물함에 넣어둔다. BLS는 기자들에게 실업률 자료를 주고 설명해준다. 각 기자는 록업룸에 비치된 공용 PC로 기사를 작성한다. 공용 PC를 통해 기사가 외부로 전송되는 시점, 즉 엠바고가 오전 8시 30분으로 통제된다.

미국 실업률 기사에는 자료 제공부터 엠바고 시점까지 30분 말미가 주어지는 것이다. 미국 실업률 엠바고는 정확하고 깊이 있는 뉴스를 제공한다는 취지에서 정해졌다. 발표하자마자 기사를 작성하도록 할 경우 기자마다 이해도에 따라 뉴스가 제각각으로 나와 그럴 경우 독자에게 혼란을 줄 뿐 아니라 금융시장에 비정상적인 충격이 미칠 위험이 있다.

지난주 '형사사건 성공보수약정은 무효'라는 대법원 전원합의 판결에 대한 엠바고를 비판하는 의견이 나왔다. 한인섭 서울대 법학전문대학원 교수는 지난 23일 오후 페이스북에 "이거 엄청난 뉴스"라며 "그런데 진짜 웃기는 건 판결이 나왔는데도 기사가 뜨지 않는다"고 지적했다. 이어 "기자실에서 엠바고 걸었다고 한다"고 그 이유를 설명했다.

한 교수는 24일에도 페이스북에서 엠바고를 비판했다. 그는 "경쟁해야 할 언론이 (왜) 스스로 '묵비 카르텔'로 발목 묶기를 해서 후진언론을 자초하는지 알 수 없다"고 말했다.

한 교수는 "언론자유 시대에 기자들의 취재 경쟁은 무한 경쟁"이라며 "판결의 가치를 즉각 알아내고, 혹은 판결을 예측하고 나오자마자 보도를 쏟아내는 역량은 기자의 역량이고 해당 언론사의 역량"이라고 말했다.

기본적으로는 합당한 주장이지만 모든 엠바고가 언론자유 및 알 권리와 상충하는 것은 아니다. 이를 뒷받침하는 해외 사례는 미국 실업률 통계 외에도 많다.

이번 대법원 판결에 걸린 엠바고에도 비슷한 측면이 있다. 법원 판결은 법리적으로 복잡해 발표되자마자 기사화하기 어려운 경우가 많다. 또 내용을 분석하고 판단을 종합해 기사를 작성하려면 시간이 걸린다.

엠바고 자체는 문제가 아니다. 다만 엠바고의 시간은 사안에 따라 조정할 필요가 있다고 본다.

[지은이, 「[초동여담] 엠바고」, 아시아경제, 2015. 07. 28.]

5. 일단 메모하라, 글로 완성은 그 다음에

처음부터 완성도 높은 글을 쓰려고 하기보다는 메모장에 적어둔다는 마음으로 가볍게 정리하는 습관을 들이는 게 좋다. 그렇게 적어놓은 걸 재료 삼아 가공하면 글쓰기가 훨씬 수월해진다. 이 또한 '원 소스 멀티 유스'라고 할 수 있다. 내가 2009년 블로그에 적은 「개구리가 과연 산 채로 삶아질까」와 이를 바탕으로 가공한 「개구리 삶기의 진실」을 그다음에 붙인다. 첫째 글은 이 이야기와 인용된 사례를 먼저 설명했고 둘째 글은 이 우화를 짧게 소개한 뒤 바로 의문으로 들어갔다.

[예시문]

개구리가 과연 산 채로 삶아질까

개구리를 잡아 차가운 물이 담긴 플라스크에 집어넣는다. 처음엔 플라스크 위를 덮어 개구리가 뛰쳐나가지 못하도록 한다. 플라스크를 알코올램프 위에 올려놓고 가열한다. 수온을 개구리가 좋아하는 미지근한 온도로 서서히 높인다. 개구리는 기분 좋은 상태에 빠져든다. 이젠 플라스크 위를 열어놓는다. 플라스크가 그리 높지 않아 뛰어넘을 수 있는데도 개구리는 그 상태를 즐기며 점차 몽롱한 상태에 빠져든다. 수온이 더 높아져도 빠져 나오지 않는다. 개구리는 결국 산 채로 삶아지고 만다.

여러 차례 들으셨을 개구리 비유입니다. 대개 환경 변화에 일찌감치, 적기에 대응해야 함을 강조할 때 드는 이야기입니다.

개구리 이야기를 얼마 전에 한 번 더 들었습니다. 어느 초등학교 선생님이 학습 자료를 구축하는 회사 CEO에게 이런 부탁을 했답니다.

"바른 생활과 관련한 학습 자료로 개구리 실험을 동영상으로 만들어 올려주시면 어떨지요. 그 동영상을 아이들에게 보여주면서 게임 중독이 얼마나 무서운 것인지 경각심을 일깨워주고 싶어요. '처음엔 게임을 즐기지만 서서히 빠져든 나머지 게임에서 영영 헤어나지 못하게 된다'고 설명하려고 합니다."

7월 중순에 읽은 미국 경제학자이자 뉴욕타임스 칼럼니스트인 폴 크루그먼의 칼럼은 제목부터 「개구리 삶기Boiling the Frog」였습니다. 그는 개구리 이야기에 빗대, 미국이 경제위기와 지구온난화에 전력을 다해 조기에 대응하지 않을 경우 돌이키지 못할 파국에 봉착할 것이라고 경고했습니다.

개구리 이야기가 사실이라고 믿으시나요? 저는 1990년대 중반에 처음 접했을 때부터 '무슨 황당한 소리…' 하고 반발했습니다. '자연에 아무리 희한하고 희한한 일이 많다지만 그런 일이 있으랴' 하고 생각했습니다.

크루그먼은 저와 생각이 같더군요. 그는 다른 사람과 달리 개구리 이야기에 단서를 달았습니다. '현실에서 개구리는 (온도가 높아지면) 뛰쳐나갈 것'이라고요.

'비유는 비유일 뿐, 따져보지 말자'며 저를 가볍게 나무랄 분도 계시겠지요. 저는 비유일지라도 우화가 아닌 현실에 바탕을 둬야 한다고 봅니다. '독수리가 고통을 감수하면서 제 깃털을 다 뽑아 새롭게 태어난다'는 혁신의 우화가 회자됐을 때에도 그런 생각이 들었습니다.

TV 과학 프로그램에서 개구리를 여러 차례 실험해서 동영상으로 띄우면 좋겠습니다. 개구리는 한 마리도 희생되지 않는다는 데 저는 걸겠습니다. 하하하.

[수정문]

'개구리 삶기'의 진실

개구리를 뜨거운 물이 담긴 그릇에 넣으면 금세 뛰쳐나오지만 차가운 물에 담그고 수온을 서서히 올리면 나올 때를 놓치고 그 안에서 죽고 만다는 얘기, 변화에 제때 대응해야 한다는 예화例話로 자주 쓰인다.

이 얘기를 처음 접한 것은 1990년대 중반 어떤 행사에서였다. 조직의 구성원이 현재에 안주하면 그 조직은 뒤처지고 급기야 도태되고 만다는 메시지를 전하기 위해 연단에 선 누군가가 이 실험을 예로 들었다.

나는 '무슨 황당한 소리냐'며 뜨거운 물에 던져진 개구리처럼 반발했다. 내가 개구리에 비유됐다는 것부터 기분이 나빴는지 모른다.

이후 나는 가끔 '냄비 속 개구리'는 사실일 리 없다며 열을 올리다 심드렁한 반응에 말문을 닫곤 했다. 한참 뒤 내게 우군이 생겼다. 폴 크루그먼예일대 교수다.

그는 2009년 7월 13일자 뉴욕타임스NYT에 「개구리 삶기Boiling the Frog」라는 제목의 칼럼을 썼다. 크루그먼은 개구리 이야기를 들어, 미국이 경제위기와 지구온난화에 조기 대응하지 않는다면 파국에 봉착할 것이라고 경고했다. 크루그먼은 "개구리는 실제로는 뛰쳐나올 것이지만"이라고 덧붙였다.

크루그먼은 노벨상을 받았다. 하지만 분야가 경제학이고 생물학에는 어두울지 모른다. 그래서인지 크루그먼을 인용해도 내 주장에는 힘이 실리지 않았다.

얼마 전 마침내 권위 있는 결론을 이메일로 접했다. 권오길 강원대 명예교수(생물학)가 지인들에게 보낸 편지다. 권 교수는 냄비 속 개구리는 "19세기에 시행한 실험으로 잘못 전해진 거짓부렁"이라고 잘라 말했다.

개구리 실험에 대한 상세한 설명은 인터넷 백과사전 위키피디아에서 표제어 'boiling frog'로 찾으면 나온다.

실제거나 꾸며낸 얘기거나 비유는 비유일 뿐, 무슨 상관이란 말인가, 타박할 독자가 계시리라. 무심코 던진 돌에 개구리가 맞거나 말거나, 개구리가 점차 뜨거워지는 물에서 죽거나 말거나….

위키피디아를 보니, 나 말고도 이 얘기에 흥분한 사람이 있었다. 제임스 팰로우스는 몇 년 전 미국 월간지 《디 애틀랜틱》에서 "멍청한 헛소리"라며 개구리 얘기를 그만하자고 주장했다. 아, 팰로우스도 직업이 기자다.

[지은이, 「[초동여담] '개구리 삶기'의 진실」, 아시아경제, 2013. 07. 09.]

6. 이왕이면 부가가치를 더하자

이왕 '우라카이'를 한다면 조금 빼고 조금 더하고 문장과 단어를 살짝 바꾸는 게 아니라, 부가가치를 더해야 한다. 그렇게 하려면 앞서 얘기한 대로 앵글을 잡거나 물음표를 던져야 한다. 제1장에서 소개한, 솔개의 우화가 사실이 아니라고 설명한 기사(76쪽)를 놓고 생각해보자. 여기에 무엇을 새로 추가할 수 있을까. 필자는 다음과 같이 내용을 더했다. 구성을 어떻게 달리했는지도 참고할 점이다.

[예시문]

혁신의 상징 된 솔개, 환골탈태하나

'솔개의 환골탈태' 이야기를 한 번쯤 들어보셨으리라. '솔개는 40년을 산 뒤 선택의 기로에 놓이는데, 고통스러운 과정을 통해 부리와 발톱, 깃털을 새로 나게 하면 완전히 새롭게 변신해 다시 30년을 더 산다'는 얘기다. 이 이야기는 어디에서 나온 것일까? 솔개의 혁신과 변신은 과연 사실일까?

솔개의 변신은 마치 실제 생태인 것처럼 거론된다. 그 사례를 몇 가지 살펴보자.

"솔개는 오래 사는 조류다. 최장 70년 이상까지도 산다. 이런 솔개는 부화한 지 40년이 되면 중요한 선택을 한다. 현재의 익숙하고 편안한 삶을 유지할지 아니면 고통스럽지만 부리와 발톱을 깰 것인지를 놓고 결정해야 한다.

솔개는 마흔 살이 되면 발톱이 노화해 사냥감을 효과적으로 잡아챌 수 없고 부리와 깃털도 길게 자라 하늘로 날아오르기 힘들어진다.

현재의 익숙한 삶을 선택할 경우 당장은 편할지 모르지만 머지않아 사냥을 할 수 없게 된다. 반면에 고통스러운 수행과정을 거치면 새로운 부리와 발톱을 얻고 완전히 새로운 모습으로 변신해 30년의 수명을 더 누리게 된다.

광주광산업이 지금 솔개와 같은 선택의 시점에 와 있다." (윤장현 광주시장, 2014 국제광산업전시회 특별기고, 전자신문, 2014. 10. 05.)

"수명이 20년인 솔개는 20년이 돼서 마지막에 높은 절벽 위에 올라가 혼자 외롭게 제일 먼저 자신의 깃털을 다 뽑아내고, 맨 마지막에 부리로 발톱을 뽑아내고 그리고 남은 부리를 제 몸으로 부딪혀 뽑아내야 20년 수명을 더 산다고 한다." (2013년 1월 문희상 민주통합당 비상대책위원장, 의원 총회 모두발언에서 당의 진정한 반성과 변화 의지를 호소하며)

시기를 거슬러 올라가면 '솔개의 혁신'은 2005년부터 거론됐다. 그해 11월 정상명 검찰총장은 취임사에서 "솔개는 40년을 살고 몸이 무거워지면 돌에 부리를 쪼아 새 부리가 나게 하고, 그 부리로 발톱과 깃털을 뽑아내어 새로운 모습으로 변신한 뒤, 창공을 차고 올라가 30년을 더 산다"며 검찰 간부들에게 변화와 혁신의 주체가 될 것을 당부했다.

황영기 우리은행장은 2006년 4월 월례조회에서 생존을 위한 솔개의 몸부림을 소개하면서 우리은행도 이를 본받아 환골탈태해야 한다고 강조했다.

우선 궁금한 점은 솔개가 과연 70년을 장수하는가 하는지다. 미국 미시

제5장 구성 훈련은 원 소스 멀티 유스로

간대학 동물학 박물관에서 운영하는 동물다양성 사이트animaldiversity.org에 따르면 솔개black kite는 기대수명이 22년이다. 야생 상태에서는 24년까지 산 기록이 있다. 플래닛패션planetpassion.eu이라는 사이트도 솔개 항목에서 수명이 최장 25년이라고 전한다.

따라서 위 이야기에서 '솔개가 40년을 산 뒤 환골탈태를 하면 30년을 더 활기차게 산다'는 부분은 사실이 아닌 것으로 보인다.

흥미로운 대목은 문희상 전 민주통합당 비상대책위원장은 솔개의 변신 시기를 태어난 지 20년으로 전했다는 점이다. 솔개가 목숨을 건 변신을 시도하는 시기가 40세에서 20세로 앞당겨진 것이다. 아마 솔개의 평균 수명이 25년이 되지 않는다는 사실을 알게 된 사람들이 '40세'를 '20세'로 낮춘 버전을 만든 게 아닌가 싶다.

그렇다면 솔개가 20여 년을 사는 동안 한차례 부리나 발톱, 깃털을 갈아 치울 수는 있을까? 이에 대해 동물생태 전문가들은 하나같이 "있을 수 없는 일"이라고 말했다.

"새에서 부리가 다시 만들어져 나온다는 것은 있을 수 없는 일이다. 새가 부리를 부분적으로 다쳤을 때 이따금 그것을 다른 방식으로 보완하는 게 나타날 수는 있으나, 생태학적으로 부리가 다시 날 가능성은 없다." (구태회 경희대 환경·응용화학대학장, 한겨레신문, 2006. 05. 09.)

"새의 부리가 손상되면 다시 나지 않는다. 또 새들이 부리를 다치면 음식물 섭취를 할 수 없기 때문에 살 수가 없다. 조류는 포유류랑 달라서 음식물을 섭취하지 않고 버틸 수 있는 기간이 매우 짧다." (권순건 에버랜드 수의사, 한겨레신문, 2006. 05. 09.)

부리가 다시 나지 않으면 새 부리로 발톱을 뽑지도 깃털을 뽑지도 못한다. 변신하지 못하고 죽는 수밖에 없다.

그럼 솔개 우화는 누가 지어낸 것일까. 한겨레신문은 「'솔개식 개혁'의 실체…솔개는 정말 환골탈태를 할까?」 기사에서 이 이야기가 2005년 4월 나온 책 『우화경영』 내용에서 유래됐다고 전했다. 저자 정광호는 제목에 '우화'임을 명시했다. 이 우화를 전하는 사람들이 그럴듯하게 말하면서 실제처럼 알려지게 된 듯하다.

[지은이, 「[짜장뉴스] 혁신의 상징 된 솔개, 환골탈태하나」, 아시아경제, 2015. 07. 09.]

7. 요약하기도 좋은 글쓰기 훈련

간송 전형필은 위대한 컬렉터였다.

그가 아니었다면 우리 문화의 정수가 뿔뿔이 흩어진 나머지 그 진가를 제대로 연구하고 감상하기 어려웠을 게다.

그가 아니었다면 한글이 어떻게 창제됐는지 영영 밝혀지지 않은 채 한글이 기존 문자를 모방했다거나 이전에도 한글의 원형이 있었다는 등 낭설이 계속 득세했을 것이다. 그가 1940년 한글 해설서 『훈민정음』 소식을 접하고 거액에 입수해 고이 간직해 전함으로써 이전까지 미스터리였던 한글 제자 원리가 밝혀지게 됐다. 그가 아니었다면 『훈민정음』은 어느 일본인 손에 들어가고 일본 정부의 통제 아래에서 극비에 부쳐졌을지 모른다.

간송은 개인적인 호사 취미로 문화재를 사들인 여느 컬렉터와 달리 민족문화의 기준에서 작품을 선택했다. 간송은 이를 통해 삼국시대부터 조선시대 말, 근대에 이르는 전 시대에 걸쳐 서화, 도자기, 공예 등 모든 분야를 망라한 수장품을 확보했다.

아울러 간송은 자신이 따로 감상하기 위해서가 아니라 박물관에 전시해 두루 보여주기 위해 작품을 수집했다. 수장품이 모인 다음 박물관을 지은 게 아니라 박물관을 지으면서 작품을 모은 것이다.

컬렉션이 우리 문화를 대표한다는 점에서 간송 전형필을 소개할 수 있겠다. 그렇게 하려면 필자가 예술에 조예가 깊고 간송 컬렉션을 다른 컬렉션과 비교해 평가할 지식과 안목을 갖추고 있어야 한다. 나는 이 측면에 관심이 있었지만 그럴 깜냥이 되지 않았고, 또 그런 글은 덜 대중적이라는 점에서 다음과 같이 정리하는 차선을 택했다. 이 글은 현대해상 사보에 기고한 것이다. 이 글 다음에 붙인 더 짧은 글은 '간송미술관'을 통해 간송과 그의 컬렉션을 엮어냈다. 또 도입부를 이차 협상 상황으로 시작함으로써 독자를 바로 일화의 클라이맥스 직전으로 이끌었다.

[예시문]

간송 전형필의 눈길로 감상하는 우리 문화재

걸작 고려청자 22점을 둘러싼 협상이 교착 상태에 빠졌다.

팔려는 측에서 제시한 가격과 사려는 쪽에서 밝힌 값에 차이가 컸다. 게다가 절대적인 금액이 요즘 화폐가치로 1,000억 원을 훌쩍 넘는 엄청난 거래였다. 견해 차이는 금액으로 치면 몇백억 원에 달했다.

고려청자를 내놓은 사람은 초로의 영국인 변호사 존 개스비였다. 그는 수십 년 동안 일본 도쿄에서 활동하며 한 점 한 점 고려청자를 모았다. 일본 생활을 마치고 영국으로 귀국하기에 앞서 애장품을 정리하기로 했다. 원매자는 31세의 조선인 간송 전형필이었다.

두 사람은 1937년 2월 도쿄에 있는 개스비의 저택에서 만났다. 개스비는 컬렉터 간송의 명성을 익히 들어 알고 있었지만 그렇게 젊은 사람일 줄은 몰랐다.

개스비는 청자 한 점당 2만 5,000원씩 모두 55만 원을 불렀다. 당시 1만 원이면 경성 기와집 10채를 살 수 있었다. 요즘 3억 원짜리 아파트를 기준으로 하면 55만 원은 1,650억 원에 해당한다.

간송은 한 점에 1만 5,000원씩 평가해 35만 원을 제시했다.

양측은 이틀 동안 협상을 벌였지만 합의에 이르지 못했다. 합의는커녕

가격 차이를 좁히는 데 실패했다. 개스비는 3만 원을 낮췄고 간송은 3만 원을 높여, 가격은 각각 52만 원과 38만 원으로 조정됐다. 개스비가 한발 더 양보해 50만 원으로 값을 내렸지만 협상은 결국 결렬됐다.

간송은 쓰린 가슴을 달래며 서울로 돌아왔다.

개스비는 간송에 이어 대영박물관에 인수 의향을 타진한다. 하지만 제1차 세계대전 이후 유럽을 떠돌던 명화를 수집하는 데 열심이었고 '고요한 아침의 나라'에서 빚어진 청자에는 별 관심이 없었다.

개스비가 소장한 고려청자라면 일본에서는 얼마든지 그 값에 처분할 수 있었다. 하지만 개스비는 다시 전형필을 찾아온다. 고려청자를 본고장에 남기고 가면 좋겠다고 생각했을까? 일본인으로부터 자국의 문화재를 지켜야 한다는 간송의 사명감에 이끌려서일까? 두 가지 다 작용하지 않았을까?

두 사람은 4월 초에 서울 조선호텔에서 재회한다. 인사하고 안부를 나눈 뒤 간송이 말했다.

"협상을 재개하기 전 보여드리고 싶은 곳이 있습니다. 같이 가주시겠습니까?"

간송은 개스비를 둘을 연결해준 일본인과 함께 성북동으로 데려간다. 건물 공사가 한창인 현장이었다. 간송은 소장품을 전시할 박물관이라고 설명했다. 간송미술관 건물이었다. 동행한 일본인에게는 비밀을 지켜달라고 신신당부했다. 조선총독부가 박물관을 짓고 있다는 사실을 알면 공사를 중단시킬지 몰라서였다. 개스비가 감탄한다.

"영국에서도 이런 규모의 개인 박물관은 흔치 않아요."

개스비는 작품을 모으는 데 그치지 않고 많은 사람이 보도록 함으로써 민족의 자긍심을 고취한다는 간송의 큰 뜻을 깨닫는다.

개스비는 가격을 40만 원으로 낮춘다. 대신 작은 청자 두 점은 자신이 영국에서도 감상할 수 있도록 **빼달라**고 제안한다. 간송이 이 수정 제안을

제5장 구성 훈련은 원 소스 멀티 유스로

받아들였다. 이로써 나중에 국보로 지정된 청자오리형연적과 청자기린형향로를 비롯한 청자 22점이 우리 품에 돌아오게 됐다.

간송 전형필은 여느 부자 수집가와 달랐다. 우선 개인적인 취향을 앞세우기보다는 민족문화의 기준에서 작품을 선택했다. '이 땅에 꼭 있어야 하는가'를 기준으로 작품을 선정했다. 화가로 놓고 보면 대표작과 기준작을 위주로 수집했다.

또 다른 일에는 거의 한눈을 팔지 않은 채 물려받은 막대한 재산과 수입을 고스란히 컬렉션에 쏟아부었다. 그 결과 간송 수장품은 삼국시대부터 조선시대 말, 근대에 이르는 전 시대에 걸쳐 있고 서화, 도자기, 공예 등 모든 분야를 망라한다. 이는 간송미술관이 시대별, 장르별, 작가별, 유파별 기획전을 열 수 있는 바탕이 된다.

아울러 간송은 자신이 따로 감상하기 위해서가 아니라 박물관에 전시해 두루 보여주기 위해 작품을 수집했다. 그는 24세 때인 1930년에 유산을 상속받아 우리 유산의 수호자로 나섰고, 1933년에 간송미술관 부지 1만 평을 매입했다. 박물관은 착공한 지 4년 만인 1938년에 완공됐다. 공사가 지연된 게 아니라 최고급 자재로 튼튼하게 짓느라고 오래 걸린 것이었다.

이 모든 것이 어우러져 모이게 된 우리 민족문화의 정수精髓가 간송미술관의 컬렉션이다. 간송은 정부가 없는 식민지 시대에 우리 유산을 지켜낸 '1인 정부'였다.

간송은 여러 사람의 가르침을 흡수하며 수장가로 성장했다. 외가 사촌형인 작가 월탄 박종화, 국내 최초로 대학에서 회화를 전공한 화가 고희동, 당대 최고의 감식안으로 우러름을 받던 오세창 등이 그에게 영향을 줬다. 월탄은 역사의식과 민족혼을 일깨워줬다. 고희동은 우리 문화유산을 지키는 선비의 삶을 권한다. 오세창은 수장가가 갖춰야 할 안목과 자세를 가르쳐준다.

해례본 『훈민정음』이 간송을 통해 빛을 보게 된 것을 우연이 아니었다. 『훈민정음』은 간송이 아니었다면 일본인의 손에 들어갔을 수 있다. 그렇게 됐다면 세종이 세계 최고의 문자를 만든 원리가 영원히 알려지지 않았을 공산이 크다.

간송은 수많은 수장품 중 『훈민정음』을 가장 받들어 모셨다. 6·25전쟁이 터져 피난을 다닐 때에는 품에 넣고 다녔다. 잘 때에도 베개 속에 넣어 지켰다.

우리는 간송미술관 작품을 감상할 때면 우리 민족의 문화와 예술을 지키기 위해 평생을 바친 간송을 떠올려야 한다. 그 그림이나 도자기를 구해낸 뒤 흐뭇해했을 간송의 눈길로 작품을 완상해도 좋겠다.

[수정문]

간송문화전 완상법

1937년 4월 초 경성京城 조선호텔. 일본에서 활동한 영국인 변호사 존 개스비와 조선의 수장가 간송 전형필이 만난다. 개스비가 수십 년 동안 수집한 고려청자 22점을 매매하는 협상을 다시 시작하기 위해서였다. 그해 2월 도쿄東京에서 시작된 협상은 교착 상태에 빠져 있었다. 양측이 처음 제시한 값의 차이가 컸다.

간송은 개스비를 맞이해 안부 인사를 나눈 뒤 "협상을 재개하기 전 보여드리고 싶은 곳이 있다"며 그를 성북동으로 안내한다. 건물 공사가 한창이었다. 간송은 소장품을 전시할 박물관이라고 설명했다. 개스비가 감탄한다.

"영국에도 이런 규모의 개인 박물관은 흔치 않아요."

개스비는 간송의 뜻이 작품을 개인적으로 모으는 데 있지 않음을 알게 된다. 간송의 목표는 민족의 정신과 예술혼이 담긴 작품을 수집해 많은 사람이 보도록 함으로써 민족의 자긍심을 지키고 고취하는 일이었다.

간송의 큰 뜻에 마음이 움직인 개스비는 가격을 40만 원으로 낮춘다. 40만 원이면 당시 경성 기와집 400채 값이었다. 그러나 그가 처음 부른 55만 원보다 15만 원 낮은 가격이었다.

간송은 이 수정 제안을 받아들였다. 이로써 나중에 국보로 지정된 청자오리형연적을 비롯한 세계 최고의 우리 도자기가 우리 품에 돌아왔다. 간송이 아니었다면 일본인 손에 넘어갔을 작품들이다. (이충렬『간송 전형필』)

간송미술관은 1938년에 완공됐다. 간송은 작품을 모은 뒤 박물관을 지어 자랑하는 여느 컬렉터의 순서를 밟지 않았다. 수집 초기부터 미술관을 염두에 두고 있었고 1933년에 이미 간송미술관 터를 마련했다.

간송미술관은 우리의 대표적인 문화유산을 지키고 간직한다는 의지의 표현이었다. 돈이 많고 예술품을 좋아하는 컬렉터는 여럿 있었지만 이런 취지로 나선 인물은 간송이 유일했다. 그래서 간송 컬렉션은 삼국시대부터 근대에 이르기까지 전 시대에 걸쳐 서화, 도자기, 공예 등 모든 분야를 망라하게 됐다. 해례본『훈민정음』이 간송을 통해 빛을 본 것은 우연이 아니었다.

서울 동대문디자인플라자DDP에서 간송문화전이 열리고 있다. 우리는 간송미술관 작품을 감상할 때면 우리 문화와 예술을 지키기 위해 재산과 평생을 바친 간송을 떠올려야 한다. 그 그림이나 도자기를 선택해 구해 낸 뒤 흐뭇해했을 간송의 눈길로 작품을 완상해도 좋겠다.

[지은이, [초동여담] 간송문화전 완상법, 아시아경제, 2014. 05. 20.]

8. 예시: 서얼 차별의 상처와 흔적

글을 단어나 개념의 정의를 들려주며 시작하는 방식처럼 따분한 것도 없다. 그러나 사람들이 그렇게 알고 있고 사전에서도 그렇게 설명하지만 실은 그 정의가 와전된 것이라면, 그리고 실제 의미가 의미심장한 이야기를 품고 있다면 얘기가 달라진다. 또는 우리가 일상생활에서 접하는 사물에 어떤 사연이 깃들어 있다면 그것으로 글을 시작하는 것도 좋다. '넉점박이'와 '초림'이라는 단어가 각각 그런 예다. '초림'의 '초椒'는 산초열매를 뜻한다. 두 글 다음에는 이들 두 글의 바탕이 된 책 소개 글을 붙였다. 셋째 글의 도입부는 나름 시간과 정성을 들여 뽑아낸 것이다.

[예시문]
넉점박이

장승박이라는 지명은 장승이 박힌 곳이라는 뜻에서 유래했다. 붙박이는 어느 한자리에 정한 대로 박혀 있어 움직임이 없는 상태, 또는 그런 사물이나 사람을 이르는 낱말이다. 차돌박이는 쇠고기에서 양지머리뼈의 복판에 붙은 희고 단단하며 기름진 고기다. 양지머리는 소의 가슴에 붙은 뼈와 살이다.

오이소박이는 오이를 세로로 서너 갈래로 가르고 그 속에 파, 마늘, 생강, 고춧가루를 섞은 소를 넣어 담근 김치다. 오이소배기가 아니다. '배기'는 '한 살배기' '두 살배기'에서처럼 어린아이의 나이 뒤에 붙어 그 나이를 먹은 아이를 가리킬 때 쓰인다. 오이소배기는 틀린 표현이지만, '박이'의 뜻으로 '배기'가 쓰이기도 한다. 알배기는 알이 들어서 통통한 생선이다.

박이는 사람에도 붙는다. 옥니박이, 덧니박이, 금니박이가 있고, 점박이도 있다. 그럼 넉점박이는 뭘까? 사전은 이렇게 설명한다. 두 눈과 코, 입의 네 구멍이 있다는 뜻으로, 사람을 속되게 이르는 말.

사람에게 구멍이 넷 있다고? 얼굴에만 해도, 눈 코 입 외에 양쪽 귀에 구멍이 있는데? 여기에 다른 구멍까지 더하고 보면 넉점박이의 뜻풀이는 영 아닌데?

제5장 구성 훈련은 원 소스 멀티 유스로

넉점박이 단어와 뜻풀이의 괴리는, 이 단어가 지칭했던 존재가 사라진 데서 비롯됐다. 넉점박이가 누구인지 모르게 된 사람들이 낱말로부터 그것이 뜻하는 바를 엉뚱하게 상상해낸 것이다.

넉점박이는 서庶에서 나온 단어다. 서庶는 서출庶出, 즉 첩의 자식이나 자손이라는 뜻을 지닌다. 이 글자의 아래 점이 넷 찍혔다는 데에서 넉점박이라는 말이 나왔다. 벽초 홍명희는 저서 『학창산화學窓散話』에서 넉점박이의 어원을 이렇게 설명하고 서출을 부르는 '좌족左族', '초림椒林' 등 다른 말을 전한다.

벽초는 "좌족左族이란 사도邪道를 좌도左道라 하고, 강직降職을 좌천左遷이라 하는 것과 같이 존우비좌尊右卑左(오른쪽을 높이고 왼쪽을 낮춤)에서 나온 말"이라고 설명한다. 이어 "초림椒林이란 후추의 맛으로 서얼의 '얼' 음音을 비유한 은어"라고 풀이한다. 초림椒林은 사림士林을 흉내 내 지어낸 말이다. 사림은 유학을 신봉하는 무리를 뜻하고, 초椒는 후추나무 또는 산초나무를 뜻한다. 후추나 산초는 얼얼한 맛을 낸다. 초림은 '얼림', 즉 서얼의 무리를 이르는 것이다. 서얼과 관련해서는 이 밖에 '한 다리 짧다'는 은어를 썼다.

적자嫡子의 서자庶子 차별은 조선시대에 가장 심했다. 조선 초기에만 해도 아버지가 고위 관료이면 서얼이라도 관직에 진출할 수 있었다. 그러다 점차 서얼 차별이 심해지면서 과거 응시의 길이 막혔다. 서얼은 무과나 잡과에나 응시가 가능했다. 고려는 물론 중국에도 그런 악법은 없었다.

서얼 차별을 철폐해야 한다고 주장하는 이는 다산 정약용 등 소수에 불과했다. 다산은 중인·서얼과 평안도·함경도·강원도·전라도·개성·강화도 사람, 북인·남인 등 차별을 언급하며 "온 나라의 훌륭한 영재를 다 발탁하더라도 모자랄까 봐 걱정되는데, 하물며 그 가운데 십 분의 팔구를 버린단 말인가"라고 한탄하며 "가장 좋은 방법은 동서남북에 얽매이지 않고, 멀거나 가깝거나 귀하거나 천하거나 간에 가리지 않아, 중국의 제도같이 하는 것"이라고 제안했다.

기득권을 지키려는 벽은 높고 두터웠다. 순조 23년인 1823년에 서얼 약 1만 명이 차별을 없애라는 상소를 올렸다. 그러자 국립대학격인 성균관의 유생들이 반대하며 학업을 거부한 일도 있었다.

[예시문]

산초 열매를 씹으며

산초山椒 열매를 절인 반찬을 얼마 전 음식점에서 맛보았다. 추어탕에 산초가루를 뿌려 저어 먹긴 했어도, 산초 열매를 통째로 먹기는 처음이었다. 산초를 깨물어 혀에 얼얼한 느낌이 번지는 동안 초림椒林이라는 단어가 떠올랐다. 마침 식사 자리에서는 조선시대 역사가 화제로 오가고 있었다. 초림은 서얼庶孼을 가리키는 말이다. 서庶와 얼孼은 모두 서자를 뜻한다.

초림은 사림士林과 대비되는 말이다. 사림은 유학을 신봉하는 조선 지배 계급이었고, 서얼은 관직에 오를 기회가 박탈됐을뿐더러 자식으로도 형제로도 인정받지 못했다.

서얼을 왜 초림이라고 했나? 서얼은 평생 얼얼한 자기네 삶을 곱씹으면서 맛이 얼얼한 산초를 떠올렸고, 그래서 산초의 초를 따서 스스로 초림이라고 불렀다. 서얼을 가리켜 '한 다리가 짧다'고도 말했다. 한 다리가 짧다는 건 모계를 비유한 말이다.

넉점박이도 서얼과 동의어였다. 서庶 글자에 점이 넷 있으니, 이 글자가 찍힌 처지를 넉점박이라고 한 것이다(홍명희, 「적서嫡庶」, 조선일보, 1936. 2. 21.). 요즘 사전에서는 넉점박이를 '두 눈과 코, 입의 네 구멍이 있다는 뜻으로, 사람을 속되게 이르는 말'이라고 풀이하는데, 이는 유래를 모르는 사람들이 갖다 붙인 설명이다.

서자 차별은 조선이 가장 심했다. 근대 이전에는 대개 신분사회 아니었느냐고 반문하실지 모른다. 하지만 조선 초기만 해도 아버지가 고위 관료이면 서얼이라도 관직에 진출할 수 있었다. 그러다 점차 서얼 차별이 심해지면서 과거 응시 자체가 막혔다. 서얼은 무과나 잡과에나 응시가 가능했다. 고려는 물론 조선이 받들어 모신 중국에도 그런 악법은 없었다.

조선에서 서얼 차별을 철폐해야 한다고 주장한 이는 다산 정약용 등 소수에 머물렀다. 임금이 서얼허통을 하려 했지만 적자 신하들의 반발에 막히곤 했다. 조선은 차별이나 편가르기를 통해 기득권을 지키려는 경향이 강한 사회였다. 사색당쟁도 같은 맥락에서 빚어졌다.

한국사 교육이 강화된다고 한다. 한국사에서 무엇을 가르칠 것인가. 밝은 부분과 함께 위와 같이 어두운 부분을 가감 없이 드러내야 한다. 이것이 아버지를 아버지라 부르고 형을 형이라 부르는 것처럼 역사를 역사로 공부하는 길이다.

[지은이, 「[초동여담] 산초 열매를 씹으며」, 아시아경제, 2013. 11. 19.]

[예시문]

조선 지식인이 외면한 문제, 서얼

채워지지 않는 사람은 혹은 침잠하나, 혹은 멀리 가로지르고 높이 거슬러 올라가나니. 그리하여 고독한 이는 옛글을 읽는다.

이덕무도 고독했다. 그는 서자였다. 뜻은 천리를 내달았지만 족쇄가 채워져 있었다. 그는 그럼에도 불구하고 책을 파고들었다. 돈이 없어 늘 남에게서 책을 빌렸다. 기갈 들린 사람처럼 읽었고 중요한 부분은 베껴 적었다. 끼니를 잇지 못하고 추위에 떨면서도 하루도 책을 놓지 않았다. 이렇게 수만 권을 독파했다.

간혹 서얼 차별을 완화하는 조치가 이뤄졌다. 정조는 즉위 이듬해인 1777년에 '정유절목'을 발표하고 서얼들이 관직에 오를 수 있는 길을 만들어줬다. 이덕무는 이때 규장각에서 자료를 정리하고 책을 편찬하는 검서관으로 임명된다. 이덕무의 나이 서른아홉 때였다.

다른 수많은 서얼들처럼 학문을 쓸 길이 영영 열리지 않았더라면? 이덕무와 같은 신분으로 함께 검서관에 임명된 박제가가 이전에 자신에 대해 쓴 글에서 그 마음자락이 읽힌다. 박제가는 "백 세 이전과 더불어 흉금을 터놓고 만 리 먼 곳을 건너가 노닌다"며 다음과 같이 적었다.

"고고한 이만을 가려서 가까이 지낸다. 권세 있는 자와는 소원하다. 그래서 알아주는 이가 적고 언제나 가난하다. 어려서는 문장을 배웠고 자라서는 경제의 학문을 좋아했다. 몇 달씩 집에 돌아가지 않고 공부하고 있지만 사람들은 알지 못한다. (중략) 뼈가 썩어도 남는 것은 마음이다. 그 말의 뜻을 아는 자는 삶과 죽음, 알량한 이름의 밖에서 사람과 만나게 되기를 바란다."

능력이 출중했지만 '성' 안에 한 번도 들어가지 못한 채 떠나 이름을 얻지 못한 이들이 더 많았다. 노긍도 그중 한 사람이었다. 그는 과거를 보기만 하면 급제했지만 벼슬에 오르지 못했다. 몰락한 양반, 즉 잔반이었기 때문이었다. 노긍은 어느 해 과거 시험장에서 동향의 늙고 곤궁한 선비에게 자신의 답안지를 줘버렸다. 그 선비는 높은 등수로 합격했다. 노긍은 아쉬워하기는커녕 오히려 즐거워했다. 노긍은 선비의 기풍을 무너뜨렸다는 죄목으로 귀양살이를 한다.

이가환은 묘지명에서 노긍을 이렇게 평가한다. "기억력이 뛰어나 고금의 서적을 한 번 보기만 하면 대략 외울 수 있었다. 특히 시무에 밝아 당대 인재의 높고 낮음과 어느 자리에 누가 마땅한지 하는 판단과 국가 계획의 좋고 나쁜 까닭을 하나하나 분석하매, 모두 핵심을 찔렀다. 만약 그를 써서 일을 맡겼다면 반드시 볼만한 것이 있었을 것이다."

세상살이 팍팍한데 미치도록 답답했던 시절 얘기를 장황하게 옮겨놓았다. 허나 형언하기조차 힘든 조건을 견뎌낸 '형님'들을 떠올리면 '이깟 어려움쯤이야', 또는 '설령 안 되더라도' 하는 가벼움을 얻을 수 있지 않을까. 저자는 서문에서 "지난 10년 가까이 이들과 만나 울고 또 웃었다"고 말한다. "현실의 중압이 버거워 달아나고 싶다가도 이들 앞에 서면 정신이 번쩍 들었다. 나태와 안일에 젖었을 때 뒤통수를 후려치는 죽비소리를 들었다. 현실 앞에 부서지면서도 결코 외면하거나 회피하지 않았던 슬프고 칼날 같고 고마운 기록들이 여기에 있다."

아쉬운 점은 저자가 이 책에 '조선 지식인의 내면 읽기'라는 부제를 붙였으되 조선 지식인이 처해 있던 '외면'을 외면했다는 것이다. 예컨대 저자는 조선 후기로 갈수록 극심해진 서얼 차별에 대해 설명을 덧붙이지 않는다. 고려는 물론 중국에도 이런 악법은 없었다. 정약용 등의 서얼 차별 철폐 주장은 소수 의견에 머물렀다. 순조 23년인 1823년에 서얼 약 1만 명이 차별을 없애라는 상소를 올리자 성균관의 유생들이 이에 반발해 학업을 거부한 일도 있었다.

9. 예시: 인생은 다각도로 펼쳐진다

역사를 쓴 거인의 삶은 여러 앵글에서 들여다볼 수 있다. 위인의 삶을 다룬 책에는 여러 각도에서 앵글을 잡고 글을 풀어내기에 좋은 내용이 많다. 흑인 차별이 흑백 갈등을 낳고 갈등이 싸움으로 격화되던 남아프리카공화국을 화해와 통합으로 이끈 넬슨 만델라의 정치 여정 또한 함께 생각하고 돌아볼 이야기를 풍부하게 제공한다.

정치가 다른 이들의 마음을 얻어 자기편으로 끌어들이는 일이라고 할 때 만델라는 성공한 정치인 가운데서도 이 일에 탁월했다. 만델라는 자신을 두려워했거나 증오했던 사람들과 세력을 존중해 그들의 마음을 얻었다. 이를 통해 자신이 그들에게 받아들여지도록 했고 자신의 뜻이 그들에게 스며들어 마침내 관철되도록 했다.

만델라의 이런 포용의 정치는 그가 장기수로서 감옥에 갇힌 시기에 시작됐다. 다음에 소개한 첫째 글은 이 같은 앵글에서 만델라가 수감됐을 때 일화를 중심으로 정리했다.

둘째 글은 거인 만델라를 소통이라는 앵글에서 살펴봤다. 그가 대통령이 됐지만 흑백 융합은 요원했다. 만델라는 럭비라는 스포츠를 매개로 융합을 꾀한다. 럭비는 남아공 백인의 운동이었다. 백인이 즐기는 럭비를 흑인이 좋아할 리 없었다. 흑인은 이 스포츠를 증오했다. 남아공 대표팀이 경기를 할 때면 흑인들은 상대 국가 대표팀을 응원할 정도였다.

만델라는 흑백이 하나가 되는 이벤트로 1995년 럭비 월드컵을 잡았다. 만델라는 럭비 월드컵이 열리기 1년 전부터 '화합의 드라마'에서 주요 역할을 할 인물을 만나 자신의 의중을 진솔하게 털어놓고 손을 내밀어 도움을 청했다. 만델라는 이를 포함해 럭비 월드컵을 화합의 이벤트로 연출하면서 등장인물들에게 세심한 관심을 기울이고 마음이 움직이게끔 격려했다. 이런 소통은 호소력이 컸다. 럭비 월드컵은 마치 잘 연출된 드라마처럼 극적으로 진행됐고 흑인과 백인 모두 이 드라마에 몰입하면서 닫혔던 마음의 문을 열었다.

[예시문]

진실로 꺾이지 않는 방법
온통 칠흑 같은 어둠이

나를 덮은 이 밤

어느 신神이라도 감사한다

정복할 수 없는 영혼을 내게 줬으니

잔인한 환경의 마수에서도

나는 움츠리거나 소리 내 울지 않았다

시련이 나를 후려쳤어도

피투성이가 된 머리를 숙이지 않았다

문이 얼마나 좁은지는 중요하지 않다
얼마나 많은 형벌이 날 기다리는지도 중요치 않다

나는 내 운명의 주인이요
내 영혼의 선장이다

19세기 영국 시인 윌리엄 어니스트 헨리의 시 「인빅투스Invictus」다. 인빅
투스는 '정복되지 않는'이라는 뜻의 라틴어.

이 시를 애송한 한 사람이 있었다. 그는 비좁은 감방에 정치범으로 갇혔
다. 감방은 가로 2.1m 세로 2.4m, 그의 보폭으로 가로 두 걸음 반에 세
로 세 걸음 넓이였다. 음식은 맛이 형편없었을뿐더러 양도 적었다. 그는
금세 살이 빠졌고 비타민 결핍으로 얼굴이 누렇게 떴다. 몸은 쇠약해졌
지만 그는 강한 의지로 투지를 더욱 불태우지 않았을까?

수감된 지 두 달이 지나 변호사가 면회를 왔다. 수척해진 그를 교도관 여
덟 명이 사방에 두 명씩 에워싸고 있었다. 그는 변호사와 인사를 나누고
가족의 안부를 물었다. 그러고 나서 화들짝 놀라며 말머리를 돌렸다.

"미안하네, 여기 내 호위병들을 소개하지 못했군."

그는 변호사에게 교도관을 한 명 한 명 소개했다. 교도관들은 무척 당황
해하면서도 그의 말에 따라 한 명씩 변호사와 악수를 나눴다.

그는 수감되기 전 무장투쟁을 지향했다. 그는 체 게바라를 숭배했다. 수
염을 체 게바라풍으로 길렀고 체포되기 전에 마지막으로 참석한 행사에
는 초록색 게릴라 전투복 차림으로 모습을 드러내기도 했다.

그러던 그가 감옥에서 전략을 바꿨다. 자신이 적으로 삼았던, 현재 자신
을 적으로 여기는 세력을 존중하고 포용함으로써 자신이 받아들여지도

록 하고 자신의 뜻이 스며들어 마침내 관철되도록 한다는 길을 택했다.

그의 감방이 있는 동棟의 책임 교도관은 까다롭고 변덕스러웠다. 그는 친한 교도관과 얘기를 나눠 그 책임자가 좋아하는 것이 무엇인지 찾아냈다. 책임자는 럭비 팬이었다. 그때까지 럭비에 별 관심이 없던 그는 럭비를 공부하기 시작했다. 신문에서 럭비 기사를 찾아 읽었고 TV 중계를 시청했다.

그는 한 달에 한 번 찾아오는 책임자가 찾아오는 때를 기다렸다. 미소로 책임자를 맞이한 다음 곧바로 럭비 얘기를 시작했다. 어느 선수가 잘하고 있고, 최근 경기에서는 어느 선수가 실망스러웠으며 이런저런 젊은 선수는 장래가 정말 촉망되니 이제 기회를 줄 때가 된 것 같다고 말했다. 책임자는 처음에 놀라움을 드러냈지만 이내 그와 활기차게 얘기를 나누게 됐다. 책임자가 불신으로 빗장을 걸었던 마음을 여는 순간이었다.

그는 유화책 일변도로 나가지는 않았다. 그는 자신들을 "보스"라고 부르도록 하는 교도관들의 위협에 굴복하지 않았다. 또 한 번은 한 교도관이 자신에게 주먹을 날리려고 하자 물러서지 않은 채 말했다.

"만약 당신이 내게 주먹을 쓴다면 내가 기필코 당신을 대법원 법정에 세울 것이오. 그 일이 다 끝나면 당신은 빈털터리가 돼 있을 것이오."

그 교도관은 씩씩거렸지만 결국 주먹을 내리고 그 자리를 떠났다.

그는 또 자신의 몸과 정신에 엄격했다. 매일 한 시간 동안 감방 안에서 제자리를 달렸고 정치활동에 필요한 지식과 기법을 익혔다. 정치적 목적을 달성하기 위해 활용할 수 있는 연극적인 재능을 연마했다. 당시에는 무모하다고 여겨졌을 게 분명한, 운명이 자신을 결국 승리로 이끌리라는 믿음을 꺾지 않았다.

나중에 출옥한 뒤 활용할 것들이었지만 그는 자신이 연마한 정치적인 역량을 감옥에서 먼저 적용했다. 상대방의 마음을 열고 외부의 정치적인 네트워크를 가동해 감옥을 좀 더 살 만한 곳으로 만들어나갔다. 강제노

역이 없어졌고 수감자는 영화를 볼 수 있게 됐으며 테니스와 축구, 럭비 같은 운동을 즐기게 됐다.

그 정치인은 넬슨 만델라였다. 옥중에서 만델라가 보여준 모습이 남아프리카공화국의 백인들을 움직였다. 백인들은 변한 세계에서는 더 이상 시대착오적인 아파르트헤이트(인종차별정책)를 유지할 수 없다는 판단에 따라 평화로운 체제 변화를 위해 손을 잡을 흑인 지도자를 찾고 있었다. 백인들은 만델라를 파트너로 삼을 수 있을지 검토하기로 한다.

남아공 법무장관은 1985년 극비리에 만델라를 만나 이야기를 나눈다. 법무장관은 대통령에게 만델라가 감옥에 있는 동안 한층 원숙해졌으며 격렬한 테러리스트가 아니고 자신들과 기꺼이 화해할 자세가 된 것 같다고 보고한다.

만델라는 1990년에 석방돼 다시 남아공 정치에 뛰어들어 흑백 대립을 해소하는 큰 발걸음을 내딛는다. 하지만 실제로 그 첫발은 1985년 법무장관과 면담하기 한참 전, 교도관들을 변호사에게 소개하던 때 떼었다.

이 글에서 소개한 이야기는 책 『우리가 꿈꾸는 기적 인빅터스』에 나온다. 책의 원제는 'Playing the Enemy'다. 저자 존 칼린은 "정치는 다른 이들의 마음을 얻어 자기편으로 끌어들이는 일"이라며 만델라는 성공한 정치인 가운데서도 이 일에 탁월했다고 평가한다. 만델라는 자신을 두려워했거나 증오했던 사람들의 마음을 얻어 새로운 시대를 열어나갔다.

만델라가 택한 방법이 어디에나 누구에게나 필요하거나 통하지는 않을 것이다. 하지만 아무리 불리한 환경에서도 목표를 향한 의지를 굽히지 않으면서 외유내강을 실천하는, 특히 사람의 마음을 얻는 그의 지혜는 십 분의 일, 아니 백 분의 일이라도 배워야 하지 않을까 자문해본다.

이 글 앞부분은 문단을 바꾸고 배치를 달리해서 더 생동감 있게 잘 전달할 수 있다. 다음 문장을 보자. "몸은 쇠약해졌지만 그는 강한 의지로 투지를 더욱 불태우지 않았을까?" 이 문장은 독자에게 다음 장면이 펼쳐질 문을 열어주는 역할을 한다. 이 문장을 만델라가 감옥에서 처한 상황 뒤에 붙여놓는 것보다 다른 문장과 합해서 별도의 문단으로 분리하는 편이 나을 듯하다.

이 글의 다음 면회 장면에서 만델라는 교도관의 예상을 뒤엎는다. 반전이 주는 효과를 키우려면 교도관의 예상에 부합하는 사례를 이 장면 앞에 배치하면 좋다. 마침 그런 사례가 있다. 그가 수감되기 전 무장투쟁을 지향했고 체 게바라를 숭배했다는 것이다. 문단을 다시 가르고 구성을 바꾼 다음 부분을 원본과 비교해보자.

이 시를 애송한 한 사람이 있었다. 그는 비좁은 감방에 정치범으로 갇혔다. 감방은 가로 2.1m 세로 2.4m, 그의 보폭으로 가로 두 걸음 반에 세로 세 걸음 넓이였다. 음식은 맛이 형편없었을뿐더러 양도 적었다. 그는 금세 살이 빠졌고 비타민 결핍으로 얼굴이 누렇게 떴다.

몸은 쇠약해졌지만 그는 강한 의지로 투지를 더욱 불태우지 않았을까? 그를 아는 사람들이라면 대부분 이렇게 예상했을 것이다. 그는 수감되기 전 무장투쟁을 지향했다. 체 게바라를 숭배했다. 수염을 체 게바라풍으로 길렀고 체포되기 전에 마지막으로 참석한 행사에는 초록색 게릴라 전투복 차림으로 모습을 드러내기도 했다.

수감된 지 두 달이 지나 변호사가 면회를 왔다. 수척해진 그를 교도관 여덟 명이 사방에 두 명씩 에워싸고 있었다. 그는 변호사와 인사를 나누고 가족의 안부를 물었다. 그러고 나서 화들짝 놀라며 말머리를 돌렸다.

"미안하네, 여기 내 호위병들을 소개하지 못했군."

그는 변호사에게 교도관을 한 명 한 명 소개했다. 교도관들은 무척 당황해하면서도 그의 말에 따라 한 명씩 변호사와 악수를 나눴다.

이날 면회에서 그가 보여준 유머와 유연함은 그가 새로운 투쟁의 길을 잡앉다는 신호로 풀이될 수 있었다. 그는 자신이 적으로 삼았던, 현재 자신을 적으로 여기는 세력을 존중하고 포용함으로써 자신이 받아들여지도록 하고 자신의 뜻이 스며들어 마침내 관철되도록 한다는 길을 택했다.

그의 감방이 있는 동棟의 책임 교도관은 까다롭고 변덕스러웠다. 그는 친한 교도관과 얘기를 나눠 그 책임자가 좋아하는 것이 무엇인지 찾아냈다. 책임자는 럭비 팬이었다. 그때까지 럭비에 별 관심이 없던 그는 럭비를 공부하기 시작했다. 신문에서 럭비 기사를 찾아 읽었고 TV 중계를 시청했다.

그는 한 달에 한 번 찾아오는 책임자가 찾아오는 때를 기다렸다. 미소로 책임자를 맞이한 다음 곧바로 럭비 얘기를 시작했다. 어느 선수가 잘하고 있고, 최근 경기에서는 어느 선수가 실망스러웠으며 이런저런 젊은 선수는 장래가 정말 촉망되니 이제 기회를 줄 때가 된 것 같다고 말했다. 책임자는 처음에 놀라움을 드러냈지만 이내 그와 활기차게 얘기를 나누게 됐다. 책임자가 불신으로 빗장을 걸었던 마음을 여는 순간이었다.

[예시문]

거인 만델라의 디테일 소통

남아공 국가대표 럭비팀 스프링복스와 뉴질랜드 대표팀 올블랙스의 1995년 럭비 월드컵 결승전 날인 6월 24일. 만델라 대통령은 요하네스버그 엘리스파크 경기장 내 스프링복스 선수 대기실에 들른다. 예고하지 않은 방문이었다. 만델라가 스프링복스의 초록색과 금색 유니폼을 입고 나타난 것은 더욱 뜻밖이었다.

만델라는 선수들에게 짧고 편하게, 직접적으로 말한다.

"자, 여러분은 이제 올블랙스와 맞붙을 것입니다. 가장 강한 럭비 팀 중 하나지만, 여러분은 그보다 더 강합니다. 이 나라 흑백 모두가, 이 관중 전체가 여러분 뒤에 있다는 점을 기억하십시오. 내가 여러분 뒤에 있다는 것을 기억하십시오."

만델라가 방문하기 전 대기실은 무거운 침묵이 깔려 있었다. 결전을 앞두고 가장 큰 중압감을 받고 있던 선수는 주장 프랑수아 피나르였다. 만델라는 선수들과 일일이 악수하고 격려했다. 만델라는 선수들을 편안하게 해주었다. 만델라와 선수들의 만남은 이번이 처음이 아니었다.

행운을 빈다고 말하고 돌아서는 만델라의 등에 숫자 6이 찍혀 있었다. 주장 피나르의 배번이었다. 피나르의 등줄기에 전율이 흐른다. 대통령이 다른 열렬한 팬처럼 자신의 번호가 붙은 유니폼을 입고 온 것이다. 만델라가 대기실을 나가는 순간 피나르는 "유니폼이 아주 잘 어울리신다"고 소리친다. 만델라가 다녀간 이후 피나르를 비롯한 스프링복스 선수들은 긴장에서 벗어났고 의욕과 흥분에 넘치게 된다.

결승전 경기장에 스프링복스의 유니폼을 입고 가면 좋겠다는 아이디어는 경호팀에서 나왔다. 만델라는 이 아이디어를 듣자 바로 유니폼 상의를 구해오라고 지시했다. 아무 셔츠나 가져오면 안 되고 피나르의 번호인 6번이 찍힌 것으로 챙겨야 한다고 말했다.

만델라에게 럭비는 스포츠 이상의 소통 수단이었다. 만델라는 뿌리 깊고 극렬했던 남아공 흑백 간 인종 갈등을 해소하는 매개체로 럭비를 택했다. 백인은 럭비에 열광했지만 흑인은 이 스포츠를 증오했다. 흑인은 스프링복스가 아닌 상대 국가 대표팀을 응원할 정도였다. 흑인이 스프링복스를 응원하게끔 하는 일보다 스프링복스 선수들에게 남아공 전체를 대표한다는 생각을 심어주는 일이 우선이라고 만델라는 생각했다.

만델라는 럭비 월드컵이 열리기 1년 전인 1994년 6월 피나르를 따로 집무실로 부른다. 27세인 백인 피나르에게 76세의 흑인 대통령 만델라와의 첫 대면은 어색할 수밖에 없었다. 하지만 만델라는 최근 스프링복스의 승리를 축하하며 특유의 친화력으로 피나르의 마음을 열었다. 만델라는 1992년 직접 가서 본 바르셀로나 올림픽 얘기로 화제를 옮겼다. 만델라는 "사람을 움직이는 스포츠의 힘을 목격했다"고 말했다. 만델라는 럭비 팀의 주장으로서 피나르가 앞으로 할 수 있는 역할을 높이 평가했다. 그리고 자신이 스포츠와 관련해서 무엇을 하려 하는지 설명했다.

럭비에서 주장은 다른 운동의 주장보다 훨씬 큰 역할을 담당한다. 럭비 주장은 경기 중에 전술을 지시할 권한을 갖는다. 럭비 선수들은 주장을 존중하며 따라야 한다. 만델라가 스프링복스 선수 중 주장 피나르에게 자신의 구상을 털어놓고 특히 그의 사기를 북돋워준 까닭이다.

1995년 럭비 월드컵은 만델라가 기획 연출하고 주요 배역으로 출연한 남아공 흑백 간 소통과 화합의 드라마였다. 여러 조연출과 등장인물이 여기에 힘을 보탠다. 스프링복스 매니저는 선수들에게 흑인들의 국가國歌 〈응코시 시키렐레〉를 배우도록 했다. 남아공은 국가조차 백인의 〈디 스템〉과 흑인의 〈응코시 시키렐레〉로 나뉘어 있었다. 또 선수들을 만델라가 수감생활 27년 중 18년을 보낸 로벤섬 감방에 데려갔다. 스프링복스 선수들이 흑인 마을에 가서 어린이들과 어울려 이야기하고 럭비를 가르쳐주는 시간을 갖도록 했다.

이런 모습이 언론매체를 통해 남아공 전체에 전해지면서 럭비에 대한 흑인의 적대감이 누그러들기 시작한다. 흑인 노동자의 노래 〈쇼쇼로자〉가 응원가가 됐고, 백인도 이 노래를 부르는 믿기 힘든 장면이 자연스럽게 펼쳐졌다. '하나의 팀, 하나의 나라'라는 구호가 울려 퍼진다.

만델라의 기대에 부응해 스프링복스는 강적을 차례로 격파한다. 애써 관심을 두지 않던 흑인들이 차츰 경기장과 중계하는 TV에 모여든다. 급진 성향의 흑인 조직인 아프리카민족회의ANC도 스프링복스가 결승에 이르자 "우승컵을 가져오라, 복스여! 우리가 기다리고 있다!"는 성명을 내놓았다. 남아공은 하나가 되고 있었다. 가슴이 벅차오르는 이 과정은 책 『우리가 꿈꾸는 기적 인빅터스』에서 볼 수 있다. 이 글은 상당 부분 이 책을 참고해 작성했다.

영화 〈우리가 꿈꾸는 기적: 인빅터스〉에서는 만델라가 결승전 전 선수 대기실에서 피나르에게 자신이 27년 동안 옥중에서 지낼 때 애송한 시 「인빅투스」를 종이에 적어 건네는 장면이 나온다. 「인빅투스」는 영국 시인 윌리엄 어니스트 헨리가 꺾이지 않는 의지를 노래한 작품이다. 인빅투스는 라틴어로 '굴하지 않는'이라는 뜻으로, 그중 한 연은 다음과 같다. "잔인한 환경의 마수에 붙잡혀서도 / 나는 움찔하거나 소리 내 울지 않았다 / 시련이 아무리 나를 후려쳤어도 / 내 머리는 피투성이 됐으나, 숙여지지 않았다."

실제로 만델라가 건넨 구절은 「인빅투스」가 아니었다. 만델라는 테오도르 루즈벨트 미국 대통령의 1910년 프랑스 소르본대학 강연 중 '경기장의 인간'이라는 이름으로 전해진 다음 구절을 적어줬다.

"중요한 건 논평가가 아니다. 논평하는 자는 강한 사람이 어떻게 쓰러지거나 행동하는 사람이 어느 대목에서 더 잘할 수 있었는지, 결과를 놓고 지적할 뿐이다. 영예는 경기장 안에서, 얼굴이 먼지와 땀과 피로 범벅된 채로 용감하게 분투하는 사람에게 돌아간다. 그 사람은 몇 번이나 실수하고 목표에 미치지 못하지만, 위대한 열정과 위대한 헌신을 알기에 가치 있는 대의에 온몸을 던진다. 그 사람은 최상의 경우 결국 높은 성취라는 승리를 손에 넣을 것임을 알며, 최악의 경우 실패하더라도 과감하게 도전하다 실패했기에 승리도 패배도 알지 못하는 차갑고 겁 많은 영혼들에 비할 바가 결코 아님을 안다."

이 경우엔 실제가 영화보다 낫다. 만약 만델라가 피나르에게 「인빅투스」를 적어줬다면 그의 중압감은 가중됐을 것이다. 열정과 헌신을 다했다면 설령 패하더라도 좋다는 '경기장의 인간'은 피나르의 긴장을 풀어주면서도 그의 사기를 한껏 끌어올렸다.

결국 스프링복스가 올블랙스를 꺾었다. 만델라는 피나르에게 우승컵을 건넨 뒤 그의 손을 잡으며 말했다.

"프랑수아, 우리나라를 위해 이런 일을 해줘서 정말 고맙네."

"아닙니다. 우리나라를 위해 이런 일을 해주신 대통령께 감사드립니다."

영화 대사 같은 대화였다.

10. 예시: 도자기를 통해 역사를 복기한다

첫째 아이가 고등학생 때 역사 과제의 주제를 준 적이 있다. '도자기로 본 고려와 조선 비교'였다. 나는 리포트를 해저 도자기 유물로 시작하면 좋겠다고 알려줬다. 서남해에서 건져 올려지는 도자기는 고려 때것이 압도적으로 많다. 이 사실은 고려 때 도자기 해상운송이 조선 시기에 비해 매우 활발했음을 뜻한다. 달리 말하면 조선시대에는 고려시대에 비해 도자기 수송량이 급감했고 이는 대량운송 경로였던 해상에서 특히 뚜렷하게 나타났다.

이는 도자기에 국한된 현상이 아니었다. 상공업이 발달해 활발히 국제교역을 한 고려를 폐하고 들어선 조선은 사농공상의 가치를 앞세워 상공업을 억눌렀다. 이에 따라 고급 물품이 조선 내에서만 왕실과 관가를 중심으로 제한적으로 유통됐다. 고려시대에 비해 시장이 축소됐고 작은 시장에서는 제품의 상품성이 개발될 수 없었다.

시장은 극도로 위축됐고 공물로 바쳐야 하는 물량이 늘었다. 조선의 장인들은 기량을 최대한 발휘해봐야 그에 상응하는 대가를 받지 못했다. 이런 상황에서 조선의 도공들이 한 선택 중 하나가 분청사기였다고 나는 추정한다. 이 가설을 정리한 글을 먼저 소개한다.

이어 청화백자에 비추어 본 한·중·일 삼국의 예술과 경제를 다룬 글세 편을 실었다. 같은 재료를 어떻게 달리 빚어내는지 참고하도록 소셜미디어에 편하게 올린 글을 앞에 올렸다. 이 글이 어떻게 변주되는지 뜯어보기 바란다. 조선 도공이었다가 일본 도공이 된 장인의 처지에서 정리한 글이 마지막에 나온다.

[예시문]

분청사기 추상화의 비밀

일전에 한 백화점에서 개최한 분청사기 전시회에서 무심히 슥슥 그은 듯하면서도 과감하고 간결한 선線의 매력을 만나고 왔다.

혜곡 최순우는 『무량수전 배흘림기둥에 기대서서』에서 분청사기를 다음과 같이 평가했다. "어른의 솜씨로 보면 너무 치기가 넘치고 어린이의 일로 보면 그 도안의 짜임새나 필력은 마치 요즘 화가들의 멋진 소묘에 비길 만도 해서 사뭇 근대적인 감각을 느끼게 해준다."

분청사기의 근대적 감각은 현대 추상미술을 떠올리게 한다. 최순우는 "장난기가 가득 어렸으면서도 현대 추상미술의 뺨을 칠 만큼 짜임새가 있는 선의 구성은 마치 폴 클레의 작품을 보는 듯"하다고 들려줬다.

혜곡에 따르면 추상적인 무늬가 그려진 분청사기는 호남지방 각지에서 15세기 무렵부터 다량 생산된다. 대표적인 도요지는 무등산 금곡마을이었다. 분청사기는 약 150년간 제작된 뒤 명맥이 끊긴다.

조선에서는 어떻게 서양보다 500년 먼저 분청사기를 화폭 삼은 추상미술이 싹텄을까. 그 추상미술이 계승 발전되지 않은 이유는 무엇인가.

나는 분청사기가 고려청자에서 조선백자로 넘어가는 과도기에 빚어졌다는 데 그 답이 있다고 추측한다. 고려청자가 도달한 최고의 미적 경지는 당시 큰 규모로 발달한 시장의 수요에 부응한 것이었다. 고려청자는 국제교역에서 고가에 거래됐고 고려 도공은 빼어난 솜씨로 도자기 한 점 한 점에 예술혼을 불어넣었다.

조선이 개국하자 해외시장이 막혔고 국내시장도 폐쇄됐다. 조선은 개국 이후 상당 기간 나라에서 사용할 도자기를 각 지방에서 진상 받았다. 저마다 당대 최고의 예술가를 자부하던 도공들은 값을 쳐주는 시장도 작품

　　　　제5장 구성 훈련은 원 소스 멀티 유스로

을 알아주는 고객도 사라지자 예전처럼 완벽한 도자기를 빚을 동기를 잃어버리게 됐다. 숨 막히는 아름다움을 추구하는 경쟁에서 풀려난 도공들은 예술적인 흥취를 붓 가는 대로 표현하게 됐고 그 결과 분청사기가 태어나게 됐다고 나는 상상한다.

분청사기는 조정에서 경기도 광주에 관요를 설치해 백자와 청화백자를 생산하도록 하면서 점차 생산이 줄었다.

[지은이, 「[초동여담] 분청사기 추상화의 비밀」, 아시아경제, 2014. 12. 23.]

[예시문]

청화백자 푸른빛을 생각하다

국립중앙박물관이 연 조선 청화백자 전시회에서 난 스스로 착안점을 찾아보기로 했다.

도슨트의 설명에는 관심이 없었다. 퇴근 후에 들러, 이미 도슨트 설명이 끝난 시간대이기도 했다. 슬렁슬렁 돌아다녔다.

한 가지가 눈에 띄었다. 조선 청화백자 중에서는 푸른빛이 흐릿하거나 갈색에 가까운 색을 내는 작품이 여러 점 보였다.

'수입 코발트 안료가 비싸서 아껴 쓰다 보니 저리 된것이 아닐까' 추정했다.

전시장을 나와 도록을 장만해 집에 돌아왔다. 도록에는 내가 궁금해한 점에 대한 답도 나왔다.

조선은 가난한 나라였다. 전란 이후엔 재정이 파탄 나 왕실 행사에 놓을 자기瓷器조차 장만하지 못했다. 왕실 행사의 필수 의전 품목이 용준龍樽이었다. 용이 그려진 항아리다. 왕실은 행사장의 좌우에 꽃을 꽂은 용준을 배치했다.

전란 이후엔 용준이 없어 백자에 용을 그린 종이를 붙여 행사를 치렀다. 그러다 비라도 내리면 그림이 번지고 종이가 흘러내려, 의식에 살고 의식에 죽은 조선 왕과 신하의 심기를 하염없이 적셨다.

조선은 중국이 중동에서 수입한 회회청回回靑이라고 부른 코발트 안료를 다시 수입해야 했다. 회회청은 당시 세계에서 가장 비싼 품목이었다. 청화백자가 같은 무게의 금보다 값이 더 나갔으니, 회회청의 값은 금보다 몇 배 더 고가였겠다. 초고가라고 해도 그렇지, 왕실 재정이 회회청 살 돈조차 없는 형편이라니.

조선 왕실은 회회청을 국내에서 찾아보도록 지시한다. 결국 토청土靑이라는 대체 물질을 조달하게 됐지만, 색이 회회청을 따라가지 못했다. 토청은 갈색이 많이 감돌아 청화의 맛이 덜 났다.

청화백자에는 조선의 발전을 가로막은 가장 큰 장벽이 담겨 있다. 이는 도록에는 없는 관점이다.

조선은 왜 가난했나? 사치를 배격하고 상업을 천시하고 억눌렀다. 농업부터 발달이 억제됐다. 중기 이후 토지 소유가 집중되면서 농민은 지주와 소작인 관계에 예속돼 증산을 꾀하지 못했다. 시장이 덜 형성된 상태에서는 간혹 소출을 늘려도 직접 소비하는 외에는 별 소용이 없었다. 공업도 수공업 위주였고 그 방식조차 발전이 더뎠다.

청화백자는 세계 최고가이자 최대 교역 품목이었다. 조선은 중국 명나라에 이어 세계에서 둘째로 청화백자 개발에 성공했다. 조선이 청화백자를 수출했다면 왕실 재정은 차고 넘쳤을 게다. 몇 점만 해외에 팔았어도 회회청이 떨어져 청화백자를 빚지 못하는 처지는 면했을 게다. 상업을 억제하고 대외 문호를 막은 조선은 청화백자의 값어치를 몰랐을뿐더러 이로써 국부를 증진시킬 수 있음을 알지 못했다.

정유재란 이후 조선 도공을 납치한 일본은 청화백자를 구워 팔고 채색도자기로 발전시켜 유럽에 팔아 막대한 부를 축적하고 군사력을 증강한다. 명나라가 망하고 도자기 생산지가 파괴되면서 유럽은 새로운 청화백자 조달지를 백방으로 찾고 있었고, 일본이 이 수요를 채워준다. 당시 베트

남 등지에서도 청화백자와 비슷한 자기를 빚었지만 품질이 진품에 미치지 못했다.

납치된 조선 도공은 과연 조선으로 돌아가지 못하는 처지를 비관했을까? 장인으로 좋은 처우를 받는 일본과 공물만 바칠 뿐 일하는 만큼 대접받지 못한 조선을 비교해 어디가 더 낫다고 여겼을까?

조선 후기에 이르면 사치 배격이 느슨해지고 중인 계층이 형성되면서 청화백자를 다량 중국에서 수입한다. 관요에서도 민간 수요에 맞춰 생산하기도 했지만 물량이 부족했다. 청화백자 시장을 양성화해 세금을 부과했다면 왕실 재정을 상당히 확충할 수 있었을 게다. 청화백자뿐 아니라 상업을 장려했다면. 그러나 아시다시피 조선 왕실은 계속 가난했다. 경복궁 중건에 휘청거릴 정도로.

늦은 시간이어서인지 사람들은 많지 않았다. 드문드문 홀로 사진을 촬영하며 보는 관람객이 보였고, 삼삼오오 얘기를 나누며 보는 중년 여성들도 있었다.

'조선 청화靑畵, 푸른빛에 물들다' 전시회는 다음 달 16일까지 열린다.

[예시문]

조선 청화백자의 청어람

조선 청화靑畵백자는 청출어람靑出於藍 청어람靑於藍이다.

쪽藍에서 나온 푸른빛이 쪽빛보다 더 푸른 것처럼, 조선은 중국에서 영향을 받아 청화백자를 빚기 시작했지만 명나라 자기瓷器보다 빼어난 예술작품을 낳았다.

중국 청화백자는 항아리의 경우 목과 어깨, 몸체 아래 부분을 도식적인 문양으로 두른 뒤 가운데 부분도 주 문양으로 빈틈없이 채운 모양이다. 문양 가운데는 생동감 넘치는 것도 있지만 공예품의 특징을 드러내는 쪽이 많다.

조선 청화백자 항아리는 세 부분으로 나누는 명나라의 구성에 얽매이지 않았다. 그림은 특유의 담백하고 절제된 기법으로 그려졌고 여백도 작품의 구성 요소로 활용됐다. 선비의 기품과 지조를 상징하는 매화와 대나무, 소나무 등이 화제畵題로 많이 다뤄졌다.

이런 특징이 조선 청화백자 전반에서 보이는 것은 아니다. 그러나 조선을 대표할 만한 작품에서는 공통적으로 나타난다.

조선에서 청화백자를 만들기 시작한 시기의 작품으로 여겨지는 〈물고기무늬 항아리〉가 명나라풍을 잘 보여준다. 삼성미술관 리움이 소장한 〈매화 대나무 무늬 항아리〉는 중국 청화백자의 장식 문양은 유지하되 가운데 부분에는 매화와 대나무를 거침없는 솜씨로 묘사했다.

호림박물관이 소장한 다른 〈매화 대나무 무늬 항아리〉는 중국 청화백자의 문양이 단순하게 가다듬어졌다. 장식적인 요소를 생략하는 단계에서 만들어진 것이다. 이런 변화는 미적으로 옳은 방향으로 가는 것이었다. 이는 이 도자기에 명나라식 테두리 장식이 씌워졌다고 상상해보면 알 수 있다.

다음 단계는 군더더기 문양을 들어내고 도자기 전체를 화폭으로 활용하는 것이다. 오사카시립동양도자기미술관이 소장한 〈매화 대나무 무늬 항아리〉가 그런 작품이다. 여기서도 화제는 역시 매화와 대나무다.

국립중앙박물관이 소장한 〈매화 난초 대나무 새 무늬 항아리〉는 조선의 아취雅趣가 최고조에 이른 수작秀作이다. 점과 선, 면으로 채우지 않고 비워둔 공간이 그림의 운치를 더해준다. 어느 가을 저녁 난초 잎이 귀뚜라미가 그 위에 올라앉으면서 살짝 아래로 흔들리고 있는 듯하지 않은가.

이들 작품을 포함해 조선시대 청화백자를 한자리에서 감상할 수 있는 전시회가 열리고 있다. 국립중앙박물관이 '조선 청화, 푸른빛에 물들다'라는 이름으로 9월 30일부터 11월 16일까지 관람객을 맞이한다. 국립중앙박물관을 비롯해 국립현대미술관, 삼성미술관 리움, 호림박물관, 도쿄국

제5장 구성 훈련은 원 소스 멀티 유스로

립박물관 등 국내외 17개 기관이 간직해온 청화백자를 출품했다.

자기 위에 그려진 회화가 조선 청화백자의 예술성을 한층 위로 끌어올렸다. 조선 왕실은 궁궐 음식을 담당하는 사옹원의 관리가 화원畵員을 거느리고 어용御用 그릇의 제조를 감독하도록 했다. 도자기에 그림을 그린 화원은 도화서에 소속된 전문 화가였다. 당대에 내로라하는 작가였던 이들은 도자기 몸체를 화폭 삼아 자신의 예술적인 역량을 한껏 발휘했다.

국립중앙박물관장을 지내면서 우리 예술의 미학을 탐구한 최순우는 "세계에서 우수한 도자기를 생산한 나라도 많고 도자기의 장식도 헤아릴 수 없이 많은 종류가 있지만 그 시대의 뛰어난 화가가 이렇게 회화적인 그림을 대량으로 도자기 위에 그려 남긴 예는 많다고는 할 수 없다"고 들려준다. (최순우 『무량수전 배흘림기둥에 기대서서』)

우리 청화백자가 지닌 아름다움은 중국·일본의 것과 비교하면 더 잘 드러난다. 최순우는 "중국 것처럼 거만스럽지도 수다스럽지도 않으며, 일본 것처럼 경묘하거나 잔재주를 부리지도 않아서 우선 병 모양만 가지고도 한국이라는 국적을 분명히 해주는, 의젓하고도 속이 트인 아름다움"이라고 표현했다.

이처럼 아름다운 조선 청화백자가 조선 안에 머문 일은 아쉽다. 청화백자는 몇 세기 동안 세계에서 가장 값비싸고 대규모로 교역된 물품이었다. 청화백자는 같은 무게의 금보다 더 고가에 거래된 적도 있었다.

유럽의 왕과 귀족들은 중국 청화백자에 경탄했다. 자기는 모양과 빛깔, 그림, 촉감 등 모든 면에서 기존 금속 그릇과 차원이 달랐다. 유럽 왕과 귀족은 중국 청화백자를 앞다퉈 사들였다. 방의 벽면 전체를 접시 등 청화백자로 둘러 붙이기도 했다.

중국 도자기는 17세기 초부터 유럽에서 인기를 끌었다. 네덜란드 동인도회사가 1602년 암스테르담에서 경매에 부친 청화백자 3만 8,641점이 모두 판매될 정도로 관심이 달아올랐다.

명·청 교체기를 맞아 유럽은 중국에서 청화백자를 조달하지 못하게 됐다. 청화백자를 생산하는 요업시설이 파괴됐기 때문이다. 게다가 청은 1661년 청화백자 생산과 무역을 금지했다.

유럽은 다른 공급처를 찾아 나섰다. 일본이 조선에서 도공을 납치해 가 청화백자를 만들고 있었다. 조선 도공 이삼평李參平이 1616년 사가佐賀현 아리타有田에서 일본 최초의 청화백자를 구워냈다. 일본은 네덜란드 동인도회사 주문을 받아 1659년에 청화백자 5만 6,700점을 처음 수출한다. 이후 약 70년 동안 일본이 만든 청화백자 700만 점이 세계 각지로 공급됐다. 일본은 청화백자를 수출해 막대한 부를 축적했다. (홍익희『조선의 청화백자와 은제련술 일본을 경제대국으로 만들다』)

일본 청화백자는 18세기 초 독일 마이센 자기와 18세기 후반 프랑스 세브르 자기에 영향을 줬다. 조선이 바다 밖 사정에 눈과 귀를 열어놓았다면, 그래서 조선의 청화백자가 유럽에 선보였다면, 세계가 일찍이 '한류 도자기'의 아름다움에 반하지 않았을까.

[예시문]

청화백자 경제론

이달 초 퇴근길에 국립중앙박물관에서 개최한 '조선 청화靑畵, 푸른빛에 물들다' 전시회를 관람했다.

조선 청화백자는 중국 작품을 본떠 제작되기 시작했지만 얼마 지나지 않아 명나라풍風을 벗어났다. 명나라식 테두리 장식이 지워졌고, 작품성이 뛰어난 회화가 그려졌다.

조선 청화백자를 감상하는 동안 아쉬움과 막막함이 교차했다. 청화백자는 몇 세기 동안 세계에서 가장 값비싸고 대규모로 교역된 품목이었다. 청화백자가 같은 무게의 금보다 더 고가에 거래된 적도 있었다. '저렇게 빼어난 청화백자를 만들고도 그렇게 고가인 줄 모르거나 상업화하지 않은 채 지냈다니…' 하는 생각에 아쉬웠다.

일본은 정유재란 때 조선 도공을 납치해 청화백자를 생산하도록 한다. 명·청 교체기에 중국 도자기 생산시설이 파괴돼 중국으로부터 공급이 중단된다. 유럽은 중국을 대신할 다른 공급처를 찾게 된다. 일본이 중국의 공백을 채우며 막대한 부를 축적했다.

한국·중국·일본은 청화백자를 만든 역순으로 산업혁명 이후 세계시장의 조류에 참여했다. 일본이 가장 먼저 산업화의 길에 들어서 강대국으로 부상했다. 이어 한국이 노동집약적인 분야부터 제조업을 키워 세계시장에 제품을 공급하며 경제를 고도화해왔다.

중국은 뒤늦게 출발했지만 세계의 공장으로 자리 잡았다. 중국은 의류봉제와 신발산업에 손대는가 싶더니 가전, 컴퓨터, 조선에 뛰어들었다. 거대한 몸집의 중국이 뛰기 시작하면서 판이 바뀌었다. 세 나라 제조업의 상호보완적인 분업구조가 깨졌다. 조립완성품 분야에서 한·중·일 전면전이 벌어지고 있다. 우리 산업과 경제의 미래에 눈을 돌리면 앞이 막막해진다.

중국은 14억 인구를 거느린 내수시장을 바탕으로 규모의 경제가 경쟁력 확보와 직결되는 산업부터 키워왔다. 그런 산업부터 한국 제조업의 입지가 잠식되고 있다. 안현호 한국무역협회 부회장은 "규모집약형으로 조립·가공하는 가전·디스플레이 산업이 위협받고 있다"고 분석하고 "중국은 철강 같은 규모집약형 일관공정 산업에서도 조만간 한국과 대등한 수준으로 올라서 치열한 경쟁을 벌일 것"이라고 내다본다.

놀라운 측면은 중국이 추격해 오는 양상이 우리 예상을 뛰어넘는다는 것이다. 안 부회장은 지난해 4월 낸 『한·중·일 경제삼국지』에서 "스마트폰은 중국의 독자개발 능력이 부족해 당분간 애플이나 삼성, LG를 따라잡기 힘들 것"이라고 내다봤다.

불과 1년, 중국이 스마트폰 세계 1위에 오르는 것은 시간문제로 여겨지

게 됐다. 삼성전자의 2분기 세계 스마트폰 출하량은 7,491만 대로 전분
기보다 15% 줄었다. 애플의 출하량은 3,520만 대로 19% 감소했다. 삼
성전자와 애플의 자리를 중국 업체들이 차지했다. 화웨이는 1분기보다
50% 많은 2,018만 대를, 레노버는 25% 많은 1,580만 대를 출하했다.

중국 시장을 더 주목해야 한다. 중국 샤오미는 지난 2분기 중국 스마트폰
시장에서 삼성전자를 제치고 1위에 올랐다. 샤오미는 점유율 14%로 삼
성전자와 레노버를 앞섰다. 두 회사의 시장점유율은 각각 12%였다. 중
원을 장악한 샤오미는 바야흐로 세계시장 공략에 나서고 있다.

한국 제조업이 갈 방향을 일본이 일부 보여주고 있다. 중국 제조업체에
부품·소재·장비를 공급하는 길이다. 일본 제조업계는 스마트폰에서 소
니만 남고 모두 철수했지만, 일본 부품업체는 중국 스마트폰용 수요 증
가로 가동률을 높이고 있다. 중국 스마트폰을 '가마우지' 삼아 일본 부품
업계가 실속을 챙기는 것이다.

안 부회장은 "중국의 부품·소재·장비 산업 경쟁력은 일본은 물론 우리나
라와 격차가 크다"고 말한다. 중국 대기업은 조립완성품에 계속 기회가
있기 때문에 이 분야에 주력할 가능성이 낮다고 내다본다. 이 분야는 앞
으로 상당 기간 중국이 추격해 올 가능성이 낮다는 말이다.

한국이 잘 만드는 '청화백자'는 중국이 더 저렴하게 공급할 수 있다. 한국
이 새로 경쟁력을 확보해야 할 분야는 '청화백자 안료'나 '가마'를 만드는
일이다.

[지은이, 「[데스크칼럼] 청화백자 경제론」, 아시아경제, 2014. 10. 21.]

[수정문]

일본 간 조선 도공의 자기 혁신

청화백자의 세계에서 청출어람이 두 차례 일어났다. 조선 청화백자가
명·청의 청화백자를 능가했고, 일본으로 잡혀간 조선 도공은 조선의 자

기보다 빼어난 작품을 빚었다.

조선의 청출어람은 조선 도공의 솜씨와 도화원 소속 화가의 그림이 어우러진 결과였다. 일본에 끌려간 조선 도공과 그 후예는 조선에서 만드는 자기보다 훌륭한 작품을 빚어내 유럽을 매혹시켰다. 일본에서의 청출어람은 무엇에서 비롯됐을까.

당시 일본사회에서는 센리큐千利休가 완성시킨 다도가 유행이었다. 다도가 사회에 보급될수록 고급 도자기에 대한 수요가 증가했는데, 이런 수요를 일본 장인들은 만족시킬 수 없었다. 이런 상황에서 조선인 도공은 엄청난 경제적 부가가치를 지닌 존재였다. 그래서 일본 권력층은 기술력과 상품성을 지닌 조선인 도자 장인을 우대했다.

1598년 전라북도 남원에서 일본 사쓰마薩摩로 끌려간 심당길沈當吉은 1603년에 자신의 가마를 만들고 그로부터 18년 뒤 자기의 원료인 백토를 발굴해 사쓰마야키薩摩窯를 열었다. 사쓰마번주는 심당길 일가를 사무라이급으로 예우했다. 심당길의 후손은 현재의 심수관가沈壽官家로 이어졌다.

심수관가를 이끌고 있는 15대손은 책『한일 교류 2천 년, 새로운 미래를 향하여』에 실린 인터뷰에서 "조선의 도예기술이 일본에서 뿌리내릴 수 있었던 것은 조선의 기술과 사람들을 정당하게 평가하고 이해해준 친구들이 있어 가능했다"고 말했다.

조선 도공 이삼평李參平은 일본 백자의 최고봉이라 일컬어지는 규슈九州 아리타야키有田窯를 열었다. 아리타야키는 400년 동안 이어져 현재 14대 이삼평이 이끌고 있다.

1594년 일본으로 잡혀간 이삼평은 17세기 초 아리타에서 백자광을 발견하고 일본 자기의 시조가 됐다. 그때까지 일본에는 도기가 주류였다. 그는 아리타를 일본 자기의 산실로 만들었다. 제대로 제작된 자기가 없었던 당시 일본에서 많은 도공이 자기 굽는 법을 배우기 위해 아리타로 모여들었다.

아리타의 장인들은 17세기 초 백자와 청화백자 제작에 성공했고 중국의 선진 기법과 일본 특유의 감각적인 도안과 색채 등을 가미해 일본 자기 산업을 빠르게 성장시켰다. 아리타 자기는 1651년부터 네덜란드의 동인 도회사를 통해 유럽으로 수출되기 시작했다.

조선과 일본은 전쟁이 끝난 지 얼마 되지 않아 자기 무역을 개시했다. 이후 조선에서 일본으로 그릇이 건너간 사례는 거의 보이지 않는 반면 일본 자기에 대한 조선의 인식은 점차 바뀌게 됐다. 일본 자기가 기술적인 발전을 거듭하자 조선에서는 그 전까지 도외시했던 일본 자기 공예에 대해 그 기예를 인정하고 심지어 배우자고 하는 주장이 나왔다. 이런 주장은 북학파에서 나왔다. 일본 자기는 조선 영·정조대에 다양한 경로로 조선에 유입됐다.

같은 도공이 조선에서보다 일본에서 더 훌륭한 작품을 빚어내게 된 토양은 무엇이었을까. 일본 지배층은 조선의 집권층과 달리 장인을 우대했다. 조선 조정은 도공으로부터 공물을 받을 뿐 대접을 하기는커녕 합당한 대가도 치르지 않았다. 반면 일본에서는 벼슬을 내릴 정도로 예우했다. 기본적으로 조선 사회는 사농공상의 가치관을 강요했고 일본은 봉건 체제였지만 상업이 활발했다. 상업이 발달하면 값어치가 나가는 물건이나 작품을 만드는 공인을 중시하게 된다.

조선은 세계적인 예술 감각과 솜씨를 지닌 자기 장인을 나라 안에 가둬 놓고 있었다. 일본은 그들이 최대한 기량을 발휘해 마음껏 자기를 빚도록 무대를 만들어주었다. 이것이 조선 도공이 일본에서 자신을 뛰어넘을 수 있었던 요인이었다.

소설가라면 일본에 끌려간 조선 도공의 두려움과 불안이 안심과 자부로 바뀌는 과정에 초점을 맞춰 작품을 쓸 수 있으리라.

제6장

끝을 끝내주게,
혹은 여운 있게 마무리하기

글의 처음 못지않게 끝도 중요하다. 끝이 중요한 이유는 처음의 그것과 다르다. 첫 부분은 아무것도 없는 상태에서 독자를 끌어당겨야 하는 중책을 맡는다. 끝부분은 내용을 전부 혹은 거의 다 얻은 뒤 떠나는 독자를 대상으로 한다. 독자를 붙들 수는 없더라도 잠시라도 그를 머물게 하거나 떠난 그의 뇌리에 남는 메시지 혹은 음미할 만한 느낌을 주는 마무리면 좋다. 떠나보내되 떠나보내지 않는 종결부를 어떻게 지을 것인가.

1. 마무리하지 않고 끝낸 글

마무리를 잘하기는커녕 끝나지 않은 것처럼 끝낸 실수를 한 적이 있다. 그 사례로 이 마지막 장의 예문을 시작한다. 내가 블로그에 쓴 글이다.

[예시문]

김근태를 떠나보내며

남의 일에 아파하고 분노하는 사람이 있다. 자신에게 보장된 탄탄한 미래와 안락한 삶을 포기한다. 남을 대변하고 앞서서 싸우는 고통의 길을 선택한다. 그리고 묵묵히 걸어간다. 그가 온몸을 부딪쳐 얻은 자유를 우리가 누리고 있다. 그런 사람 중 한 명이 김근태다.

1992년이나 1993년이었다. 내가 근무하던 일간지의 노동조합이 초청한 강연회에서 김근태를 만났다. 강연 내용은 기억나지 않는다. 다만 나는 그의 순수한 성품과 이상주의가 현실 정치를 하기에는 맞지 않겠다는 잠정적인 결론을 내렸다. 이후 그를 장차 정치 지도자로 꼽는 얘기를 들었지만 동의하지 않았다.

그가 걸어간 험하고 긴 길에서 그날 강연은 돌멩이 하나에 불과하다. 인간 김근태와 정치인 김근태를 전하는 데 별 도움이 되지 않는 돌멩이 말이다. 그런데도 내가 그날 들은 얘기 중 기억나는 두 가지를 굳이 적는 까닭은 무엇인가? 떠난 그에게 미안하고 감사한 마음을 갖고자 하는 행위가 아닐까?

김근태는 강연 전, 참석자들과 인사를 나누면서 명함을 주지 않았다. 명함이 없다고 말했다. 준비하지 못하거나 떨어진 게 아니었다. 그는 명함을 만들지 않았다며 그 이유를 이렇게 설명했다. "내 이름을 적어 사람들에게 돌리는 게, 꼭 나를 상품으로 파는 일 같아서요."

그때 그는 긴 직함을 갖고 있었다. 아마 '민주대개혁과 민주정부 수립을 위한 국민회의 집행위원장'이었을 게다. 아니면 '민주항쟁기념국민위원회 공동집행위원'이었을지도 모른다.

그는 이름과 관련한 얘기로 강연을 시작했다. "여기 오는 택시에서 합승을 하게 됐어요. 같이 타게 된 여자가, 여대생 같아요, 나를 흘끔흘끔 보더니 조심스럽게 물어봐요. '혹시…, 이근안 씨 아니세요?'"

일반론으로 시작했다. 횡설수설했다. 가장 큰 결점은 끝을 맺지 않았다는 것이다. 이 글을 주위 사람들에게 이메일로 보내자 과연 "쓰다 말고 중간에 보낸 것이 아니냐" 하는 반응이 왔다. 시일이 흐른 뒤 다음과 같이 다시 구성했다.

[수정문]

김근태와 이근안

그는 자신의 이름과 관련한 얘기로 강연을 시작했다. "여기 오는 택시에서 합승을 하게 됐어요. 같이 타게 된 여자가, 여대생 같아요, 나를 흘끔흘끔 보더니 조심스럽게 물어봐요. '혹시…, 이근안 씨 아니세요?'"

1992년이나 1993년이었다. 그는 내가 근무하던 일간지의 노동조합이 초청한 강연회에 왔다. 합승한 여성이 민주화 운동가 김근태의 이름을 그를 고문한 경찰 '이근안'으로 착각했다는 얘기다.

그때 그는 긴 직함을 갖고 있었다. 아마 '민주대개혁과 민주정부 수립을 위한 국민회의 집행위원장'이었을 게다. 아니면 '민주항쟁기념국민위원회 공동집행위원'이었을지도 모른다.

김근태는 강연 전, 참석자들과 인사를 나누면서 명함을 주지 않았다. 명함이 없다고 말했다. 준비하지 못하거나 떨어진 게 아니었다. 그는 명함을 만들지 않았다며 그 이유를 이렇게 설명했다. "내 이름을 적어 사람들에게 돌리는 게, 꼭 나를 상품으로 파는 일 같아서요."

강연 내용은 기억나지 않는다. 다만 나는 그의 순수한 성품과 이상주의가 현실 정치를 하기에는 맞지 않겠다는 잠정적인 결론을 내렸다. 이후 그를 장차 정치 지도자로 꼽는 얘기를 들었지만 동의하지 않았다.

그가 걸어간 험하고 긴 길에서 그날 강연은 돌멩이 하나에 불과하다. 인간 김근태와 정치인 김근태를 전하는 데 별 도움이 되지 않는 돌멩이 말이다. 그런데도 내가 그날 들은 얘기 중 기억나는 두 가지를 굳이 적는 까닭은 무엇인가? 떠난 그를 기억하고 그에게 미안해하며 감사한 마음을 표하고자 하는 행위가 아닐까?

남의 일에 아파하고 분노하는 사람들이 있다. 자신에게 보장된 탄탄한 미래와 안락한 삶을 포기한다. 남을 대변하고 앞장서서 싸우는 고통의 길을 선택한다. 그리고 묵묵히 걸어간다. 그들이 온몸을 부딪쳐 부서지며 얻은 자유를 우리가 누리고 있다. 그렇게 한 사람 중 한 명이 김근태다.

나중에 그날 택시로 생각이 미쳤다. 그는 여대생한테 뭐라고 답했을까. 당황해하면서도 "아닙니다"라고만 말한 뒤 예의 그 부드러운 미소를 지었을 게다. 그것이 앞서 나가 온몸이 깨지도록 싸웠으되 자신의 이름을 내세우지 않는 그다운 반응이었으리라.

2. '한 방'은 쓰는 도중 떠오른다

플롯을 짤 때 무엇으로 시작할지 고심하되 끝은 열어놓는 편이 좋다. 독자에게 한 방 먹이는 '펀치라인'은 글을 쓰는 동안 떠오르는 때가 많다. 마지막 문장을 미리 정해놓을 필요 없다. 글감이 머릿속에서 발효되면서 걸맞은 '마침표'가 만들어진다고 믿어도 좋다. 몇 가지 예를 소개한다.

[예시문]

토정비결의 비결

"택시 운전이 운수업입니다. 그날 벌이가 운수運數에 좌우되니 운수업運數業이란 말입니다." 택시 운전이 운수업運輸業이자 운수업運數業이라는 어느 기사분의 해석이다.

택시 운전뿐이랴. 인간사 어느 것 하나 운수에 영향을 받지 않는 게 있으랴. 새해에 무슨 운이 기다리고 있을까 하며 토정비결 같은 운세집을 찾게 되는 까닭이다.

조선시대 토정비결이 오랫동안 많은 사람에게 참고가 되고 '미래서 분야의 대명사가 된 데에는 필시 무슨 비결이 있을 게다. 이어령 전 문화부장관은 「토정비결이 암시하는 것」이라는 글에서 "수백 년 전에 만들어진 토정비결의 내용이 현대 사회에 있어서도 아직 그대로 통용되고 있는 것이라면 그야말로 거기에는 한국인의 숙명이 숨어 있다고 말할 수 있다"고 풀이했다. (이어령 『흙 속에 저 바람 속에』)

그는 토정비결에 자주 등장하는 신수로 '말을 조심하라', '관가를 조심하라', '인간을 조심하라' 등을 들고 "한국 사회에서라면 누구나가 다 겪게 되는 일들"이라고 분석했다. 토정비결은 "확률을 이용한 과학이었는지도 모른다"는 말이다.

인류학자인 김중순 고려사이버대 총장은 토정비결 144괘 중에는 행운이 58가지로 가장 많다고 분류했다. 불운은 40가지고 나머지 47가지는 행운도 불운도 아니다. 전체 중 30%가 넘는 47가지가 맞고 틀린지 판명나지 않는 부류인 것이다. 이 47가지 중 '노력하면 빛이 나리라' 같은 조건부 행운이 13가지고 중립적인 운수가 12가지, 금지와 금기는 22가지다.

토정비결의 비결은 행운도 불운도 아닌 운세에 있다고 나는 생각한다. 토정비결은 행운을 말할 때도 불행을 말할 때도 대개 조건을 건다. '실히 노력하면 잘될 수 있다', '다툼은 불운의 원인이 된다'는 식이다. 결과보다는 그 결과에 이르는 원인이나 과정에 중점을 둔, 예언이라기보다는 금언金言이다. 이런 괘는 실제 결과가 그와 달라도 '과정을 충실히 따르지 않았다'는 식으로 변통될 수 있다. 토정비결에는 또 자신의 생활 태도와 습관을 돌아보고 몸가짐을 가다듬으라는 가르침이 많다. 유념하고 지내서 득을 보면 봤지 손해를 입지는 않을 말이다.

그렇다면 토정비결에서 배워야 할 점은 개별 운세가 아니다. 경구警句를 찾아 한 해 혹은 하루를 지내는 동안 유념하고 따르는 자세다. 이런 생각

에 수첩을 들춰, 그 면에 적힌 경구를 찾아봤다. 이렇게 적혀 있었다. '너 자신을 알라.'

[지은이, 「[초동여담] 토정비결의 비결」, 아시아경제, 2015. 01. 06.]

[예시문]

'글 빚'을 갚다가

'글 빚'이라는 게 있다. 어떤 글을 써주기로 약속하고, 때로는 고료를 미리 받고도 원고를 넘기지 못한 경우 '글 빚을 졌다'고 말한다.

'원고 채무 불이행'은 다른 사람들 얘기였다. 나는 간혹 들어오는 외부 원고 요청을 받아들였다가 마감을 어긴 적이 거의 없다. 또 책을 쓰기로 하고 인세를 일부 미리 받은 뒤 글을 마무리하지 못한 적도 없다. 실은 그런 조건에 책을 쓰라는 제안을 받아보지도 못했지만.

그러나 언젠가부터 '쓰지 않은 글'이 마음속에 채무로 자리 잡았다. 글을 쓰는 직업에 종사하면서 정작 가족에게는 왜 글을 쓰지 않는가 하고 자문하면서 이런 채무감이 생겨났다.

변명 거리를 생각하게 됐다. '목수 집에 성한 방문 없고 수다스러운 개그맨이 가정에서는 과묵하다잖아. 기자가 가족에게는 글을 쓰지 않게 되기 쉽지.' 이런 변명을 생각해냈다.

다른 핑계도 찾아냈다. 기자는 남의 얘기를 사실대로 기록해서 전하도록 훈련받는다. 다중을 대상으로 한 건조체 기사를 다년간 쓰다 보면 한 사람에게 자신을 주어로 하고 느낌을 풀어놓은 얘기를 적는 일이 어려워진다.

실제 그런 사례를 들었다. 언론사에 입사한 지 얼마 되지 않았을 때다. 한 중견기자 선배의 말이, 해외출장 때 엽서를 샀는데 개인적인 사연을 적으려다 그 좁은 공간도 채우지 못해 막막해했다는 것이다. 기자로 일하는 시일이 쌓이면서 어느덧 그 선배처럼 된 나를 돌아보게 됐다.

글 빚은 이자가 붙어 점점 불어났다. 몇 년 전 부채 청산의 첫발을 뗐다. 우표 100장과 편지봉투 100통을 장만했다. 부모님과 아들 둘, 아내에게 종종 편지를 보내기로 결심했다.

호기롭게 시작했지만 부친 편지는 몇 통에 그쳤다. 부모님께 편지 대신 '치매 예방에 좋은 숨은그림찾기' 그림을 몇 장 출력해 메모와 함께 보낸 것을 포함해도 그랬다.

우표 100장을 버린 셈 치려던 즈음에 이런 생각이 떠올랐다. 할아버지·할머니가 지내온 이야기를 내가 정리해 손자·손녀들에게 편지로 부치자. 그건 사실을 적는 글이니 기자로서 쓰기가 훨씬 수월할 것이다. 그렇게 가족 이야기 첫 편을 적어 부모님과 아이들, 조카들에게 보냈다.

기자는 독자 반응을 기다린다. 편지를 읽으셨나 궁금해하던 차에 아버지가 전화통화 중 말씀하셨다.

"편지 읽었다. 잘했다. 그런데 말이다, 내 이름 가운데 글자 한자漢字를 잘못 썼더라."

[지은이, 「[초동여담] '글 빚'을 갚다가」, 아시아경제, 2014. 05. 07.]

3. 궁금함을 유발하는 끝내기

색다른 마무리도 시도해보자. 다음은 궁금함을 유발하면서 끝을 맺었다. 인용한 책에 대한 예의를 갖추는 뜻도 있었다. 예의에는 두 가지 측면이 있다. 우선, 내가 다른 사람이 쓴 글에 거의 전적으로 의존해 글을 작성하는 것이 미안했다. 둘째, 그래서 독자의 관심을 원작으로 유도해야 한다고 생각했다. 내 글을 읽고 호기심을 갖게 된 독자가 그 책을 읽게 되기를 기대했다. 한편 나는 결말을 제시하지 않았지만 독자들은 아마 해피엔드를 예상하리라고 생각했고 독자들이 그런 느낌을 갖게 되면 충분하다고 여겼다.

둘째 글도 인용의 예의랄까 하는 측면에서 그 회장이 누구인지 밝히지 않았다. 또 그 회장을 실명으로 알리면 그의 멋진 행동보다는 기자가 그 회장을 띄워준다고 독자가 오해할지 모른다는 점을 우려해 그렇게 했다.

[예시문]

휴대전화에 빼앗긴 詩

오래전 가을이었다. 어릴 적부터 가깝게 지낸 친구가 시인을 찾아왔다. 친구는 한 여자를 좋아한 지 오래 됐는데 그 여자는 자신을 만나주지도 않는다고 하소연했다. 친구는 시인에게 여자에게 자신의 진심을 전해달라고 부탁했다.

시인은 여자를 만나 친구의 마음을 알려줬다. 친구가 얼마나 성실한지 칭찬했음은 물론이다. 여자는 양친이 모두 아프셔서 남자를 만날 처지가 못 된다고 말했다. 언젠가 집안이 평안해지면 만날 뜻이 있다고 답했다.

시인은 친구에게 여자의 말을 전하고 큰 턱을 얻어먹었다. 가끔 친구에게 그 후의 일을 물었다. 친구는 여자의 하숙집 근처를 거닐고 가끔 전화를 하는 게 전부라고 말했다. 친구는 여자의 가족이 방문하지 않는 시간이나 여자가 집에 없을 만한 시간에도 전화를 한다며 웃었다.

받지 않을 전화 걸기를 의아하게 여기던 마종기 시인은 나중에 시「전화」에 친구의 마음을 담았다.

당신이 없는 것을 알기 때문에

전화를 겁니다.

신호가 가는 소리

당신 방의 책장을 지금 잘게 흔들고 있을 전화 종소리, 수화기를 오래 귀에 대고 많은 전화 소리가 당신 방을 완전히 채울 때까지 기다립니다. 그래서 당신이 외출에서 돌아와 문을 열 때 내가 이 구석에서 보내는 모든 전화 소리가 당신에게 쏟아져서 (후략)

다들 하루 종일 휴대전화를 곁에 두는 이 시대, 이 시는 어색해진다. 말하자면 '당신이 휴대전화를 지니고 있지 않음을 알기 때문에 전화를 건다'는 상황이 바로 떠오르지 않는다. 지금 그에게 휴대전화가 없다는 사실을 어떻게 알까? 전화를 받지 않아서? 전화를 받지 않는 건 휴대전화를 잃어버려서일지도 모른다. 이 경우 전화 수신음이나 음악은 그 사람의 곁이 아니라 다른 엉뚱한 곳에서 울리게 된다.

휴대전화가 유선전화를 대체하면서, 이 시에 공감할 생활문화적인 바탕이 사라져버렸다. 편리해지긴 했는데 잔향이랄까, 여운이랄까, 그런 그윽함이 사라지는 게 아닌가 싶다.

여자의 빈 방을 자신의 마음으로 가득 울리곤 하던 친구와 그 여자는 어떻게 됐을까? 그 얘기는 마종기 시인의 시작詩作 에세이집 『당신을 부르며 살았다』에서 직접 읽으시길.

[지은이, 「[초동여담] 휴대전화에 빼앗긴 詩」, 아시아경제, 2013. 09. 24.]

[예시문]

드라마에나 나올 법한 회장

그는 대기업 회장이다. 회사 구내식당에 종종 들른다. 구내식당으로 가는 복도에서 먼저 식사를 마치고 나오는 직원들과 마주친다. 여느 대기업이라면 직원들이 회장이 지나가는 길을 필요한 만큼보다 더 터준다. 그래서 마치 홍해 바다가 갈라지는 것처럼 길이 열린다.

이 회사 직원들은 그렇게 하지 않는다. 직원들은 그를 스스럼없이 대한다. 신입사원들도 그를 어려워하지 않는다. 다들 인사는 한다. 허리를 꺾어 깍듯하게 예의를 갖추는 사원은 눈에 띄지 않는다.

회장을 찾아와 그와 함께 구내식당에 들른 방문객들은 그걸 보고 깜짝 놀란다. "어떻게 이 회사는 회장을 보고 스스럼없이 웃으면서 지나가느냐"고 묻는다. 그는 이런 반응이 나오면 껄껄 웃으며 흐뭇해한다. "우리 직원들이 고맙다"고 말한다.

회장이 지시해서 이 회사 직원들이 그렇게 하는 것은 물론 아니다. 그가 먼저 직위의 층을 허물고 내려와 직원들에게 다가섰다. 소셜네트워크서비스SNS에서 많은 사원들과 친구가 됐고 편하게 얘기를 나눴다. 번개를 쳐 모인 젊은 사원들과 술을 마셨고 함께 영화를 봤다.

그는 왜 대기업 회장으로서 받을 수 있는 예우를 스스로 내려놓았나. 배려하는 마음에서다. 업무와 직접 관련이 있지 않은 일에서 자신으로 인해 주변 사람들이 불편해지면 안 된다고 생각한다.

그는 자신이 회장이 된 이후 출근하면서 겪은 일을 예로 들었다. 사옥 출입문은 이중으로 설치됐다. 냉난방 에너지를 절감하기 위해서다. 그가 건물에 도착하니 경비원이 미리 이중문을 모두 열어놓고 대기하고 있었다. 그는 첫 사흘간 건물에 들어서면서 문을 닫았다. 이중문을 열어두면 찬바람이 몰아쳐 건물 안에 있는 사람이 춥게 되니 그리지 말라는 뜻을 행동으로 보인 것이었다. 경비원은 눈치를 채지 못했고 그는 결국 말을 꺼냈다. "내가 열고 들어가도 힘들지 않아요. 바깥 공기 들어오지 않게 문 닫아놓으세요."

그는 주위 사람들 얘기를 많이 듣는다. 역지사지易地思之를 하기 위해서다. 그는 "회장 자리에 있으면 나도 모르게 생활이 규정된다"며 "사소한 것도 내가 회장이니까 늘 그렇게 대접받아야 하는가 보다 하고 살다 보면 둔감해진다"고 말한다.

그는 그렇게 하지 않으면 "나도 모르게 드라마 속의 회장처럼 될 수밖에 없다"고 덧붙였다. 그야말로 드라마에나 등장할 법한 회장이다. 그가 누구인지는 《가톨릭 다이제스트》 4월호를 보면 알 수 있다.

[지은이, 「[초동여담] 드라마에나 나올 법한 회장」, 아시아경제, 2015. 03. 31.]

[예시문]

인용과 출처

'인간으로서 할 일이 두 가지 있다. 하나는 자식을 낳는 것이고 다른 하나는 책을 쓰는 것이다.'

기호학자이자 소설가인 움베르토 에코가 이렇게 말했다고 들었다. 2세를 낳는 것은 사회가 유지되도록 구성원을 배출하는 일이겠다. 책을 쓰는 것은 인류의 지적·정서적인 자산을 풍부하게 하는 데 기여하는 노력이겠고.

10여 년 전 친구한테서 이렇게 들었다. 이 말이 좋아 가끔 써먹었다. 내가 다니는 동호회에 신규 회원을 가입시키고 내 몫의 역할을 했다는 뿌듯함을 이 말을 빌려 표현한 적도 있다. 책을 써냈을 때는 둘째 역할을 수행했다고 자부했다.

인상적인 구절을 그 문구가 인용된 전체 글 속에서 읽고 싶을 때가 있다. 그래서 에코가 어디에서 어떤 맥락으로 이 말을 했는지 찾아보기로 했다. 인터넷을 검색하니 에코는 내가 이해한 것과 다른 측면에서 자녀와 책을 언급했다. 에코는 이렇게 말했다. "이 세상에서 인간이 죽음을 극복할 수 있는 방법은 자녀를 남기는 것과 책을 남기는 것이다."

에코는 책을 사회에 대한 의무라기보다는 죽음을 뛰어넘는 길로 여겼군. 에코는 또 책을 쓰는 자세를 들려줬다고 한다. 인터넷에 따르면 그는 "나는 성공을 위해 책을 쓰지 않는다"며 "다만 훗날 나의 책이 다른 연구자들을 위한 한 권의 참고문헌으로 영원히 살아남아 한 줄 인용되길 바랄 뿐"이라고 말했다. 이어 "성공으로 얻은 점이 있다면 그것은 아마도 나의 책이 살아남을 수 있도록 다소 도움을 받았다는 것뿐"이라고 덧붙였다.

그럼 이 구절은 어디에서 인용된 것인가. 한 블로거는 에코의 패러디 산문집인 『세상의 바보들에게 웃으면서 화내는 방법』에 이 구절이 실렸다고 말했다. 이 책을 읽어봤지만 이 구절을 찾지 못했다. 키워드를 바꿔가면서 구글을 돌려봤지만 원문은 나오지 않았다.

검색에 들인 시간이 전혀 보람이 없지는 않았다. 에코는 『책으로 천년을 사는 방법』이라는 제목으로 엮인 책에서는 책과 죽음의 관계를 다음과 같이 표현했다.

"책은 생명보험이며 불사不死를 위한 약간의 선금이다. 물론 그것은 앞으로 죽지 않는 것이 아니라 뒤로 죽지 않는 것이다. 하지만 모든 것을 동시에 가질 수는 없다."

에코의 '자녀와 책' 문장은 국내에서 계속 인용되고 있다. 에코가 고마워하겠다. 누가 이 말의 출처가 어디인지 알려주시면 내가 감사하겠다.

[지은이, 「[초동여담] 인용과 출처」, 아시아경제, 2014. 04. 15.]

4. 제시한 단어를 활용한 매듭짓기

글에서 거론하거나 제시한 단어로 글을 매듭지을 수도 있다. 두 가지 사례를 소개한다.

[예시문]

이 사진 한 장

오랜 벗 이광이 형이 페이스북에 사진 한 장을 올리고 이런 캡션을 달았다. '담벼락에 막걸리병은 왜 걸어뒀을까?' 사진은 흑백이고 담백하다. 담벼락 오른쪽, 사진의 구석에 막걸리병 세 개가 있다. 목이 끈에 묶여 벽에 매달려 있다. 담 너머로 할머니 두 분의 뒷머리가 보인다.

사진을 본 사람들과 '사진작가' 이광이의 댓글이 오갔다. '담 안쪽에는 뭐가 걸려 있을까?', '담 안쪽에서는 마늘 까고 있는 듯…', '아침에 막걸리 배달원이 막걸리통을 채우도록 그렇게 한 것 아닐까요?'

나도 답을 궁리해봤다. 내 추측은 이렇다. 그 사진에는 할머니 두 분의 살림살이가 담겼다. 두 분은 햇볕을 아까워하고, 막걸리를 마시고 남은 빈 병을 아까워한다. 무슨 말인가? 해가 쨍쨍 내려 쪼이면 할머니들은 이불이며 빨래를 담벼락에 넌다. 물을 채워 한 쌍씩 묶은 막걸리병은 빨래집게 대용이다. 담벼락에 빨래를 널 때면, 대개 이불집게라고 불리는 입이 큰 빨래집게를 쓴다. 할머니들은 이불이며 빨래를 널고 나서 이불집게를 쓰는 대신 그 위에 막걸리병을 담장 양쪽으로 드리우는 게다.

아까워하는 것은 절약하는 것과는 다르다. 절약은 쓰지 않는 것이고, 아까워하는 것은 내버려두지 않고, 버리지 않고 잘 쓰는 것이다.

왜 그런지 몰라도, 영어 문화권에는 '아깝다'에 해당하는 단어가 없다. 나 혼자만의 생각이 아니다. 2002년에 노벨 화학상을 받은 일본 샐러리맨 다나카 고이치田中耕一는 수상 소감을 준비하며 '아깝다'를 옮길 적당한 영어 단어가 없다는 점을 알게 됐다. 다나카는 왜 '아깝다'는 말을 해야 했나. 그는 실수로 실험 재료를 망치게 됐는데, 버리기 아까워 그 재료로 실험을 하던 중 연구 성과를 내게 됐다. 다나카는 책『일의 즐거움』에서 "아깝다는 말은 어렸을 적에 나를 많이 돌봐준 할머니의 입버릇이었다" 고 들려준다.

아깝다는 낱말은 잔잔한 울림을 준다. 자주 많이 사서 덜 쓴 채 버리는 이 소비의 시대, 아깝다는 말을 한 번 더 생각하게 된다. 이를테면 아깝다는 말은 그냥 지나쳐버리기에는 아까운 말이다.

[지은이, 「[초동여담] 이 사진 한 장」, 아시아경제, 2013. 07. 02.]

[예시문]

빨갛지도 않는데

- - - - - - - - - - - - - - -

#1. 깜짝 꼬꼬면 파티가 열렸습니다. 빨갛지도 않는데 살짝 매콤하고 훨씬 담백한데?

#2. 그들은 우리나 미국인보다도 과학혁명에 대해서 깊은 통찰력을 가지고 있었다. 그리고 두 문화 사이의 간격은 우리 경우만큼 넓지는 않는 것 같다.

앞의 글은 청소년이 많이 보는 과학 매거진에 실렸고, 뒤의 글은 1990년대 중반에 대학교수의 이름으로 번역된 책에 나온다.

물론 독자께서는 틀린 부분을 금세 찾아내셨으리라. 그러나 많은 사람이 틀린다.

'빨갛지도 않는데'를 "빨갛지도 않은데'로, '넓지는 않는 것'을 '넓지는 않은 것'으로 써야 한다. 고작 '는'과 '은' 차이가 아니다. 우리말의 과학적인 어법과 관련된 부분이다.

아래 문구를 살펴보자.

독 짓는 늙은이－－－－그 늙은이가 지은 독

물을 끓이는 주전자－－－－끓인 물

파는 물건－－－－판 물건

동사를 '동작이 이뤄지는 데' 쓰면 어미로 '는'이 붙는다. '동작이 이뤄진 데' 쓰면 '은'이나 'ㄴ'이 온다. 이는 이뤄'지는'과 이뤄'진'에서도 확인된다. 같은 이치로, 상태를 나타내는 형용사가 명사를 수식할 때에도 어미가 '은', 'ㄴ'으로 바뀐다.

아름답다－－－－아름다운

멋지다－－－－멋진

슬프다－－－－슬픈

'않다'에서는 용례가 갈라진다. '않다'는 두 가지다. 하나는 보조 동사고, 다른 하나는 보조 형용사다. '밤이 깊었는데도 쉬지 않고 일하다'에서는 보조 동사고, '냄새가 향기롭지 않다'에서는 보조 형용사다. 따라서 '쉬지 않는 사람'이고, '냄새가 향기롭지 않은 와인'으로 써야 한다.

앞의 사례에서 '않다'는 모두 보조 형용사이므로 '않은'으로 써야 한다.

글을 쓰면서 많이 틀리는 대목이 '알맞은', '걸맞은'이다. '알맞는', '걸맞는'으로 잘못 쓰기 쉬운 단어들이다. 헷갈리게 된 요인은 '맞다'라는 단어에 있다. '맞다'는 동사로도 형용사로도 쓰인다. '틀림이 없다'는 뜻의 형용사로 쓰일 때는 '맞은'으로 어미가 바뀌어야 한다. 그래서 '알맞은'과 '걸맞은'이 맞다.

위에서 언급한 두 필자도 이런 어법을 다 알지만 오타를 낸 것이면 좋겠다. 대학교수가 번역한 책을 계속 읽다가 나는 다음 문장과 맞닥뜨렸다. '당치도 않는 이야기다.'

5. 오늘이 바로 그날이다

역사는 우리 정신 속에 살아 있다. 우리는 역사에 비추어 현재를 돌아보면서 미래를 계획하고 대비한다. 우리는 현재 우리의 삶에 비추어 역사 속 사건과 인물을 반추하고 떠올리거나 기린다. 어떤 인물은 타계한 날을 맞아 기리고 어떤 인물은 탄생한 날이 되면 추모한다.

기념일을 맞아 어떤 인물에 대한 글을 쓸 때가 있다. 이때에는 '오늘이 바로 그날'이라는 그 글을 쓴 계기를 도입부에 넣지 않는 것이 좋다. 그 대목이 들어갈 자리로 글의 맨 끝이 괜찮다. 다른 선택으로 글의 뒷부분을 생각할 수 있다. 뒷부분에 '오늘의 역사'를 쓴 다음 그 역사를 살아가는 오늘과 내일의 소회나 다짐을 넣는 것이다. 이런 구성을 택할 때 마지막 소회나 다짐이 상투적으로 되지 않도록 유념해야 한다.

자신의 생명을 던져 남은 사람들로 하여금 광주항쟁의 의미를 되새기고 민주화 운동을 계승하도록 한 윤상원을 기린 글을 소개한다. 이 글의 도입부를 주의 깊게 되새기기 바란다.

[예시문]

오월의 대변인

"나는 광주에 있는 전남도청 건물 안 한 방에 응접탁자를 사이에 두고 바로 그 사람 건너편에 앉아서 '이 사람 머지않아 죽게 될지도 모른다'는 생각을 했다. 그의 눈길이 내 눈을 응시했고 나는 그도 자신이 곧 죽으리라는 걸 알고 있다는 생각이 들었다."

1980년 5월 26일 광주 시민군 대변인을 취재한 브래들리 마틴 미국 볼티모어선 기자는 이렇게 회고했다(《샘이깊은물》, 1994년 5월호). 마틴은 임박한 죽음에 직면해서도 점잖고 상냥한 그의 눈빛에 충격을 받는다. 마틴이 그에게 묻는다.

"변변찮게 무장한 채로 군대에 저항하다 죽을 것인가, 아니면 항복할 것인가?"

"우리는 마지막 한 사람까지 싸울 것이다."

기자회견 뒤 그는 저녁에 서울로 돌아와 기사를 보냈다. 기사는 그러나 지면에 실리지 않았다. 군부가 광주를 진압했다는 소식이 마감 전 도착한 것이다. 마틴은 그 대변인도 그때 숨졌다는 사실을 듣는다.

그는 '군사 통치 아래 있던 남한 땅의 비극'을 그 대변인에 초점을 맞춰 쓴 새 기사를 송고한다. 기사는 "그 학생의 이름을 알았다면 여기 쓸 수 있을 텐데"라고 끝맺었다.

그는 그해 여름 인도 지국장으로 떠난다. 그가 다시 한국을 찾은 것은 1993년, 준비 중인 책과 관련한 자료를 조사하기 위해서였다. 그는 이때 자신이 쓴 광주 시민군 대변인 기사를 읽은 재미교포 독자를 통해 그 대변인이 윤상원이었다는 사실을 알게 된다.

그는 광주에 가서 윤상원의 가족과 친지, 동지를 만나 이야기를 나눈다. 윤상원은 전남대 정치외교학과를 졸업한 뒤 다니던 은행을 그만두고 야학활동과 민주노동운동을 벌이던 중 5·18 광주민주화운동에 뛰어들었다. 그는 광주에서 "윤상원이 당시 유일하게 전략적인 관점을 가진 인물이었을 것"이라는 말을 듣는다. "최후까지 버티면서 항복을 거부해 그 정권이 치러야 할 대가를 올린다"는 전략이었다. "만일 너희가 사람을 더 많이 죽일 배짱이 없으면 물러나라. 그럴 배짱이 있다면 스스로 야만인임을 증명하라"는 것이었다.

윤상원은 자신을 희생해 투쟁을 완수함으로써 다른 데서도 항쟁이 일어나기를 기원했다. 그가 삶을 바친 뒤, 그가 바란 대로 민주화의 도도한 파도가 일어났고 결국 독재를 무너뜨렸다.

오늘은 윤상원이 스스로 택한 총탄에 맞아 서른 살의 짧은 삶을 마감한 날이다.

[지은이, 「[초동여담] 오월의 대변인」, 아시아경제, 2014. 05. 27.]

[예시문]

충무공 탄생 470주년

시진핑習近平 중국 국가주석은 지난해 7월 서울대 특강에서 한국과 중국이 일본의 침략에 맞서 함께 싸운 역사를 강조하며 명나라 장수 진린陳璘을 언급했다.

진린은 광둥廣東성 출신이다. 명나라 수병도독으로 1597년 수군 5,000명을 이끌고 강화도에 도착했다. 유성룡은 진린이 성격이 포악하고 남과 어울리지 못한다며 그가 이순신의 권한을 인정해주지 않고 군사를 제 마음대로 다뤄 일본에 패할 듯하다고 염려했다. 진린은 1598년 남해 고금도로 내려와 이순신과 합세했다.

이순신은 진린이 온다는 소식을 듣고 병사들을 시켜 잡아온 사슴과 멧돼지, 물고기로 큰 잔치를 벌였다. 진린은 흡족해했다. 그는 이순신의 작전을 따랐고 이순신은 전투의 공을 모두 그의 몫으로 돌렸다. 진린은 이순신에게 감복하게 됐다. 그는 명나라 만력제에게 "통제사는 천하를 다스릴 만한 인재요, 하늘의 어려움을 능히 극복해낼 공이 있다"고 보고했다.

그해 11월 진린은 이순신과 함께 노량해전을 치렀다. 진린은 왜군이 패주한 뒤 이순신이 전사했다는 소식을 접하고 의자에서 떨어져 땅바닥에 주저앉으며 통곡했다고 유성룡은 『징비록』에 적었다.

이후 270년 뒤 일본은 메이지明治유신으로 근대화에 나서며 군사력을 키운다. 해군 전력에 자신이 없었던 일본은 적장 이순신을 연구했고 대단히 존경하게 됐다. 일본 해군은 이순신의 학익진 전법을 응용해 1894년 청일해전과 1905년 러일해전에서 압도적인 승리를 거뒀다.

러일해전에 앞서 일본 도고東鄉함대가 러시아 발트함대를 진해만에서 기다리고 있다가 출동할 때였다. 도고함대의 수뢰사령水雷司令 가와타 쓰도무川田功 소좌는 이순신 장군의 영靈에게 빌었다며 이렇게 적었다.

"(전략) 마땅히 세계 제일의 해장인 조선의 이순신을 연상할 수밖에 없었다. 그의 인격, 그의 전술, 그의 발명, 그의 통제력, 그의 지모와 용기, 그 가운데 어느 한 가지도 상찬의 대상이 아님이 없다."

일본 역사 작가 시바 료타로司馬遼太郎는 책 『한나라 기행』에서 이 일화를 소개하고 "그 뒤로도 이 전통은 이어졌다"며 "해군 대장을 지낸 마사키 이쿠토라正木生虎와 야마야 타닌山屋他人 등도 그랬다"고 전했다.

다시 110년이 지났다. 충무공이 태어난 지 470년이 흐른 오늘, 그가 태어난 중구 건천로 일대를 걸으며 그를 기렸다. 명보아트홀 앞에는 그의 생가터임을 알리는 작은 표석이 놓여 있다.

[지은이, 「[초동여담] 충무공 탄생 470주년」, 아시아경제, 2015. 04. 28.]

6. 경구를 던져 곱씹게 하라

익히 알려진 좋은 구절을 인용하면서 글을 시작하는 것처럼 인용으로 글을 끝맺는 것도 좋은 방법이다. 두루 공유할 가치가 있는 글이라면 아직 덜 알려졌더라도 인용할 수 있음은 물론이다. 무릇 좋은 글은 몇 번이고 다시 읽어도 좋은 법이다. 인용으로 마무리한 글을 두 편 소개한다. 둘째 글인 「성취인의 행동 특성」은 교육학자 정범모의 에세이다. 첫째 글의 경구는 '언젠가 우리가 마주칠 불행은 우리가 지금 잘못 보내고 있는 시간의 보복'이라는 말을 뒤집은 것이다.

[예시문]

복리로 축적되는 시간

이수원(57) 전 특허청장은 취미로 마라톤과 색소폰 연주를 즐긴다. 그는 지난 3월 18일 마라톤 대회 후 열린 달리기 동호회 뒤풀이 행사에서 색소폰을 연주했다. 그 달리기 동호회 멤버인 나도 행사에 참석했다.

뜨거운 갈채 속에 앙코르 곡까지 들려주고 자리로 돌아온 그에게 물었다. "얼마나 연습하면 그 경지에 오를 수 있나요?"

이런 질문에는 대개 "입문한 지 10년 됐다"는 식으로 '햇수'가 돌아온다. 대답의 형식이 뜻밖이었다.

"지금까지 1,400시간 정도 연습했어요."

매번 연습시간을 기록하고 집계한다는 얘기였다.

그는 연습시간을 관리하면서 알게 된 훈련과 기량의 상관관계를 들려줬다.

"실력이 계단식으로 향상되더군요. 그리고 그 계단은 초기일수록 다음 계단에 이르기까지 오래 걸립니다. 계단 수평면이 긴 것이죠. 하지만 연습시간을 쌓아가면 어느 순간 다음 계단에 올라선 자신을 발견하게 됩니다."

다른 사람이 물었다.

"누적 연습시간도 중요하지만, 그 시간을 꾸준히 쌓아야겠군요. 몰아치기로 많이 연습했다가 한동안 놓고 지내면 솜씨가 녹슬겠죠?"

"그렇죠. 나는 불가피한 일이 없는 한 매주 연습을 빠뜨리지 않습니다."

나중에 그에게 시간 기록과 계산 방법을 추가로 들었다.

그는 "간단하다"며 이렇게 설명했다.

"주말에 한 번, 5시간 정도 연습합니다. 그럼 1년에 250~300시간이 됩니다. 연습량 1,400시간은 약 5년 가까운 기간에 누적된 것이죠. 색소폰 연주는 2007년에 시작했어요."

그는 연습한 시간을 기록하면 "시간과 노력의 힘을 믿게 된다"고 말했다. 노력한 시간은 반드시 성취라는 보상을 준다는 것을 믿게 된다는 것이었다. 이 말에 작곡가 길옥윤吉屋潤의 일화가 떠올랐다. 길옥윤은 한때 일본에서 활동했고, 당대 제일의 색소폰 연주자로 명성을 날렸다.

길옥윤은 지인으로부터 트롬본을 연주하는 10대 청년을 추천받아 오디션 없이 자신의 재즈 오케스트라에 받아들인다.

1950년대 초반 어느 날, 길옥윤이 그 젊은이에게 묻는다.

"자네, 재즈 곡을 몇 곡이나 외우고 있나?"

"300곡 정도는 연주할 수 있습니다."

길옥윤은 "마음을 담아서 연주할 수 없다면 외웠다고 할 수 없네"라며 말한다.

"자네 연주를 듣고 눈물을 흘린 사람이 있나? 한 사람의 마음에 말을 걸어본 적이 있냐는 말일세."

그는 이어 본론으로 들어간다.

"매일 자네의 온 마음을 담아서 한 곡씩만 외우도록 하게. 3년이면 1,000곡이 넘지. 그것이 바로 진정한 프로가 되는 길일세. 자네가 음악을 계속할지는 아직 모르겠지만 무슨 일이든 마찬가지라는 점을 명심하게. 나는 인생은 얇은 종이를 한 겹 두 겹 겹치는 거라고 생각한다네. 그렇게 몇 년이고 쉬지 않고 겹친 두께는 아무도 흉내 낼 수 없지."

그 청년 마쓰우라 모토오松浦元南는 음악을 본업으로 삼지는 않는다. 대신 대학을 졸업하고 직장생활을 거쳐 1965년에 주켄樹研공업을 차린다. 주켄공업을 정밀 플라스틱 부품 분야에서 세계 최고의 경쟁력을 지닌 회사로 키워낸다. 마쓰우라 모토오는 『주켄 사람들』이라는 책에서 길옥윤을 "내게 인생과 기업 경영의 모든 근본을 각인시켜 준 세 사람" 중 한 명으로 꼽았다.

두 사례는 시간과 노력에 대해 들려준다. 노력의 열매는 기간에 따라 기하급수적으로 커진다. 말하자면 노력의 성과는 시간에 따라 복리複利로 불어난다. 노력하는 사람과 노는 사람의 차이 같은 정도로 벌어진다.

복리의 힘은 이른바 '72의 법칙'에서 쉽게 확인된다. 72의 법칙이란 돈을 복리로 저축할 때 원리금이 두 배로 불어나는 연수를 간단히 셈하는 방법이다. 72를 이자율로 나누는 것이다.

이자율이 2%면 36년 뒤에 찾는 금액이 원금의 두 배가 된다. 이자율이 12%면 원금이 두 배가 되는 기간이 6년으로 단축된다. 원금은 18년 뒤에는 여덟 배, 36년 뒤에는 64배로 불어난다. 이자율이 여섯 배인 경우 36년 뒤 원리금은 32배가 되는 것이다.

이자율은 노력에 해당한다. 일정한 기간에 남이 2% 노력하는 동안 12%를 쏟아붓는 사람을 생각해보자. 땀을 여섯 배 흘린 사람은 36년 뒤에 남의 여섯 배가 아니라 32배의 성과를 거둔다. 이건 어디까지나 비유다. 실제로는 32배가 안 될 수도 있지만, 3,200배가 될 수도 있다.

노력은 정기적금을 붓듯이 꼬박꼬박 기울여야 한다. 쉬는 기간이 길수록 전에 쌓아놓았던 노력 중 무위로 돌아가는 부분이 커진다. 얇은 종이를 몇 년 동안 겹친 두께는 아무도 흉내 낼 수 없는데, '쉬지 않고' 겹쳐야만 그 두께가 나오는 것이다.

시간은 지렛대다. 노력한 기간이 길수록 지렛대가 길어진다. 노력을 다년간 축적한 뒤에는 남과 같은 힘을 들이더라도 훨씬 더 큰 결과를 만들어낼 수 있다. 그래서 꾸준히 노력하기 시작하는 시기는 젊을수록 좋다. 다다익선多多益善이 아니라 소소익선少少益善, 즉 어릴수록 더 낫다고 할 수 있다.

나는 마라톤을 시작한 지 9년이 됐다. 마라톤을 하면서 건강을 유지했을 뿐 아니라 삶에 임하는 자세를 긍정적이고 적극적으로 바꿔나갔다. 머나먼 42.195㎞도 한 발, 한 발 내딛다 보면 완주하게 되듯이, 꾸준히 노력을 쌓아가다 보면 꼭 큰 결실이 돌아온다는 점을 자주 생각하게 됐다.

언젠가 우리가 마주칠 값진 성취는 우리가 지금 꾸준히 기울이는 노력이 주는 보상이다.

[예시문]

성취인의 행동 특성

성취인이란, 각계에서 훌륭하고 비범한 업적을 이룩한 사람을 말한다. (중략)

지금까지 설명한, 성취동기가 높은 사람의 행동 특성을 다시 요약할 겸 매클럴랜드의 말을 인용해본다.

"(전략) 성취동기가 높은 사람은, 그들의 능력으로는 도저히 감당할 수 없는 일이나 순전히 우연, 요행으로만 가능한 일에는 별 흥미를 가지지 못하며, 그들의 능력으로 해낼 수 있는 일에 보다 도전적인 흥미를 가진다. 그리고 그들은 성취 결과를 구체적으로 예견함으로써 그들의 성취 활동을 더욱 강화하게 된다. 그러나 그 성취 결과를 그들의 성취 목표로 삼으려 하지 않고 성공의 측도 내지 수단으로 간주한다. 성취인은 이기적이 아니며, 개인을 위해서나 집단을 위해서나 꼭 마찬가지로 작업에 열중하며, 과업 자체의 성취에 보다 흥미를 가진다. 따라서 과업 수행의 잘잘못을 타인에게 전가시키려 하지 않으며, 모든 책임은 자신에게 있는 것으로 여긴다. 끝으로, 그들은 장기적 안목으로, 미래에 얻어질 성취 만족을 기대하면서 현재의 과업에 열중한다."

[지식공작소 편집부 엮음, 『다시 읽는 국어책』 중 정범모, 「성취인의 행동 특성」, 지식공작소, 2002, pp.49~59]

7. 달리 마무리할 수 있을지 생각해보라

다음 글은 책 『목화꽃과 그 일본인』의 추천사 중 일부다. 추규호 한일미래포럼 대표가 썼다. 글의 일부이지만 한 편의 독립된 수필로도 읽힌다. 이 글을 별개의 에세이라고 할 때, 달리 마무리할 수 있지 않을까. 다른 끝맺음을 이 글 뒤에 붙인다.

[인용문]

광주시립미술관 나무숲에는 '평화의 감나무' 한 그루가 파릇한 풋감을 풍성하게 달고 우뚝 서 있다. 올해로 수령 15년이 된 이 감나무는 일본 나가사키에서 꺾어다 심은 것이다. 감꽃이 흐드러지게 핀 올봄, 처음 이 감나무를 심은 하정웅 명예관장(재일교포, 수림문화재단 이사장)은 감회에 젖어, 감나무를 촬영해 주위 사람들에게 보냈다.

이 감나무에는 사연이 있다. 1945년 나가사키에 떨어진 원자폭탄은 모든 생물과 구조물을 휩쓸어 가버렸다. 그런데 1년 뒤, 피폭 중심지인 폐허의 터에 오직 한 그루, 이 감나무의 모목母木에서만 잎이 나고 꽃이 피어나 열매를 맺었다. 감나무가 인간에게 '생명의 위대한 힘'과 '평화의 소중함'을 가르쳐준 것이다.

일본이 낳은 세계적 설치미술가 미야지마 다쓰오(베니스비엔날레 대상 수상자)는 전 세계 곳곳에 이 감나무를 심어 '생명과 평화, 핵무기 확산 반대' 운동을 펼치는 데 앞장서고 있다. 그는 현재까지 24개국의 미술관 마당에 이 감나무를 심었다. 하정웅 명예관장은 1998년 우연히 이 감나무의 사연을 앞세운 평화와 반핵, 생명운동을 알게 되었다. 2000년 제5회 광주비엔날레 타이틀이 '예술과 인권'이었는데, 마침 이 비엔날레 운영위원이 된 하 명예관장은 이 감나무를 앞세운 이 국제프로젝트에 동참하자고 제안했다. 그렇게 해서 나가사키의 감나무를 어렵게 얻어다 심었다.

그런데 몇 달 뒤 누군가 이 감나무를 뿌리째 뽑아 죽였다. 그러자 하 명예관장은 감나무를 다시 심었다. 몇 달이 지난 뒤 이번에는 누군가 예리한 칼로 감나무를 잘라버렸다. 하 명예관장은 이 감나무의 시련을 보며 재일동포인 자신의 운명을 생각했다. 밟히고 뽑히고 잘리는 고통스러운 운명! 그러면서 세 번째로 다시 감나무를 심었다. 그렇게 눈물을 글썽이며 숨죽여 심은 세 번째 감나무는 이제 쉽게 뽑아버릴 수도, 잘라낼 수도 없게 완전히 뿌리를 잡았으니 가을이면 풍성하게 결실을 맺을 것이다.

하정웅 명예관장은 "비록 감나무가 일본 나가사키의 비극을 상징하지만, 이를 통해 전쟁과 침략에 나서다 원폭이라는 재앙을 부른 인간의 어리석음이 되풀이되지 않고, 일본에서도 한국에서도 뿌리가 뽑힌 채 제3의 경계인으로 살아가는 재일한국인의 서러운 운명과 억척스러운 생명력을, 평화와 화해와 생명의 위대함을 되새길 수 있으면 좋겠다"고 염원했다.

[김충식, 「목화꽃과 그 일본인」, 메디치미디어, 2015, pp.14~15]

[수정문]

(전략) 그런데 몇 달 뒤 누군가 이 감나무를 뿌리째 뽑아 죽였다. 그러자 하 명예관장은 감나무를 다시 심었다. 몇 달이 지난 뒤 이번에는 누군가 예리한 칼로 감나무를 잘라버렸다. 하 명예관장은 이 감나무의 시련을 보며 재일동포인 자신의 운명을 생각했다. 밟히고 뽑히고 잘리는 고통스러운 운명! 그러면서 세 번째로 다시 감나무를 심었다.

하정웅 명예관장은 "비록 감나무가 일본 나가사키의 비극을 상징하지만, 이를 통해 전쟁과 침략에 나서다 원폭이라는 재앙을 부른 인간의 어리석음이 되풀이되지 않고, 일본에서도 한국에서도 뿌리가 뽑힌 채 제3의 경계인으로 살아가는 재일한국인의 서러운 운명과 억척스러운 생명력을, 평화와 화해와 생명의 위대함을 되새길 수 있으면 좋겠다"고 염원했다.

그렇게 눈물을 글썽이며 숨죽여 심은 세 번째 감나무는 이제 쉽게 뽑아버릴 수도, 잘라낼 수도 없게 완전히 뿌리를 잡았다. 오는 가을이면 풍성하게 결실을 맺을 것이다.

8. 제목을 붙일 때 끝을 정해둘 수도

패션의 완성이 구두인 것처럼, 글은 끝부분에서 맵시가 마무리된다고도 말할 수 있다. 끝이 밋밋하면 글 전체가 단조롭게 된다. 여기서부터는 고전이 된 작품의 마무리를 살펴보자.

앞서도 이야기했듯이 『제르미날』은 프랑스 북부 탄광촌을 배경으로 한 소설이다. 에밀 졸라의 작품으로 1885년에 나온 이 소설은 자본의 착취와 노동자들의 비참함을 생생하게 묘사한 자연주의 문학의 걸작으로 꼽힌다.

졸라는 자본의 질곡에 묶여 있던 노동자들이 파업을 계기로 인류애와 계급의식에 눈뜬다는 내용을 표현할 제목을 고심하다 '제르미날'을 떠올렸다고 한다. 제르미날은 프랑스혁명 당시 국민공회가 만든 '혁명력의 일곱째 달'(3월 21일~4월 19일)로, 봄이 시작하는 '싹트는 달'을 뜻했다. 졸라는 이 제목이 떠오르자 다른 제목은 생각조차 할 수 없었다고 한다.

졸라는 싹트는 봄날의 역동적인 느낌에 미래를 향한 낙천성을 더해 『제르미날』의 끝을 다음과 같이 마무리 지었다. 작품 제목을 '제르미날'이라고 단 의미를 풀어낸 것이다. 또는 이런 결말 및 전망을 담은 마무리를 드러낼 제목으로 '제르미날'을 택한 것이다.

그의 발아래에서는 아득한 곡괭이 소리들이 고집스럽게 계속되고 있었다. 동료들이 그의 발아래 있었다. … 드넓은 창공 한가운데에서 찬란하게 빛나고 있는 태양은 고통스러운 분만으로 몸을 비틀어대고 있는 대지를 따뜻하게 덥혀주고 있었다. … 이제 훨씬 더 지면에 가까워진 듯 대지를 두드려대는 동료들의 소리가 점점 더 분명하게 들려왔다. 태양이 붉게 타오르는 젊음의 아침은 즐거운 웅성거림으로 들판을 부풀리고 있었다. 사람들이 싹트고 있었다. 서서히 밭고랑을 가르고 있는 복수의 검은 군대는 다가올 세기의 추수를 위해 자라나고 있었다. 돋아나는 이 사람들의 싹은 머지않아 대지를 터뜨릴 것이었다.

9. 문필가들이 글을 맺는 방식

이후 예시문에서는 도입부와 마무리만 소개한다. 읽으면서 끝맺음을 품평해보자. 끝이 신통치들 않은가? 그렇다면 글쓰기 대가의 반열에 오른 사람들도 글을 마무리하기란 그렇게 어렵다는 사례가 된다.

[예시문]

신록예찬

봄, 여름, 가을, 겨울, 두루 사시四時를 두고 자연이 우리에게 내리는 혜택에는 제한이 없다. 그러나 그중에도 그 혜택을 풍성히 아낌없이 내리는 시절은 봄과 여름이요, 그중에도 그 혜택을 가장 아름답게 나타내는 것은 봄, 봄 가운데도 만산萬山에 녹엽綠葉이 싹트는 이때일 것이다. (중략) 그의 청신한 자색姿色, 그의 보드라운 감촉, 그리고 그의 그윽하고 아담한 향훈香薰, 참으로 놀랄 만한 자연의 극치의 하나가 아니며, 또 우리가 충심衷心으로 찬미하고 감사를 드릴 만한 자연의 아름다운 혜택의 하나가 아닌가?

청춘예찬

청춘! 이는 듣기만 하여도 가슴이 설레는 말이다.

청춘! 너의 두 손을 가슴에 대고, 물방아 같은 심장의 고동을 들어보라. 청춘의 피는 끓는다. 끓는 피에 뛰노는 심장은 거선의 기관과 같이 힘 있다. 이것이다. 인류의 역사를 꾸며 내려온 동력은 바로 이것이다. 이성은 투명하되 얼음과 같으며, 지혜는 날카로우나 갑 속에 든 칼이다. 청춘의 끓는 피가 아니더면 인간이 얼마나 쓸쓸하랴? 얼음에 싸인 만물은 죽음이 있을 뿐이다. (중략)

청춘은 인생의 황금시대다. 우리는 이 황금시대의 가치를 충분히 발휘하기 위하여, 이 황금시대를 영원히 붙잡아두기 위하여, 힘차게 노래하며 힘차게 약동하자!

어떻게 살 것인가

"어떻게 살 것인가?"

이 물음은 실천의 문제다. 그러므로 말하는 사람 자신이 그의 말대로 실천궁행하지 않는 한 천만 어를 나열한다 해도 대답이 되지 않을 것이다. (중략)

그러나 어떤 문제를 제기하고 천만 마디로 대답한다 한들 그것이 무슨 소용이 있는가? 방한암처럼, 오봉처럼 실천하지 않는 한….

산정무한

이튿날 아침, 고단한 마련 해선 일찌감치 눈이 떠진 것은 몸에 지닌 기쁨이 하도 컸던 탓이었을까. 안타깝게도 간밤에 볼 수 없던 영봉들을 대면하려고 새댁같이 수줍은 생각으로 밖에 나섰으나, 계곡은 여태 짙은 안개 속에서, 준봉은 상기 깊은 구름 속에서 용이하게 자태를 엿보일 성싶지 않았고, 다만 가까운 데의 전나무, 잣나무들만이 대장부의 기세로 활개를 쭉쭉 뻗고, 하늘을 찌를 듯이 솟아 있는 것이 눈에 뜨일 뿐이었다.

(중략)

고작 칠십 생애에 희로애락을 싣고 각축하다가 한 움큼 부토로 돌아가는 것이 인생이라 생각하니, 의지 없는 나그네의 마음은 암연히 수수롭다.

갑사로 가는 길

지금은 토요일 오후, 동학사엔 함박눈이 소록소록 내리고 있다. 새로 단장한 콘크리트 사찰은 솜이불을 덮은 채 잠들었는데, 관광버스도 끊인 지 오래다. 등산복 차림으로 경내에 들어선 사람은 모두 우리 넷뿐, 허전함조차 느끼게 하는 것은 어인 일일까? (중략)

하나, 날은 시나브로 어두워지려 하고 땀도 가신 지 오래여서, 다시 산허리를 타고 갑사로 내려가는 길에 눈은 한결같이 내리고 있다.

빈처

"그것이 어째 없을까?"

아내가 장문을 열고 무엇을 찾더니 입안말로 중얼거린다.

"무엇이 없어?"

나는 우두커니 책상머리에 앉아서 책장만 뒤적뒤적하다가 물어보았다.

"모본단 저고리가 하나 남았는데."

"……."

나는 그만 묵묵하였다.

아내가 그것을 찾아 무엇을 하려는 것을 앎이라. 오늘 밤에 옆집 할멈을

시켜 잡히려 하는 것이다. (중략)

아직 아무도 인정해주지 않는 무명작가인 나를 저 하나만이 깊이깊이 인정해준다.

그러길래, 그 강한 물질에 대한 요구도 참아가며, 오늘날까지 몹시 눈살을 찌푸리지 아니하고 나를 도와준 것이다.

'아아, 나에게 위안을 주고 원조를 주는 천사여!'

마음속으로 이렇게 부르짖으며, 두 팔로 덥썩 아내의 허리를 잡아 내 가슴에 바싹 안았다.

그의 눈에도 나의 눈에도 그렁그렁한 눈물이 물 끓듯 넘쳐흐른다.

등신불

등신불은, 양자강 북쪽에 있는 정원사의 금불각 속에 안치되어 있는 불상의 이름이다. 등신 금불, 또는 그냥 금불이라고도 불렀다. (중략)

태허루에서 정오를 알리는 큰북 소리가 목어와 함께 으르렁거리며 들려왔다.

별

내가 뤼브롱 산에서 양을 치고 있을 때의 이야기입니다. (중략)

그리고, 이따금 이런 생각이 내 머리를 스치곤 했습니다―저 숱한 별들 중에 가장 가냘프고 가장 빛나는 별님 하나가 그만 길을 잃고 내 어깨에 내려앉아 고이 잠들어 있노라고.

인연

지난 사월, 춘천에 가려고 하다가 못 가고 말았다. 나는 성심여자대학에 가보고 싶었다. 그 학교에, 어느 가을 학기, 매주 한 번씩 출강한 일이 있었다. 힘드는 출강을 한 학기 하게 된 것은, 주 수녀님과 김 수녀님이 내

집에 오신 것에 대한 예의도 있었지만, 나에게는 사연이 있다. (중략) 그리워하는데도 한 번 만나고는 못 만나게 되기도 하고, 일생을 못 잊으면서도 아니 만나고 살기도 한다. 아사코와 나는 세 번 만났다. 세 번째는 아니 만났어야 좋았을 것이다.

오는 주말에는 춘천에 갔다 오려 한다. 소양강 가을 경치가 아름다울 것이다.

수필이나 문학적인 글에서만 마무리가 중요한 게 아니라는 말을 다시 한 번 강조하며 이 장을 마무리한다. 글을 읽을 때 끝을 유심히 보고 괜찮은 마무리는 기억해두자. 경제매체 《파이낸셜 타임스》의 칼럼니스트 마틴 울프는 2000년 벤처 버블이 터지고 나스닥 시장이 붕괴된 뒤 미국 경기가 하강하는 시기에 쓴 칼럼 「경착륙 위험Risking a hard landing」을 이렇게 끝을 맺었다.

미국은 이제 수요 및 생산 증가 둔화로 부드럽게 움직이면서 경제를 떠받치는 자신감이 흔들리지 않도록 해야 한다. 그렇게 되려면 미국의 민간 부문이 전례 없는 적자를 앞으로도 감당할 능력과 의지가 있어야 한다. 가능한가? 그렇다. 확실한가? 희박하다는 것이 가능한 유일한 대답이다.

원문은 아래와 같다.

Possible? Yes. Certain? Hardly is the only possible answer.

나는 이 마무리를 눈여겨 봐두었다가 다른 곳에 활용한 적이 있다. 모방은 창조의 지름길이다.

마치며:
책 쓰기를 마칠 무렵 보이는 것

'글을 마무리하는 스무 가지 방법', '플롯을 짜는 열네 가지 전략', '앵글을 잡는 일곱 가지 습관'.

각 장의 콘셉트를 이런 식으로 잡고 이에 따라 내용을 구체적으로 열거해 매뉴얼처럼 정리했다면 더 낫지 않았을까 하는 후회가 본문을 마무리한 뒤에야 고개를 든다.

관련 책자를 두루 참고하고 궁리할 만큼 궁리했건만 유형을 포괄적으로 조사하고 수집해 위와 같이 제시하기엔 내 역량과 시간에 한계가 있었다. 이 책을 쓰게 된 관심을 이어가 이 주제의 유형을 망라한 개정판을 낼 수 있기를 희망한다.

그러나 한편으로는 이런 생각도 든다. 매뉴얼은 임기응변 혹은 변통, 나아가 창의력을 제약하는 틀이나 족쇄가 될 수도 있지 않을까. 글을 쓸 때마다 매뉴얼을 들춰서 알맞을 듯한 형식을 입히는 순서를 따른다고 하자. 이런 과정을 반복하다 보면 새로운 접근을 하지 않게 되고 신선한 스타일이 나오지 않는다.

매뉴얼이 창의력을 그 매뉴얼로 제한한다는 것은 이 책의 지침이 가능한 유형을 다 아우르지 못한다는 점으로도 설명할 수 있다. 이 책에서 제시한 유형에만 의존할 경우 이 책 밖에 있는 스타일을 포기하는 것이다. 예컨대 본문에서는 글의 형식이 다뤄지지 않았다. 어떤 형식에 따르는지에 따라 글은 크게 차이가 난다. 누군가를 상정하고 그에게 편지를 쓰듯이 글을 적어나갈 때에는 '앵글을 잡고 가급적 단도직입하라'라는 지침이 거의 도움이 되지 않는다. 편지의 형식을 상당 부분 취하기 때문이다.

다루지 못한 다른 유형으로 대화체로 정리한 다음 글을 들 수 있다.

[예시문]

하루키가 선택하는 고통은

형, 내가 형 인간적으로 존경하는 거 알지? 내가 형 책을 조금밖에 읽지 않았고 형 작품이 내 취향은 아니지만, 스스로 택한 업을 대하는 형의 자세에 누구보다 감동한 사람이 나야.

형이 『달리기를 말할 때 내가 하고 싶은 이야기』에서 말했잖아. 매일 쉬지 않고 의식을 집중해 써나가는 작업을 계속함으로써 '근력'을 키워야 한다고. 발밑을 삽으로 파 내려가다가 비밀의 수맥과 마주치게 된다면 그 행운은 그런 훈련으로 확실한 근력을 갖춘 덕분이라고. 형의 그런 성실함을 본받으려고 했는데….

하루키 형, 그런데 그 책 서문에 《뉴욕 타임스》 기사에서 본 문구를 인용하고 번역해 소개했잖아. 사람들이 마라톤을 할 때 자신에게 되뇌는 주문 같은 것을 모아 소개한 기획기사였고, 형 마음에 꽂힌 말은 이거였지. 'Pain is inevitable, suffering is optional.' '아픔은 피할 수 없지만 고통은 선택하기에 달렸다.'

그럴듯하긴 한데, 이게 무슨 뜻이지? 아픔과 고통은 동의어 아닌가? 형은 무슨 뜻인지 알고 쓴 거야? 구글에서 찾아보니 불교의 가르침이라고 하더군. 출처는 나오지 않는 걸로 봐서 '무명씨無名氏'가 만든 말인가 봐.

형한테는 미치지 못하지만 내가 집요하잖아. 실마리를 찾아 헤매다 비슷한 문구를 마주쳤어.

'Pain is inevitable, but suffering is not.'

헤네폴라 구나라타나 스님이 『Mindfulness in Plain English』(1991)에 썼더군. 구나라타나 스님의 설명을 들으면 이 화두가 풀리겠다고 기대했지.

그런데 그 설명이, 음, 상당히 억지스럽더라. 구나라타나 스님은 육체의 고통을 명상으로 극복할 수 있다고 말하는데, 그래서 '고통으로부터의 자유'를 얻게 된다고 하는데, 형은 이 말이 믿겨? 명상으로 진통제도 마취제도 필요하지 않은 세상을 만들 수 있다고?

형, 이 말에 이제 새로운 의미를 주면 어떨까. '고통은 피할 수 없지만 인고忍苦는 선택할 수 있다'로. 마침 'suffer'에는 '참아내다', '겪다'라는 뜻도 있잖아. '고통은 피할 수 없지만 그 고통을 어떻게 겪는지는 사람 나름이다'도 괜찮겠어. 어려운 일에 뛰어들어 예상했던 고통을 기꺼이 견뎌내는 사람을 떠올려보자고. 그 사람의 고통은 같은 상황에 피동적으로 끌려간 사람이 받는 고통과는 종류가 다르겠지.

형, 언제 우리 처음 만나게 된다면 이 얘기를 나눠보자. 함께 뛰면서 얘기해도 좋겠다.

[지은이, 「[초동여담] 하루키가 선택하는 고통은」, 아시아경제, 2013. 08. 13.]

서술의 대상을 주어로 이야기를 풀어나가는 방법도 있다. 사물을 화자로 내세우는 것도 가능하다. 다음은 《포브스코리아》에 실린 손용석 기자의 글이다.

[인용문]

내 이름은 카스텔9000

내 이름은 '카스텔9000'이다. 난 사상 최초의 기록자라 불리는 연필이다.

고향은 깊은 잠을 자는 흑연 광산과 향기로운 삼나무 숲이다.

다이아몬드의 사촌인 탄소를 가슴에 항상 품고 다닌다. 난 사람들의 두 뇌가 움직이는 곳이라면 어디든지 가는 세계 시민이다. 사람들은 나를 세상에서 가장 친숙한 필기구라고도 생각한다.

난 1905년 연필 역사상 최초로 육각형의 모습으로 태어났다. 내가 태어 나기 전 연필들은 대부분 삼각형이나 원형이었다. 연필의 역사를 기술한 책 『연필Pencil』에선 내 모양이 연필 중에서 최고라고 찬사했다.

육각형 연필은 원형이나 팔각형에 비해 경사면에서 굴러 떨어질 확률이 낮다. 반면 삼각형 연필은 굴러 떨어질 확률이 우리보다 더 낮지만 생산비 가 많이 든다. 나의 이런 장점 때문에 요즘 연필들은 대부분 육각형이다.

당시 내가 태어나자 사람들은 열광했다. 내 모습뿐 아니라 독특한 패션 감각 때문이다. 난 지난 100년 동안 한결같이 초록색 옷을 입고 금박 이 름표를 달고 있다. 처음엔 옷 색깔 때문에 사람들이 나를 '녹색주의자'라 고 불렀다.

사람들은 단순히 내 외양만 가지고 열광하지 않았다. 난 히말라야 삼나 무로 된 옷을 입고 16경도도 견딘다. 대부분 연필이 아세톤을 발랐을 때 나에겐 물에도 녹는 수성도색 기술이 적용됐다.

당시 독일 대통령을 비롯해 많은 사람은 나야말로 독일 제품이 나아가야 할 표준이라고 소개했다. 하지만 아무리 내가 잘나갔어도 사람들은 내가 그 모습 그대로 100년 뒤에 독일 특허 잡지 《후이즈후who is who》에 들어 갈 줄 몰랐을 것이다.

사람들은 내가 품고 다니는 흑심도 좋아한다. 예술가들은 내가 3B를 품 었을 때 가장 사랑한다. B는 연필의 짙기(Black), H는 연필의 단단함 (Hard)을 표시한다. 1999년에 노벨문학상을 수상한 권터 그라스는 내 3B 모습을 보고 "너무 단단하지도 않고 너무 무르지도 않다"고 말했다.

1972년에 노벨문학상을 수상한 하인리히 뵐 역시 자신의 에세이에서 하염없이 내 3B를 깎는 모습을 소개했다. 나의 팬층은 이처럼 초등학생부터 나이 지긋하신 소설가까지 시대와 연령을 초월한다. 세계적인 화가 빈센트 반 고흐나 20세기 최고 거장이라는 헤르만 헤세도 포함된다.

나를 탄생시킨 사람은 퇴역장교 알렉산더 폰 파버 카스텔 백작이다. 그는 독일 파버 카스텔 가문의 6대손이었다. 1761년부터 연필을 만들고 있는 파버 카스텔 가문은 전 세계에서 가장 오래된 필기구 회사다. 한 가문이 8대째 연필을 생산해오고 있다. 나를 포함한 파버 카스텔 연필은 매년 250만 자루가 만들어진다. (중략)

[포브스코리아, 「내 이름은 카스텔9000」, 2007년 3월호]

관심의 대상을 화자로 삼는 기법을 화제로 삼을 때 적지 않은 사람들 뇌리에는, 어느 검찰총장한테 혼외아들이 있네 없네 논란이 일었을 때 한 일간지에 실린 칼럼이 떠오를 게다. 그 칼럼은 대상을 화자로 삼았고 그 화자가 편지를 쓴다는 기법을 취했다. 그 검찰총장 혼외아들로 지목된 초등학생의 처지에서 쓴 '창작물'이라는 꼬리말을 칼럼을 마친 뒤 붙였지만 비판과 패러디의 대상이 됐다.

내가 기억하는 형식 중 하나가 정영재 기자가 「애국가를 부르지 않는 선수들」에서 택한 것이다. 그는 아나운서와 해설자의 축구경기 중계라는 형식으로 칼럼을 풀어냈다. 한국 국가대표 선수들이 승부에 집착하도록 하는 압박에 눌려 긴장하고 경직된 상태로 경기에 임하는 모습을 안타까워한 내용이다. 맛보기로 앞부분을 전한다.

[인용문]

애국가를 부르지 않는 선수들

— 말씀드리는 순간, 피파FIFA 페어플레이기를 선두로 심판진과 양 팀 선수들이 입장하고 있습니다. 선수단 격려에 이어서 상대팀 국가가 연주되

고 있습니다. 상대팀 선수들 힘차게 국가를 따라 부르고 있네요.

— 예, 참 보기 좋은 장면이지요. 브라질이나 이탈리아 같은 축구 강국에서는 대표팀 유니폼을 입고 경기장에서 국가를 부르는 것을 최고의 영광으로 생각하거든요. 98 프랑스 월드컵 당시 프랑스 우익 진영에서는 식민지 출신 흑인 선수들이 대표팀에 많이 뽑히니까 "〈라 마르세예즈〉(프랑스 국가)도 못 부르는 선수들을 어떻게 국가대표라 할 수 있나"라면서 반발한 적도 있어요.

— 그렇군요. 국가를 부르는 모습도 다양하죠. 멕시코 선수들은 손등을 위로 해서 가슴에 대는 독특한 경례를 하면서 부르던데요.

— 예, 어깨동무를 하고 부르는 선수도 많죠.

— 자, 이제 애국가가 연주되겠습니다. 왼쪽 골대 뒤 붉은 악마 응원석에서 대형 태극기가 올라갑니다. 아, 그런데 이게 웬일입니까. 애국가를 따라 부르는 선수가 한 명도 없습니다. (후략)

[정영재, 「[노트북을 열며] 애국가를 부르지 않는 선수들」, 중앙일보, 2008. 01. 17.]

이 밖에 일기 아닌 글을 일기 형식으로 진솔하고 담백하게 쓰는 방법이 있겠다. 또는 패러디 형식을 취할 수도 있다.

'제작할 때 보지 못한 오탈자, 신문이 나오고 보았네.'

마감이 있는 글쓰기를 하다 보면 이 말처럼 '원고가 인쇄된 후에야 오탈자와 비문, 오류와 한계가 보이는' 경우에 왕왕 처한다. 이런 현상에는 '사람은 실수를 하기 마련이고 오탈자는 필자지상사筆者之常事이며 시간제약 속에서 일하다 보면 결함이 더 생긴다'라는 말로는 다 설명되지 않는 요인이 있을 법하다. 그 요인이란 '글을 쓰는 사람은 그 글을 자신의 일부로 여길 수밖에 없는 것'이 아닐까 생각한다. 글을 완성하고 떠나보낸 다음에야 그 글이 비로소 '타자'가 되는 듯하다. 그제야

마치며

필자는 자신의 글을 다소 객관적으로 보고 오류를 찾아낼 수 있게 되는 것이다.

이 문단은 책을 끝내고 몇 마디 덧붙인다며 새로운 이야기를 길게 늘어놓게 된 변명이다. 이 원고가 종이에 실려 책이라는 형체로 나오면 또 전에 알아채지 못했던 오류와 한계가 내게 모습을 드러낼지 모른다.

꼬리말이 꼬리에 꼬리를 문다. 이만 꼬리를 잘라내야겠다.